甜蜜蜜

TIAN MI MI

王宛平／作品

中国工人出版社

图书在版编目（CIP）数据

甜蜜蜜 / 王宛平著. —北京：中国工人出版社，2017.6
ISBN 978-7-5008-6746-3

Ⅰ.①甜… Ⅱ.①王… Ⅲ.①长篇小说—中国—当代
Ⅳ.①I247.5

中国版本图书馆CIP数据核字（2017）第142848号

甜蜜蜜

出 版 人　芮宗金
责任编辑　左　鹏
责任校对　董春娜
责任印制　黄　丽
出版发行　中国工人出版社
地　　址　北京市东城区鼓楼外大街45号　邮编：100120
网　　址　http://www.wp-china.com
电　　话　（010）62005043（总编室）　（010）62005039（出版物流部）
　　　　　（010）62379038（社科文艺分社）
发行热线　（010）62005049　（010）62005042（传真）
经　　销　各地书店
印　　刷　三河市万龙印装有限公司
开　　本　710毫米×1000毫米　1/16
印　　张　21.25
字　　数　310千字
版　　次　2017年9月第1版　2017年9月第1次印刷
定　　价　39.00元

第一章

一九七九年秋天，雷雷遇见他最爱的女人。

只是他那时浑，压根儿就没意识到。他的恋爱就像伤口结痂粘连着纱布，稍微一动就有撕皮烂肉的痛感。有的人命里注定，只要遇见了，就一辈子都躲不掉。也许他根本就没想过要躲，迎着棍棒、砖头、钢丝锁被打得头破血流。血性是他人生的底色。

20世纪七十年代末，社会彷徨而混乱。男孩子们像好斗的公鸡，三五成群形成小团伙，瞅着谁不顺眼，就一拥而上集体斗殴，把人打得满脸是血然后作鸟兽散，那场面让大人们都心惊肉跳。雷雷是一群城里孩子的头儿，打起架来身先士卒，命都不要，在398农场称得上是谈虎色变。他之所以百无聊赖地在这个贫困凋敝、毫无浪漫可言的地方鬼混，不愿意回城，就是因为跟这儿他能像野马驹似的撒着欢穷折腾，空前自由解放，没人管得了。

当时农场里的人要么一身土鳖黄，要么一身海军蓝，满脸阴霾；唯独雷雷牛气，喇叭裤，夹克衫，鼻梁上架着副蛤蟆镜，吹着口哨，流里流气的。上房堵人烟囱，半夜往人院里丢砖头的事儿干腻歪了，他明目张胆地组织小分队到养鸡场“打牙祭”。为保证顺利脱逃，他还偷来农场的苏式军用三轮摩托车作接应。

远远的，四个少年手里拎着拼命挣扎扑腾、咯咯乱叫的活鸡，朝雷雷狂奔而来，嘴里喊着：“快，快来!”后面一群恶狼般的养鸡工人手提棍棒，骂骂咧咧紧追不舍。

雷雷慌忙发动车子，因没摸准摩托车的脾性，把车开得东倒西歪。眼见着追兵越来越近，他狂喊：快，快点儿！我他妈走啦，走啦，不跟你们玩儿啦！

偷鸡少年们疯跳上摩托车，有的倒栽葱扎到车斗里，有的一条腿还横在外面，有的蹿到雷雷身后，抱住他的腰，一通狂呼：走，走，走！

雷雷手忙脚乱，技术又差，摩托车歪歪斜斜几欲翻倒。追兵将至，摩托车不进反退熄火了，扔来的棍棒差点砸着雷雷，他急出一身冷汗，拼命骂着，猛踩油门。少年们跟着疯狂拍打车身，叫骂着，摩托车终于发动。随着鸡鸣狗叫，少年们一路哈哈大笑，跨着摩托车七倒八歪驶向远处。

工人们追不上，停下来喘着气大骂，雷雷这小王八蛋，连厂部摩托车都敢偷，要再不教训教训这小子，看他敢上房揭瓦啦！

一拨人乱哄哄地吵吵：找场长去，关他禁闭！判他几年！

事情报到保卫科长耳朵里，他气得跳着脚骂，赶紧让人召集民兵连，并嘱咐带上枪。厂里就这一辆摩托车，要是偷车的事儿被人汇报上去，可是重大事故！

保卫科的人边往外跑边问，那开枪吗？

保卫科长气得一脚踹过去：笨死你们！几个小兔崽子都是省里干部的孩子，开他妈什么枪，吓唬吓唬得啦！

雷雷驾驶着摩托一路狂奔，直开到江边的据点才停下来。气还没喘匀呢，一群人便各司其职，宰鸡拔毛，架柴生火，为大头考上大学的饯行宴忙碌个不停。雷雷在地上铺报纸，大头拿出一瓶酒，得意地炫耀，沃特卡，正宗沃特卡。黑皮接过酒瓶，将信将疑说，别是酒精兑的，能喝死人哪！大头不干了，说是他哥跟老毛子换的，不可能假。

雷雷打开酒瓶一闻，哦，闻着挺冲的。他咚咚咚往破搪瓷缸里倒酒，喝完一轮后说：咱哥们儿今天请假，专门为大头送行。大头，你上了大学可别跟个臭老九似的，酸文假醋，娘娘腔。见了哥们儿大舌头，满口外国鸟语。要那样儿，说一句哥们儿扇一大嘴巴。

其他人跟着起哄，说学经济管理忒没劲，还是学造导弹带劲儿。谁把哥们儿惹急了，电钮一按，炸他娘个稀巴烂。雷雷懒得跟他们瞎扯，从车斗里拿出崭新的半导体收音机。几个哥们儿好奇地凑过来，七嘴八舌问跟哪儿买的。雷雷撇撇嘴，什么买的，别人上供的。几个人正羡慕不已，还是大头眼尖，一眼就瞅出这收音机是 398 农场的奖品。他嘿嘿笑着说，许大马棒可把那些屌奖品特当回事儿，雷子你是专捅马蜂窝啊。

雷雷一边抽出天线开始调台，一边说：你们说那许大马棒成天捧个半导体搁被窝里跟搂个女人似的，干吗呢？

黑皮一脸坏笑：听靡靡之音，腐化堕落呗。

雷雷耐心地调着频率，竖着耳朵在吱啦吱啦的噪声里找歌听，他慢慢兴奋起来，嘴里嚷着：嘿，这声儿我听过，就是这声儿……

几个小子居心叵测地嘎嘎大笑，你怎么听见的，你钻许大马棒被窝啦？

雷雷瞪眼暴喝一声，听着！几个人敛神屏气，侧耳倾听，除了刺耳的杂音，隐约有袅娜的女声传来，正待细听，这声音却弱了下去。雷雷让麻秆抓住天线，调试了半天那声音如羚羊挂角，了无踪迹。麻秆胳膊举累了，满脸不耐烦地抱怨。

收音机里突然传出一阵甜美圆润的歌声，这声调从来没听过，众人一起愣住。雷雷迫不及待地调台，越紧张越乱。几个脑袋聚过来，都想听，可是听不清，便起急上火：嗨嗨什么呀，谁唱的呀。

雷雷烦躁地大声嚷嚷，都一边去。几个人被吼得搓火，刚要发作，那天籁之声不期而至，温柔甜美得让几个愣头青浑身麻酥酥的：

> 甜蜜蜜，你笑得甜蜜蜜，好像花儿开在春风里，开在春风里；在哪里，在哪里见过你，你的笑容这样熟悉，我一时想不起。啊，在梦里，梦里梦里见过你，甜蜜笑得多甜蜜，是你，是你，梦见的就是你。在哪里，在哪里见过你，你的笑容这样熟悉，我一时想不起……

他们如雷击般震住，雷雷本来嬉皮笑脸完全不当回事儿，此时脸上笑容慢慢凝固，呆着不动，歌声渐渐渗入他心里。

歌声如袅袅的青烟远去，几个孩子仍一动不动，只听见主持人软绵绵声音介绍：以上是邓丽君小姐演唱的《甜蜜蜜》……突然杂音又现，雷雷如梦初醒，急得抓着半导体晃来晃去，又不敢大动。几个哥们儿跟着急，这节骨眼儿，怎么回事儿啊。

邓丽君歌声突然闪现：一个小心愿，藏在我心田……听丝丝小雨，轻轻打在屋檐，丝丝的小雨，悄悄来到人间……

众人咧着嘴，开心地傻乐，脑袋凑在一起，陶醉在歌声里。这时，不远处有人叫喊：兔崽子在那儿呢，抓住他们。几个人大惊，回身一看，一群民兵手持步枪奔过来，一个个拉着枪栓煞有介事的样子。麻秆吓得手一哆嗦，半导体落地，邓丽君的声音立刻消失。

民兵们将雷雷等人包了饺子，狂呼着：小兔崽子！站住，都站住，不许动！雷雷眼疾手快，顺手操起一根木棍大喊，同志们，冲啊！

拳打脚踢，棍棒乱舞，一群人混战在一起。因这几个半大的孩子身份特殊，民兵不敢太动粗，怕伤了他们不好交代。雷雷看准这点，越战越勇，像不要命似的冲锋陷阵，嘴里大喊大叫：放下武器，停止抵抗，缴枪不杀，解放军优待俘虏……他率先冲出包围圈，狂奔向摩托车，几个哥们儿甩开纠缠也都奔了过去。雷雷正要上车，突然想起那台半导体还半埋在沙土里被人踩来踩去，便不顾一切地往回跑。他的目中无人惹恼了一个民兵，迎头就是一枪托，打得雷雷一个趔趄，顿时头破血流，趁着众人一发愣，他抓起收音机扭头便跑。

民兵们虚张声势地大声叫嚷，不停地拉着枪栓吓唬着：站住，站住，再跑就开枪啦！

哥几个跌跌撞撞跳上摩托车，雷雷拍着胸脯，得意地狂喊：开枪啊，开枪啊，有种的朝这儿打，二十年后又是一条好汉！不打你就是我孙子！

民兵们气得挥舞着枪托子冲上来，雷雷大笑着启动摩托车，摇摇晃晃往前猛闯。摩托车慌不择路乱窜，冲进渠沟里，摔得人仰马翻，狼狈不堪。民兵喊叫着逼近，雷雷一声令下：各小组注意，我们各自为战，各自为战。哥几个四散奔逃，民兵们恼恨雷雷，对他是“宜将剩勇追穷寇”，紧追不放。雷雷一路狂奔，高呼：我是王成，我是王成，向我开炮！向我开炮！

民兵们围追堵截，雷雷东躲西藏，情急之下他一头钻进卫生所，在晾衣场飘飘扬扬的白色被罩床单里跟民兵捉迷藏。

听说398农场卫生所新来了个姓叶的医生，水性杨花，生了一张狐狸般娇媚的脸，凡是见了这张脸的男人，无不想入非非、夜不能寐。传说总是既邪性又离谱，却偏偏最能勾起人心底最原始的欲望，于是经常有三三两两的好色之徒趴在诊所窗台前、门缝边儿窥视，彼此暧昧地笑，龌龊地议论。医生韩阳每每见到，都厌恶气恼得不行，便出言斥责。那些人贼眉鼠眼嘻嘻玩笑，说韩医生近水楼台先得月，滋味怎么样？韩阳气得骂他们无聊庸俗，叶青儿忍无可忍推门出来。她戴着大口罩，把脸遮得严严实实，一双秋水般寒冷的眼睛鄙夷地瞪着那些人，他们一哄而散，边跑还边回头看。

叶青儿瞪着那些人的背影，无奈又愤怒。走廊里只剩下韩阳和青儿，韩阳脸上浮起客气的笑，转身往回走。

叶青儿看着韩阳那谨小慎微的样子，有些伤感和失落，冲着他的背影喊了一声“韩医生”。韩阳回头，脸冲着叶青儿，眼睛却不看她，拒人千里之外地客气问，有事儿吗？

青儿想摘下口罩，但看着韩阳那谨慎的样子，手放到耳朵上，口罩拿下一半，便不再动。她盯着韩阳问，什么时候走？因声音隔着纱布，沉闷又模糊。韩阳说要等普检完了才能走。他和青儿考的是同一家医学院，听说青儿的成绩相当不错，可却没接到录取通知书。青儿怀疑通知书被农场的许大马棒扣住，韩阳见有人过来，没有接话，他神情别扭，不愿意让人看见自己和青儿单独交谈。青儿情绪波动得厉害，声音颤抖地问：我不懂，为什么会这样？

韩阳慌乱地说：我再帮你打听打听，别急，别急。说完扭头匆忙而去。青儿看着韩阳走进诊室，眼睛里的泪水慢慢凝固，结成了寒冰。

青儿转身回到自己的办公桌旁，呆坐片刻，拿起书埋头看。这时，门

“砰”的一声被撞开，雷雷倒退着进来，一只手抵住门，将门插死，另一只手紧攥着那台半导体收音机。他额头上有一道血痕，整个人脏兮兮的。门外已经能听到杂沓的脚步声，嚷嚷声也听得清清楚楚。

青儿看着雷雷，眼睛显出厌恶之情，正想轰他出去，门外已有人敲门。雷雷左看右看，一眼看见青儿，便冲到她身边，拉开她面前抽屉，将半导体塞进去，还胡乱划拉过几本书盖在上边。

青儿目瞪口呆地看着雷雷，她从没见过这样肆无忌惮的人。雷雷刚关上抽屉，就听见一阵砸门声。外面的人喊着：出来，快出来，我们看到你了！不出来砸门啦！雷雷到处找着退路，跑到窗边要往外跳，一看外面有人，立刻猫下腰，回过头冲着青儿臭贫：喂，小姑娘，跟他们说这屋里就你一人啊，我不在。青儿瞪着雷雷，根本就不理会他。

敲门声越来越重，大有破门而入的阵势，青儿起身要开门，被雷雷冲过来拦住。青儿伸手推雷雷，雷雷的手不经意地伸到青儿脑后轻轻一碰，青儿的口罩滑落……

雷雷一脸顽劣的笑容，他拎着口罩笑道：姑娘，脸上有麻子吗，捂这么严实。说着漫不经心看了一眼青儿，惊鸿一瞥……

青儿的美丽令雷雷震惊，一时说不出话来，像个傻子。青儿冷冷地盯住雷雷，一句话不说。雷雷下意识将手伸出，把口罩递过去；青儿淡漠地看他一眼，根本就不理会，拉开抽屉，拿出另一个口罩戴上。

敲门声更重，有人大喊：雷雷，你个胆小鬼！害怕你就别干缺德事儿啊！青儿拿起书，就当屋里没人似的，静静地翻阅。雷雷挺没趣儿，随手将口罩塞进口袋，做出一派大义凛然的英雄气概，大踏步走到门口，猛拉开门。民兵们要往里拥，雷雷伸手拦住：哎，这是医院啊，医生在开刀动手术呢，出事故算谁的啊。有什么事儿外面说去。

民兵们伸手要抓雷雷，他一瞪眼嚷嚷道：干吗，干吗呀，仗你们人多欺负小孩儿啊！雷雷说着往外推人，民兵们七嘴八舌骂雷雷，说他小子一天到晚偷鸡摸狗死不悔改，今天是人赃俱获，看他今天还怎么抵赖！

雷雷往门上一靠，大言不惭地百般抵赖，说捉奸在床，捉贼见赃。他们根本就没有证据，红口白牙诋毁诬蔑他，犯的是诽谤罪。一个民兵很气恼，上前推了他一把，质问：那摩托车里灌的全是沙子，许副场长知道了还不得要你小命！

雷雷一脸无赖相：哎，谁看见我开摩托了？我一小孩儿我怎么敢开摩托车呢！是不是，老哥？

雷雷一边挤眉弄眼，一边偷偷往屋里看，青儿端坐在那儿，像石膏塑像般静默，外面就是闹翻天也影响不到她。

此时，雷雷妈正在卫生所瞧病，与刘所长不咸不淡地聊着天。雷雷妈姓余，曾在政府机关任党支部书记，丈夫调回省城工作，为了陪宝贝儿子，她暂时留了下来。最近她被雷雷的事儿弄得焦头烂额，严重失眠，患上神经衰弱，常来卫生所看病。不知怎的，她看不惯青儿清高冷漠的做派，便跟所长东扯西拉说青儿的闲话。她认为青儿思想有问题，全卫生所就她戴着个大口罩，不知是怕传染病，还是嫌弃病人脏。所长不愿意纠缠这类事儿，支支吾吾敷衍着。

雷雷妈偏偏还较上劲儿了，说到这儿来看病的好些都是老干部，弄这么个不正经小娘们儿来，也太不负责任了！所长苦着脸，暗示青儿有来头。雷雷妈认真地问青儿后台是谁。所长环顾左右，压低声音：许副场长呗，本来咱所里编制就满了……

雷雷妈生气地打断道：这个老许！裤腰带扎紧才几天啊，又要犯错误！

所长吓得赶紧摆手说，这种话不能乱讲。雷雷妈气哼哼说，苍蝇不叮无缝的蛋，一个巴掌拍不响，这小娘们儿也不是什么好东西。所长变了脸色，慌张地说，小声点儿，小声点儿。

正说着就听门外一片混乱，有人高喊：雷雷，我们今天这么多人做证，你还敢抵赖！走，到保卫科去！判你几年大牢，看你再偷！

雷母一听大惊，赶紧往外跑。

只见卫生所走廊里，雷雷与民兵们推推搡搡，正大声狡辩着：哎，你们说我偷我就偷了？场里就那么一辆宝贝摩托车，你们不好好看着，让人偷了你们赖到我头上。我告儿你们，我可有病啊，精神病，遗传的，你们这么欺负我，我发作起来可六亲不认。

说着雷雷做出剧烈疯疯癫癫、张牙舞爪吓唬人的表情和声音，跟真的似的，民兵们还真吓一跳，不由自主地往后退。雷雷一乐，正准备拔腿就跑，不想母亲走过来，上前就是一拐脖，骂道：又现什么眼呢！

雷雷一见母亲立刻蔫下来，嘀咕着：他们诬蔑诋毁我。

几个民兵对雷母显然很犯怵，赶紧辩白：余书记，雷雷真的偷场里摩托车了，您也知道，场里就这么一辆摩托车。

雷雷吹胡子瞪眼说，再敢玷污他的清白，他跟他们没完。雷母假模假式地打了雷雷一巴掌，将他拉到身后，赔笑脸道：我教育不够，我回家教育，许副场长那儿我作检讨，雷雷还小，就原谅他一回吧！一个民兵嚷嚷说，他还偷了鸡场四只鸡呢！雷雷义正词严地反驳说，这是栽赃陷害打击报复革命群众，他要上访，他要申冤！

雷母一边拽着雷雷的脖领子往外走，一边向民兵们点头哈腰，说回家一定好好教育儿子，造成什么损失她包赔。

雷雷经过青儿的诊室时，努力地探头想再看她一眼，坐在角落里的青儿正一脸茫然看着窗外，听到门外的动静下意识回头，眼神冷漠。

雷雷不再嚷嚷，看着青儿在自己面前消失……

回到家里，雷雷免不了被母亲打骂一番，可他一声不吭，低眉顺眼，装出非常懂事孝顺的样子。看着儿子一副倒霉蛋的模样，雷母气不得恼不得，唯有长吁短叹。

自从见了青儿一面，雷雷心里便痒痒的，忍不住偷偷溜到卫生所，趴在窗台上探头探脑看她。韩阳路过时，见状又好气又好笑，咳嗽一声，雷雷吓了一跳，身子后仰，差点摔倒。韩阳打趣说，雷雷，你鬼头鬼脑干吗呢，卫生所可没什么值钱东西啊！

雷雷回过身，大模大样道：韩医生，我一直拿你当正派人，你怎么也跟着那帮官僚狗腿子瞎起哄啊！医务人员不是国家财富，不值钱啊？你这思想很成问题嘛，我要汇报上去，你就等着做检查吧！研究生也甭上啦！

韩阳听了这话直乐，问他偷鸡摸狗偷摩托还闹不够，现在还想偷人。话一出口，他顿觉有些别扭。雷雷还是个半大不大的孩子，对偷人这样龌龊的男女之事不大明白，根本没当回事儿。雷雷跟韩阳磨叨半天，才说出有东西落在他们诊室，想托他给拿出来。他边说边推着韩阳往诊室走，韩阳皱着眉头问：我们诊室怎么会有你的东西？

雷雷推着韩阳进来，青儿闻声回头看了一眼，雷雷眼前又是一亮。青儿现在不戴口罩，光彩夺目、满室生辉，她根本不理睬雷雷，仍低下头看书。

雷雷走到门口就停下，想看青儿，又不敢太放肆，用下巴示意韩阳：就那儿，小叶医生抽屉里。有一半导体，懂什么叫半导体吧，就是收音机。雷雷也不抬头看青儿，眼睛冲下，做出听收音机状，一个劲打哑语。青儿看得莫名其妙，韩阳拍雷雷脑袋一下嗔怪：不会说话啊！雷雷前言不搭后语说了句“邓丽君”。青儿与韩阳糊涂了，瞪着他问什么意思。雷雷急了，直比画说半导体里唱歌的女人叫邓丽君。青儿总算明白过来，拉开抽屉，将半导体拿出，往桌上一推，再不理会雷雷。

雷雷想上前拿，似乎又不敢，拽着韩阳，让他帮自己拿。韩阳看一眼雷雷，弄不懂他葫芦里卖的是什么药，便上前拿过半导体，塞到他手里。雷雷扭头要走，不甘心地回头看了青儿一眼，她心如止水，眼前似乎没有人，埋着头看书。

韩阳见怪不怪，转身出门，雷雷傻乎乎面对着青儿，像被点了穴位，呆站了片刻。青儿转过脸，一脸漠然，看着雷雷。雷雷目光刚与青儿接触，便慌张起来，溃不成军，立刻撒丫子往外跑。

跑出老远，雷雷还没明白过味儿来，他为啥落荒而逃，他雷司令啥时怕过，怎么这小丫头让他浑身不自在。夕阳西斜，三三两两的职工扛着农具回家吃饭。雷雷将半导体掖在衣服里鬼鬼祟祟往家走，几个哥们儿从邻居家蹿出，叫着：雷子，半导体找回来没有，听邓丽君呀。

雷雷竖起手指放在嘴边轻轻“嘘”了一声，然后把耳朵伏到自家门上听着里面动静。他悄悄推门，没推动，便回头龇牙一笑：我妈不在。他说着又去推门，没承想门“咣”一声打开，雷雷妈黑着脸站在门前。雷雷吓一跳，撒腿就要逃，那帮小哥们儿“嗖”地一下全藏起来。雷母喝道：往哪儿跑你，赶紧给我写检讨！明天全场大会你就等着挨批吧！

雷雷逃出老远，回过头跳着脚大喊：我不能开会，一开会我就发烧……告诉他们说我病了！

雷母恨铁不成钢地道：你病了才好，我才省心呢！说着狠狠把门关上。雷雷一脸沮丧，那几个哥们儿重新钻出来，轮番安慰雷雷说没啥大不了。雷雷生气地说道：还没事儿呢，明儿要全场开会念检讨书，你们谁他妈替我念？几个哥们儿相互推诿，说这么光荣的事儿还是雷司令自己来比较好，别人替没资格，再说许大马棒也不会同意。这臭脚捧得雷雷有些得意，可得意之余还是有点挠头。大头出主意说，最好糊弄张病假条，装病便可以逃过一劫。

主意倒是不错，可是动起真格的让他们帮忙，几个人又推三阻四的。雷雷气得直出粗气，不愿意搭理哥几个。黑皮暧昧说道：你不是跟那个姓叶的妞儿熟吗，窝赃都敢，这点屎事儿算什么？

几个哥们儿嘎嘎怪笑着，不怀好意。雷雷兴趣浓厚地问，她哪儿来的？贼漂亮啊！麻秆不屑地说，那是，不漂亮能当破鞋吗？

几个人相顾又笑，这个话题对于他们这个年龄而言，既神秘又刺激。雷雷发怔，不解地问，什么破鞋？黑皮说，你找叶青儿开假条一开一个准儿，我妈说只要是男的，找她办事贼痛快。

雷雷半信半疑：胡说八道，那妞儿傲了吧唧的，都不正眼看人的，还老戴个大口罩，怎么可能是破鞋呢！

麻秆认真说：哎，真是破鞋。她和她妈原来在双犁公社，是许大马棒那个老色鬼把她们调过来的。我爸去办的调动手续，我爸看过她档案材料，说她上中学起就有作风问题，特破！

黑皮肯定地说：她要不破，许大马棒那老流氓怎么那么上心调她呀，我姐去年卫校毕业想进卫生所都没进成！

雷雷恍然大悟：哦，怪不得，戴口罩是怕见人啊！得，明天找她去，非要这小破鞋给咱开假条。还不能开少了，怎么也得开个十张八张的！

哥几个随声附和：对，对！十张都少了，开它一沓存着，啥时用啥时拿。哼，敢不给开！

青儿知道明里暗里到处都有人编派自己，她用大围巾把头脸严实地包起来。然而她所经之处，仍会引起农场里的人注意，嘀嘀咕咕、指指点点，青儿一脸漠然，如入无人之境。

韩阳斜刺里走来，起初还是漫不经心的，离得近了才看见青儿，立刻左顾右盼。正想躲避时，青儿已经到近前，韩阳于是一脸尴尬，进退不得。青儿看着韩阳的窘状，淡然一笑，算是打了招呼，径直朝自己家走去。她孤傲的眼神中透着深深的痛苦和忧郁。

韩阳回过头看着青儿孤傲的背影，犹豫片刻，朝许大马棒家走去。大概是因为韩阳要走的缘故，许大马棒对他倒是很客气。韩阳有些不自在地向他打听青儿录取通知书的事儿，许大马棒避实就虚问，我不太清楚，韩医生很关心叶青儿啊？

韩阳故作轻松地说：谈不上关心，考的是一所医学院，顺便问问呗。许场长也费心帮着打听一下吧，小姑娘初来乍到，挺需要帮助的。

许大马棒冷冷地盯着韩阳说：她可不是什么小姑娘，复杂着呢，你可别被她表面现象蒙蔽了。再说这高考的事儿，她就没经过农场，私自参加考试，根本就不合法。

韩阳愣住，他知道叶青儿是在双犁公社参加的高考。然而许大马棒有意刁难说，双犁那边就没开介绍信！叶青儿私自考试，是违法的。见许大马棒那副奸猾的样子，韩阳不敢得罪，小心地为青儿说好话。许大马棒满脸邪恶地说，你们什么关系？你要和她有一手，你直说，咱哥们儿谁跟谁呀。说着他淫邪地捅了韩阳一下。韩阳吓了一跳，慌忙否认说只是同事关系。许大马棒嘴角闪现邪笑，那你回去跟她说，有什么困难直接跟我说，拐弯抹角干吗？

韩阳表面点头称是，心里骂他祖宗八代。

青儿对韩阳很有好感，可是连他都防范着自己，这让她黯然神伤。她家住在一排平房的中间，要回自己家就得经过几户人家。正是做晚饭的时间，家家户户的门都开着，青儿离很远时就低下头，匆匆走过。即便如此，那些家庭妇女们一见青儿便开始交头接耳，男人只要多看青儿一眼，家里的媳妇就会骂起来。

青儿把头巾裹得几乎都看不见脸，那些污言秽语全装听不见，她紧赶几步冲到家门口，急慌慌拉开门。碰巧母亲端着锅往外走，门前有水，叶母脚下一滑，青儿赶紧上前扶住。母女同时低头，发现门前甩着一大一小两只脏兮兮的破鞋子。

母女俩同时要去拦对方，怕对方看见伤心受刺激。可彼此眼神对视，尽在不言中，不禁凄然一笑。叶母抓过扫帚，把破鞋扫到一边，青儿接过锅去做饭，她眼里含泪，但不愿意母亲看见。

叶母慢慢回头，看着女儿羸弱单薄的背影，眼睛红了。当女儿转过身来，她脸上立刻浮起淡淡的笑容，青儿也在笑，好像一切都没有发生。

夜里，青儿躺在床上翻来覆去睡不着。她恨命运的不公，恨人情的冷漠。母女俩同睡一张床，两人背靠背躺着，其实谁也没睡着，但装着睡着了。

叶母眼皮发沉，恍恍惚惚正要睡去，隐约听见女儿的一声抽泣。她瞪大眼睛，侧耳倾听，一动也不敢动。青儿在哭，眼泪哗哗地流，她努力忍着不哭出声，但怎么也忍不住。哭了几声，咬住嘴，实在忍不住又哭几声。

叶母翻身坐起，不敢碰女儿，跟着流泪。青儿翻过身，也不看母亲，把头埋进母亲怀里，哭着说：妈，我们要离不开这里可怎么办啊？

叶母流着泪，紧紧抱住女儿，无力地安慰着她。

第二天大清早，雷雷跟三个哥们儿骑车上班，像踩着风火轮，骑得贼快。他们一路旁若无人地大唱跑了调的《甜蜜蜜》，感觉特好，惹得路上行人侧目。

路边一辆拖拉机熄火趴在那儿，几个工人忙得满头大汗，听见雷雷的歌声都乐了，一起喊，好啦，好啦，雷子来了。雷子，赶紧着，给瞧瞧是啥毛病。雷雷热心地跳下车，拿着扳手东扭西扳，鼓捣了一阵子，指挥司机大李踩油门，车发动起来。

雷雷擦干净手上的机油，推着车子回头冲大李说：大李，给捎个话，哥几个今天病假。大李认真地伸手要假条，雷雷不高兴了，骂大李白眼狼多管闲事。大李看着雷雷骑车离去的背影直摇头：这小王八犊子全他妈小聪明，一点不上正道！

雷雷路过卫生所时捏刹车闸停住，歪着脑袋问青儿真是破鞋？几个哥们儿齐声答，当然是啊，不信去试试。雷雷有些臊，骂道：滚蛋！回你们家试去！

雷雷等人悄悄溜到诊室外往里看。大头低声说：就那妞儿在，还有一个病人。黑皮窃窃低笑说什么病人啊，是许大马棒。大伙儿一听来了兴趣，争着想大饱眼福。雷雷抢先爬上窗台，只能看见青儿后脑勺和许大马棒侧脸，两人脑袋离得很近，说话声音很小，听不清，但许大马棒那肉麻表情是看在眼里了。

雷雷自言自语说：果然是破鞋啊，许大马棒光天化日之下都敢往这儿跑！

麻秆在一旁注释说，那许大马棒就是属苍蝇的，十里外都能闻着破鞋臭袜子味儿。几个孩子兴奋地嘻嘻笑着看着。

许大马棒的确没安好心，吃惯了鱼腥的猫儿哪有不贪嘴的。他早就对青儿垂涎三尺，一直为得不了手耿耿于怀，便企图借扣压青儿的录取通知书逼她就范。青儿心里明镜似的，老是躲着他，躲不过就冷着脸敷衍。

屋里没人，许大马棒蠢蠢欲动，他贴近青儿。青儿别扭得想起身，可许大马棒用眼神压迫着她，她手忙脚乱，不得不声音轻微地问：许副场长，您哪儿不好？

许大马棒声音很轻：哪儿都不好，小叶医生，你说我该怎么办？

青儿紧张起来，一时不知如何搭话。许大马棒眼睛盯着青儿，表情和声音极为肉麻地说，要不你给我检查检查？

青儿的心怦怦直跳，她不敢得罪许大马棒，自己的命运就掌握在这个让人作呕的男人手中。她磕磕巴巴说，那太复杂啦，您……您还是去省里大医院看吧。农场卫生所就是看些常见病，感冒发烧什么的。

许大马棒紧逼不放，贪婪地死死盯住青儿，声音黏稠地说，就是发烧，烧得夜里睡不着觉，老胡思乱想的。

青儿低头说，给你开些安眠药。看着青儿清新可人，许大马棒春心荡漾，暧昧地说，安眠药可不成，人睡死了啥尿不行了。青儿，你有办法帮我治的。这声音阴暗肮脏，让青儿浑身起了层鸡皮疙瘩，她吓得身体直往后缩。眼前这个男人继续利诱，温柔得恶心：没人的时候，不用这么正式，叫我大许就成。

青儿要站起身拿体检表，被许大马棒拽住。青儿吓得身体哆嗦起来，他以为青儿是装模作样，便放松地把身体靠在椅背上，眯起眼睛，声音很轻地问：我听人说你会针灸还会按摩？

青儿低声说会一点点。男人说按摩很舒服，他想试试。青儿说，她去做准备。男人话里有话地说，白天工作那么忙，没有时间，晚上去家里吧。家里宽敞，你嫂子也不在家。他眼睛里透着他能想象到的温柔，青儿吃了苍蝇一样难以忍受，她脱口而出：对不起。

男人肉麻地问，对不起啥呀？青儿不敢看他邪气的眼睛，他趁机抓住她的手抚摸。青儿吓得语无伦次：许……许副场长，别这样，这……这样不好。

男人感觉鱼儿要咬钩了，便紧攥着那柔弱无骨的小手不放，接着问，咋不好？挺好的。晚上去我家吧，想吃点啥？巧克力还是咖啡？

青儿用劲甩开男人充满欲望的大手，脸通红，瞪着眼睛不客气地说：许副场长，您有病去省医院看吧，我也不是正式医生，我不能随便给人看病！

男人的脸色慢慢变冷，盯着青儿那张漂亮的脸，一只手在桌上画着，鼻子里出气问，没上过医学院没有医生执照，凭啥进卫生所？青儿咬牙，低下头低声说：我们母女一直感谢许副场长……我妈说……男人打断她的话，直截了当说，对青儿妈没兴趣，他想听青儿说。

青儿终于无法忍受，一脸正色地说：许副场长！你羞辱我可以，不要侮辱我母亲！

男人冷冷一笑，我侮辱了吗？我是怎么侮辱的？他站起身，在房间里踱步，嚣张地说，你要愿意，你们娘俩今天就可以回双犁公社。说完，冷笑着往外走。

青儿屈辱地说，她并没有不敬重许副场长的意思。男人回过头，满脸肉麻的微笑：有什么话，晚上家里说，我等着你。青儿觉得有必要挑明态度，冷冷地说，您有病应该去医院，我去您家里不合适。

男人哼了一声，脸色变得很难看，一句话不说扭头就走。青儿喊住他，问录取通知书的事儿。男人狠狠地说他会帮着好好查查，不过他倒想知道，像她这种作风不好的女人，哪个大学敢要?!

青儿气得说不出话，男人冷笑着推门，扬长而去。她眼泪涌出，眼前一片模糊。许大马棒在走廊气冲冲走着，迎面遇见韩阳。韩阳满脸堆笑问他好，许大马棒瞪着韩阳说，你告诉那臭婊子，她录取通知书就在我手里，我给她撕了！她想离开398，趁早死了这条心，她这种破鞋，就得在398劳动改造一辈子！

韩阳目瞪口呆地看着许大马棒，神情错愕，不知青儿怎么得罪了他。

青儿心里难受，眼泪禁不住扑簌簌流下来。这时，门开了，一个黑影晃动着走来。青儿泪眼模糊，看不真切，以为那个男人去而复返，忙开口说：许副场长，我知道我欠您很多，我以后有机会一定报答。现在只有您能帮我，您一定要帮我……

那黑影却不搭话，一抬腿坐上桌子，嘿嘿笑着。青儿赶紧擦掉眼泪，定神一看，气歪了鼻子，只见雷雷跷着二郎腿坐在诊桌上，居高临下看着青儿直乐。他模仿许大马棒的声音：小乖乖，帮什么你说吧，我帮你。

青儿气得上前猛推雷雷，让他出去。雷雷偏偏不动，死皮赖脸地说他是农场职工，有病凭啥不能来。青儿冷着脸让他找医生看去，她不是医生。雷雷讥笑地说：你不是医生，那你在卫生所人模狗样地穿着白大褂戴着白口罩干吗呢？调戏人啊。哎，走后门进来的吧？许大马棒特别照顾你吧？

青儿怒视着雷雷，质问他到底想干什么。雷雷大声嚷嚷说，他来看病，他又没心怀鬼胎，别有用心！青儿见摆脱不了纠缠，就大声叫，所长，有病人。雷雷赶紧关上门，讨好说：叫所长干吗，这事儿，有你就成！

青儿快被气疯了，扯着嗓子问他想干什么，有什么事儿。雷雷赖兮兮说：小事儿，你嚷什么，让人听见还以为我怎么着你了呢。告诉你，我可不是那些老色鬼啊。我吃素，坐怀不乱，对风骚女人没兴趣。

雷雷叽里咕噜说得快，青儿没听清，瞪着他问刚才说什么。雷雷赶紧赔笑脸说，没说什么。接着夸青儿特漂亮，气质好，就跟李铁梅似的。边说边比画，摆出一副手提红灯的架势，嘴里唱：我家的表叔数不清，没有大事不登门……哎，许大马棒是你第几个表叔啊。

青儿气得抓起桌上茶杯，又重重放下，声音颤抖地叫：你滚，滚！

雷雷吃软不吃硬，态度蛮横起来，大大咧咧说，他是农场职工，有权利到农场卫生所看病，他凭什么滚啊！他让青儿赶紧给他看病，少跟他废话！

青儿气得拿他一点辙也没有，雷雷没心没肺冲着青儿坏笑。青儿转身就往门外走，雷雷伸手拽住她，让她给自己开病假条，诸如发烧、拉痢疾、脑膜炎、气管炎、肺炎、肠炎、阑尾炎等，一张开一种病，先开十张。青儿又好气又好笑，像看臭虫般看着他，冷冷地说，你走。

雷雷皱起眉头不耐烦地说：你没开假条我哪儿走啊。赶紧的，我这儿还等着用呢！他说着把病假条拿到青儿面前。

青儿的怒气压抑不住，发作道：你神经病啊？我凭什么给你开病假条？

我告儿你，我根本就没这个权力！懂吗！出去，出去！她使劲猛推雷雷。

雷雷被惹毛了，他推开青儿，轻蔑地说：哎，你不是破鞋嘛，是个男的找你，你都挺大方，跟我这儿装什么正经啊。

青儿精神崩溃，她狂甩了雷雷一大嘴巴：滚！

从小到大，还没有哪个女人打过雷雷耳光，他觉得受了奇耻大辱，挥舞着拳头就要打下去，可看到青儿疯狂的眼神，他愣了愣，放下拳头，咬牙切齿道：要不看你是女的，我打得你满地找牙！破鞋！给脸不要脸！

青儿气疯了，歇斯底里地胡乱抓起桌上的东西，朝雷雷砸过去，嘴里狂吼着：滚，你滚！

雷雷跳着脚边躲边骂：破鞋，你打呀，砸呀。再打再砸你还是个小破鞋……

青儿彻底疯狂了，她披头散发，在医务室转着圈砸东西，劈里啪啦的声音震耳欲聋。

韩阳听说雷雷在医务室跟青儿找事儿，飞奔而来。他撞开门，见青儿疯狂的举止吓了一跳，而雷雷却一副幸灾乐祸的神情。韩阳气得揪住雷雷的衣领，将他拉出医务室。青儿气得头晕目眩，眼前一阵阵发黑，站立不稳，扑通一屁股坐在地上，想哭都哭不出声来。

雷雷使劲挣扎着，企图摆脱韩阳的控制，韩阳下死力气把雷雷抵在墙上，雷雷不甘心，跃跃欲试还要往医务室扑。他嘴里骂道：她一小破鞋凭什么打我啊？我到场里告她去，开她批斗会。脖上给她挂一大串破鞋，叫她敢打我！

韩阳知道雷雷尽管爱瞎胡闹，可幼稚单纯，如今说出这等恶毒伤人的话，一定是听信了流言蜚语。在内心深处，他暗暗喜欢着青儿，想保护她，又怕受牵连。雷雷这样欺负青儿，韩阳不由得生气了：你这孩子怎么一点人事儿不懂啊，你父母怎么教育你的？

雷雷闻言转移炮火：哎，韩医生，我骂那破鞋，跟你屎关系啊！你怎么连我父母都捎带上了？我招你惹你啦？你不会也跟那破鞋有一手吧，小心许大马棒饶不了你。

韩阳被激怒，骂道：雷雷！你小小年纪就黑心烂肺啊！叶青儿怎么得罪你了，你这么骂人家？有点人性没有啊！

雷雷奇怪素来不愿惹火上身的韩阳总爱替青儿出头，好奇地问道：她给你什么好处了，你这么维护她？

韩阳一时瞠目结舌，不知说啥好。他一转念想，对雷雷这样的人不能认真，不然越描越黑，他生气地说道：我犯得着跟你这小屁孩儿解释吗。我告儿你啊，叶青儿是个好同志，那些流言蜚语都是诽谤，是造谣诬蔑！

雷雷来了兴致，纠缠道：是好同志还是好女同志啊，什么流言蜚语啊？哎，你跟我说说，我来给你分析判断一下，到底是不是诽谤造谣。

韩阳不想跟他胡扯，气得转身就走，一旁看热闹的伙伴儿喊：雷子，假条！

雷雷一拍脑袋，这才想起此行的目的，赶紧追韩阳，一个劲儿地道歉：韩医生，别生气！叶青儿是个好同志，好女同志，叶青儿同志万岁。韩医生，帮我开张病假条吧，求您啦。

韩阳对雷雷不理不睬，埋头走路。雷雷紧追不舍，唠唠叨叨紧着认错：哎，我错啦！要不，我给叶青儿女同志写份检讨书，放农场广播站广播；要不，让我妈给省报写封表扬信？这还不成？唉哟，韩大哥啊，您要不开这病假条，我得挨批斗啊。您那么有人性，您怎么就专同情那漂亮女同志，也同情同情我呗……

韩阳走哪儿，雷雷跟哪儿，怎么都甩不掉他。韩阳认真地告诉雷雷，以后不准再欺负叶青儿，她和她母亲真的不是坏人，她们日子过得很艰难。雷雷点头如捣蒜，满脸虔诚悔过之情。韩阳气馁，嘀嘀咕咕数落了他半天，末了问了一句：唉，跟你这种没家教的野孩子有什么可说的！几天啊？

雷雷没反应过来，问什么几天。韩阳不说话，扭身就走，雷雷醒悟过来，高兴得蹦着高说：三天吧，五天也成啊。

拿到假条，就等于有了护身符。雷雷与几个哥们儿唱着走调的《甜蜜蜜》，在马路上摇摇晃晃地骑着自行车，往小树林里钻。麻秆问，老跟这儿钻来钻去干吗呀？去我家听邓丽君吧，我妈去姨家串门了。

雷雷说：一边去，我这执行侦查任务呢！我倒要看那破鞋破到什么份儿上。待会儿她来了，你们不许出声啊，要严密监视，懂吗？

几个唯恐天下不乱的男孩一个劲儿地点头。他们藏好自行车，潜伏起来。远远看见青儿身影摇晃着走近，她用大围脖把自己包得严严实实，眼睛红肿，步履机械，像是丢了魂儿。雷雷等人鬼鬼祟祟地跟着，她浑然不觉。

青儿低眉顺眼地走过一排平房，几个接水的女人聚在一起说着什么，只听到一句清晰的话：破鞋。见青儿走来，一齐回头，满眼敌意蔑视地瞪着她。青儿不抬头，朝自己家走。又听到一声清晰的喊叫：破鞋。青儿猛地收住脚，控制不住情绪，狠狠地瞪着那几个女人。那几个女人怎甘示弱，与青儿眼神对峙着。一场无声的较量在眼神之间往来着，女人懂得往哪儿扎最疼，青儿毕竟小，抵不住过来人复杂龌龊的神情，扭头便走。

她走得急，没留意路边扔着一双小孩的破鞋，脚踩上去一软，身子踉跄了一下。旁边一户人家“哗”地泼出一盆脏水，正好浇在青儿头上。青儿摔倒，立时变成落汤鸡，那几个聚在一起的妇女哄堂大笑，雷雷哥几个也跟着哈哈笑。

叶母闻声赶来，看见女儿受辱，看见以雷雷为首的那帮坏小子们在狂笑，她狠狠瞪着雷雷，这个小流氓的影像就此深深刻在心里，永远无法改变，无法抹去。

青儿慢慢爬起，挺起身，脏水顺着她的脸、头发、衣衫慢慢淌下。她直着身体，挺着胸膛，仍然一派高傲……正在大笑着的雷雷，渐渐笑不出了。

青儿冷冷地盯着泼水的女人，那个健硕的女人也和那些女人一样在狂笑。青儿死死盯着她，盯得她慢慢收敛笑容，她瞪起眼睛：你想咋地？破鞋！

青儿不言不语，就这样看着那个女人，看得那女人跳着脚骂：你想吃人咋地？你咋这么看人，毒蛇眼！破鞋！

叶母奔过来脱下自己棉袄外的罩衣，包住女儿，搀着女儿往家走，这对柔弱的母女走得抬头挺胸。

那些女人本来围在一旁看热闹，见青儿母女过来，下意识退后，让开一条道，青儿母女相搀扶着走过。

雷雷看着青儿痛苦压抑但高傲的眼神，镇住！

第二章

斜阳入江，秋水瑟瑟。雷雷躺在江边的黄草垛上，仰面看着天上变幻不定的火烧云，想着少年心事。

几个哥们儿在一旁嬉笑打闹，拿青儿受辱的事儿当佐料寻开心。大头问，那破鞋还挺横的哈，凭啥呀？麻秆不以为然地答，有后台呗，你没看许大马棒一见她，裤子直往下出溜。黑皮嘿嘿笑着说，许大马棒老婆可是母夜叉，等这母夜叉从娘家回来，哈哈，可有好戏看喽！

雷雷心烦意乱，不知是何缘由，此时谁说青儿不好的话，他都觉得异常刺耳。或许是青儿威武不屈的高傲，或许是她楚楚动人的柔弱，深深打动了他，使他产生了保护她的念头。

雷雷一声暴喝：都他妈胡说什么呢。

哥几个被吓住，面面相觑，不知怎么引爆了他的邪火。大头嘀咕道：不是你让我们跟踪那破鞋的吗？

雷雷满脸怒气地轰他们走，哥几个讪讪起身，一起摇头说：没劲，雷子你忒没劲！

看着哥们儿骑车远去，雷雷这才静静地躺下。他突然有了莫名的惆怅，心里发酸。这时却听见草丛里窸窸窣窣的声音，他心头火起，气呼呼地翻身坐起来，刚想骂，见青儿一脸泪痕低着头过来，他吓了一跳，赶紧找地儿隐藏起来。

青儿在江边坐下，看着江水发呆，眼泪慢慢落下。然后越落越多，肩膀剧烈抽搐着。雷雷看着青儿单薄抽搐的背影，低下头想溜走。他悄然挪步，却发现青儿扑到草丛上，越哭越伤心，他心中不忍，想劝又不敢，一时手足无措。

他冷不丁看见韩阳沿着江边走来，便下意识地藏起来。韩阳四下张望，见周围无人，慢慢走近青儿，看着她痛苦的背影，他心里充满同情，于是隔着三尺远站住，轻声咳嗽一下。

青儿闻声猛地抬头，满脸泪痕。韩阳满怀怜悯地看着她，青儿受不了韩阳的怜悯，哇的一声大哭起来。

韩阳一声不吭等着青儿哭够，他知道压抑痛苦是什么滋味。火山喷发后才会有平静。青儿哭着抬头问：我究竟犯了什么罪？为什么所有人都这么恨我？

韩阳很理智，语气沉稳地说：他们其实也不是恨你。他们没文化、无知，容易受人煽动，你不能跟他们一般见识。

青儿质问：你告诉我，这地方谁有知？我应该跟谁一般见识？

韩阳哑口无言。青儿盯住韩阳接茬问：韩医生，你是398唯一不歧视我的人。我想问你一句，你说……他们为什么叫我破鞋……

青儿说着眼泪一串一串落下。这个敏感的话题让韩阳感到别扭，他本能地掉过脸，张口结舌不作答。

"我做过什么他们这么羞辱我？我连男朋友都没交过，他们凭什么这样啊？"青儿悲愤交集，"连雷雷那种小流氓小痞子都敢指着鼻子骂我，糟践我。"她哭得感天动地，心都要碎了。躲在一旁的雷雷听着满脸羞愧。

韩阳劝解道：雷雷不过是个野孩子，他哪有是非标准？还不是大人说什么他跟着瞎起哄，你要跟他生气就太不值了。

青儿大哭：就是这样我才难过啊，他都不认识我就骂我……

雷雷再也听不下去，悄然离开。回到家里，他无精打采一点胃口也没有。母亲黑着脸训他，苦口婆心劝他重读高三考大学。雷雷赌气说，他就是一辈子在398农场砍树，也不愿上学。气得雷母直瞪眼睛，一点辙没有。

青儿打定主意，直接去农场办公室找一把手方书记。方书记五十多岁，是一谨小慎微不愿意揽事的主儿。他知道青儿为何而来，边收拾文件边打着官腔：你是来问医学院录取通知书的事儿吧。我告诉你，后勤文教这一块儿归许副场长负责；他一会儿就来，你等一下吧。说着他起身要出门。

青儿抢在他身前把门关上，用身体靠住门，急切地说道：方书记，这件事关系我一生命运。我一向敬仰您的为人，您是老革命，为人正派，我的情况您是了解的，许副场长不会放我走。我求您，帮帮我，方书记。她越说越激动，眼睛里充满泪水。

方书记看一眼青儿，眼睛立刻移开，退后几步，神情漠然地说道：许副场长马上就到，你等他一下吧。

青儿的心凉透了，彻底绝望。她瞪着方书记说道：姓许的根本不配当领导，您是知道的！您为什么不能主持一下公道？您德高望重，您一句话就能改变我一生，您为什么不能凭良心做事儿？

方书记迎着青儿悲愤的目光，不为所动，仍然打着官腔：啊，你的情况我会向许副场长转达的，许副场长工作经验丰富，你应该相信他……

青儿对他这副嘴脸厌恶至极，摔门而去。

青儿在路上茫然地走着，远远的许大马棒大摇大摆走来，一路热络地跟人打着招呼。他一见青儿，立刻绷起脸，装出浩然正气的模样，停住脚步；青儿看见了他，脸色漠然，毫无表情。

这男人一脸道貌岸然，声音很低：你的事儿，非常简单。调档函在我手里，我盖个章，你就走人，这辈子咱们也不会再见……

过往的人见两人说话，都绕道而行，没人敢往这边看。

青儿冷着脸看他，不言不语。男人淡然地笑着说：我调你来可不是想送你走，你铁了心要走，我也成全你。我这人心善你是知道的，可你不能就这么走了，总得留下点什么，让我们也有个念想，你说是吧。要不，我费那么大劲弄你过来干吗？

青儿冷冷地问：你到底想干什么？

男人火了：甭装糊涂啊，你又不是纯洁少女。你在双犁公社可是破名远扬啊，我不避嫌疑调你过来，你就这态度？操，你上不上大学关我屌事儿！

他说完要走。

青儿咬牙道：我上大学合理合法，你没有任何权力扣压我档案！

男人转过脸，冷笑不止：398之外的事儿，我管不着也不爱管，可只要你在398农场一天，你就在我手掌心儿上。你不服气找人吧，你可着劲找吧。

青儿面无人色，这个无耻的男人挖空心思就是想得到她。见青儿不吭声，男人走几步，又回过头，换上一脸笑容：今天就谈到这儿吧，有什么想法随时找我。去我办公室或我家都成，我家在哪儿知道吧，你要愿意，去你家也成啊。他说完笑眯眯走了。

青儿盯着他的背影，怒火烧红了眼睛，流不下一滴泪。

韩阳的交接手续办得差不多了，可青儿的事儿始终让他挂怀。依仗着所长赏识他，韩阳婉转地托所长找许大马棒，替青儿说几句话。所长警惕起来，警告他说，叶青儿的事儿他趁早别管，管不了还惹一身臊。

正说着话青儿推门进来，她像一具行尸走肉，面无表情，动作机械僵硬。她拿着抹布擦拭着灰尘，然后拿着暖瓶去打水。

跟所长不咸不淡闲聊几句，韩阳起身告辞。在走廊里与青儿碰个迎面，他下意识地想躲，大庭广众之下，他要把自己撇得很清，他很在意好名声。可是青儿的目光逮住了他，说已经见过方书记。

韩阳看着青儿表情已经知道答案，仍机械问一句：他怎么说？

青儿凄然一笑：他让我找许大马棒，我见了许大马棒……下面的话没法再说，那个男人想干啥两人都很清楚。韩阳不缺古道热肠，但缺少侠肝义胆的勇气，此刻唯有默然能表明他的态度。青儿苦笑一下，拎着暖瓶孤寂地离去。

别人都躲着叶青儿，雷雷偏不，青儿的影子老在他眼前晃悠。工作时他脑子老走神，他索性趁着午休时间，来到卫生所找青儿。

青儿边吃饭边看书，神情中有一种不屈和执拗。雷雷冲动地“咣”一声撞开门，他眼睛并不看青儿，因激动紧张显得愣头愣脑，平时那种泼皮似的坏劲儿荡然无存。青儿困惑地看着他，弄不懂他葫芦里想卖什么药。

雷雷走到她面前，突然伸出手递过一个洁白的口罩。青儿面似寒霜，一句话不说，埋头吃饭、看书。

雷雷直愣愣地说：这是你的，我还你。

青儿装着没听见，眼皮都懒得抬。雷雷倔脾气上来，就像个树桩，举着口罩戳在那儿。屋里的空气逐渐凝固，慢慢稀薄，雷雷知道自己终究挺不过这丫头，便开口问：我给你放桌上？

青儿从牙缝里挤出冰冷的两个字“拿走”。雷雷问为什么？青儿又挤出一个字“脏”。雷雷的机灵劲儿全蒸发了，他傻乎乎说：我洗过了，还用开水煮过，不信你闻这味儿。

他把口罩递到她面前，她厌恶地偏过脸，声音生硬地道：你自己用吧。青儿冷漠的态度并没有吓退雷雷，他其实最怕的还是她不说话，只要她理他，哪怕骂他，他都感觉兴奋，他像条濒临死亡的鱼活了过来。

调侃是雷雷的惯用武器，只要他抡起来，就没皮没脸，自我陶醉。这招对沉默寡言、涉世未深的女孩子尤其灵验。雷雷大大咧咧道：哎，你这个态度就不对了。这口罩不是你个人的吧，怎么能随随便便就送人呢？公家财产你就这么不在乎？当然你送我，我也不拒绝，但你这是浪费啊，太不对啦！

青儿满脸不耐烦，猛地抬起头：口罩放下，你，走开！说完，她低头吃饭。雷雷规规矩矩将口罩小心翼翼地放桌上，然后呆立在一边，一动不动。

青儿奇怪他既不走，也不说话，就用眼睛严厉地质问他。雷雷低着头，破天荒有了点男孩子罕见的羞涩。青儿弄不清这个小鬼头想干什么，也不想知道，端起饭盒就往外走。

雷雷挡住去路，她瞪着他，冷冷地命令道：起开！

雷雷抬头看一眼青儿，立刻低下头，声音非常小地道歉：对不起。青儿没听清，抑或没想到他会认错，下意识地问了句“什么”。雷雷嘟嘟囔囔：哎，长这么大第一次说这个，怎么还让我重复啊。

青儿瞪着雷雷，他抬起头，两人目光相遇，都是一脸针锋相对的固执。互相瞪了半晌，青儿觉得跟这个半吊子较真太掉价，扭头就走，把他晾在一旁。他可不是省油的灯，毛主席游击战十六字方针学得烂熟于心，敌退我进，敌疲我扰；况且他的天性就是喜欢跟人对着干，从中找到斗争的乐趣。现在他想和青儿交朋友，采取死缠烂打的招数，青儿到哪儿他跟到哪儿。

青儿到院里的水槽边埋头洗碗，雷雷左脚蹬着水槽，右手揪着一旁的树叶子跟她瞎贫：哎，你哪个青啊？青年，青草？还是青红皂白？

青儿压根儿就不搭理他，使劲甩着饭盒里的水，甩了雷雷一脸。雷雷赶紧躲闪，既不急也不恼。他一个劲儿转着眼珠子，突然叫道：哎，快看快看，你小弟弟找你来了嘿。

青儿下意识地低头一看，尖叫起来。原来水槽里蠕动着一只大青虫，肥胖胖的，让人起一身鸡皮疙瘩。雷雷哈哈大笑：果然是你亲戚啊。得，以后就叫你菜青虫吧。

青儿气得用水泼雷雷，他却抓起那只虫子吓唬地往青儿眼前递，吓得她撒腿就跑，雷雷得意地大笑不止。

下班回家，青儿满腹心事地走在路上。身后传来一阵口哨声，雷雷率领着狐朋狗友呼啸而过，青儿依然是我行我素，目不斜视。离家近了，她的脚步变得犹豫，眼睛里流露出恓惶无助的神情。她不知道前面有什么样的污言秽语或是恶毒行为等着自己，望着自家那几间平房，她深吸一口气，挺起腰，走得步履沉重。

令人惊奇的是，长舌妇们都围聚在昨天往她身上泼脏水的那户人家门前，吵吵嚷嚷，议论纷纷。那户人家里浓烟滚滚，像着了火，那个健硕的女人跳着脚骂着：哪个缺德带冒烟的王八犊子啊，欺负到老娘头上了，给我滚出来，老娘叫你死不了活不成。

围观者有的幸灾乐祸，有的帮着她骂，雷雷与一帮哥们儿混迹在人群里看热闹。原来，这妇人家的烟囱让人堵了。妇人边骂边指挥男人爬上屋顶掏烟囱，男人灰头土脸被熏得大声咳嗽，掏了半天也没拿出里面的石头。妇人跳着脚，声嘶力竭地大骂不绝。雷雷在一旁冷嘲热讽道：大妈，您不会得罪什么人了吧？

妇人气呼呼地问：得罪谁啦？我家三代贫农，根红苗正，年年得先进，我得罪谁啦？

雷雷话里有话地提醒道：得罪谁您自己知道啊。我告诉您啊，做人呢，一定要宅心仁厚，那缺德带冒烟的事儿少干点，您家烟囱就能冒青烟儿啦。他说完，带着一帮哈哈大笑的小哥们儿骑车离开，车铃声响成一片。

妇人醒悟，跳着脚喊：你个小浑蛋雷雷，你给我回来，你知道是谁干的？是不是你这个小兔崽子干的，我告诉你啊，别以为你爸以前在省里当官儿就了不起，现在还不和我们一样，农工一个……

雷雷等人吹着口哨唱着《甜蜜蜜》从青儿身边经过，她看着雷雷，雷雷冲她眨眨眼睛，扬长而去。

回到家里，母亲已经摆好饭菜。青儿大呼痛快，兴奋地给母亲讲刚才的所见所闻。叶母猜测说一定是雷雷那帮小子学电影里小兵张嘎的损招，青儿说看来这里还是有好人。

叶母也为女儿的事儿发愁，她叹口气道：今天见着方书记老婆了。她拐弯抹角跟我说，金场长要退了，许大马棒肯定当场长，老方不愿意得罪许大马棒，找他一点用也没有。

青儿说她想去一趟省城，找校领导说明情况。叶母帮不上女儿的忙，心里有愧，此时无话可说。

收拾完碗筷灶台，窗外已经漆黑一片。青儿拿起书，心不在焉地翻看着。她想起雷雷，原来这个混世魔王并没有那么坏，也有风趣可爱的一面。而此时，雷雷却没有闲着，凡是对青儿恶言恶语、有不良企图行为的人，都是他打击报复的目标。今晚，他要对付的是谈虎色变、人见人怕的“南霸天”许大马棒。

一群人藏在许大马棒家门外树后，个个摩拳擦掌，像打了激素般兴奋。

大头问许大马棒真的一个人在家？黑皮说，他老婆打麻将去了，半夜才回来呢。雷雷瞪着眼让小声点，他正捏着嗓子酝酿情绪呢。

几个哥们儿倒是噤声，挤眉弄眼表情丰富。雷雷憋着气，将嗓子逼得又尖又细，猫叫春般喊：许副场长，许副场长在家吗？大家伙儿咬住嘴唇，硬是生生把笑声镇压下去。屋里许大马棒拖着腔调问："谁呀？"雷雷尖细着嗓子，学娇滴滴的女声：我是三队小丽啊，许副场长，我有点急事儿。

这帮小子笑得要晕过去，又不能出声，一个个憋得满脸通红，青筋直蹦，好比下不出蛋挣扎的鸡。可雷雷一本正经，侧耳听着屋里的动静。

一阵沉重急促的脚步声传来，雷雷打了个手势，众人迅速躲到树后。门"吱呀"一声打开，一桶猪泔水"咣当"砸下，连桶带泔水一股脑儿砸在许大马棒头上。他当时就蒙了，想不出谁敢暗算自己。

哥几个看着许大马棒的狼狈相，再也憋不住，哈哈大笑之声决堤而出，骑上自行车扭头就跑。许大马棒愤怒又疯狂，扯着嗓子骂：他妈的有没有王法啦，被老子逮到抽筋扒皮、关禁闭……

男孩子们疯狂地骑车猛跑着，既兴奋又害怕。黑皮激动得直结巴：雷……雷子，就不怕许大马棒报复咱啊？雷雷不屑地说，398 恨许大马棒的人多了去了，想他死的都不知道有多少，咱们根本都排不上号。末了他提醒说，大家伙儿别犯傻，自己招供去啊。

众人把头摇成拨浪鼓，异口同声说：那不能，那不成傻子啦！

麻秆突然好奇地问雷雷，怎么想起折腾许大马棒来啦，跟他有仇吗？雷雷眼神变冷，声音冷刀子似的说：仇大了去了，这老东西糟践了我一个……他停住话，不知怎么说下去，他还弄不清青儿跟他到底是什么关系。大头义愤填膺地骂，死催的许大马棒敢糟践咱雷司令的亲戚，往死里折腾他。其他人也纷纷讨好地说狠话，大骂许大马棒。

雷雷也不好说明，临分手时他警告说：都给我记住了，许大马棒诈死也不能说啊！谁说谁是叛徒！

黑皮兴致勃勃地问：雷子，明儿咱恶心谁去？

雷雷冷静地说：明儿想起来再说吧。

复仇大计得以实施，雷雷心情大好。家里黑灯瞎火，他估计母亲已经熟睡，正蹑手蹑脚推开房门时，灯“啪”一声亮了，吓得他一哆嗦。雷母端坐在桌前，瞪着儿子，雷雷赶紧赔着笑脸道：我晚上加班来着。

雷母冷着脸说：正经班都不好好上，还加班？睁眼说瞎话！

雷雷嘿嘿笑着：其实我特想闭眼说实话，可一见您吧，这本能就想编瞎话。这都是打小给您逼的，从来不信任我，我说什么您都不信。

雷母生气地说道：你就贫吧，早晚有一天坏在这张嘴上！

雷雷不满地辩解：您当我爱说话呀，我在外面话少着呢，我不为逗您一乐嘛。要不，您又该想我爸了。

这句话戳到雷母痛处，雷母神色黯然。雷雷见状拔脚就想往自己房间溜。雷母喝住他，问二强家烟囱是不是他堵的。雷雷神色坦然，当下矢口否认。雷母说二强老婆来告状，说你一晚上都在他们家周围瞎转悠。

雷雷火了，张口骂道：我操，他们家在不在农场啊？我爱转哪儿就转哪儿，她管得着吗！

雷母抬手就是一巴掌：嘴这么脏！

雷雷也不躲，生生挨母亲一嘴巴。雷母立刻心疼，赶紧过来查看，责备说：这孩子怎么不躲啊，你以前老躲的……她搬过雷雷的头，看他的脸是否红肿，雷雷死别着脸不让母亲看。

他声音伤感地说：妈，我都快二十了，您别老动手，别老打我的脸。

雷母闻言手松开，雷雷神色黯然地推门走进自己的房间。

他和衣躺在床上，看着天花板想青儿，手习惯性地去枕边摸收音机。枕边是空的，他着急地翻身下床，在屋里乱翻一气，怎么也找不着。他知道收音机被母亲没收了，沮丧地仰面倒在床上。

雷母为伤了儿子的心惴惴不安，她敲敲门进来。雷雷躺着一动不动，雷母在床边坐下，母子俩一时无话可说。沉默半晌，雷母伤感地说：妈知道你大了，以后不会动手了。雷雷依然没有吱声，雷母叹了一口气，满脸忧伤地站起身，把一个崭新的收音机放在儿子枕边。

雷雷眼前顿时一亮，翻身坐起，喊了一声“妈”。雷母转过头，爱怜地看着儿子：我托人到省城给你买的，场里那台明天还了吧。

许大马棒被人恶搞的“好事”不胫而走，传遍398农场，人们议论纷纷，怎么解气怎么腌臜他，到处是压抑的欢笑。青儿听着高兴，脸上却平和如镜。

许大马棒的老婆被唾沫星子淹得喘不过气，尽管满脸愤怒，却找不到发泄的对象。恰好青儿映入她的眼帘，不禁怒从中来，往路边吐一口唾沫，骂道：臭不要脸的，破鞋！

青儿脸色一变，看了那妇人一眼，见她正虎视眈眈瞪着自己，准备拿自己杀鸡儆猴，便忍住怒气，绕道而行。阴谋不能得逞，妇人怒火熊熊，她吃准青儿这个软柿子，不捏得她骨断魂销，这口恶气怎出得来。丈夫对青儿垂涎三尺，她早就有所耳闻，今日借机打杀一顿。打定主意后，她拦住青儿去路，不去正眼瞧她，指桑骂槐道：没见过这么不要脸的，大天白日勾搭男人！

此招果然灵验，众人停止嘻嘻哈哈的非议，围拢过来看现场的热闹。青儿脸色苍白，不敢招惹母老虎。妇人欺软怕硬，越发张狂，跳着高儿叫骂：到398就神气活现了？谁不知道娘俩在双犁都臭大街了，逮谁跟谁啊，还白大褂白口罩人模狗样的！呸，恶心死人！

雷雷和哥们儿骑着自行车过来，闻声都捏闸停住。看见青儿当众受辱，雷雷眉毛挑了一下，想着对策。青儿无法忍受妇人羞辱母亲，上前猛推她，回嘴道：你骂谁，你才恶心死人呢。

青儿这一上手，正中妇人下怀，她索性撒泼放刁，大声叫骂：你敢打我，你个臭不要脸的臭破鞋！

妇人骂着伸手去抓青儿的头发，一声车铃响，一辆自行车适时横在两人之间，别住那妇人。青儿不承想来了救兵，定睛一看是雷雷，他一脸无赖表情，单脚支着车瞧热闹。

妇人行动被阻，够不到青儿的头发，恼羞成怒大骂：小王八犊子，找死啊！

雷雷耷拉着眼皮懒懒地道：你骂谁？再骂一句？

雷雷手下的小哥们儿团团将妇人围住，形成一种威慑阵势。看热闹的人越聚越多，妇人暗叫倒霉，雷雷这浑小子什么都不吝，事情让他一搅和就无法收拾。当着众人的面儿，她不能怯场，仗着许大马棒的权势，她只能嚣张下去。她伸手去挠雷雷的脸，嘴里骂道：小浑蛋你也勾搭大破鞋啊，小不要脸的。

雷雷架住妇人的手臂，把脸凑过去，威胁道：我说过，不打老娘们儿，你再放臭屁我可要食言啦！他说着一推一拉，就见妇人身上"咣当"掉下一个东西，一旁的大头立刻上前捡起，大惊小怪地叫：这不是场部丢的那台半导体嘛，原来让你偷啦。

青儿一眼瞅见那台半导体上写着奖品字样，猛然抬头，正撞上雷雷冲她眨眼，她一下愣住。雷雷回过头一本正经地教训妇人：我说你肚子怎么那么大，原来全是赃物啊。

他从大头手里接过半导体，端详着说：这半导体可是上级给咱场的奖品，你偷了去干吗？不会和许大马棒天天躲在被窝里偷听靡靡之音吧。

妇人遭此羞辱，气得瞠目结舌，说不出话来，周围的人哄堂大笑。她臊得扒拉开人群往外走，边走边骂：雷雷你这个小混蛋，我找你妈去！我告你和破鞋鬼混，小小年纪不学好。

雷雷嬉皮笑脸根本就不理会，他把半导体往身上一装，骗腿上车，领着那群哥们儿骑着离去，一路狂喊：民兵连，抓小偷，抓小偷！

妇人何曾受过这样的侮辱，一屁股坐在地上，哇哇大哭起来。青儿静静走开，心里很受用，嘴角不觉流露出笑容。

回到卫生所，青儿思量了半天，向所长请假，说想到省城医学院说明情况。所长为难地说，许副场长最近抓考勤很严，希望她不要往枪口上撞。青儿赌气说，反正她请了假，下午就走。所长神色淡然地说，她可以拍屁股走人，可她母亲怎么办？她们的户口档案都在 398 农场。

青儿鼓起的勇气慢慢消散，她缓缓坐下，神情呆滞。所长见状心有不忍，语气和缓地劝道：你去医学院一个人也不认识，去了有什么用？韩阳会帮你打听的，他一直关心你的事儿。

青儿没说话，起身往院里走。

韩阳跟卫生所的人道完别，总觉得有话想跟青儿说。青儿一脸冷漠地在院里搭着刚洗的白大褂，见韩阳走过来与他客气地打招呼。韩阳本能地迅速四下扫瞄了一眼，保持一贯的警惕性，青儿看在眼里，凉在心头。韩阳拘谨地说，没帮上忙，很不好意思。

青儿客气地说有这个心她们母女已经感恩不尽了，以后请他也不必再操这份心了，别让别人误会了他们的关系。说完她端起脸盆撩开晾晒的白大褂，转身走了。韩阳看着她单薄的背影，想追上去解释，想想还是算了。

黄昏下班时，青儿不想立刻回家，她心情郁闷至极，信步走向江边的草甸子。背后传来一阵清脆的铃铛声，她诧异地回头，见雷雷骑着车冲自己坏笑。青儿怔住，尽管没有反感之情，却不知该怎样理会这个坏小子，索性选择不理。

雷雷在青儿面前要着车技，土路不平，他“咣当”一声被绊倒，摔得龇牙咧嘴。青儿心里一紧，忙回头去看，雷雷翻身跳起，把车扔到一边，跟屁虫似的跟着青儿走。

雷雷的嘴是闲不住的，他声调怪怪地叫：哎，青青原上草，菜青虫。

青儿埋头走路，不理睬他。雷雷看着脚下，大惊小怪地喊：青虫，你弟弟又找你来啦。青儿吓了一跳，尖叫一声跳起来，赶紧看脚下。

雷雷哈哈乐着道：以为你多勇敢呢，小丫头片子一个！

青儿瞪着雷雷问：老跟着我干什么？

雷雷认真地答：因为你没原谅我啊。

青儿不理他，继续埋头走路。雷雷亦步亦趋，自顾自地说：我向你道过歉了，再说我无知啊，不知者无罪嘛，你不能这么记仇啊！

见青儿仍然不理自己，雷雷感慨道：你对谁都没这样深仇大恨的，怎么就不能原谅我啊？

青儿看了一眼雷雷，他一脸深受伤害的痛苦表情，青儿不由得一笑：你也不是什么好孩子，一天到晚不知道多少人骂你吧，干吗这么在乎我的态度？

雷雷洒脱地一笑：那些人算什么，都是些正人君子。他们说我好那就是在骂我。你是落后分子，和我一样。落后分子不应该歧视落后分子，我们应该同病相怜，你看不起我，我受不了。

青儿听了这番怪论，不禁一笑，继续往前走，她让雷雷别再跟着她。雷雷说除非青儿发誓不再讨厌他。青儿嘴角挂着笑说：真啰唆，不讨厌你啦。

雷雷高兴地伸出手，咧着嘴傻笑：哎，落后分子跟落后分子……

青儿看着他直乐，也伸手跟他相握，两人慢慢收敛表情，神情郑重。

两人沿江边走，看着落日在江边跳跃。雷雷跑前跑后，像野马驹般尽情撒欢儿。青儿安静地走着，欣赏半江瑟瑟半江红的美景。雷雷精力旺盛得必须发泄，不然他会发疯，他一会儿跳着脚冲对岸狂喊，胡乱说着什么；一会儿看到江里的鱼，兴奋地跳起来拿着石头砸。他跑得气喘吁吁，满头是汗。

青儿有种从未有过的轻松感，此刻的生活闲适而美好。雷雷突然想到什么，跑过来说：哎，你真跟别人不一样，难怪有人那样说你。

这没头没脑的话让青儿如坠云雾，不知他想说啥。雷雷尽管一脸坏笑，可是眼神却清澈单纯，像孩子一样。他正经地说：你看这地方女的吧，结婚没结婚的，都脸黑皮肤糙，腰粗得像水桶；你看你，脸白皮肤嫩，腰还贼细，你跟这地方女的太不一样了。他们不知道说你什么好，就说你是那什么的……

青儿眉头皱起来，生气地问：你的意思是他们在夸我？

雷雷坦诚地点头：这么理解也成啊！反正他们骂我这，骂我那的，我都觉得他们是在夸我，因为我和他们不一样啊。难道你想变成和那些老娘们儿一样的女人吗？我敢保证，你要是那样，准保再不会有人骂你。

青儿看着雷雷，半晌说不出话，转过脸看江水。心想，这个坏小子表面看粗枝大叶，内心其实蛮细腻的。雷雷死皮赖脸凑过来问：哎，我这么说你心里是不是好过一点了？

青儿笑了，他才是人肚里的蛔虫呢。雷雷看出青儿是真的开心，便兴奋地拿出崭新的收音机，请青儿听歌儿。看到青儿疑问的眼神，雷雷解释说这是母亲送自己的生日礼物，场里那台被许大马棒偷走，保卫科正调查呢！青儿饶有兴致地问缘由，雷雷打太极拳说这种事儿不能告诉女人。

雷雷边说边调台，邓丽君的《甜蜜蜜》，轻柔舒缓地飘荡而来。青儿像被电击，身体微微哆嗦着，听着听着，眼睛里蓄满泪水。歌声绕梁，余音袅袅，青儿一动不动，轻声问，还有吗？雷雷说，每天这个时候都有。他把收音机递给青儿，让她拿去听。青儿摇头不要，问他怎么知道自己喜欢听这种歌。

雷雷狡黠地一笑：心里装东西比较多，又比较孤僻的人都爱听。

青儿被说中，她转过身，看着眼前的顽劣少年，有一阵心神恍惚。还没等青儿回过神，雷雷又自吹自擂起来，说自己特有理想抱负，鸿鹄之志无人能懂。青儿平生头一次哈哈笑起来，雷雷被她的笑靥如花惊呆，莫名地冲动，突然凑上前，亲了青儿脸一下。

青儿怔住了，雷雷也被自己的举动吓得愣住。俩人大眼瞪小眼，看着对方发呆，像是在梦游。雷雷醒得早，转身撒丫子就跑，不留神摔得四脚朝天，他连滚带爬起来再跑。青儿看着雷雷那副傻样儿，摸着脸上被雷雷亲过的地方，傻乎乎地笑了。

天色渐晚，倦鸟归飞。两人一前一后往家走，青儿有少女的羞涩，任凭雷雷按破铃铛也不搭理。不过她眼角眉梢的笑意逃不过雷雷的眼睛，雷雷故意玩笑道：你不理我，那我走了，走了啊。他说着骗腿上车，一条腿支着地撑着车，划船一样划着走，一步一回头。青儿笑着就是不理。

雷雷腿一抬骑上车，旋风般转眼就不见了。青儿没想到他居然当真，脸上的笑容慢慢褪色。环顾四周，没个人影，一片寂静，青儿满脸凄凉。她刚走几步，突然听见一阵车铃声，吓得忙回头观瞧，却见雷雷满脸坏笑看着她问：理不理我？

青儿眼睛突然湿润了，扭过脸不看雷雷。他吓住了，因知道青儿是惊弓之鸟，受不得惊吓，忙扔了自行车赶过来好言安慰，找不到合适的词句，便骂自己让她解气：哎，你是不是特恨我啊，我……我根本就没走脑子，走肾来着……

青儿仍在哽咽。雷雷急了，一个劲儿地埋汰自己：我……我小时候从树上摔下来过，可能小脑有点问题，行为举止有时候不受大脑控制……

青儿哽咽着道：从小到大我都没有朋友，谁都不理我，谁都不带我玩儿。

雷雷抓耳挠腮道：我对你好，我带你玩儿。

青儿泪眼婆娑地看着雷雷，委屈地说：我就你这么一个朋友，你还老吓唬我……欺负我。

雷雷大受感动，笨嘴拙舌地解释道：我那咋叫欺负呢，是逗你玩儿。我从小没跟女孩儿玩过，不懂呗。我发誓，今后不那样啦，我向毛主席保证。

青儿瞪着雷雷，为他此刻偏不懂自己的心而更加委屈，说自己不是那个意思。雷雷彻底糊涂了，白痴一样问她是啥意思。

青儿不看他，像个小女孩儿一样抽抽搭搭说：我……我要是不让你欺负我，你不理我了怎么办。

雷雷呆住，傻在那里，心灵受到前所未有的撞击。两人互相看着，眼神清澈如水，没有杂质。雷雷突然嘿嘿一笑：那我就小小地欺负你一点，就一小点。

青儿噘嘴瞪了他一眼，转身就走。雷雷扶起自行车追上去，拍拍后座让她坐上去。青儿觉得别扭，死活不肯。雷雷玩笑道，天都黑了，再不走小心大灰狼出来咬人啦。

青儿嗔怪地打了雷雷一下，轻轻跳上自行车后座。雷雷让她搂着自己的腰坐稳了，青儿矜持不听。雷雷骑车顺着下坡路风驰电掣般冲下来，吓得青儿闭眼尖叫，紧紧搂住雷雷的腰，不敢乱动。

一路上，两人的心怦怦直跳，谁都不说话。到青儿家附近时，来往的路人用惊诧的目光看着两人，雷雷毫不在意，青儿不安地低声说：我下去吧。

雷雷神态自若，让青儿别乱动，小心摔着。青儿豁出去了，干脆抬眼看天，谁也不理。雷雷在青儿家门前停住自行车，一本正经地说：以后需要我欺负你，就通知我一声。

青儿红着脸不理他，低头往家里走。雷雷喊住她，将收音机塞到她怀里，跨上自行车，飞驶而去。

雷雷妈在家里早就气炸了肺，儿子不学好可以慢慢调教，可他如今竟下作到跟一个破鞋谈朋友，这让她的老脸往哪儿搁？雷雷知道家里就是龙潭虎穴也得去闯，不然委屈了自己的心一辈子后悔。

母子之间头一回为一个女人争锋，在“破鞋”两个字上大做文章。雷雷问母亲为啥管青儿叫破鞋，她到底破在什么地方。雷母强忍怒气，声音哆嗦着说，叶青儿和她母亲作风不好档案上写着呢，是板上钉钉的事实，有好多男同志为她们犯错误。雷雷强词夺理说，白纸黑字不见得都是事实，除非他亲眼看见。就算她有作风问题，又没对他怎么着。

雷母气得浑身颤抖，抓起扫帚劈头盖脸就打，骂儿子越来越出息了，居然搞起小破鞋啦。雷雷抓住打来的扫帚，看着母亲，认真而固执地说，他没搞破鞋，叶青儿也不是破鞋。她从儿子的眼神中看到打死也不会回头的倔强，眼睛湿润，手一软扫帚“啪嗒”一声落在地上。她一屁股坐下，捂住脑袋，轻声呻吟着。雷雷赶紧倒水拿药，轻车熟路地给母亲喂药。

雷母闭目养神，待了片刻，长叹一声道：你犯什么坏不好啊，偏和这种女孩子混在一起。你让别人怎么看咱家啊，你爸知道还不打断你的腿？

雷雷垂着头，一句话也不说。雷母看着儿子问，是否想找女朋友了。雷雷不耐烦地予以否认，说他根本就没想过那事儿。

母子俩怎么都谈不拢，各自回屋生闷气。

深夜，叶青儿跟母亲也有一番争论。叶母奇怪女儿怎么会跟雷雷这种小流氓走得近。青儿说雷雷并不坏，欺负她的二强家的烟囱被人堵，许大马棒被人整，这些都是雷雷干的，他很有同情心和正义感。

叶母叹气说，雷雷还是一半大的孩子，自然不会坏到哪儿去。可他母亲不是好惹的，会来找麻烦。青儿不服气地说，他凭什么找麻烦，我又没教她儿子干坏事儿。叶母欲言又止，思虑再三还是说了：外面把你传得多复杂，你和她儿子在一起，就是坏了她的名声啊。

青儿慢慢低下头，沉默半晌开口说，398农场就这么个小屁孩儿敢跟她在一起。叶母深知女儿的苦楚，将她揽在怀里说，这么多年都过来了，多苦多难都有妈陪着她。青儿伤感地抬头看着母亲问，她怎么就不能有个朋友？这么多年，她就跟得了麻风病一样，谁都躲着她，她多想有个可以说话的朋友啊。叶母紧紧地将女儿搂在怀里，她能再说什么呢？

青儿跟雷雷好了，这消息传得人尽皆知。卫生所所长看着青儿真是恨铁不成钢，等青儿一上班就关上门，低声问：你怎么跟雷雷混在一起啦？

青儿面色平静地反问：所长，您不会也觉得我和雷雷乱搞吧？

所长断然否认：这是什么话！你以为我就那么愚昧无知？老实说我从来也没认为你是那号轻浮的女孩子。

青儿听了有些感动，眼睛顿时湿润了，她忙低头掩饰。

所长感慨地劝说道：我虽然没办法帮你，可是你也不能自暴自弃跟那种小流氓混在一起啊。

青儿替雷雷辩解，说他不是小流氓，他思想很单纯。所长武断地说，单纯也脱不了流氓本色。青儿张了张嘴，转念一想说了也白说，于是便不再说话。所长看出青儿的不悦，转移话题问她如果真的走不了，有什么打算？青儿一脸茫然，她从没想过不能走，这个鬼地方她是一天也不想多待的。

所长提醒说，场里像她这么大的女同志都有对象了，有的都结了婚，她也该考虑一下个人问题啦。青儿被刚才那个问题纠缠着，对所长新的话题没有反应过来。所长接着说，他以为韩阳对青儿有意思，心里还挺为她高兴，问过才知道韩阳对她一点意思也没有。

青儿低下头，摆弄着手中的笔，一脸不耐烦。所长越说越来劲，极力推荐自己的外甥，甚至还一厢情愿地为他俩勾画好结婚后的美好蓝图。青儿实在无法忍受，借出门打水逃之夭夭。所长的话被打断，兴致大坏，嘀咕说，就青儿这条件，还想攀高枝，真是痴心妄想。青儿听在耳朵里，毫无反应，她对冷言冷语早已习以为常。

吃完午饭，青儿心情郁闷地在水槽边洗碗，水哗哗流淌着，她一副心不在焉的神情。突然，一根木棍伸过来，上面爬着一只肥胖的菜青虫，青儿吓得一哆嗦，手里的饭盒差点掉在地上。

雷雷在一旁大笑道：你还当医生呢，胆这么小怎么上手术台啊。唉，看你没出五服的小兄弟，胆儿多大，哪儿都敢去。

青儿哭笑不得，看着雷雷嗔怪道：你老找我，不怕别人说我勾引青少年走上犯罪道路啊？

雷雷一脸严肃地道：还有人说我找你是调戏清纯少女呢，甭理他！听蝲蝲蛄叫还不种庄稼了！谁再这么说你告诉我，我整死他！

青儿噘嘴说他就会抡拳头，不懂得讲道理。雷雷调侃说，讲道理得分人，他对青儿这样的女孩儿就特讲道理。青儿抿嘴微笑，雷雷邀请青儿晚上一起听邓丽君的歌儿。青儿摇头说母亲管得紧，一下班就得回家。

雷雷沉吟半晌道：你一人在家多闷啊，要不……我去你家找你？青儿直摇头，说她妈一定会举着扫帚把他轰出门。雷雷抓耳挠腮说，都什么年代了，青儿妈真封建。要不他化上装，穿着他妈的布拉吉去青儿家。说着他做出女孩子的忸怩神态，逗得青儿哈哈大笑。

回到机修厂，雷雷心情大好，哥们儿拿他开涮，他也不生气。黑皮羡慕地问，真泡上那漂亮小妞啦，啥感觉啊？雷雷白了他一眼说，这种事儿谁都不能告诉，哪儿凉快哪儿待着去。麻秆邪笑道，那小娘们儿都教你啥啦？雷雷生气了，挥手轰苍蝇一样让他们滚一边去。

黑皮认真地说：雷子，咱别理那小娘们儿了行吗？我妈我姐她们最恨叶青儿。

雷雷骂道：你是不是男人啊，怎么净听老娘们儿的！你知道你妈你姐为什么嫉妒，因为叶青儿漂亮！

大头摇着头劝谏：漂亮是漂亮，你可不能被这美女蛇迷惑，丧失警惕啊！她爸可是极右分子，省城有名的大右派。毛主席教导我们说，阶级斗争要天天讲月月讲，阶级斗争这根弦一分钟也不能放松。

雷雷不屑地嘲笑大头乌鸦笑猪黑，自己是黑五类，还嫌弃人家。麻秆添油加醋说，那小娘们儿特骚，不能沾，听说在双犁公社那会儿就有男的为她打架，还出过人命呢！

雷雷说他以讹传讹，胡说八道。他说着刚要站起身，就见一片黑影挡住光亮。雷雷骂骂咧咧回过头去看，只见几个粗壮的小伙子围住他，眼睛里充满了敌意。雷雷根本就没把他们当回事儿，端起饭盒边吃便问，干啥？

领头的壮汉叫狗子，他是许大马棒的亲戚。他人高马大，满脸横肉，上前一把打落雷雷手中的饭盒。雷雷嘴里含着饭，嘴角沾着饭粒，他慢慢抬头，擦一下嘴，盯住狗子，冷冷地道：你这是浪费粮食，懂吗？

狗子恶狠狠地瞪着雷雷说道：小子，别以为你是城里来的就没人敢碰你，你小子就敢上房揭瓦了。

雷雷蔑视地说：他妈的你说什么？

狗子威胁道：今儿老子也不跟你废话，看在你妈分儿上，你去保卫科交罚款写检查，全场大会上作检讨。态度端正也就当人民内部矛盾处理了，要不，判你几年劳教！

雷雷破口大骂：放你妈的狗臭屁！黄狗子，别仗着许大马棒是你出了五服的舅姥爷就这么血口喷人啊，这不他妈的狗仗人势吗？！

周围看热闹的人哄然大笑。黄狗子脸上挂不住，便直截了当地问暗算许副场长的事儿是不是他干的。雷雷的几个哥们儿一听人找上门来，腿脚发软，偷偷溜掉。雷雷知道这场是非躲不过去，索性豁出去算了，他骂道：你这条疯狗，别乱咬啊！你自己干的吧，嫁祸到老子头上！小心我告你栽赃陷害！

狗子大怒，跳起来一脚踢飞雷雷眼前的饭盒，嘴里骂道：你个小王八蛋，给脸不要脸。你不就想替那小破鞋臭婊子出头吗，哎，那破鞋给你什么好了，你这么替她卖命？

雷雷圆瞪双眼，恶狠狠地盯着狗子说：你他妈的再说一句！

狗子哈哈大笑：你真想搞破鞋啊！哎，那破鞋滋味怎么样啊？

狗子话音未落，雷雷已经冲上去一拳将他击倒在地，旁观的几个壮汉见了，围着雷雷就是一顿拳脚，打得他满脸是血。还是他的哥们儿及时找来队长，才平息了争斗。

狗子骂骂咧咧领着人走了。雷雷觉得天旋地转，站立不稳，摔倒在地。哥几个吓得手足无措，大头说叫雷雷妈来，黑皮说还是赶紧去卫生所。雷雷睁开眼，瞪着他们说：谁也别找，都给我滚！他说着艰难爬起，摇摇晃晃走向江边。几个哥们儿互相看着，谁也不敢上前搀扶雷雷。

雷雷孤独地走着，鲜血沿着脸流淌。

还是大头机灵，找到青儿告诉她雷雷替她出头跟人打架，头破血流，快要死了。青儿惊得怔住，忙背着药箱朝江边跑去。

雷雷步履蹒跚地朝江边草甸走去，好容易快走到了，天旋地转，一头栽倒。他躺在草堆里仰面看天，天空湛蓝湛蓝，像圣母的眼睛。

雷雷失血过多，口干舌燥，疲倦地闭上眼睛。这时，有人用纱布轻轻擦拭着他脸上的血迹。他睁开眼，一片朦胧，有个人影在他眼前晃动。是青儿，他咧着嘴傻笑。青儿眼里有泪，责备道：还笑，动不动就打架！真是没人管教的野孩子！

雷雷还是咧嘴傻乐着，伤口被酒精杀得疼，他禁不住叫了一声。青儿瞪着他说：以后不许跟人打架了，君子动口不动手。

雷雷咧嘴笑，说他不是君子。青儿包扎完毕，轻轻拍雷雷的脸叹道：一个人和那么多人打，不会跑啊，毛主席还说打得赢就打打不赢就跑呢，怎么就那么傻？

雷雷倔头倔脸地说：我不能让他们糟践你。

青儿眼睛一下子湿了，哽咽着说：我的事儿和你有什么关系？你妈看你这样，不定得多难过……

雷雷看着青儿说：青虫，谁也不能欺负你，谁骂你就是骂我，我跟他死磕。他声音沉甸甸的，透着深厚情谊。

青儿大受感动，生平还没有人如此对自己，她的眼泪唰地流淌下来。她不能言语，只是轻轻推雷雷一下，再推一下，哽咽着说：你管好你自己得了，别人事儿你瞎操心什么呀！

雷雷被推得哎哟直叫唤，青儿吓得忙问哪儿疼。

雷雷龇牙说：头掉了也才碗大的疤，这点伤不算啥。菜青虫，咱俩铁哥们儿，以前没有我，你伤心难过我也不知道，没办法替你出头，可现在有我了，以后你的事儿就是我的事儿，谁让你生气你就告诉我，我打得他满地找牙。

青儿破涕为笑：还是找你自己牙吧。我告诉你，以后我再看你跟人打架，就不理你了。

雷雷瞅着青儿嘿嘿坏笑，仰面朝天躺在草地上，青儿跟着躺下。

两人看天，天空湛蓝，树木葱绿，周围宁静得像梦境，像天堂。

第三章

雷雷头缠绷带，身上血迹斑斑，活脱脱一个伤兵模样走进家门。雷母正满头是汗地收拾东西，见到儿子这副狼狈相，既心疼又生气。她发了会儿呆，懒得再问缘由，咬着后槽牙恶狠狠地说她是管不了，哪天他脑袋被打出花来，他就踏实了。

雷雷见地上堆着大大小小的纸箱和行李包裹，问母亲干吗呢。雷母直起腰，声音硬邦邦地说他爸派车接他们回省城，明天就走。雷雷大吃一惊，发了会儿怔问，怎么这样急，办手续也得好几天啊。雷母不耐烦地说，赵秘书帮着办手续，398 农场她一天也不想多待。

雷雷听了怅然若失，望着空荡荡的小屋，很是茫然。要搁以前，离开了这儿他或许都不会留恋，可自从认识了叶青儿，他便多了份儿牵挂。护花使者走了，花儿会不会自行萎谢，或是被风雨摧残？他心里不确定。

每当心烦意乱时，雷雷就会跑到江边看落日，霞光晚照让他浮想联翩，伤感满怀。他躺在厚厚的草甸子上，嘴里叼着根芦苇，看着夕阳慢慢西下，吹着《甜蜜蜜》的口哨，心事重重。他隐约听见窸窸窣窣的细碎脚步声，以为是青儿，立马翻身跃起，可是四下里阒无一人，唯有晚风吹过，秋草瑟瑟之声。

他呆呆站立着，望断那条留有自己血迹的小路，意醉神痴。

她终究还是没有来。

夜晚，雷雷失落地踉踉跄跄回到家里，一头栽倒到床上。他伤口感染，发起高烧。第二天一大早，雷母喊儿子起床吃早饭，发现他意识模糊，烧得满脸通红，忙叫来卫生所所长给他打了破伤风针，吃了退烧药，这才稳定住病情。

雷雷时睡时醒，噩梦连连，他一会儿梦见被一群恶狗撕咬，一会儿梦见被人追着打无路可逃，一会儿梦见青儿冷眼相对，对他不理不睬。日上三竿，他还喃喃自语，说着胡话。雷母见这样不是办法，便搀着他深一脚浅一脚来卫生所诊治。

青儿与许大马棒在卫生所走廊不期而遇，他肿眼泡里流露出淫邪之光，讥笑道：你以为有那个小流氓给你撑腰，你就能翻天？你翻了天还是破鞋！

青儿不拿正眼瞧他，加快脚步往前走。男人提高嗓门道：有人看见你们在江边光天化日之下就乱搞！你搞破鞋还越来越明目张胆啦！老子马上就能抓你个现行！

青儿忍无可忍，猛地转身盯住那男人，眼睛喷着怒火，恨不能活活烧死他。男人无所畏惧地迎着她的目光，用权势和淫威压迫她，冷冷地嘲弄道：除了会瞪眼还会干啥？那小流氓是要回省里的，你走不了，你就跟老子瞪眼玩儿吧，老子陪你玩儿。说罢，他冷笑着扬长而去。

青儿泥塑般呆立，眼中满是绝望。

雷母扶着雷雷往治疗室走，他不愿被青儿看见这副熊样儿，一个劲儿地甩母亲的手，说他自己能走。气得雷母撒开手，径直去了所长办公室。

雷雷挑开布帘走进屋，见青儿正给一个小姑娘打针，他直愣愣地看着青儿，不错眼珠。小姑娘打完针，看见雷雷一副痴痴呆呆的样子，吓得噔噔噔跑了出去。

青儿见到雷雷先是一愣，然后笑了笑，摸着他的额头道：发烧了？是伤口感染引起的吧？雷雷将头扭过去，躲闪着青儿的手，一句话也不说，像个愣头愣脑的孩子。

雷雷小孩儿般的举止让青儿哭笑不得，她手脚麻利地给针管消毒，举着针管示意雷雷卷起袖子。雷雷喃喃地说，他想发烧，想生病。青儿走到他身边，他却转身就走，弄得青儿直发愣，她不由分说上前将雷雷按到椅子上，责怪道：你多大了！这么不知道爱惜自己！

青儿说着熟练地将他的衣袖挽起，消完毒后举起注射器就要扎，雷雷一把攥住她打针的手，说道：我不想病好，我不想跟我妈走。青儿怔了一下，心里一热，嗔怪他怎么还跟小孩儿似的。她嘴里说着，眼疾手快，针头冷不丁扎下去，等雷雷“啊”地叫出声时，她已注射完毕。

雷雷坐在椅子上发呆，目不转睛地看着青儿，忧郁而感伤。他突然低头说：我绑架许大马棒，给他上老虎凳，灌辣椒水，你说他能放你走吗？

青儿闻言一愣，怪他张嘴就胡说。雷雷认真地问，他走了青儿会想他吗？青儿看着他单纯的眼睛笑了，满脸忧伤地反问，他回省城了，会不会想她。两个人默默地互相看着，心里一阵刀割般难受。

雷雷神情黯然地问，他走了，她怎么办？又是她一个人在这儿了。青儿眼睛湿润了，说在认识雷雷之前，她也照样活得好好的。雷雷声音发涩地说，不好，她活得一点也不好。

青儿瞪着雷雷，再也无法强颜欢笑，哽咽着埋怨：你又能做什么？这是我的命，你别管了。跟你妈妈走吧，好好复习考上大学，别再偷东西打架……

眼泪顺着她的脸颊流淌下来，他想帮她擦泪水，掏出手绢一看实在太脏，根本就没法儿使，只好又塞回裤兜。他的眼睛发酸潮湿，怕青儿看见，扭过头说道：你放心，我一定会想出办法的……

青儿狠声打断道：跟你说别管了，听见没有。

两人都不再说话，孩子似的气鼓鼓瞪着对方。雷母在屋外叫雷雷，他充耳不闻，气得雷母进来拽着雷雷就走，临出门时鄙夷地狠狠瞪了青儿一眼。青儿视而不见，眼神绝望而空洞。

黄昏时分，雷雷头缠渗着鲜血的纱布，满脸阴冷地在路边等人。

许大马棒最近好事不断，一是马上就要扶正当场长了，二是青儿是他案板上的鱼儿，快要尝鲜儿了。他哼哼着小曲儿，兴冲冲往家走。雷雷冷不丁出现，截住他的去路，吓了他一大跳。雷雷高出他半个头，因离得近，便有了居高临下的优势。

许大马棒冷眼左右观瞧，路人稀少，心里一阵慌乱，他真怕这个愣头青犯浑暴打自己一顿。于是满脸堆笑说：雷雷啊，你和狗子打架的事儿我知道了，我教训过他了，他说这一两天就当面向你道歉呢。

雷雷阴沉着脸不作声，眼睛冷冷地死盯着他，不带任何感情色彩。许大马棒脸上的肌肉笑得僵硬了，心头慌作一团。雷雷声音阴冷地道：你他妈少啰唆，叶青儿是我的女人，你赶紧放人！

许大马棒结结巴巴地问：你……你父母认这个媳妇吗？

雷雷紧贴着他，威胁道：少他妈提我父母！老子是要走，可想回来很容易。许大马棒，你要敢再欺负叶青儿，我整死你！说完，他大刺刺地扬长而去。见他走远了，许大马棒在他身后跳着脚骂：我告诉你爸去，告你找破鞋还仗势欺人！

深夜，雷雷辗转反侧难以入睡，他思前想后，决定与母亲摊牌，只要母亲答应帮青儿离开 398 农场，她提什么要求他都答应。否则，他就赖在这里不走了。

第二天家具行李都已装车，司机等得心急如焚，把喇叭按得刺破耳膜，可雷雷坐在窗台上晃荡着双腿，死活不肯走。雷母薅住他脖领子往外拽，生气地骂：你真被那个破鞋钩住魂了！不要脸，没出息！你给我走，走！

雷雷暗地里下死力气，母亲根本就拽不动他。雷母抬手想打，可见他满头是伤，手又落不下去，气得喘道：非得告诉你爸不可，打断你腿，叫你不学好，还搞破鞋……

雷雷死猪不怕开水烫，任凭母亲怎么骂都不吭声，就是一脸固执地坐着不动。赵秘书见此情形走过来，在雷雷耳边耳语几句。雷雷顺从地跟他来到屋外小车旁，把自己的条件谈了。赵秘书有些为难，说叶青儿作风不太好，他可别昏了头。雷雷瞪着眼骂，甭说这些操蛋话，能办他就走，二话不说；办不了他就在 398 待一辈子！

赵秘书早听说雷副市长有个浑蛋儿子，没承想浑到好歹不分的程度。他瞪着雷雷，好半晌没说出话来。沉思再三，赵秘书进屋跟雷母商量对策。雷雷表面上吊儿郎当，内心紧张得喘不过来。他靠着小轿车的车身，从后视镜里看见赵秘书从家里匆匆出来，奔着场部的方向而去。

雷母冷着脸走过来，既伤心又绝望。雷雷有些不安，不敢去看母亲的眼睛，转身想躲开。雷母喊住他，一字一顿地说，她让赵秘书找方书记去了，她可以帮叶青儿这个忙，但他必须马上跟她回省城，以后不许再见那个女人。

雷雷没说话，回屋拎着提包出来，打开轿车后备厢将自己的行李放进去。他回过头，自家敞开的房门被风吹得哐当直响，声音单调凄凉。新的生活、新的天地在等着他，可他并不快活。

韩阳在省城医学院一直为青儿的事情奔忙，可青儿的档案迟迟调不过来，让他束手无策。中国的事儿，说难也难，说易也易，就在青儿和韩阳绝望之时，上面领导的一句话，彻底改变了青儿的命运。

叶青儿的档案是调来了，可是医学院却不愿意接收。系里说有人反应叶青儿社会背景复杂，有严重的作风问题。韩阳一改谨小慎微的秉性，找到系主任据理力争。系主任有些烦了，说医学院对学生素质要求很严，叶青儿年纪不算大，明年还可以考别的大学。

门慢慢要关死了，韩阳不甘心，还要作最后的努力，他说青儿是他女朋友。系主任吃了一惊，狐疑地看着他。他一脸严肃，说青儿真的是他女朋友，他们准备要结婚的。

青儿接到录取通知书的一刹那，有绝处逢生的喜悦。她以为是老天开眼，上苍眷顾，却不知两个男人在背地里默默地为她付出。青儿马不停蹄地办理手续，连家具都不要了，她一秒钟都不想在这个屈辱的地方停留。

母女俩拎着简单的行李，慢慢地走过自家门前的那排平房。她们已经习惯低眉顺眼，跟以往不同的是，眼神中透着一种平静和解脱。邻居们的表情五味杂陈，有的惊愕，有的嫉恨，有的麻木，有的好奇……

许大马棒站在路边，心里苦极了，他有种挫败感，柔嫩的盘中之物就这样展翅高飞，这辈子他只能在398农场这口井里仰望叶青儿啦。

他既贪婪又不甘心地盯着这母女俩，望着她们，一步一步往长途车站走去。青儿挺直腰杆，将那男人毒蛇般阴冷的眼神远远抛在脑后……

雷雷回到省城，感到浑身不自在。上学没意思，看书没心情。他无所事事地在市委大院溜溜达达，不料碰见发小白莎莎。她还是那副骄横跋扈的德行，仗着父亲是军区副司令，将司机指挥得团团转，陪着她东游西荡。

莎莎读大二，经常旷课，见到雷雷喜不自胜，跟他在一起搞恶作剧，乐趣无穷。莎莎邀请雷雷到他们学校去跳舞，雷雷一问是交谊舞，腻烦地摇摇头，转身懒洋洋离去。莎莎不甘心地喊，真的不去啊，没准儿还能跳贴面呢。雷雷晃荡着往前走，不理不睬。

莎莎气恼地让司机开车，雷雷却突然回头喊她。莎莎得意地叫道，想去啦？还不带你了。雷雷赶紧过来说，想带她去一个特好玩儿的地方。莎莎顿时来了兴致，可一问是去398农场，便皱着眉头打起退堂鼓。雷雷不高兴了，要横摆谱儿扭头便走。莎莎为讨好他，只得陪着走一趟。

跟雷雷在一起，莎莎兴高采烈，一路唠叨个没完。雷雷看着车窗外熟悉的风景，陷入沉思，默默无语。青儿与母亲坐着一辆长途汽车，与雷雷擦肩而过，谁也没看见谁。见雷雷心不在焉，对自己爱理不理的，莎莎生气了，埋怨道：怎么不说话啊，让我陪你玩儿，就这么玩儿啊！雷雷问说什么？莎莎说，随便聊啥都成，净她自个儿说话，那不有病吗？雷雷故意认真地问，她有啥病？莎莎白了他一眼说，你才有病呢，还病得不轻。

雷雷咧嘴一乐：你怎么一点变化也没有，跟幼儿园时一个德行。

莎莎噘着嘴骂道：你才没变呢！一会儿抽风一会儿闷蛋，真没劲！

雷雷坏笑问：谁有劲？什么地方有劲？

莎莎红了脸骂了声："滚蛋！"

雷雷让司机把车停在卫生所门前，他急匆匆奔进卫生所，碰见所长劈头就问叶青儿在吗？所长诧异地说，上省城医学院了，怎么他会不知道。雷雷听了也不多问，拔腿就走。

莎莎无聊地拿着石头砸鸡玩儿，砸得鸡咯咯叫着，四散奔逃。她一见雷雷就抱怨地问哪儿好玩儿？干吗去了，把她扔这儿不管了。雷雷抬腿上车，说了声走吧。莎莎非要跟雷雷在后排挤着，兴奋地问：去哪儿？去那边白桦林吧，还有江边那片芦苇丛。哎呀，可惜没带照相机。

雷雷对司机说，回城！

莎莎不干了，她对雷雷又推又搡，说他不把自己当回事儿，拿她寻开心。雷雷问她到底要不要回家，莎莎说她还没玩儿呢，不回！雷雷推开车门就走，莎莎忙问他想干啥？雷雷说他坐长途汽车回去。莎莎气得大骂：王八蛋雷雷，你他妈以后再也甭想找我办事儿！

雷雷充耳不闻，沿公路走着。莎莎的小车飞驶而过，驶往省城，带起一路尘土，将雷雷淹没。

青儿来医学院报到，韩阳表现得既热情周到，又有礼有节。他帮青儿拎着行李，送她到女生宿舍，青儿四下张望，心情兴奋又紧张。

女生宿舍拥挤不堪，狭小的空间里摆着三张上下铺的铁床。其中五张床已经有主，空着的那张上铺堆满了行李。女生们有的躺在床上看书，有的听音乐，有的伏在桌上写东西。她们见韩阳带着青儿进来，都站起身来打招呼。

对陌生环境，青儿有种本能的戒备心理。屋里的四个小女生打量着青儿，眼神冷漠，显得不是很友好，她的淡雅漂亮让她们不由自主地感到嫉妒。

韩阳介绍道：这是叶青儿，咱班新同学。哎，这床上东西谁的，收拾一下。

屋里没人动弹，一个高个女生充满敌意地说，她们屋人挺多的，干吗还要安排人。另一个胖女孩抱怨说，她们的东西都没地儿放了。青儿怔住，还没住下呢，就有人下逐客令了。

韩阳赶紧表明态度说：叶青儿是咱班同学，这床位本来就是她的。赶紧的，待会儿还开班务会呢！说着他上前去拿上铺堆放的东西，青儿过去帮忙。一个女生冷冷地把青儿推到一边儿，拿过自己的行李嘟囔说：讨厌，别碰我东西！

青儿尴尬地退到一旁，韩阳很是不快，正色道：叶青儿同学在基层工作过，有临床实践经验，你们以后要多向她学习。

此语一出，那帮女孩更是拿着斜眼看青儿，小声嘀咕道：肯定是代培的工农兵学员！

韩阳有事儿匆忙离去，几个女生冷脸相对，让青儿很不自在。还是代培生华华的到来，替青儿解了围。华华为人质朴，阅历丰富，善解人意，她一边帮青儿整理床铺，一边自我介绍。跟她在一起，青儿感到温暖亲切，心情立刻放松下来。

青儿与华华都有着基层工作的经历，为人低调谦和，能聊得来，很快就出双入对，亲如姐妹。华华对韩阳很有好感，向青儿打听他的情况。青儿由衷赞赏道，韩阳是他们卫生所最出色的医生。华华问韩阳有没女朋友，青儿笑着说她不知道，不过她可以替华华问一问。华华不好意思地说，千万别说是她问的，班上好些女生都想打听呢。

傍晚，雷雷骑着自行车在大街上闲逛，一脸茫然，他不知道自己该干点什么。骑到医学院门前时，他停下车，看着出出进进的男女学生，想起青儿在这里读书，不觉发起怔来。他推着自行车想进医学院大门，被传达室的老头拦住。老头指指他胸前，意思是除了学生，闲人免进。雷雷看周围的男女学生胸前都戴着校徽，心情沮丧，扭头骑车就走。

回到家门口，雷雷突然想起没去补习班上课，没准儿老师会给家里打电话。他在门外发了一会儿呆，揪揪头发抻抻衣服，硬着头皮往里走。一进门就给吓住了，父母同时坐在沙发上瞪着他，母亲是一脸寒霜，父亲则没有表情。

雷雷不说话，靠在墙上，不去看父母。逃课的事儿看来是败露了，他只能装聋作哑。雷母又是那套车轱辘话，听得雷雷想打哈欠；雷父看着儿子，眼中有深深的厌倦，可他说出话却有板有眼，像对下级般问，为什么不上学？

对父亲雷雷不敢怠慢，说他不想再上高三，跟那些小孩儿一起上课他自尊心受不了，学不进去。他想在家自学。雷母气呼呼挖苦说，雷雷野惯了，要是能有那个自制力，她还会操碎了心？雷雷顶撞说，打死也不去复读。气得雷母抄起鸡毛掸子就要打，雷父看不过眼，马上制止道：讲道理，别动不动就上手，孩子大了有自尊了。

雷雷扭过脸去，满脸委屈。雷母气得站起身，嚷道：他要有自尊，早就不是他了！我不管了！再也不管了！

雷母走进卧室，"嘭"的一声狠狠关上门。雷雷转过脸，看着父亲，等他的指示。雷父神色淡然地问：自学需要毅力，要持之以恒，你能坚持下去吗？

雷雷抱怨说，从小到大，父母就没信任过他，希望这次能信他一回。雷父说，考大学是他自己的事儿，关系到他一生的命运，别人怎么看不重要，关键是他自己能不能信任自己。

雷雷最反感说教，皱着眉头不吭声。雷父也懒得管他，站起身道：给你一年时间，再考不上，就从家里搬出去吧，男人二十岁必须独立！

青儿的父亲曾是省城著名中医，家境殷实，住着一套四合院。然而自从他戴上了右派的帽子后，叶家的光景便日渐黯淡，连住房都被人瓜分得四分五裂。虽然知识分子落实了政策，可在这大院里，正主还是只能偏安一隅，忍气吞声。

老叶人是回来了，可他的魂儿却没了。外面稍微有个风吹草动，他就瑟瑟发抖，惶恐不安。他甚至不敢直视别人的眼神，走路溜着墙根儿，畏畏缩缩，低三下四。

青儿得到父亲回来的消息，喜不自胜，课都不上就往回跑。可当她看见父亲那副可怜巴巴的样子时，悲从中来，眼睛顿时湿润了。老叶看着女儿，竟然也是低眉顺眼的神情。青儿再也忍不住，猛地转身将头抵住门，低声哽咽着。多年的屈辱让她养成习惯，不在家人面前流泪。

见女儿这样，叶母也禁不住一阵难过。老叶想起身安慰女儿，可他又不知说些什么好，只是轻声唤道“青儿”。青儿擦干眼泪，换上笑脸，她让母亲陪着父亲聊天，自己去厨房张罗吃的。

待女儿出了房门，老叶神色黯然地对妻子说，青儿太敏感，太脆弱了，他还以为在农村锻炼这么多年，她能坚强点。叶母叹着气说，她已经够坚强了。这些年她遭大罪了。她一个小姑娘，多脏的水都往她身上泼，她都受着，没抱怨过一句。说着她眼泪流下来，老叶愧疚地说，他有罪，他是罪人，连累了女儿。叶母忙叮嘱说，以后别老当着女儿的面说有罪，她心里本来就有阴影。

老叶点点头，长叹一声。

父亲的谦卑还是影响到青儿的情绪，她没想到，劳动改造把父亲从里到外都换了另外一个人。肉体的折磨，精神的凌辱，抽空了人的精神，剩下的就只是一具空壳。

回到学校时，已是黄昏，青儿神情茫然地在校园里游走。韩阳吃过晚饭出来散步，看见青儿便上前跟她打招呼。青儿告诉他父亲回来了，可精神状态特别不好。韩阳老毛病又犯了，只要一听人家要诉苦，他就本能地躲闪，意识游离，嘴里支支吾吾去应付。青儿很是失望，把话题截住，她实在搞不懂韩阳，想跟他说会儿话，他总是一副谨小慎微的样子，好像怕被她株连，真是毫无情趣。

青儿面色平淡地与韩阳道别，转身走进女生宿舍楼。她缓缓地走上楼梯，楼道传来邓丽君绵软甜美的歌声，她瞬间被击中，神情恍惚，眼睛湿润。泪光中，雷雷嘿嘿坏笑的面容在浮动。两个室友迎面而来，想跟她打招呼，见她眼中含泪，神色痴呆，便侧身走过，低声议论说，看来她是失恋了，好可怜。

宿舍熄灯了，青儿躺在上铺，拉上布帘，从枕下拿出雷雷送她的收音机，插上耳机，轻轻调着频率，邓丽君的歌声时断时续，就像她若隐若现的思念。

雷雷给父母立下军令状，力争考取一所理想的大学。雷母对儿子的话将信将疑，说每天中午回来给他做饭。雷雷说家里没有学习气氛，他要到图书馆去看书。雷母警惕性极高，说她去图书馆给儿子送饭。雷雷当时就撂下脸子，生气地说，如果母亲这样不信任他，干脆关他禁闭，送看守所得了。雷母嘲笑说，他就没做过几件让人信任的事儿，凭什么让人信任？

母子俩你有来言我有去语，互不相让。雷父打断他们说，雷雷都快二十岁啦，也该自立了。他怎么学，到哪里学甭去管啦，高考是要靠成绩说话的。雷雷高兴地拍父亲马屁说，不重过程看结果，这才是领导干部的水平。他扭头看母亲，揶揄道，妈，您是幼儿园的书记吧？雷母气得给了儿子脑袋一巴掌，雷雷闪开，拎着书包溜之大吉。

雷雷让人给弄了个医学院的校徽戴上，他堂而皇之大摇大摆地推着自行车自由出入。医学院的规模并不很大，雷雷东游西逛到处踅摸青儿的身影，想给她一个惊喜。说来也巧，他看见青儿与一个二十七八岁的女人说笑着往图书馆走，忙悄悄跟上去。

青儿背着书包，穿过一排排书架，左顾右盼，在角落里找到个空地儿。她把书包放在身旁的空座上，一本本地往外掏书，摊在书桌上，认真地翻阅起来。雷雷不动声色地走过来，拿起她的书包放在桌上，稳稳当当地坐下。

青儿对来人的霸道无礼很是反感，看都懒得去看，边看书边说，对不起，这里有人了。雷雷想笑，拼命忍住，青儿还是那样清高冷漠。见来人没有动静，青儿皱着眉头扭过脸重申：跟你说了，这儿有人。

她见雷雷满脸坏笑地看着自己，不禁愣住。好半天才又惊又喜地问他怎么进来的。雷雷得意扬扬地挺着胸，让她看那枚白底红字的校徽。青儿捂着嘴直乐，低声问他哪儿弄的。雷雷耳语道，他偷来的。青儿笑着问，怎么啥都偷，这儿可不是卫生所。

两人窃窃私语影响到旁边一位戴眼镜的男生，他不悦地用钢笔敲敲桌子，青儿与雷雷抬头看他。那人用钢笔指指墙，示意他们不要喧哗。雷雷特腻歪这种人，便探起身子，把头伸到他耳边，凶巴巴地瞪着他问：谁喧哗了，请你告诉我。

那人往后侧歪着身子，躲避着雷雷，青儿赶紧拽住雷雷，飞快地收拾完书包往外走。雷雷一边走，一边回头龇牙咧嘴扬起拳头威胁那人，那人气得满脸通红，又不敢吱声，青儿抱歉地冲那人笑笑，拽着雷雷走出图书馆。

一出图书馆，雷雷就忍不住放声大笑，问刚才那男生脸红得像不像农场的憋蛋鸡，青儿也跟着咯咯地笑。跟眼前这个坏小子在一起，她心情总是轻松而愉悦的。她揪住雷雷胸前的校徽问，就不怕被学校发现了送保卫科啊。雷雷大大咧咧地说，只要她不说谁知道他是冒牌货。他吊儿郎当地问青儿自己像不像医生，青儿端详他半天，嘿嘿乐着说，还真像，不过是像兽医。雷雷倒满不在乎，说兽医也是医生。

乐过半天后，青儿一本正经地问雷雷来他们学校干吗？雷雷脱口而出道，想你了呗。青儿当是玩笑话听，埋怨着问他为啥走时连招呼都不打。他与母亲之间的谈判交易不能让青儿知道，他去398农场找青儿的事儿也没好意思提，便以微笑作答。

青儿想把收音机还给雷雷，他不置可否地问，还听邓丽君吗？青儿点点头，雷雷轻声哼起《甜蜜蜜》的曲调。

青儿的室友经过，满脸惊奇，便问青儿：哎，叶青儿，这人是谁啊？

雷雷嘴快，不等青儿回答，便接茬道：这都看不出，我俩双棒啊。

那女孩儿好奇地边盯着两人看，边自言自语：龙凤胎啊，怎么没听叶青儿提过？嗯，有点像，也不算太像。

雷雷满脸正经地说：一般来说，龙凤胎都不太像。

女孩儿故作天真地问，他俩谁大点。雷雷挺着胸膛问，还用说嘛！青儿推了雷雷一把，让他没事儿赶紧回家。那女生说时间还早呢，问雷雷有没有邓丽君的新歌带。雷雷赶紧说，当然有，刚从香港那边带回来的。

女孩儿高兴地邀请雷雷到她们宿舍，一起听邓丽君的新歌儿。

雷雷跟着那女孩儿往女生宿舍楼走，回头直冲青儿眨眼睛，她一脸无奈。

女孩儿领着雷雷推门走进308宿舍，屋里两个女生正嗑着瓜子听音乐聊闲天，见到雷雷都很好奇。不等她们开口，雷雷就大方地招呼道：晚上好，聊着呢。

圆脸女生问：你是谁啊？

带雷雷进屋的那女孩儿赶紧介绍：哎，你们看他跟叶青儿长得像吗？他和叶青儿是龙凤胎。

那两个女生"啊"了一声，立刻凑过来上下打量雷雷。雷雷大模大样地坐着，任凭她们观瞻。青儿一进屋就脱鞋上了床铺，见雷雷拿室友寻开心，捂着嘴偷偷直乐。

圆脸女生盯着雷雷的校徽问，他是哪个系的，怎么没见过他啊。雷雷拿出磁带，放进录音机，嘴里瞎贫：我精神学系的啊，不知道吗？我们那个系全男生，根本不要女生，考分特别高，绝对培养国家最优秀人才。

女生们狐疑地问：是吗？精神学系是学什么的？

雷雷继续神侃：是神经病啊。哎，弗洛伊德、荣格知道吗？

仨女生面面相觑，一起摇头。雷雷见状立马信心大增，抡开膀子侃道：弗洛伊德是精神学系鼻祖，专门分析潜意识，给人治心理疾病。雷雷指着圆脸女生问，比如就拿你来说吧，哎，你做梦吗？

那女生点头，雷雷问她昨晚梦见什么了？女生认真地回忆说，她上大学后，老梦见自己一脚踩空从楼上跌下来，每次都吓醒了。

雷雷一本正经地分析说：这是精神压力过大造成的心理疾病。她在高中学习时肯定名列前茅，进大学后考试老有两门功课不及格……

他的话还没说完，就被那女生打断道：真的啊，你怎么知道的。

雷雷拍着胸前的校徽，得意地说他是精神病大夫嘛。青儿从上铺探出头说：别吹牛了，赶紧听歌吧。

几个女生还要缠着雷雷帮她们解梦，雷雷玩笑说那他得收咨询费啦。邓丽君歌声响起来，大家一起跟着哼唱，屋里的气氛从来没有这样温馨和谐。

天色渐晚，楼下看门的大妈催着让雷雷走。青儿送雷雷下楼，她笑着说雷雷净会瞎扯，谁跟他是双棒啊。

雷雷叫道：不就是嫌我没你长得俊嘛，直说得了。再说你懂不懂什么叫辩证法啊，双棒双棒，就得丑美搭配，没有丑怎么衬出美啊？

青儿咯咯笑道：辩证法是这么用的吗？看几本书瞎掰！

雷雷不服气地说：什么叫瞎掰啊，我哲学学得最好，去年高考我政治拿分最高。

青儿说：那你干吗不冒充哲学系？还整什么精神学系！

雷雷白了青儿一眼，显摆道：这你就不懂吧，医学院整什么哲学系啊。我倒是想冒充内科外科什么的，可你那些同学一问还不得露馅？精神学反正就一张嘴，跟个算命先生一样，蒙你们那些小女生还不是一蒙一个准儿。

青儿撇撇嘴：我们学校也没这个系，露馅是早晚的事儿。

雷雷无所谓地说：大不了不见她们呗，反正我来你们学校也不是来见她们的。

两人有说有笑，好不开心，没想到远处韩阳正看着他们纳闷儿，心想雷雷来干吗？是在追求青儿吗？

第四章

雷雷没事儿就往青儿宿舍跑，一泡便是大半天，青儿对此颇有微词，可雷雷深受室友们的欢迎，她又能如何呢？这天中午，青儿在屋里换衣服，雷雷连门都没敲就闯了进来，臊得青儿连忙躲到布帘后面，生气地责怪道：哎，有没有点礼貌，怎么连门都不敲，这可是女生宿舍。

雷雷装傻充愣问，他是男生吗？女生们哄然大笑，说雷雷当然不是男生，是心理医生，中性！

雷雷划拉开书桌上的杂物想坐，女生们像对王子般热情，抢着招呼他坐自己的床。雷雷没理会，手一撑跳上青儿的床铺，两条腿耷拉着坐在女生头顶上。华华进屋吓了一跳，又不好去问。

青儿听见笑声，正要探头出来，雷雷两条腿正耷拉她头上，吓了一跳，赶紧伸手拽雷雷，埋怨道：下来！我刚换的床单！

雷雷无辜地说，他前天才换的裤子，不脏。青儿气得猛拽他的裤腿，说他这人一点卫生意识都没有。雷雷说许多女生只是驴粪蛋子表面光，心理卫生一点都不健康。

女生们听了也不生气，齐声笑着说：雷雷，我们不嫌你脏！

这时，传来一阵敲门声。华华打开门，见是韩阳，她态度既热情又拘谨。雷雷晃荡着腿看见韩阳，忙打了声招呼，轻轻跳下来。韩阳皱着眉头，满脸不悦，可又不便发作，轻描淡写地说：系里通知，明天学校卫生大检查，边边角角都要清扫到。说罢，转身就往外走，青儿想向他解释一下，忙跟了出去。雷雷急了，不顾女生们的热情挽留，快步追赶青儿。

青儿现在的心情很是复杂，她既喜欢雷雷带来的快乐，又遭受着雷雷带来的困扰和误解。韩阳的心里也是五味杂陈，一方面他回避跟青儿交往过密，另一方面又对青儿跟其他男性来往心怀醋意。他问青儿雷雷为何最近老是往女生宿舍钻。青儿对男女关系一向敏感，连忙表白说雷雷只是偶尔来玩儿。

韩阳严肃地警告说，学校这几天抓得特别严，社会上好多不三不四的人冒充学院学生到宿舍偷东西，保卫科对雷雷已有所关注。青儿不想读书期间还被人误会，便低头说，她告诉雷雷以后别来了。

两人正说着话，雷雷推着自行车过来，亲热地跟韩阳打招呼说：韩医生，我发现你在什么环境里都一脸正气，特正人君子。你看我一见你，就特想当好孩子。

韩阳玩笑说，医学院既没好玩儿的，又没好偷的，他怎么老来这儿晃悠。青儿为撇清自己，劝雷雷赶紧回家复习功课，别老瞎跑。她有意在韩阳跟前强调雷雷的复读生身份，让雷雷听着很不舒服。

雷雷心情郁闷地骑车瞎逛，速度飞快。对面也是一心急火燎的主儿，“嘭”的一声，两辆自行车狠狠地撞在一起。雷雷心里正不痛快，把车“咣当”往地上一扔，上前就揪住那人的衣领。那人也不是善茬，嘴里骂雷雷不长眼。雷雷也不废话，挥拳就打，拳头快揍到那人脸上时，他架住雷雷的胳膊叫了声“雷子”。雷雷定睛一看，不禁一愣，这人是398农场卫生所刘所长的外甥张军。他是最后一批工农兵学员，走后门上的大学。

雷雷悻悻地说，算他小子命大，再晚一步，他就回398养伤吧。张军奇怪雷雷怎么在省大附近晃悠，是否他姨让带东西给他？雷雷扶起车，根本就不爱搭理张军，他一抬腿上了车，扔下一句：给你带个屁，老子凭啥当你的邮差？话音未落，人已经骑出老远。

张军骂骂咧咧扶起车，发现车把撞歪，链条也断了，气得大叫：雷雷你个小兔崽子，你把我车弄坏了，你赔我！哪里还有雷雷的人影。

雷雷心里不痛快，青儿又何尝不是。连华华都看出雷雷对青儿有意思，更何况别人。华华说雷雷是社会青年，根本配不上青儿。青儿辩解说，她跟雷雷只是普通朋友，没有男女之情。青儿不愿再谈此事，找话题岔开。

两人绕着图书馆外的林荫路散步，远远看见几个女生围住韩阳说话。华华先是一怔，然后嫉妒地说，那些小女生有事没事都围着韩阳转，还不是因为他是研究生又没有女朋友。青儿好奇地问，你怎么知道他没有女朋友。华华说，她听别人说韩阳以前谈了个女友，家里条件特高。女方家里死活不同意，愣给拆散了。韩阳受打击特别大，后来就不再谈恋爱。

青儿有点奇怪，华华怎么对韩阳的事情了解得如此清楚，而且还很上心。两人聊着聊着不觉间回到宿舍楼前，却看见韩阳正和张军说话。刘所长托韩阳给外甥带了些东西，不想两人在这里碰见。与韩阳说话的当口，张军不由自主地将省大女生与医学院的女生作比较，张军觉得医学院的女生更娴静单纯。他的眼神飘飘的，像旋风一般溜着边儿围着来往女生来回打转。看见青儿时，他的瞳孔才慢慢缩小，逐渐定格在她脸上，既贪婪又暧昧。

华华热情跟韩阳打招呼，韩阳客气地点点头，把张军介绍给青儿。知道他是刘所长的外甥，青儿冷漠的脸色融化了些，声音柔和地客套了几句便转身回宿舍。张军看着青儿的身影一阵阵发愣，像是丢了魂儿。韩阳觉着好笑，问他想什么呢？张军突然张口问青儿有没男朋友。韩阳回道：哎，她有没有男朋友，关你什么事儿。张军大有深意地看着韩阳说：我姨说你对她没那意思。哎，我追她你不介意吧？韩阳心里一阵泛酸，忙尴尬地掩饰，叫张军别胡闹，叶青儿是个单纯的女孩儿，再说他不是有对象了嘛。张军说没共同语言吹了，而且他还就喜欢单纯女孩儿。韩阳莫名地生起气来，雷雷这个瘟神还没走，眼前的色狼又盯上了青儿。

读书头疼，想玩儿又没地方可去，吃完晚饭，雷雷与一群哥们儿闷得发慌，在市委家属大院里一起琢磨着到哪里鬼混。不远处白莎莎趾高气扬扭着屁股走过来，看见雷雷这帮子人扎堆儿闲聊，满脸不屑。于是有人起着哄叫：白莎莎，眼睛长屁股上啦，没看见这儿有人向你致以崇高的敬意吗？莎莎白了他们一眼，骂道：臭德行，懒得搭理你们。说着扭身就要走。雷雷特腻歪她拿腔拿调那股子劲儿，对她爱理不理的，于是懒洋洋道：走，到省大跳舞去。莎莎听见，扭头瞪着眼睛喝道：哼，敢去！雷雷不干了，挑衅说，省大是你家的啊。它要管你叫妈，我们就不去。莎莎气得说不出话，跟雷雷这种浑不懔的小子斗嘴，她总是输。望着雷雷那帮人呼啸而去的背影，莎莎捶胸顿足地骂：死雷雷，叫你气我，这辈子甭指望我搭理你了。

雷雷领着众弟兄兴冲冲来到省大，不想大头兜头泼上一盆冷水，说舞会临时取消。雷雷扫兴地抱怨他谎报军情，大头一个劲儿赔不是，说既然哥几个都出来了，索性由他做东，豁出去半个月的饭票请大家喝酒。

几个人愁云顿扫，骑上自行车，大唱着《甜蜜蜜》满大街踅摸小饭馆。大头问雷雷，听说他混了个医学院的校徽，天天在那儿蹭饭吃。黑皮笑嘻嘻说，雷子哪里是蹭饭吃啊，他分明是天天送饭送温暖送感情。大头惊讶地问给谁送？哥几个怪声怪调地说，还有谁，青儿姑娘呗。对于哥们儿的揶揄，雷雷既不生气，也没当回事儿，一副懒懒的爱谁谁的表情。

大头听了直犯瘾症，好言劝谏道：你还真想和叶青儿有一腿啊？雷子，我劝你趁早甭打那主意，那个女人不同寻常！看上她的人多了去了，她进医学院才多长时间，就成校花了，听说宿舍门口男生排队站岗跟她约会！

雷雷扑哧乐了：老子天天去青儿宿舍，什么不知道。

大头恍然大悟：敢情天天排队站岗的是你啊！哎，你还是省省心吧，那丫头你真搞不动她。

雷雷骂道：滚蛋，你比我妈还啰唆，以后我就叫你罗索夫斯基大头得了。

黑皮阿谀奉承说：你们这些世俗之人，不要用庸俗眼光看待我们雷司令和青儿姑娘纯洁美好的关系，玷污神圣伟大的爱情。

麻秆发挥演绎说，真正的爱情是没有身份、种族、阶级界限的，就像罗密欧与朱丽叶、梁山伯和祝英台……雷雷乐了，他爱听这个，不过他更愿意要大团圆结局的爱情故事。大头一本正经地说，据史书记载，凡是伟大的爱情，过程痛苦、结局悲惨者居多。雷雷气恼地说，嘿，罗索夫斯基大头，你报复我啊！上几天破学你还来劲了！见众人挖空心思帮雷雷编织美好的爱情梦想，大头也不再苦劝，免得坏了大家伙儿的兴致。

跟往常一样，雷雷背着书包到医学院图书馆帮青儿占座儿。等了老半天，也不见青儿的影子，他东张西望，魂不守舍。青儿的室友程珊老远就瞅见雷雷了，她笑嘻嘻过来一屁股坐下，雷雷忙说这座儿有人。程珊神色暧昧地说：等你那双棒呢吧，她不来了。雷雷不信，说青儿每天都这个时候来。程珊话里有话地说，叶青儿去教室了，她这学期晚自习都不会再来图书馆。

雷雷一听脸色阴沉，拔腿就走，往教室奔去。

教室里的人不是很多，几对男女生挤在角落里嘀嘀咕咕说着悄悄话儿。青儿与华华坐在一起，小声聊天。华华让青儿直接跟雷雷说清楚就结了，躲着不是好办法。青儿苦恼地说雷雷自尊心特强，弄不好会伤害他。华华自告奋勇替青儿出头，青儿摇头苦笑：你跟他什么关系啊，那还不得把他气疯了。

说曹操，曹操到。“嘭”的一声，雷雷推开教室的门，大摇大摆走进来，聊天看书的人都被吓了一跳，四下里是惊诧的目光。雷雷一脸无所谓，径直走到青儿面前。青儿急了：这是教室啊，怎么能随便闯啊！雷雷龇牙一笑：我知道，我来教室读书怎么啦？旁边一个女生义愤填膺，大声嚷道：你是哪个系的，到我们教室来干吗？雷雷气焰嚣张，瞪着那女生道：我是新来的校长助理，想进哪个教室还用你来管？你叫什么名字？

青儿怕雷雷越闹越离谱，赶紧收拾书包往外走。雷雷一个箭步跳到门边，冲着教室里的学生大声嚷嚷：学校要搞卫生大检查，这间教室是重点，我要仔细检查，你们马上出去。见雷雷一副横眉立目、浑不懔的架势，那些学生敢怒不敢言，气哼哼出门而去。

青儿气炸了肺，拎着书包就走。雷雷挑衅似的堵住门，要青儿给他一个说法。青儿冷冰冰说不愿意再见他，雷雷执拗地问为什么。旁边的华华实在看不过去，走上前说：你一天到晚缠着青儿，不怕人说闲话啊！你一个社会青年，有事可以拍屁股走人，到头来倒霉的是青儿。

雷雷转过脸看着华华问：说什么闲话？谁说的？你告诉我这人的名字，我找她去！

青儿火了，怒气冲冲地说：算了吧，你还当是398农场啊，动不动就要打人！

雷雷固执地纠缠着问华华都传什么闲话了，华华说女生宿舍里的人都说他在追青儿。雷雷愣了一下，嘿嘿乐道：是吗，都看出来了，医学院的学生不傻啊！

青儿瞪着雷雷，脸上写满不耐烦。华华劝雷雷说话注意点，传出去影响不好。雷雷皱着眉头，故意费解地问：这是好事儿啊，怎么会影响不好？我没老婆，叶青儿同学也没结婚，我俩都到法定婚姻年龄了，我追叶同学犯法吗？你告诉他们吧，我还要和叶同学结婚呢！

青儿和华华听了这话都是一愣，见他一脸认真，郑重其事的样子，哭笑不得。雷雷凝视着青儿，一字一顿地说：叶同学，我不蒙你，我要娶你。华华听了哈哈大笑。

青儿气不得又笑不出，伸出食指狠狠地点着雷雷的脑袋说：你就发疯吧，以后别来学校找我了。我学习这么紧张，哪有工夫陪你玩儿，放假再说吧。说完，推开雷雷走出了教室。

华华瞅着雷雷直乐：你个小破孩儿懂什么叫结婚啊，真厚颜无耻。大学规定学生在校期间不许谈恋爱，你胡说八道没事儿，可你别害她啊！

雷雷正待说些什么，华华却一溜小跑追青儿去了。雷雷一点也不气馁，像跟屁虫似的紧追不舍，让青儿不胜其烦。华华不自觉地充当起保护人，劝雷雷放手，别妨碍青儿的正常生活和学习。

雷雷直言不讳地说：大姐，你说我们小青年谈情说爱，你跟着瞎掺和什么呀，也不怕当电灯泡妨碍我们吗？

华华瞠目结舌，既尴尬又气恼，她何时这样讨人嫌？青儿气得用手去推雷雷，怪他说话没大没小的。雷雷也不说话，紧盯青儿，目光中有迷恋、疼惜和伤感。青儿怦然心动，慌忙转移视线，她不想被情网缠住。

青儿再三恳求雷雷别再来影响她，让她静下心读书，可雷雷自以为是地觉得青儿其实很希望有人来陪，只不过怕人说闲话罢了。雷雷的执迷不悟使青儿失去耐心，她终于爆发说出狠话：你老来找我，我真的没法儿静下心来……我以前的处境你也知道，我就是什么都不做，人家还往我身上泼污水，你现在这样不是授人以柄嘛！你让我安心学习好吗？你别来捣乱成不成?！我要学习，我想考全优，我想毕业分配进大医院，我这辈子就想当个了不起的外科大夫，你懂吗！

雷雷出奇地平静，他看着青儿一股脑儿地发作着，不出一言，等她疾风暴雨般发泄完毕，才转身离去。青儿望着他落寞的背影有些内疚，张嘴想解释，可转念一想还是算了。华华看出青儿的心思，宽慰道：对他这种人，就得狠一点，不然蹬鼻子上脸死作，到头来倒霉的是你！

青儿一阵揪心般难受，以往都是别人伤害她，而她唯一能伤害的人却只有他。

白莎莎狐假虎威乱用父亲的小轿车一事败露，被父亲狠狠痛斥一番，她一生气跑出家门，独自在大街上溜达。天色已晚，几个无聊的小痞子见她形单影只，顿起邪念，边跟着她边套瓷说：嗨，姐们儿，交个朋友吧。

莎莎正烦，见他们獐头鼠目，心头火起，张嘴就骂：滚蛋！也不撒泡尿照照，有人样吗！

小痞子们闲得心里生蛆，没事儿还想找事儿呢，见白莎莎出言不逊，可算是找着由头，纷纷围上来骂道：妈的，臭婊子，嘴这么贱，欠抽啊。边骂边动手动脚的，白莎莎哪里吃过这样的亏，她连打带踹，奋力挣扎，声嘶力竭地大叫“抓流氓”。没承想见义勇为的人没来，倒惹火了小痞子们，他们起哄道：老子就是流氓，老子就流氓你怎么啦，少他妈的装纯情。

雷雷骑着自行车失魂落魄地在大街上溜达，满怀愤怒，不知道如何发泄。突然听见白莎莎的求救声，他停下车子回头观瞧，只见三个小混混围着白莎莎上下其手，摸得不亦乐乎，而白莎莎披头散发，左闪右躲。

雷雷猛地掉转车头，向其中一个痞子狠狠撞过去，撞得他人仰马翻。另外两个撇下白莎莎，围攻雷雷。狭路相逢勇者胜，雷雷心里憋着火，此时全凭借着拳头发泄，他手重拳狠，完全是拼命三郎的气势，骇得仨痞子全无斗志，落荒而逃。边跑边骂：小子，老子饶不了你，等着吧。

莎莎哭着整理凌乱的衣服，不停地骂：臭流氓，敢欺负姑奶奶。我他妈现在就去公安局，让你们不得好死。

雷雷冷眼打量莎莎，见她没有大碍，扶起自行车就要走。莎莎噘着嘴向雷雷道谢，表示原谅他了，不再生气。雷雷面无表情，飞身上车。莎莎红着眼圈喊：你陪我回学校吧，要再遇到那群小流氓怎么办啊？雷雷不理不睬，埋头继续骑车。

莎莎伤心地捂着脸哭起来：我到底怎么得罪你了，你怎么就见死不救啊。你没考上大学我多同情你啊，我还跟我爸说过帮你走走关系，上我们学校呢。咱俩从小同桌，老是你欺负我，现在我总算比你强一点，你不服气特妒忌是吧。可你也不能这个时候报复我啊，那些小流氓肯定没走远，我怕死了……

这时一辆自行车轱辘别住她，吓了她一跳，赶紧抬头，见雷雷一言不发，冷冷地看着她。莎莎忙擦干眼泪，跳上雷雷自行车的后座，人绷得直挺挺的，装出很清高的样子。

雷雷埋头骑车，莎莎低头想心事，一路上谁也不说话。

莎莎终究憋不住，试探地伸手捅雷雷的腰眼儿，雷雷皱着眉头问她干啥？莎莎讨好地说：说会儿话啊，你不挺能说的嘛。雷雷冷着脸，不言不语。莎莎就烦他这种态度，哪儿疼就往他哪儿扎：哎，好像我欠你八百吊钱似的，你没考上大学……

不等莎莎把话说完，只听“咣当”一声，雷雷猛地刹车，差点将她摔下去。雷雷转过脸瞪着她，声色俱厉地说：再提什么考不考大学的，就滚蛋！

莎莎可不吃这一套，声音更大，嗓门儿更高：你跟我一女的横什么横！你要真是爷们儿你考个清华北大我看看，那才叫本事！你说你现在脆弱得跟什么似的，还说不得碰不得啊，连女生都不如！

雷雷眼睛瞪得跟鸡蛋一般大，一时也无话反驳，他转身推着自行车就走。莎莎一溜小碎步跟着，时不时偏着脑袋瞅雷雷，他满脸阴沉，脑子里不知在想些什么。莎莎忍不住问：又生气啦？你现在怎么成气包子了？雷雷停住车，甩甩头示意省大校园到了。莎莎回过头去，雷雷骗腿上车，迅速消失在黑夜里，莎莎黯然神伤，他从来都不在意自己。

雷雷心情郁闷地回到家里，看见书桌上摆着录音机和一摞英语磁带，而自己珍藏的数盘邓丽君歌带，被开膛破肚扔在垃圾桶里。他怒火中烧，抓起如乱麻般纠缠在一起的磁带，冲到客厅对着看黑白电视的母亲大叫大嚷：您干吗毁我的磁带，谁给您的权利。雷母稳稳地坐着，冷言冷语地说，她帮他清理了那些靡靡之音，好让他专心学习。雷雷气得额头青筋直跳，把手里的磁带狠狠砸向地板，让母亲今后甭再管他的事儿。

雷母吓了一跳，忙站起身，看着儿子疯狂的样子，她气得嘴唇哆嗦：混账东西，你给我捡起来，你给我扫干净了！你还真长出息啦，现在动不动就对我嚷嚷，你还是不是我儿子啊！

雷雷咬住嘴唇，压抑着怒气，拔腿冲出门去。雷母动了真气，想追出去，可是一阵头晕目眩，歪倒在桌柜旁，喃喃自语道：你个小王八蛋，你就死在外面吧。

大晚上的，雷雷没地儿可去，便投靠在省大读书的大头，寄居在他宿舍里，一夜无话。

第二天大清早，大头去小树林背英语单词，雷雷蒙头呼呼大睡，一觉醒来时，已是晌午。他无聊地呼朋唤友，守在医学院大门外，看着进进出出的女生逗闷子，品头论足。

昨晚跟雷雷打架的那几个痞子正巧路过，瞅见雷雷便骂骂咧咧冲过来：

小子，正找你呢，送死来啦！

雷雷拳头发痒，愁得无聊，不忧反喜，他把自行车往墙上一靠，迎着那帮人就发起冲锋，旁边黑皮等哥们儿一拥而上，帮着助拳。不想这一幕落入青儿眼中，情感上她对雷雷更是避之不及了。

原来省大与医学院联合举办青春校园舞会，张军来医学院提前跟青儿预约，希望她能当自己的舞伴儿。青儿微微一笑，不置可否。她送张军出校门时，发现雷雷正与人打群架，忙让张军去叫保卫科的人。张军说保卫科不管社会青年打架这种事儿，青儿急火火地要去派出所报案，张军一把拉住她，笑着说：你还挺关心雷雷的，你看没事儿啦。

青儿回过头，见雷雷这帮人已经占了上风，打得那几个痞子鼠窜而逃。雷雷得意扬扬地搓着手，转身看见张军正拉着青儿的胳膊，脸刷一下撂下来，眼神阴冷地盯着他俩。

张军却故作熟稔状，轻轻碰了一下青儿的腰间：咱走吧。

青儿感到异常别扭，还没来得及有所表示，雷雷就已经冲过来，推了张军一把，厉声道：哎，你的脏手往哪儿乱伸啊。

张军故意夸张地一个趔趄，险些摔倒，委屈地叫：雷雷，你想干吗啊！

青儿不满地瞪着雷雷，质问他是不是又想打人。旁边黑皮等人起哄：雷子，跟这么个弱不禁风小四眼儿争风吃醋，不掉身价啊！

一群学生都围着看热闹，张军越发装模作样，缩着脖子，低眉顺眼，似乎手无缚鸡之力。青儿最怕招人注目，一看人多，就本能地想回避。雷雷好出风头，是人来疯，人越多，他越来劲，环顾四周嚷嚷道：看什么看？大人的事儿，小孩子瞎看什么，赶紧回家去！小毛孩儿都缺教育！

青儿此刻极其厌恶雷雷这种哗众取宠的表演，一扭头转身走开。雷雷见了，巴巴儿地追上去，青儿猛地回头，压低声音冲着雷雷说：你要再这么闹，我再不想见你了！

雷雷呆愣住，不承想她说如此绝情的话，眼见张军谗言媚笑追着青儿并肩走，意欲动作，却又不敢，他何曾活得如此委屈，都是情在作怪。

月上柳梢头，人约黄昏后。一场如期而至的舞会搅乱了女生的心，女生宿舍里有的化妆，有的试衣，叽叽喳喳，互相玩笑，热闹异常。唯独青儿兴致不高，满脸郁闷地坐在书桌边看书。

胡亚玲故意问青儿，雷雷这几日怎么不来玩儿了。青儿冷漠地说她不知道。程珊兴奋地说：叶青儿，让雷雷晚上来跳舞吧！你这双棒太神了，有他在场肯定特热闹，特有趣儿。

青儿耷拉着眼皮继续看书，头也不抬地说她联系不到雷雷。程珊不甘心地问他俩吵架了？要是她有这么个双棒儿，肯定乐疯了，哪里还会生气。青儿不想跟人谈论雷雷，烦躁地起身往门外走。华华正对着镜子梳头，让青儿等她一会儿。青儿冷冷地说她不去跳舞，华华扫兴地说那她也不去了。青儿皱着眉头说，你别强人所难。

屋里的气氛冷淡起来，一个人的不痛快，往往会感染一屋人。这时，有人很有礼貌地敲门问：叶青儿同学在吗？

青儿上前打开门，见张军抱着一本书，神情拘谨，文绉绉地站在门边。青儿请他屋里坐，他赶紧摆手说一会儿还要去布置舞会会场，找她是来送书的，会场上见吧。他把手里的书递过去，青儿接过，是司汤达的《红与黑》。

胡亚玲眼疾手快，抢到手里说：叶青儿，我特想看，让我先看吧。

青儿能说什么？只好默许，她抱歉地朝张军笑笑，感谢他的美意。张军谦恭地告辞而去。

在华华的强拉硬拽下，青儿只得陪着来舞会给她作伴儿。雷雷正与韩阳臭贫，看见青儿进来眼睛立马就直了，还没等他走上前，张军半路杀出，带着几个男生热情洋溢地迎上去。韩阳脸色微变，雷雷则是既嫉妒又生气。韩阳低声嘀咕说，张军是不是对青儿有啥想法，最近老来找她。

雷雷愤激地骂：张军这王八蛋，就是欠抽！癞蛤蟆想吃天鹅肉！还没等韩阳回答，雷雷便又问：哎，你说这癞蛤蟆吃得着吗？

青儿早就斜眼看见雷雷与韩阳，她故意赌气不理他们，越发跟张军有说有笑，很开心的样子。韩阳心里嫉妒，脸色平静；雷雷气得握紧拳头，恨不能会隔山打牛的功夫，一拳将张军打成肉饼。他气呼呼对韩阳道：哎，韩老师，叶青儿是你学生，你眼睁睁看着小痞子勾引她，放任不管，这可是严重失职啊。我得找你们系主任谈谈，这样可不行啊。

韩阳哭笑不得，说班主任只能管学习，不管私生活。这时舞曲响起，张军殷勤地请青儿跳舞，她微微一笑，跟着张军走向舞池。雷雷急了，快步朝青儿走过去，不料被白莎莎中途拦截。她兴奋地说：瞧你这德行，请你不来，跟我较劲，不叫倒是来了。说着便拉住雷雷，强邀他跳第一支舞曲。雷雷扭头见青儿的手已经搭在张军的肩头，而张军的手如愿以偿地放在青儿腰间，他气得血贯瞳仁，眼睛喷火，猛地甩掉莎莎的手，分开众人冲到两人面前，将张军推到一边去。

张军委屈地问雷雷到底想干什么？雷雷瞪着他说哪儿凉快哪儿待着去。青儿气不过，不想引人关注，低声对雷雷道：别捣乱了，都看你呢。雷雷一脸正气，不管不顾地说，你跳舞，成啊！可你不能跟这种人跳，他不安好心你知道吗？

青儿强压怒火：雷雷，你闹着玩儿也要看地点，公众场合注意点形象！

雷雷嚷道：我怎么啦，我也没搂着你非要跟你跳舞，我在跟你讲道理，我公众形象有什么不健康的吗？

青儿下定决心不理会雷雷，惹不起她躲得起，转身便走。张军跟上去叫道：青儿，别理这种没文化的人。

雷雷猛推张军，嘴里叫道：青儿也是你叫的？谁没文化，说你是癞蛤蟆你还真长行市啦！你吃口天鹅肉我看看，打得你找不着大牙。

张军一脸书生怒气：你粗鲁，你这是在侮辱我的人格。

青儿气得脸色铁青，愤怒地回头冲着张军喊：你别理他，疯子。说完，转身往舞池外走。张军立刻紧随其后，还不忘回头冲雷雷讥讽地冷笑。

雷雷气得挥起拳头就要打，被韩阳拉住，他责备雷雷不会讲道理，只会动拳头。雷雷瞪着他问：你讲道理？怎么不上去讲啊？再说跟那只癞蛤蟆有道理可讲吗？你懂蛙语吗？

韩阳哭笑不得，跟雷雷他永远掰扯不清。雷雷甩开他的手，正要追出去。莎莎见雷雷为青儿争风吃醋，嫉妒得发疯，适时走过来冷嘲热讽道：那女的是你情儿啊，怎么跟我们学校那土老帽勾搭上了。你还上赶着去拆分那对野鸳鸯啊。

雷雷气得骂：滚蛋，有你什么事儿。

暗夜漆黑，张军送青儿去公交车站。周末青儿都要回家住，做点家务，陪父母说说话儿。张军安慰了青儿一路，说雷雷人并不坏，就是好出风头。青儿既气恼又内疚，不住向张军道歉。张军说他不会跟雷雷这种没文化的社会青年计较，他只是担心青儿没玩儿好。

正说着话儿，公交车来了，青儿赶紧上车，向张军挥手告别。张军若有所思地望着公交车远去，扭脸见雷雷气喘吁吁地赶来，轻浮地一笑：她走了，刚上的车。

雷雷瞪着张军威胁道：我要再看见你纠缠叶青儿，就废了你！

张军一副流氓嘴脸地说：小子，不是我纠缠她，是她离不开我。你泡妞还太嫩，慢慢学着点吧。

雷雷气得举起拳头，张军嘲笑说：你除了动粗还会什么？有本事你让叶青儿跟你，叶青儿要爱你，我屁话不说，立马滚蛋，你成吗？

雷雷怒视着张军，对这种冠冕堂皇的成人话语，雷雷一时找不到应对的字眼儿，只是喘着粗气地骂：你丫的给老子闭嘴。

张军轻蔑地微微一笑：叶青儿很快就会爱上我，不信走着瞧！说罢，他扬长而去，把沮丧和失落留给了雷雷。

发了会儿呆，雷雷摸黑找到韩阳宿舍，敲门把他叫出来。雷雷激动地说：你得管管青儿，这丫头自以为成熟，其实社会经验特少，傻乎乎的，张军那就是个流氓，青儿跟他会上当受骗的！

韩阳沉吟片刻，直视雷雷的眼睛问：你为什么这样关心叶青儿？

雷雷不知怎么回答，便打岔道：你什么意思，阴阳怪气的。

韩阳不阴不阳地问：你自己什么意思，你搞明白了吗？不等雷雷回答，他转身走进宿舍楼。

雷雷又发了一会儿愣，突然大喊：哎，说了半天你什么意思？你到底管不管啊！楼门洞里漆黑一片，寂然无声。“情”这个字谁说得明白呢。

转天傍晚时分，张军又来找青儿，他等在宿舍楼下就是不上去。青儿再三邀请，他满脸诚恳地说，天这么热，男生到女生宿舍太不方便。青儿点点头，赞他明事理，懂规矩。张军请青儿晚上到他们学校看内部电影，青儿犹豫再三，却架不住张军的巧舌如簧，答应下来。

韩阳从华华那里得知此事，联想到雷雷的一再警告，总觉得心里不踏实，可又找不到理由劝阻青儿。思来想去，便决定暗中留意青儿的行踪。

吃过晚饭，张军来医学院接青儿。两人说说笑笑出了医学院，过马路进了省大校园。张军引着青儿往校园僻静处走，荒草萋萋，树木寂寂，越走越荒凉，青儿困惑起来，问这是去哪儿看电影。张军说是去小礼堂，内部电影不想让太多人知道。

韩阳轻手轻脚一路相随，越跟心里越打鼓，他预感到要出事儿。

此时，雷雷正在省大校园西头的角落里试一辆破旧的淘汰摩托车，因是偷着推出来的，鬼鬼祟祟心里发虚。突然，传来一阵脚步声，大头等人慌忙躲起来，雷雷强作镇定，靠在旧车上，背过脸弯下腰，假装系鞋带儿。

只听有人喊“雷雷”，吓得他一转身，差点撞翻摩托车。见是韩阳，雷雷可算是松了一口气，油嘴滑舌道：哥们儿在义务劳动呢，这破车锈得都掉渣了，我准备拉出去卖废铁，支援灾区重建。

韩阳不去理会，直截了当问见到叶青儿没有。雷雷不耐烦地说他已经一个月没去医学院了，怎么还找他的事儿。韩阳说张军约叶青儿看电影，却把她往小树林里带，他一路跟着，夜太黑给跟丢了。雷雷顿时紧张起来，拿着手电就往树林里跑，韩阳慌忙快步跟上。

张军心怀鬼胎，目光游移，而青儿忐忑不安，满腹狐疑。两人并肩而行，谁都不说话，究竟女孩子有本能的防御心理，见人迹稀少，路灯昏暗，便止住脚步不肯前行，说不想看电影了，要回宿舍温习功课。

张军执意要送，她婉言谢绝，一来二去，推让之间他猛地死死搂着她。她吓得呆住，一时竟然忘记挣扎和尖叫。尽管背负破鞋的恶名，实际上她对男女之情并没有经验，当她看清男人脸上彰显着的赤裸裸的欲望时，着实吓傻了。

羔羊在口，张军觊觎良久的欲望熊熊燃烧，手乱摸，嘴乱啃。

青儿打个激灵，清醒过来，连踢带踹，拼力抵挡。可他兽欲如炽，强悍凶猛，她力气逐渐耗尽，绝望地闭上眼睛……

第五章

就在青儿心如死灰陷入绝境之时，她猛然感觉身子一轻，被人抡着拽到一边，睁眼见是雷雷，她悲喜交集，无话可说。

张军面红目赤，兽欲被阻，浑浑噩噩嘴里乱骂。雷雷铆足力气狠狠一拳，将他打倒在地。他号叫着爬起，张牙舞爪冲上来，下的是死手，好掩盖丢人现眼的丑行。

雷雷满怀愤恨，往死里抡拳打；张军羞愤交加，也是往死里猛扑狠打。雷雷虽小张军几岁，但出拳凶狠，张军豁出去，拼了命，一时倒也旗鼓相当。青儿骇得瞪大双眼，怕雷雷受伤，嘴里乱叫着让雷雷罢手。

等韩阳与大头等人赶到，两人已浑身是伤，撕扯扭打成一团。众人忙过去拉开，雷雷虽满脸是血，可气势如牛；张军则被打得不成人样，狼狈不堪。雷雷指着张军破口大骂：臭流氓！要不看在你姨的分儿上，我不废了你，我是你孙子！

张军见了韩阳等人，大口喘着气，恢复了点神智，他擦去脸上的血回骂：一个小破鞋，一个小流氓，真他妈是天生一对啊！

青儿气结，脸色煞白，雷雷冲上去又要打。大头怕打坏了人，赶紧上前猛推张军，让他滚蛋。张军偏不走，跳着脚骂：叶青儿，你装什么纯洁啊，谁不知道你和398农场的干部都睡过！

青儿欲哭无泪，羞臊难当。雷雷猛地扑过去，被韩阳等人拦住。张军见打不着自己，越发嚣张，大骂雷雷，威胁说要去派出所报案，让雷雷进劳教所。大头一把拽住张军衣领：还不滚，你找死啊！

雷雷让大头放开他，轻蔑道：让他去，老子借他一万个胆，看他敢去报案！我他妈还告他强奸未遂呢！至少坐十年大牢！

韩阳一直没说话，他知道这种事儿不宜张扬出去，都是熟人，脸上挂不住。他走过去，盯着张军说：赶紧去医院包扎一下，这件事到此为止吧。张扬出去对谁都没有好处，懂吗？

张军掉头就走，恨恨骂道：这件事不算完，小王八蛋你记住了，血债血还！

雷雷大声叫：你他妈的大点声儿，放什么臭屁呢！

韩阳推着雷雷，让他赶紧走，去处理一下伤口。雷雷看了一眼青儿，她满眼恓惶，柔弱无助。

三人一路默默回医学院，来到韩阳宿舍给雷雷疗伤。韩阳用酒精给雷雷消毒，杀得他禁不住叫了一声。青儿看着心疼，上前去握他的手，想给点精神安慰，不想雷雷狠狠甩开：别碰我！

青儿伤了自尊，生气道：你吃枪药啦，跟谁都犯浑。

雷雷瞪着青儿，拍着胸口道：我是吃了枪药，我现在这口恶心还没下去呢！没出息，还好意思教训我！

韩阳忙让雷雷噤声，青儿忍不住反击，却大大触怒了雷雷。他激愤地叱责道：你既蠢又笨！有点脑子的人都能看出张军是个什么东西，他就是一土鳖流氓，癞蛤蟆都比他强，你怎么就着了这种人的道儿！一个女学生咋就这么不检点不自重啊！还跟他钻小树林，还让他搂抱。

青儿脸色惨白，如遭重击，别人如此说她，她还能忍住，可从雷雷嘴里说出，对她是奇耻大辱。她猛地伸手想甩他耳光，可见他满脸伤痕，又将手放下：这跟你有什么关系，管得着吗？你一天到晚正事不干成天瞎混，管好你自己吧！

韩阳在一边看着，黯然神伤，不知道怎么劝。

雷雷反唇相讥：我就这德行，我就不知道什么是正事儿。你倒干正事儿了，被个土鳖流氓迷得五迷三道的！

青儿气得声音哆嗦：你是我什么人？我父母都不敢这么跟我说话！我告

诉你啊，以后离我远点！别老缠着我，我要死要活和你一点关系都没有！

雷雷气疯了：谁他妈爱缠着你啊，不识好歹！他说着撕下绷带，猛地往地上一摔，拔腿就走。走到门口时，回过头来赌誓：我这辈子都不会再找你，你以后爱跟谁跟谁！我他妈再理你我不是人！

雷雷摔门而出，惊动了许多学生。他们探头探脑，看着浑身血污的雷雷大步走过，满脸惊诧，交头接耳。

雷雷在大街上慢慢地走着，满眼忧伤。路过一个夜市，嘈杂喧闹的热浪扑面而来，邓丽君的歌声成了商贩招揽生意的手段。歌声像钝刀，割得他心疼，疼得想流泪。

莎莎跟一个男生吃完夜宵，冷不丁瞅见鼻青脸肿的雷雷，吓了一跳，忙跑过来问缘由。雷雷茫然地看着她，眼睛里除了凝结的痛苦，就是绝望。她忙让那男生拦了辆出租车，硬是把雷雷塞进去，直接拉回家。

雷母见儿子神情恍惚，痴痴傻傻，又心疼又气恼，忙不迭拿云南白药、碘酒等帮他包扎。莎莎在一旁打下手，温柔懂事，体贴和顺。

雷母扶着儿子进屋躺下，回到客厅向莎莎发牢骚倒苦水。莎莎说有个叫叶青儿的好像跟这事儿有关。雷母立刻警惕起来：雷雷现在还和叶青儿有来往？那个骚货！莎莎不好回答，借口替雷雷倒水，起身走进雷雷的小屋。

雷雷躺在床上看着天花板发呆，对莎莎的关心根本就不领情，还一个劲儿轰她走。莎莎自以为是地说：我走了，阿姨还不得唠叨死你，那时可别盼我来。雷雷蒙住头，摆手让莎莎赶紧走人。她发了会儿呆，轻叹一口气，掩门离去。

雷雷一觉睡到天亮，起来上厕所时听见父母为自己的事儿发生争执。父亲说，新班子刚成立，好多双眼睛盯着，他一天二十四小时忙得连轴转，脑袋里连根针都插不进去，混账儿子偏偏不省心。母亲抱怨儿子也不是她一个人的，若再这样下去，非进劳教所不可。父亲建议让他当兵，母亲说当务之急是让他转变心态，全力以赴参加高考。

雷母把教育儿子的责任推给了雷父。雷父严厉地说：小时候谁教育我们？不全在于我们自己自觉自律？雷雷这小子根上就没长好！我看他这辈子没大出息！

雷母勃然作色道：什么叫根上没长好？外面人说什么咱没办法管人家的嘴，怎么自己也这么看啊！他是不是你儿子呀，他这辈子要没什么出息，你脸上有光啊！

雷父痛心疾首：现在急有什么用，从小养虎，虎大伤人，都是叫你惯的。

雷母心潮起伏，眼睛湿润地大倒苦水，从雷雷三岁说起，一直数落到眼下。她流着泪质问，作为一个父亲，他东奔西跑，一心为公，何时为儿子操心费力？雷父心里愧疚，让她就事论事，别扯那么远。

雷母声泪俱下：儿子正处在十字路口上啊，咱推一把他就往左，不管他就往右。我是没辙了，这小子要再这么下去，就真毁了！

雷父轻捶着额头，神色黯然地说他找儿子谈谈。正待起来时，身子猛地一侧歪险些摔倒。雷母忙扶住，紧张地问怎么回事儿。雷父叹气说，开了一夜的会，原想回家睡一觉，看来是不能了。

雷雷听着，呆呆站立，如轰雷掣电，羞愧难当。他溜回卧室，端坐书桌前，做好挨训的准备。雷父推门进来，见儿子倔头倔脑的背影，很想心平气和谈一下。他拉把椅子坐下，一时却找不着话，便伸手胡噜了胡噜儿子的脑袋。雷雷眼睛朝下，一动不动。

雷父突然笑了：一眨眼你都这么大啦，站起来比我都高，下过乡务过农，经过风雨，也见过世面，你什么道理不懂？我说什么你能听？

雷雷不说话，他和父亲隔离而生疏，不像跟母亲可以调侃臭贫，跟山一样的父亲交流，他不习惯，宁肯以沉默对抗。

雷父无奈，只能自说自话：按说我也是打你这岁数过来的，应该理解你。可我像你这么大，已经当兵啦，有部队铁的纪律约束着，什么私心杂念都没有，单纯的跟张白纸一样，你们这一代太不一样了。

雷雷不知怎么说，还是沉默。雷父试探着问，不想说点什么？雷雷瓮声瓮气地说不习惯。雷父笑了笑，说他也不习惯。屋里一阵沉默，雷父翻着书桌上的高考书籍，感慨道：小时候谁都说你聪明，你妈那会儿抱着你逢人就夸，现在可后悔了，直说小时候话说得太满了。你妈可真是，别看革命了大半辈子，思想跟个家庭妇女也没区别，活着就为儿子。真是封建落后思想，应该好好批评……

雷雷实在忍不住，抬起头说：爸，高考还有两个月，我要抓紧时间复习功课。

他的声音里透着一种真诚和决心，雷父听懂了，怔了半晌，突然一笑，起身道：好，不打扰你啦。

一夜之间，青儿成了医学院为之侧目的绯闻人物。她与华华到食堂打饭，一路上被人指指点点，说三道四：听说她在基层时特别乱，跟好多人关系不正常，做过人流……

青儿面色苍白，目光空洞，神情麻木地走着。华华气不过，与几个言语过分的女生争吵起来。韩阳端着饭从食堂出来，见状走过来，严肃地问她们是哪个班的，为何乱传无聊庸俗的谣言，他要去找她们班主任，吓得那几个女生低头道歉匆匆离去。青儿眼睛里已没有眼泪，有的是深深的愤恨和痛楚。

韩阳说这都是张军捣的鬼，他已经找到张军的系主任反映情况了。青儿咬住嘴唇，可她还是哭出声来。韩阳心里也一阵难过，他鼓励青儿挺过去就好了。

韩阳为了让青儿重拾起自信心，有意在大庭广众之下跟她一起聊天，安排她参加临床会诊，担任小组长。青儿倍感温暖，由衷感激，可当韩阳问起雷雷近况时，她神情一下变得很冷淡，连招呼都不打，就径直离去。

青儿低迷消沉的状态被大头透露给了雷雷，他说张军那杂种到处造叶青儿的谣言，弄得她抬不起头来。雷雷面无表情，神情冷漠地道：活该，叫她不自重！那么个癞蛤蟆都能骗了她，真是傻瓜，笨蛋！他语气起初很平淡，似乎漫不经心，可是越说越激烈，越说越狠，他突然跳起，往省大跑去。大头看着雷雷的背影，摇头苦笑。

雷雷一路狂奔，冲进张军宿舍，吓得他直往墙角躲，语无伦次地警告雷雷别胡来，这可是大学校园。宿舍里几个男生冷眼旁观，雷雷也不吱声，冷冷地摆手让他们赶紧出去。

张军紧张地叫：别走，这家伙是疯子，是流氓！

雷雷神情冷峻，一言不发，阴沉着脸做着手势，那几个男生不想惹火上身，拉开门一溜烟跑了。雷雷将门反锁，向着张军步步紧逼，张军缩成一团，瞪着雷雷声音颤抖着问他到底想干啥？

雷雷阴沉着脸，低声警告：老子不跟癞蛤蟆废话，你毕业想留省城，就把嘴闭紧点。要是再让老子听到你造叶青儿的谣言，这学你就甭想再接着上了，滚回398农场当你的小队会计去。

张军虚张声势道：少跟这儿吓唬我，你仗势欺人，我告你们父子去。

雷雷逼视着他，威胁道：这么点小事儿，不用我老子说话。我放个屁就能把你崩回去，不信就试试。说完，他转身往外走。

张军紧张地盯着雷雷的背影，在他即将出门之际，喊道：臭小子！别欺人太甚！雷雷回过身，眼神阴冷，张军不禁打了个寒战，苦着脸道：我不会再理叶青儿了，就跟世界上没这人一样！

雷雷冷笑一声，扬长而去。

张军狠狠地砸着墙壁发誓：王八蛋！君子报仇，十年不晚！

周末，叶青儿请华华到自己家做客。她俩刚出校门不久，冷不丁瞅见雷雷与一帮哥们儿骑车经过。青儿停住脚步，雷雷刹住车，两人隔着五米远互相看着，谁也不说话。雷雷神情恍惚地抬腿上车，与青儿擦肩而过，径直骑向马路中央，来往的车辆左闪右躲，不停地按喇叭，他毫不理睬。

青儿禁不住大喊一声“雷雷”，雷雷一动不动，雕塑般伫立着。青儿一步步走过去，站在雷雷对面，凝视着他。雷雷板着脸，平视远方，目中无人。

青儿被他幼稚的负气逗乐，雷雷傻了，瞪着眼道：傻笑什么，二百五似的。青儿不想失去雷雷这样热血相酬的朋友，一心想把两人的关系理顺了。她真诚地向雷雷道歉：那天的事儿算我错啦，向你赔罪。你大老爷们儿心胸宽广，就别跟我一女的计较了。

雷雷冷笑一声：别假惺惺了，最烦看你假模假样的，人话都不会说，肉麻！他不是真的发火，只是借霸道发泄激情。青儿无法忍受，绷着脸与他吵架。

雷雷一吵架就兴奋，控制不住情绪：嫌我态度不好去找张军，他多懂女人啊！

青儿声色俱厉：你胡说什么，越说越下流！一点儿教养也没有！

雷雷满脸无赖相：大学里全是四眼儿，你去找有教养的绅士吧！我就这德行，没教养，没文化，我妈都管不了，你凭啥教训我。

青儿气得抬腿就走，雷雷骑车拦住她，堵住她的去路。青儿猛地推雷雷，他一个趔趄，差点摔倒，一辆汽车“嗖”地快速驶过，吓得青儿赶紧抓住车把。两人面面相对，不甘示弱地盯着对方。雷雷眼中孩子般迷乱疯狂的痛苦沉沉地击中了青儿，她触电似的哆嗦着，突然猛地推开雷雷，转身就走。

雷雷傻傻地站着，眼神呆滞。大头走过来，捅了他一下，淡然道：走吧，都看你呢！

青儿一路走，一路流泪，华华不知如何安慰她。青儿不解地问，是不是她对雷雷太宽容，所以他才敢那样放肆。华华皱着眉头说，你俩这么吵架挺无聊的，不知道的人还以为是小两口闹别扭。

青儿愣住，她何曾往那里想过，她跟雷雷之间怎么可能呢。华华一语点醒梦中人：他爱你，你知道。从一开始你就知道他对你是什么样的感情，他是认真的。

青儿惶惶然，死活不承认。华华淡然一笑：忠言逆耳，爱听不听都在你！

高考在即，雷雷根本就没心思温课，他把精力全放在了修理那辆破摩托车上。几个哥们儿在一旁打下手，见他阴沉着凶神恶煞般的脸，谁也不敢胡乱说话。

转眼日落西山，那帮哥们儿熬不住了，回家的回家，回校的回校，唯独大头留下来陪着雷雷。他扔给雷雷一根烟，雷雷接过夹在耳朵上，发动摩托车，马达轰鸣，黑烟直冒，报废摩托居然复活了。

雷雷兴奋地骑上摩托，大头坐在后面，正要出发，却见一个黑影走过来，喊住了雷雷。他定睛看是白莎莎，奇怪地问：天都黑了，不回家又鬼混什么呢，出事儿可没人管你。

莎莎孩子气地说：回家没劲，我跟你一起玩儿。

雷雷不屑地道：你一个丫头片子，跟我们爷们儿混什么混，赶紧回家去，烦不烦啊！

莎莎固执地重复道：不回家，你带我玩儿。

大头嘿嘿直乐：小孩子过家家啊，多大了还带你玩儿！

雷雷讥讽道：找你那帮吃屎分子玩儿去吧，我可没工夫哄你。

说着，他狠踩油门，摩托车发出震耳的轰鸣声。莎莎无畏地站在车前，张开双臂，一副螳臂挡车的架势。雷雷哭笑不得，跳下车骂道：你不想活了，老子今天心情恶劣，找抽啊？

莎莎挑衅道：你抽个我看看？就会跟我犯浑，见了那个小骚娘们儿跟个哈巴狗似的，我都替你脸红！

雷雷脸色铁青，牙齿咬得咯咯响。大头赶紧推开莎莎，让她赶紧走。莎莎偏要火上浇油，嘲讽道：我就见不得你对那骚货低三下四的劲儿！她有什么好啊，怎么就那么迷人？是不是跟男的多了，特有经验啊？

雷雷气昏了头，冲上前挥拳要打，大头拼命架住，喊道：你干吗，别他妈跟丫头片子一般见识！

雷雷恶狠狠地盯着莎莎骂：赶紧滚，别以为你老子是副司令我就不敢抽你。

大头将莎莎推到一边去，她死命剜了雷雷一眼，气哼哼离去。

雷雷在大街上风驰电掣般飙车，街灯行人瞬间闪过。他眼神狂热，两耳生风，从速度中找到快感和解脱。

青儿与华华在家里吃完晚饭返回学校，接近学院大门时，就见一辆摩托车呼啸着疾驰而过。青儿下意识去看，大吃一惊，原来是雷雷，他疯狂地掠过街道，眨眼就不见了。

青儿呆呆地望着，喃喃地道：这小子疯了，不戴头盔，找死啊。

华华沉吟道：这个周末不就要高考了吗，他不想考试了？叶青儿，你真把这小子毁了。

青儿听了如五雷轰顶，呆立在街边儿。她毁了他，可谁又毁了自己呢。

莎莎愤恨难平，到雷雷家向雷母告了一状。她说雷雷被叶青儿迷得神魂颠倒，为她争风吃醋跟人打架，连书也没心思读了。雷母对叶青儿恨得牙根儿发痒，想要给她点颜色看看。

第二天，雷母便怒气冲冲来到医学院，找叶青儿的系主任反映情况。韩阳得到消息大吃一惊，慌忙到系主任办公室安抚劝解。雷母得知他是叶青儿的班主任，冷冷地质问道：叶青儿勾引我儿子，你为什么不管？

系主任赶紧打岔：您先请坐，别急，这种事儿急不得，年轻人谈恋爱……

雷母神情激动地打断道：叶青儿什么背景你们知道吗？她在 398 农场作风很坏，她没有资格跟我儿子谈恋爱，她这是在勾引青少年犯罪！

韩阳忍无可忍：您别这么冲动，先把情况搞清楚。叶青儿压根儿就没与您儿子谈恋爱，他俩只是普通朋友，谈不上谁勾引谁。不信您找来雷雷当面对质。

雷母眼睛突然红了，大声道：我要是能找到儿子，还来这儿干吗。还有两天就要高考了，他跑得连个人影都没有。书不读了，还为这个小妖精跟人打得头破血流。你们要是不管，我自己管……

雷母咬住牙，说不下去，眼泪扑簌簌流下来。系主任既尴尬又为难，实在不知说什么好。韩阳神色凝重地向雷母立下军令状，他马上去找雷雷，让他回家好好温习，参加高考。

系主任送雷母下楼，正巧被青儿瞧见，她心里纳闷，雷雷妈来医学院干啥，难道雷雷出事儿了？她的心忽悠往下一沉，想走过去询问，韩阳不知从哪里冒出来，上前一把拽住她，说雷雷妈是来找她的，最好回避一下。青儿愣住，眼神茫然地问是不是雷雷出了车祸。韩阳说雷雷离家出走，眼看要高考了，可他连个人影都不见，家里人急坏了，雷雷妈怀疑雷雷跟她谈恋爱，来打听情况。

青儿怔怔地说不出话，韩阳说：雷雷住在大头宿舍，你去劝劝他，让他回家，然后参加高考，这是他一辈子的事儿。

雷雷赖在大头宿舍里，吃了睡，睡了吃，没有白天黑夜的。这天，他一觉睡到晌午，翻身起来够水杯，不想有人递了过来，他抬头一看，是叶青儿，顿时愣在那儿。他板着脸不言不语，青儿抱着了断一切的决心而来，故而显得容忍大度，不去计较：别这样行吗？你就不能像个正常人那样吗？

雷雷低着头问来找他干什么？青儿劝他回家参加高考，他妈妈急坏了，甚至来医学院找了她的系主任。雷雷急了，以为是张军背地里挑唆，破口大骂张军，立刻要起身找张军算账。青儿一把按住他：别再闹了，我学习挺累的，真的没力气跟你吵闹。

雷雷瞪着眼睛讥讽道：谁跟你闹了，假了吧唧的，特没劲。

青儿忍住怒气：雷雷，你要再这样，那就真的没什么可说的了。

雷雷扭着头看窗外，青儿也静默无语。走廊里传来邓丽君的歌声《甜蜜蜜》，两人不由自主地对视了一下眼神，又立马移开。沉默了片刻，雷雷问：我不是单相思，对吗？

青儿怔了一下，摇头道：我不大懂你的意思。

雷雷咬着牙道：真没劲，虚伪。

青儿思量再三，决定还是把事情挑明了：雷雷，以前的事儿就算了，怪我没讲清楚。今天我来就是想告诉你，我和你只能是朋友关系，其他什么都不可能！

雷雷语气激烈地问：为什么？为什么不可能！

青儿神情镇定，她是想清楚后才来的：我俩根本就不合适，无论是从家庭出身、生活背景、脾气性格、理想追求等各方面看，都大相径庭……总之，我们只能做朋友。

雷雷皱着眉头道：这都是废话，你就直说到底喜不喜欢我吧。

青儿快压抑不住，她狠下心，生硬地道：雷雷，别逼着我撕破脸。你对我很重要没错，可你要这样，我宁可没你这个朋友，我受不了你这样疯疯癫癫！

雷雷一把拽住青儿，声嘶力竭地道：你心里怎么想，为什么不敢说出来！你要真那么讨厌我，你就走，一辈子不要再见！

青儿闻言转身就走，雷雷稳坐不动，可他内心既后悔又沮丧。青儿走到门边，突然冷静下来，回过头道：你知道我不讨厌你，在 398 农场那会儿，有你陪伴，是我这辈子最高兴的事儿。别把事情弄得那么复杂，让大家活得既烦又累。你赶紧回家温课高考，让父母省点心是正经。

见雷雷呆坐不动，也不吱声，青儿轻轻一叹，推门而去。

大头脸色冷淡地进屋，既不看雷雷，也不言语，埋头替他收拾东西。雷雷眼前恍惚，似乎在梦游，对眼前的一切熟视无睹。大头把雷雷的物件收拾完毕，塞到他手里，淡然地道：赶紧回家吧，我不能留你了。你妈刚才给我打电话，说你爸为你高考专程赶回来……

人家下逐客令了，雷雷没法儿再待。他面无表情地站起身，拎着包机械地往外走，他是得回家了。

回家的路太长，而他又走得太慢，等他挪到家时，已是夜里。母亲神情平静，一句指责的话都没有。只是说：你爸明天一大早就回来，说要亲自送你上考场。我劝他算了，这不给你施加压力吗。你明天下午去熟悉熟悉考场，后天早晨想派车就派车，想骑车就骑车，怎么着都行。我们都不去，你自己考，只要发挥正常，考什么样是什么样！

母亲脸色憔悴，眼睛红肿，看来一个人又偷偷哭了半天。雷雷一阵愧疚，难过地低声道：妈，我会好好考的，去睡吧。

雷母的眼睛霎时湿润，她忍住眼泪，笑了笑：臭小子，好像是为你妈考试，不是为自己。

雷雷郑重地点点头，给了母亲一个无声的承诺。

第六章

"黑色"七月，铄石流金。一场高考弄得全民皆兵，心情压抑。

考场里是凝眉瞪眼，摇笔鏖战；考场外翘首企盼，惶恐难安。考生家长们时而交头接耳，时而沉默无语。一有考生出来，所有目光便像聚光灯般将其罩住，老师家长迎上去问长问短。

叶青儿躲在树后，目不转睛地盯着考场门口。铃声一响，大批考生如羊群出栏，乱哄哄往外挤，雷雷双眼通红，神情倦怠地晃荡在人群中。青儿忧心忡忡地看着，见他走近，忙背过身子悄然离开。

雷雷走向存车处，突然意识到有人凝视，回头看时，见叶青儿背影一闪即逝。他想要追过去，忽听旁边响起汽车喇叭声，循声望去，见母亲坐在车里招呼他。

雷雷坐进轿车，心神不宁地往窗外张望，母亲的唠叨全当耳旁风。他看见了她，在路边慢慢地走，神色茫然伤感，不禁揪心。她的身影他怎么也看不够，直到小车远远地抛她在街道的尽头，他还扭着脖子不舍得放弃。

雷母自顾自唠叨半天，也不见儿子说话，暗地里生气白白对牛弹琴了。雷雷也是满脸不高兴，让母亲别再接呀送呀的，说那是变相施加压力。雷母不敢过分，怕惹恼了儿子，连声道：明天你自己去，自己回，谁还爱管你啊。

雷雷心里有牵挂，叶青儿也是心如油煎。只不过是为着自尊，为着负气，都不肯捅破这缠绕的茧丝。

女儿心情的冷暖，自然逃不过母亲比温度计还敏感的眼睛。叶母觉着自打回城后，与女儿之间便生出一层看不见的隔膜。女儿近日神情淡漠，郁郁寡欢，好像满腹心事，想问又怕她生气。叶母把自己的忧虑告诉老叶，让他跟女儿谈谈。老叶叹气说，女孩子大了，总归是有心事的，还是当妈的去谈更适合。

叶母想想也是，寻个由头到厨房端了碗绿豆汤去敲女儿的门。青儿正斜躺在床上听邓丽君的情歌，见母亲进来忙关掉收音机。叶母关切道：天热，容易上火，喝碗绿豆汤吧。

青儿知道母亲不喜欢她听小情小调的歌曲，怕她耳濡目染移了性情，如今被抓了现行，多少有些尴尬，便摇头说她没上火，就是不想吃东西。

叶母拉了把椅子坐下，意欲与女儿长谈一番，可是从女儿的眼神里她发现了抵触情绪。箭在弦上，不得不发，她放缓语气问道：青儿，你最近是不是有什么心事儿。

青儿勉强一笑，摇头否认。叶母有些伤心：以前在农场，你有什么不愉快的事儿，都跟妈说，说说就过去了。读了大学反倒不爱跟妈说心里话啦。

青儿不愿母亲为自己操心，赶紧靠着母亲撒娇：妈，您这是怎么啦。我好容易过得好一点顺一点，您倒不舒服了？

叶母搂着女儿，爱抚着她的头发问，是不是交了男朋友了。青儿吃了一惊，像被烙铁烫着，猛地站起身瞪着母亲：妈，您听谁胡说八道啊。我好容易脱离那个烂环境，以为没人再恶心我了，怎么刚上几天大学又这德行。您觉得我是那种人吗？

叶母盯着女儿，神情越来越紧张：青儿，妈和爸可不是老封建，虽然你现在学习紧张，我们也并不主张你在个人问题上分散感情，可正当恋爱我们也是不会反对的……

青儿苦笑着打断：妈，听您这意思好像怕我嫁不出去似的。

竹筒盖子既然掀开了，里面的豆子就得倒出来，叶母索性坦诚说出心里的想法：其实你这个年纪如果有合适的，在大学期间解决个人问题也是件好事。大学同学之间毕竟知根知底，四年也有一个相当长的互相了解阶段，毕业后过一两年就结婚，工作家庭两不耽误，挺好的。

青儿心里一动，试探着想说点心里话：妈，那您说什么样叫合适的啊？

叶母笑了：傻丫头，都是老生常谈的条件啊。有一技之长，政治上积极进步，相貌周正。比方说，像韩阳那样的就不错，也不知他有没有对象。

青儿脑子想着别的，答非所问：妈，人特别好又聪明能干，可不一定有高学历，这种男孩您觉得怎么样？

叶母心思全在韩阳身上，对女儿的话一时没反应过来：聪明怎么会没学历？将来社会就是文凭社会，没有文凭就没有社会地位。

青儿摸到母亲的底线，刚要敞开的门立马关上：妈，班上的男生大部分都是应届生，比我小。现在我还不想谈恋爱。

叶母铁了心吃定韩阳：我看韩阳这岁数就特合适，成熟稳重，人品又好。

青儿有些烦躁：他现在是我老师，您总这样琢磨人家，我还好意思见他吗？

叶母不以为然：他不正在读研究生嘛，不过是兼着班主任罢了。我就不信你俩谈恋爱，学校会出面阻止。

青儿急赤白脸地嚷道：妈，您说什么呢，谁要谈恋爱啦。

叶母也变了脸：我就是这么一说，你急什么？

青儿找了个借口推门出去，把母亲孤零零留在屋里。

叶母怔住，翻看着书桌上邓丽君的磁带，越发觉得这靡靡之音迷惑了女儿的情感，瓦解了她的上进心。

情感可以否认，心却不能欺骗。高考第二天，叶青儿又身不由己地悄悄往考场而去。她听见背后有脚步声，下意识地回头见是雷雷。他们并肩走着，谁也不看谁，谁也不说话。慢慢地，两人拉开了距离，雷雷在前，叶青儿在后。

雷雷回头盯住叶青儿，她却偏头看着远方。雷雷冷冷地问她来干什么，青儿不说话。雷雷又问她到底在想什么，她镇定住心神说，就是来看看，见他精神挺好，也就放心了。说罢，转身要走，被雷雷一把拽住，他冷言冷语地问他好不好跟她有关系吗？青儿冷静地说她不是来吵架的。雷雷逼视着青儿，盯着她的眼睛问：连着两天偷偷盯着我，是不是喜欢我？

青儿生气了：你放手，懂点事儿成吗？

雷雷是火种，一点就蹿火苗：你知不知道自己是天下最虚伪的女人？别以为长得漂亮谁都爱看你，太自恋了吧。

青儿气糊涂了，扯着嗓门跟雷雷吵，不想引起马路对面三个人的注意——叶氏夫妇和韩阳。原来叶母陪老叶看完病，路过考场时看见韩阳。夫妻俩对韩阳很有好感，就有一搭没一搭地聊起青儿在学校的表现，韩阳自然是满嘴好话。

叶母正听得眉开眼笑，突然听见女儿与人争吵的声音，放眼望去，瞧见雷雷紧拽着女儿，两人几乎贴在一起，情绪看上去很激动。叶母大吃一惊，猛地拽了老叶一把：你瞧那个小痞子在干什么？

老叶也瞅见这一幕，既怒又惊：他是谁？

叶母气冲冲道：他就是雷雷，我跟你提过的那个小混混、小流氓。在398农场时天天缠着青儿。

平时蔫头蔫脑的老叶闻言大怒，土豹子似的就要蹿过去，叶母跟着助威。韩阳忙上前拦阻，诚恳地劝说道：这事儿让我去处理吧，您二位现在过去是火上浇油，搞不好越弄越糟！

老叶冷静下来，沉吟道：这种事情张扬出去对青儿不好，还是让小韩处理吧。

叶母对韩阳是既信任又放心，便点头同意。韩阳身负使命，大步流星向马路对面奔去，一把推开雷雷。

雷雷攥起拳头刚想发火，回头见是韩阳，坏笑道：哟，韩医生又来英雄救美啦！青儿趁机甩开雷雷，气呼呼转身离开。隐身在人群中的叶氏夫妇看着女儿匆匆离去的背影，满脸忧虑。

雷雷不等韩阳开口教训，主动出击：你想上课，去教育叶青儿吧。问她为什么不在家好好待着，跑到考场外影响我明天最后一天考试，我要考不好，她负全部责任！

韩阳被问得瞠目结舌，眼睁睁瞅着雷雷扬长而去，心乱如麻，不是滋味。

狠话说起来解气，可雷雷心里并不痛快。他来到护城河边，一屁股坐下，看着河水发呆。一只小水虫张着八只纤细的长腿，灵活地在水面上划行，逍遥又自在。雷雷瞧着有气，拿起一块小石头扔过去，“扑通”一声，激起的水花将水虫淹没。可一瞬间那虫子又浮出水面，慌张地没了方向感。雷雷一个石头接一个石头地扔，荡漾的水纹像一张大网，一波波扑向水虫。

这时，大头骑着自行车火急火燎地赶来，扔了自行车奔下来，气喘吁吁道：你明天不考试啦？你妈到处找你，都要急疯了。

雷雷继续往河里扔着石子，淡然道：你不是说过嘛，越是考试越要好好休息放松，我这不正放松呢吗。

大头踢踢雷雷的屁股问：撞什么邪了？你又见叶青儿了吧？

雷雷不解地道：说是不理我，跟我断了，可又偷偷摸摸跑来看我考试，还眼泪汪汪的。明明心里有我嘛，却鸭子嘴死硬，就是不承认，真是虚伪啊。

大头挨着雷雷坐下，呵呵乐道：哎，你要是真的那么爱她，就别死乞白赖缠着她。这种女孩儿得欲擒故纵，使点手腕儿。你傻不楞登，既粗野又蛮横，就是七仙女也被你吓跑啦。

雷雷顿时火起：你他妈的有手腕，露一手我瞧瞧。张军那杂种倒是有手腕，可他是流氓。我喜欢她就死追，她喜不喜欢我是她的事儿，我不会强迫她的。

大头瞅着直摇头：哎哟，你算是完啦，早晚得栽死在这上面。

晚上回到家里扒拉了几口饭，叶青儿就回自己的卧室倒头睡下。老两口面面相觑，为女儿的事儿发愁。叶母一遇见事儿就胸闷心疼，烦躁地在饭厅走来走去，抱怨女儿怎么会跟雷雷这种小流氓纠缠不清呢。老叶义愤填膺地说，像这样不学无术的小流氓就该有地儿好好管教。

叶母拿出雷雷送给叶青儿的收音机，郁闷地说：这半导体是那个姓雷的小子送青儿的，咱闺女从398一直带到学校，走哪儿带哪儿。

老叶神情紧张起来，沉思着摇头：不可能，我女儿怎么会看上小流氓呢。你是惊弓之鸟，多虑了。

叶母感伤道：你对孩子了解多少？她打小就受尽欺辱，后来被人骂破鞋，连个朋友都没有。那个小流氓为她豁出性命跟人去打架，青儿很感激他，两人同病相怜在一起聊聊天也就罢了，可是要发展成男女朋友实在太可怕，太危险啦。

叶母说着流下眼泪，老叶听了眉头直跳，生气地擂着桌子道：你为什么不早说！这么大事儿，为什么要瞒着我！

叶母哽咽道：我以为回城了，青儿又读了大学，这事儿慢慢就淡忘过去了。没想到这个小流氓厚颜无耻，死缠着青儿。

老叶猛地站起身，被妻子一把拽住：你要干啥？

老叶说跟女儿谈谈，叶母极力反对，说这会儿谈适得其反，激起女儿的逆反心理更麻烦。

老叶低吼：难道我们就眼睁睁看着女儿往火坑里跳！

叶母冷静地道：你喊什么，想点办法成不成？

老叶沉思半晌，说道：我去跟他母亲谈谈，女同志总是通情达理一些。

叶母皱着眉摇头：别提那个女人啦，她可不是善茬儿，我们在398农场遭罪那会儿，她从没正眼看过我们母女，整个一铁石心肠！

老叶试探着问：那就去找他爸爸，他总不能看着儿子堕落不去管教吧？

叶母不以为然地看了丈夫一眼：要找你去找吧，那种当官的肯定特护犊子！

老叶犯了难，一个劲儿地自责，怪自己没本事连累了女儿。商量了半天，老两口决定还是去找雷雷本人把话谈开了。

考试第三天，雷雷的狐朋狗友们都来助阵，希望他再接再厉，金榜题名。大头、黑皮、麻秆等围着莎莎臭贫，拿莎莎的高考成绩寻开心。她趾高气扬，全没把他们放在眼里。

雷雷混迹在考生里晃晃悠悠走出考场，莎莎眼尖，冲着他又是挥手又是喊叫。雷雷踌躇满志，大摇大摆走过问，干吗中午来，下午还有最后一门要考呢。大头说莎莎非要拉着来劳军，他们哪能不舍命陪君子。莎莎关心地问考得怎么样，雷雷得意地说写作文时灵感大发，一分钟写了一百多字，龙飞凤舞，笔迹连自己都认不出来。大头担心地说，那不白写了吗。

雷雷自作多情地说：改卷老师看我这么有感觉，长篇大论的，怎么着也得给点印象分吧。

莎莎撇着嘴：得了吧，听说去年有个考生洋洋万言，才给了二十分。敲鼓要敲在点儿上，作文离题千里写再多也没啥用啊。

雷雷顿觉扫兴，不拿眼看莎莎，抱怨道：谁让这扫帚星来的，成心咒我呢。

莎莎生气地上前推搡雷雷：你妈让我来的，还以为谁爱搭理你。

雷雷最恨拿家长说事儿，一把甩开莎莎，脸沉下来：滚蛋！

莎莎下不来台，虎起脸骂：我跟这儿晒一上午太阳，来找你骂啊！你他妈知道不知道好歹啊！

雷雷怒火腾地蹿起老高，跟莎莎吵起来。众人忙劝了这个，安抚那个，乱糟糟像煮开的热粥。就听一个穿透力极强的声音叫雷雷，他回过头，见叶母正蔑视地冷冷盯着他。

雷雷被她眼神扎了一下，脖子立刻变得铁硬，满脸桀骜不驯，一言不发。

叶母扫了一眼周围乱哄哄的环境，皱着眉头问：能跟你说几句话吗？

雷雷点点头。叶母有备而来，对他的放肆无礼心存容忍，神色平静地商量道：这儿太乱，能换个地方说吗？

雷雷耸耸肩，说无所谓。莎莎满怀敌意地挑衅：有什么话见不得人啊，就跟这儿说吧，我们也好做个见证人。

叶母诚恳地看着雷雷，他倚着一棵树，浑不吝的样子。叶母心头憋着恶气，只能在众目睽睽之下与雷雷交谈：你应该知道我为啥找你吧。雷雷冷冷地摇头。

叶母索性免去开场白，撕开脸皮道：那我告诉你，请你以后不要再缠着叶青儿。她是学生，对她影响很不好。

此语一出，几个孩子惊得面面相觑，再看雷雷，已是脸色铁青。

口子撕开了，还得往下撕，哪怕是尴尬疼痛，都得继续：你帮过叶青儿，我们都很感激你，只是你别误会了她对你的感情。早恋对你和她都没好处，希望你理解当父母的一片苦心。

雷雷脸上浮现出坏笑：噢，你说我跟叶青儿谈恋爱？

叶母一怔，硬着头皮说她不是来兴师问罪的，就是想把道理讲清楚。雷雷嘴角挂着讥笑说，阿姨，你这可是干涉婚恋自由，违反《婚姻法》啊。叶母强压着怒火，让雷雷今后别再接近叶青儿，这也是叶青儿本人的意思。

叶母把雷雷送女儿的收音机递到雷雷手中，冷冷地转达女儿的话，希望他高考成功，考个好大学。雷雷冷着脸不伸手接，叶母强行往他手里塞，一不留神收音机“咣当”掉落在水泥地上，摔成几块。

雷雷呆愣住，看着摔坏的收音机慢慢蹲下身子去捡。一群人都傻了眼，不知怎么去安慰他。叶母既懊恼又别扭，说是她不小心，愿意赔一个新的给雷雷。

雷雷抬起头，死盯着叶母，眼睛里只有距离和冷漠。叶母被这目光吓住，下意识地后退了一步。雷雷把收音机碎片塞进口袋，转身抓过自行车，骗腿跨上，招呼也不打，骑着就走。大头等人紧随其后，呼啦啦一阵风似的刮走。

叶母呆立着，嘟囔道：小流氓，眼睛比蛇还毒。她刚要扭头离开，雷雷突然右脚支地，掉转车头猛冲过去，刷一下横在叶母面前，她吓得一哆嗦：你……你想干什么？

雷雷死死盯住叶母，一字一顿地说：我和叶青儿的事儿，我俩谈清楚，和你们没关系！请你记住。还没等她作答，他便一溜烟儿蹿出老远。

叶母气得骂道：小流氓，没教养，这是跟谁说话呢？

雷雷一路狂蹬自行车，恨不能俩轱辘化作哪吒的风火轮，大头、莎莎等人奋起直追，一个个累得上气不接下气。

雷雷越想越气愤，莎莎和黑皮在一旁煽风点火，说那狐狸精真那么漂亮？是个男人就往她身上贴。麻秆嘻嘻笑，漂亮，起码比你白莎莎漂亮。莎莎气不过说，你是眼前黑，懂什么漂亮，那叫风骚。

黑皮笑说，她在 398 农场时臭名远扬。那会儿对咱雷司令抛媚眼儿，说小话儿，读了大学就翻脸不认人啦，真是水性杨花。

雷雷虎着脸大喝一声，都他妈给我闭嘴。莎莎不怕他，瞪起眼睛骂，跟谁穷横呢，哥几个又没摔坏你东西，捅你心窝子。雷雷气得只喘粗气，眼睛红得滴血，他猛地抓起自行车，就要朝莎莎砸过去。大头、黑皮大惊，忙冲过阻止。

大头怒气冲冲地骂：你他妈疯啦！白莎莎说得没错儿。那女的想甩你，才让她老妈出面羞臊你。瞧你这德行，连老娘们儿都给你窝囊气受，还是爷们儿吗？

雷雷火气小了点，可脸上挂不住，怒道：看我笑话是不是？都给我滚，滚一边儿去。

大头、黑皮、麻秆等哥们儿脸色渐冷，都斜眼看着雷雷，他毫不示弱冷眼以对。大头痛心疾首：你就是一个重色轻友的浑球儿，为那么个女人跟我们翻脸，我算是看错人了，以为你是一辈子的兄弟。

大头言罢，一甩头：咱们走。

雷雷木然地站着，望着他们的背影远去。他没想到会为一个女人跟兄弟闹翻，众叛亲离。心痛不如行动，他得找那个女人当面问清楚，做个了断。

雷雷想着直奔修车铺，他把修好的旧三轮摩托暂存在那儿。跟修车师傅打了声招呼，他推着破三轮就往外走。

马达轰鸣，雷雷正要启动，眼前一个黑影拦住去路。他抬头一看，是大头。哥俩互相盯着，像好斗的公鸡，僵持了几分钟，都咧嘴乐了。大头上来当胸一拳，雷雷顺手一带，把他栽进三轮车斗里。

雷雷哈哈大笑，大头却一脸严肃，劝他别再瞎闹，赶紧吃饭把最后一门考完。雷雷收敛笑容，扭脸看着别处，瓮声瓮气地说，这事儿他不当面跟叶青儿说清楚，心里就烧得难受。大头说，讲不讲清楚，都没有意义。雷雷咬着牙说，他不管什么有没有意义，他为了他的心必须那样去做。大头恨铁不成钢地说，你怎么能是这种男人，跟他妈二尾子差不多。

雷雷狠踩油门，冷静地说：老子就让你瞧瞧，什么是真正的男人。摩托车箭一般射出去，大头惊呼一声，跌坐在车斗里。

摩托车拐上街道时，沿着马路往东行驶，大头看见黑皮缠着莎莎套近乎，便喊了一嗓子。黑皮见是雷雷，便小跑着过来，雷雷减速让他上车，莎莎死乞白赖想跟着，被雷雷甩下，气得她顿足大骂。

叶母捂着胸口回到家中，见老叶跟女儿聊得高兴，便问老叶去医院检查结果如何。老叶说，没什么大碍，多亏韩阳帮着张罗，才挂上专家号。他赞不绝口夸奖韩阳品貌俱佳，将来前途不可限量。

叶母偷偷给老叶递眼色，两人前后脚走进卧室，然后关上门。叶青儿很是纳闷儿，家里有什么事儿要瞒着自己呢。她拿起一本《大众电影》乱翻，隐约听见父母的争吵声，好像还牵扯到雷雷，她脸色渐渐变得难看。

商议了半个钟头，夫妻俩达成一致意见，跟女儿把话挑明。青儿看着父母走出卧室，愣头愣脑地问母亲，今儿是不是找过雷雷。叶母坦然相告，说她是去找了那个浑小子，让他别再骚扰她。青儿顿时变脸，发作说她自己的事儿，让她处理好了，别跟着瞎搅和。

老叶发火了，为女儿对母亲的态度。他很少对女儿发脾气，加之有心脏病，叶青儿一时不敢回嘴，只是心里气苦。她说自己是成人，应该有隐私权，她要去找雷雷，面对面把话说清楚，断绝一切来往。

叶青儿说完就往外走，被老叶一声断喝叫住：用不着！对话的基础是彼此文化相当，跟那种官宦子弟痞子恶少、小流氓、小混混，怎么可能沟通？

青儿转过身，嘴唇颤抖着道：爸，他不是你说的那种人。他在我最困难的时候帮过我。

叶母冷冷地答：哼，谁知道他安的什么心。

青儿倔脾气上来了，不管不顾地说，她无论现在还是将来，都不会跟雷雷有什么关系，可眼下她要和雷雷说清楚。

她拉门出去，把父母的喊叫关在门里。街上行人稀少，大概都在午睡。知了扯着嗓子嘶鸣，叫得人心烦意乱。叶青儿在树荫下急急地走，突然一阵摩托车轰鸣声传来，她惊讶地抬头看，雷雷已将摩托车稳稳地停在跟前儿。

他盯着青儿，不言不语。大头和黑皮催促他快说，下午还要考试呢。然后两人溜达到一边儿吸烟。

雷雷是软硬不吃一根筋，而父母又苦苦相逼，青儿感到冰冷绝望，从牙缝里挤出话：以后不要再找我了，我们之间不要有任何联系，知道吗？

雷雷不为所动，问是不是她让母亲来找他了断的。青儿不答，只是催他赶紧去考试。雷雷说，不问清楚，他就没办法静下心来考试。

两人僵持着，青儿父母气喘吁吁赶过来。叶母喊：你还找上门来啦，赶紧走，不然我喊警察了。雷雷看着青儿问：是你叫他们跟着？他语气里满溢着绝望和伤情。青儿不忍，便劝父母先回去，她会处理妥当的。叶氏夫妇死活不肯，这时路人渐渐围拢过来。

大头怕雷雷火暴脾气上来失去控制，忙过来打圆场，说他和黑皮跟着雷雷，不会出事儿的。叶母认识大头，知道他在省大读书，还算知书达理，便默许了他的建议。

雷雷沿着马路走，叶青儿跟着。黑皮载着大头驾驶着摩托车兜圈子，练习转弯技巧。

雷雷心情沉重，这是他有史以来第一次面临如此复杂的情感困局。他想跟叶青儿谈，可他谈什么呢？谈完后只能是更痛苦、更绝望，他很在乎她究竟怎么看他俩这段感情。

青儿看了看手表，站住，冷冷地说：有话快说，离考试还有两个小时。

雷雷突然开口问：你喜欢我吗？

青儿怕刺激他，也不敢面对自己的内心，一时不知如何作答。雷雷看着她，眼里是单纯的痛苦、偏激的执着：你说真话，如果真不想见我，就一辈子都不联系了。

她不能接受霸道的感情，尽管眼睛湿润，可话语还是决绝的：我愿意跟你做朋友，而不是交朋友。你在强迫我做不喜欢的事儿，在破坏我们之间的友谊……

雷雷盯着她，眼神阴郁，声音湿冷：我不跟你做朋友。你不做我女朋友，咱俩之间什么都不是了，就像你说的，再也不要联系！

青儿瞪着他，眼里的泪慢慢收干，她见雷雷冷若寒冰，一点通融的余地都没有，心跟着凉了，点点头：好，就这样吧。

她走了，雷雷的声音追上去：哪样儿啊，说清楚。

青儿头也不回道：谁也不认识谁，再不联系，永不见面。她说着，眼泪断线珠子般流下来，也不去擦。

雷雷看着她痛苦而决绝的背影，愣在那儿，脑子里不知在想什么。黑皮把摩托车开过来，催他赶紧上车，直奔考场。

路过省大时，大头说得去学校办点事儿，就近下了车。雷雷脑子灵光一闪，突然掉转车头往叶青儿家的方向开。黑皮傻眼了，拍着车斗喊，错啦，这哪儿是去考场的路啊。

雷雷不管不顾，把摩托车开得飞快。

叶青儿的眼泪流干，神情茫然地走着，话说完了，心里也空了。她不甘心就这样放弃，屡次回头观瞧，火辣辣的太阳晒得马路如一条白线，没有半个人影。她继续走，越走越慢，四周火热，可她全身冰冷，仿佛走在空寂的坟场。

这时，轰隆隆的摩托车声传来，她的心莫名地猛跳了几下，竟然有些喜悦。雷雷把车停在她身边，平静地说送她回家。青儿不理睬，雷雷执着地跟她耗。旁边的黑皮晒得发晕，哀求青儿：我的小姑奶奶，赶紧上车吧，雷子送完你还得去考试，可别耽误了。

青儿知道雷雷的脾气，只得上车。两人面无表情，谁也不看谁。可是彼此内心潮起潮落，往事如落英缤纷，无限感伤。

离叶青儿家越来越近，她父母站在院门外驻足观瞧，等着女儿回家。远远地见雷雷骑摩托载着女儿靠近，他们脸上的神情严峻起来，叶母甚至张嘴谩骂。雷雷咬紧牙关，血贯脑门儿，耳朵嗡嗡直响，他一不做二不休，使劲猛踩油门。摩托车从叶氏夫妇跟前疾驰而过，所有人都惊声高呼“停车”。

雷雷面无表情，把油门踩到底，摩托车绝尘而去。他这一脚改变了两个人一生的命运，只是他后来才知道。

叶氏夫妇疯狂地追着三轮摩托高喊：抓流氓，抓流氓啊！

暮色降临，在警车的追逐下，雷雷驾驶着摩托驶进山区，消失在夜色中。

莎莎到雷雷家向雷母打小报告，说叶青儿引诱雷雷犯错误，如今见事态闹大，怕影响自己，就想抛弃雷雷，还让母亲到考场侮辱雷雷，气得雷雷连高考都没心思参加。

雷母气得眼睛发绿，肝儿发颤，呼吸急促，脸色苍白如纸。莎莎见状忙过去殷勤地抚胸拍背，端茶送水，百般劝慰。

这时，传来“嘭嘭嘭”猛烈短促的敲门声。莎莎打开门，大头满头大汗地闯进来，上气不接下气：雷雷……绑架了叶青儿！警察现在通缉他呢。

雷母一听，面如死灰，摔倒在地。

叶青儿家里更是热闹，几个警察围着叶母，听她哭诉雷雷绑架她女儿的过程。老叶也急得直掉眼泪，说雷雷性情暴躁，很可能狗急跳墙，伤害他的女儿。

警察最是镇定，临危不乱，再三安慰叶氏夫妇，要他们相信人民警察的铁拳和恢恢法网。

此时，雷雷已经知道后果相当严重，他把摩托车停在一座山神庙旁，霜打一样耷拉着脑袋走进庙里。

庙宇正堂里居然还供奉着香火，微光闪动，香烟缭绕，煞是恐怖。雷雷见泥塑彩绘剥落，蛛网四结，放眼望去，一片凄凉。他一屁股坐下，呆若木鸡，不知下一步该怎么办。

黑皮鬼鬼祟祟进来，被庙里的气氛吓得变了脸色，看见雷雷呆坐着，才有了底气。他凑到雷雷近前，低声说：哎，你想办了她，我……我可不当帮凶！这事儿要判刑的。

雷雷气得轰他出去，脑子里空白一片，只是傻傻地呆坐着。叶青儿走到他面前，神情冷静地盯着他，他无助地垂下头去。黑皮并没走远，扒着庙门缝儿看里面的动静。

雷雷坐在地上，青儿靠着墙，两人看着香案上明灭闪烁的香火，心潮起伏。青儿问：你就不后悔？雷雷神色淡然：扯淡！

青儿又问：你不恨我吗？

雷雷反问：恨得着你吗？

青儿愤然道：你不傻不笨，为什么做啥事儿都这么冲动？这样能解决什么问题吗？

雷雷烦躁地让青儿闭嘴，少给他上课。青儿问，现在警察要抓你，你打算怎么办。雷雷冷笑一声，说在她眼里，他一直就是流氓痞子，进了局子正好不担虚名。青儿骂他自甘堕落，还怪别人。

雷雷瞪着青儿，青儿还以颜色。他咬着牙说，这荒郊野岭的，就不怕他动歪脑筋？青儿摇摇头，雷雷猛地抓住她手腕，声音颤抖着问，她怎么知道他不会？

他深深爱着这女孩儿，把她放在神龛上供着。如今，她已被他攥在手心，却不知该怎么办。他哆嗦着，心里满是痛苦和悲伤。青儿被他的眼神震撼，不知如何是好，眼里苍茫一片。

雷雷喘着粗气，猛地甩开青儿，冲出破庙。他扑到一棵参天大树前，用拳头使劲擂着树干。累了，乏了，他靠着树坐下来。黑皮悄悄靠过来问，他打算怎么办。雷雷发着呆，不搭理他。

莎莎和大头把雷母抬上沙发，按太阳穴，掐人中，紧着忙活。雷母长出一口气，苏醒过来。她接过莎莎递过的水杯，咚咚喝完，说她去市委找老雷。莎莎忙拨电话叫司机。

新官上任，百废待兴。天天加班到深夜对老雷来说是家常便饭。他正在灯下批阅文件，见老婆气急败坏地闯进来，便知一定是雷雷出大事了。

果不其然，雷雷居然绑架了人，还被警察通缉。气得老雷拍桌子大骂，怎么养下这么个畜生。雷母流泪说，都是叶氏母女勾引雷雷犯错误，才酿下大祸。到这个节骨眼儿，老婆还袒护儿子，老雷大光其火，说省里正在严打，这时候往枪口上撞，不是找死呢吗！

雷母收住眼泪，赶紧让老雷想办法。老雷恨得咬牙切齿，说儿子成年了，要为自己的行为负责。他要真是流氓，就让他去坐牢。他说着，把桌子上的茶缸、文件夹等砸得乱七八糟。

雷母呆呆地看着暴怒的丈夫，为他刚才的话感到心寒，她骂老雷官迷心窍，铁石心肠。除了官位，他就从来没关心过老婆和儿子。老雷吼道，儿子变成今天这样，都是她无原则溺爱造成的恶果。她要负全部责任。

雷母冷冷地说，他不要儿子，她要！他要大义灭亲，她不干涉。可是她活动找人时，他不要设置障碍，否则就甭过了。老雷大吼，他要真成强奸犯，你也要包庇纵容他吗?！雷母一愣，盯着丈夫，嘴唇哆嗦着说，她相信儿子，他不会干那样的事情。说完转身往外走。老雷想了想，一脚踢开椅子，追了出去。

叶氏夫妇送走警察后，坐卧不宁。叶母不想坐等，要自己采取行动寻找女儿的下落。老叶说这事还得靠警察，再说也没有线索。叶母说可以找那个小流氓的狐朋狗友，还有他的父母。老叶皱着眉说，这半夜三更的，上哪儿去找啊。

叶母气得大发脾气：这不行，那又不成，你倒是给想个法子啊！再这样拖下去，那流氓坏了咱女儿怎么办啊。她的生活还没开始呢，这辈子可咋办呀。

叶母声泪俱下，老叶边陪着流泪，边自我检讨。到底还是女人有主意，她擦干眼泪：走，找流氓父母去，跟他们要人。

叶氏夫妇打听到老雷在市府机关加班，便直奔机关大院，不承想与雷氏夫妇碰个正着。两个女人扬眉剑出鞘，冷眼相对，恨不能生吞活剥了对方。男人则含蓄得多，老叶谨小慎微，压抑着满腔仇恨；老雷不动声色，冷静观察。

叶母作为受害者，理直气壮开炮道：你们儿子干的好事儿，你都知道了吧。

雷母不甘示弱，反唇相讥：我只知道你女儿勾引我儿子，玩弄他纯洁的感情，致使他精神失常，耽误了高考。我还想找你算账呢。

叶母气急，怒骂：你儿子耍流氓，你还敢明目张胆地包庇他？

两个女人唇枪舌剑，越战越勇，话越说越难听。老雷适时制止，平静地说：对不起，我爱人态度有点过激，对解决问题没有帮助。现在情况还没弄清，请您不要一口一个流氓，他还是一个半大的孩子。

老叶不能不说话了：雷副市长，“文革”期间有好多青少年因缺乏管教，走上犯罪道路。这话出口，他也觉有些底气不足，身子下意识地往后缩。老雷敏锐地察觉到，眼神寒冷，咄咄逼人。

儿子还没审判，就被人定了罪，雷母火冒三丈：你什么意思？你的女儿好，从小就臭名远扬。就是出了事，也是她引诱所致。

叶母气得浑身颤抖，还没等她开口，老叶早控制不住情绪，泪如雨下：雷副市长，这二十年来我的处境你最清楚。这辈子，我最对不起女儿。她现在被你儿子绑架了，要是出了事，她还怎么做人啊。求求你，想办法救救我女儿。

夫妻俩相拥而泣，看得老雷夫妇呆愣住。

黑皮掏出烟，点着火递给雷雷，愁眉苦脸道：送她回家吧，你又没把她怎么着。不然过了今夜，你跳进黄河也洗不清。

雷雷豁出去了，说他压根儿就没想洗清，爱怎样随便，你害怕受牵连赶紧走。黑皮好心被误解，气得站起来想走，可是见四下里漆黑一片，心里害怕，便探头向庙里张望。青儿冷得双手抱肩，蜷缩在庙宇一角儿。

黑皮走到雷雷身边坐下，说叶青儿冻得直哆嗦，别生病了。雷雷想了想，起身轻手轻脚走进破庙，见半明半暗的烛光中青儿微闭双目，因紧张害怕紧缩着身体，雷雷心生怜爱，脱下外衣正要给她盖上。

青儿突然睁开眼，吓得尖叫一声，用脚猛踢雷雷，大喊大叫。雷雷又气又怒，把衣服扔在她身上，狠狠地道：老子要是想耍流氓，不会等到现在。说完转身离开。青儿把身上的衣服扔得远远的，满脸气恼。

雷雷是一点辙都没有了，他一拳一拳狠狠地击打着树干，发泄内心巨大的迷茫与痛苦。黑皮凑近庙门儿观瞧，回来报信：没吃没喝快一天了，山上又冷，她躺着不动，别出什么事儿啊。

雷雷说，我送她回去。黑皮说黑灯瞎火的，山路不好走，摔着可就没命啦，还是等天亮走吧。

雷雷说他去弄点吃的，让黑皮看着叶青儿。说罢，朝山下跑去，迅速被暗夜的浓雾吞噬。

第七章

黑皮支棱着耳朵，时而倾听山下的动静，时而监视庙里的青儿。雷雷一去不复返，等得他心急火燎，又紧张又害怕。他有心下山寻雷雷，可猫头鹰突然一声怪叫，吓得他扭头就往庙里跑。

黑皮来到庙门口，低声试探着叫青儿的名字，里面却没有应答。他嘀咕说，这小娘们儿别偷偷溜走了，外面可不安全。

他探头探脑推门进去，不想埋伏在门边的青儿趁他不注意，猛地一推，摔得他四脚朝天，青儿拔腿就往山下跑。

黑皮翻身爬起，追了出去，嘴里大骂，雷子怎么会迷恋上这么个狡诈狠毒的女人。四周一片漆黑，哪里还有青儿的人影。他呆立着，担心无法向雷雷交差，便摸着黑下山寻找。这时，只听山下传来一声凄厉的尖叫，吓得黑皮起了一身鸡皮疙瘩。

天渐渐放亮，黑皮小心翼翼地四下张望，喊着青儿的名字。突然，他听见轻微的呻吟声，探头往山下看，只见青儿摔倒在一块儿石头旁。他试着抬脚下去，可是坡陡打滑，很难落脚。

黑皮吓住了，索性不动，大声叫雷雷来帮忙，可是四周静寂，无人应答。他低头朝青儿喊，你别动，我去找雷子。然后，转身沿着小路往山下跑，边跑边喊，雷子，你在哪儿。

他六神无主，连滚带爬，结结实实地与雷雷撞在一起。雷雷手里拿着偷来的衣物和吃的，他一把揪住黑皮，骂道：你他妈穷喊什么，狼都让你招来了。

黑皮语无伦次地道：青儿……她摔下山了，不知死了没有……

雷雷惊得呆住，手里的东西掉落在地，他揪住黑皮，问怎么回事儿。黑皮哆哆嗦嗦解释不清楚，手指着青儿摔落的地方直比画。

雷雷不管不顾地冲过去，不留神从山坡上滚落。他伸手乱抓，逮住什么是什么，身体滚动的速度降下来，还是一棵小树救了他。

他薅住小树，稳定住身体，惊魂未定地喘着粗气，脸和四肢被荆棘划得伤痕累累。他焦急地张望着，喊着青儿的名字。隐隐传来的呻吟声让雷雷确定了方位，他手脚并用，奋力爬到青儿身边。她脸朝下趴着，身体一动不动。

雷雷小心地翻过她的身体，想把她架起来，可是青儿看清是雷雷，立刻来了劲头，百般挣扎，不让他碰自己。推搡之间，两人一起往山下滚落。雷雷眼疾手快，抓住一个带刺的植物，针刺深深扎进手掌里，鲜血慢慢渗出来。

青儿还要挣扎，雷雷紧紧拽着骂道：你他妈不想活了，别乱动。他弯下腰，试图背起青儿，可青儿来回折腾，就是不配合。雷雷咬着牙，忍着疼痛，强行把青儿弄到背上，艰难地往山上爬。

黑皮战战兢兢来接应，一步一滑，两步一停，慢得让人恨不能踹他几脚。青儿挥手乱打雷雷的头和背，脚也不闲着，又蹬又踢。雷雷任凭她发泄，只要还有一口气，他就要将她背上去。

青儿打得手疼了、麻了，打不动了，只好伏在他背上，泪流满面喊：流氓，你放下我，别碰我……

雷雷满脸血污，衣衫破烂，累得筋疲力尽，佝偻着腰直打晃。黑皮忙过来接住青儿，雷雷软泥一样瘫倒在地。看着雷雷趴在地上一动不动，青儿的眼泪再次滑落，她已经弄不清，这眼泪到底为谁流、为什么而流。

老雷把叶氏夫妇请到办公室，公安局陈副局长向他们介绍情况。他安慰说，已经找了雷雷的朋友，凡是他有可能落脚的地方，都已经指派了人手。据他了解，事情没有那么严重，雷雷跟叶青儿是恋爱关系，最近两人一直在闹矛盾。

叶母气恼地说，她的女儿不可能跟小混混谈恋爱，雷雷是绑架，是犯罪行为。雷母生气地说，听公安局还是听你的啊，你家是法院吗？

老雷瞪了老婆一眼，让她冷静点。陈副局长说，他们已经跟西北郊区民兵联防指挥部联系，请他们协助寻找失踪人的下落。

叶母对公安局能否秉公办理此事心存疑虑，老雷郑重地说，他以三十五年的党龄保证，如果雷雷犯法，一定会让他接受法律最严厉的惩罚。

陈副局长对叶氏夫妇说，要相信领导干部，他们会依法办事，秉公处理。说完抬手敬礼出去。叶母还是不放心，想追上去要个书面保证。

雷母忍无可忍，拍案大怒：你们还想怎么样？大不了一命还一命，我儿子换你女儿，你们还嫌不够吗？

老叶轻拽老婆的衣袖，让她适可而止。雷母眼泪止不住流淌下来，她起身往外走，到门口时回过头，坚定地说：我了解我儿子，他绝不会做伤天害理的事儿，绝不会做对不起父母的事儿。

叶氏夫妇出了机关大楼，老叶感觉心慌气短，头晕目眩，心脏病发作，昏倒在地。叶母赶紧喊人帮忙，把老叶送进了医学院附属医院。

在医院办手续时，叶母遇见韩阳和张军。韩阳原不齿于张军的人品，懒得搭理他，可碍于刘所长的面子，不得不答应帮他照顾住院的表妹。

韩阳发现叶母眼睛红肿，气色极差，便问起缘由。叶母眼泪下来了，说雷雷昨天下午绑架了青儿，警察至今还没有他们的下落，老叶急得心脏病犯了。

韩阳吃了一惊，还没等他说话，一旁的张军破口大骂：那家伙一直都是流氓，经常到医学院缠着青儿。青儿拒绝他，就狗急跳墙，干出伤天害理的事儿来。

韩阳不是落井下石的人，他说雷雷的品质并不坏，在没把事情搞清楚之前，不要乱下结论。叶母对雷雷恨之入骨，摇头说雷雷身上有股子流氓的狠劲，啥事儿都干得出。韩阳不好再说什么，劝叶母好好保重，照顾好叶老师，他有个同学在警队工作，他可以去打听情况。叶母感激不尽，千恩万谢。

外面闹成什么样，雷雷不用打听也知道。现在天塌下来他也懒得管，眼下他最揪心的是叶青儿高烧不退。黑皮担心她得了破伤风，然后转为败血症，弄不好会死掉。雷雷被他说得毛骨悚然，当机立断要送青儿下山。黑皮焦急地说山路颠簸，会加重病情的。

雷雷看着青儿满脸通红，烧得嘴唇起泡，一时没了主意。黑皮跳着脚让雷雷赶紧想办法，人命关天。

雷雷下定决心要去山下买药，找韩阳来给青儿医治。黑皮一听就急了：警察到处抓你，去了就是死路一条。我看还是咱俩先逃走，然后给她父母打电话接她回去。反正你也没怎么着她！

雷雷立马否决了黑皮的提议，他警告黑皮如果当了逃兵，让别人欺负了青儿，就恩断义绝宰了他。望着雷雷下山的背影，黑皮冲着青儿骂：你这个臭娘们儿，有什么好啊，雷雷这回把命都给你了。

青儿躺着不动，眼泪缓缓地流淌下来。

雷雷在树丛里找出摩托车，发疯一样往城里开。

他蓬头垢面，衣衫破烂，引得众人驻足观望。看见街边有家药店，他紧急刹车，冲了进去。

雷雷喘着粗气，让女药师赶紧开些退烧消炎之类的药物。他的言行引起工作人员的怀疑，可他凶神恶煞般的模样让她不敢多问。

出了药店，雷雷直奔摩托车而去。不想与张军、狗子等人狭路相逢，张军先是一愣，马上疯狂地大喊：雷雷！抓流氓啊，抓强奸犯！他的喊叫使得路人纷纷回头，雷雷成了过街老鼠，只能玩命儿奔跑。张军、狗子等人在后面疯狂追赶。

他慌不择路，跑进了一个死胡同，眼见着张军等人逼近，随手捡起半截砖头，严阵以待。

张军眼睛里喷火，他极端仇恨雷雷，不仅因先前丢人现眼，更重要的是他朝思暮想要做的事儿，被雷雷做到了。他一脸淫笑道：还真被你这个小流氓捷足先登啦，那破鞋过瘾吧，味道还不错？

狗子骂道：流氓配破鞋，他妈的天生就是一对儿。

雷雷早红了眼，扬着砖头朝张军扑过去。这是一场力量悬殊的恶斗，雷雷体力透支，已是强弩之末，可他为名誉为尊严而战，拼死乱打。张军、狗子则是嫉恨交加，一定要置雷雷于死地，下手阴狠。突然，雷雷脑袋被砖头拍中，天旋地转，鲜血顺着额头淌下，眼睛被染红了，眼前恍恍惚惚，栽倒在地。众人围上去拳打脚踢，雷雷已经感觉不到疼痛，他眼前浮现出青儿的面容，温婉凄楚，美丽动人，此刻为她死去，他也不会遗憾。

巷子外远远响起警笛声，有人狂喊：警察来啦！

张军等人一哄而散，雷雷倒在血泊里，奄奄一息。

天上淅淅沥沥下起小雨，冰凉的雨水落在雷雷的身上，将他头上、脸上的鲜血冲去，血水流淌成蜿蜒的小溪……

雷雷逐渐苏醒过来，吃力地爬起，下意识地伸手摸裤兜，药品还在。他晃晃荡荡站起身，向摩托车走去，给青儿送药是支撑他前行的唯一动力。

他骑上摩托车，费力地发动着，开得很慢，身子歪歪斜斜，几次都险些栽倒。他在一个电话亭前停下，掏出硬币投进去，用僵硬受伤的手指慢慢拨着号码。

雷母在家里忧心如焚，想起不争气的儿子，泪流满面。她头疼欲裂，正拿着药瓶吃药，忽听电话响，惊得一个激灵，赶紧抓起听筒：喂？没有动静，她连着“喂”了几声，仍然没有回应。她意识到是儿子打来的，声音颤抖着道：雷雷，是你吗？你没干傻事儿吧？回家吧，爸妈都相信你，我儿子不会干坏事儿的。

雷雷听着母亲的声音，手哆嗦着，眼睛渐渐湿润。他啪嗒一声，挂断电话。擦干眼泪后，他又投了一枚硬币，拨通报警电话，把叶青儿所处的详细方位告诉了值班警察。

山神庙里青儿身体虚弱，处在半昏迷状态。黑皮照看着她，焦虑不安地喃喃自语：雷雷怎么还不回来，给抓起来了？真他妈想扔下你一走了之。万一他回来了，肯定会剥了我的皮。

青儿在黑皮的嘟囔中苏醒，尽管身边燃着一堆火，她还是冷得直打哆嗦。黑皮说，雷子找退烧药去了，大半天还没回来，一定是出意外了。青儿盯着他，嘴唇嚅动着说不出话来。黑皮继续说，如果她想回家，可以陪她下山。她想怎么着都行，他悉听尊便。

青儿眼睛里流露出无限哀伤，轻轻叫了声雷雷的名字。这时，庙门被慢慢推开，黑皮和青儿闻声回头，只看见门在动，却看不见人影，都被吓住，黑皮往墙角缩，青儿紧张地呆坐着……

门开了，雷雷艰难地爬着进来，黑皮看清是雷雷，一跃而起跑过来扶起他：雷子，你怎么啦？青儿激灵了一下，刷地站起，冲到雷雷身边，抱住他。

雷雷意识模糊，他见到青儿马上去掏口袋，手颤抖着把药递给她，说了一个字：药！然后再也支撑不住，一头倒在青儿怀里。

青儿抱着雷雷，看着他满身血污，看着被鲜血染红的药，一时不知身在何处，眼前恍恍惚惚，像回到从前……

雷雷对她说：菜青虫，咱俩铁哥们儿。以前没有我，你伤心难过我也不知道，没办法替你出头，可现在有我了，以后你的事儿就是我的事儿，谁也不能欺负你，谁骂你就是骂我，我跟他死磕。

青儿眼泪一滴一滴落下，她抱着雷雷，摇晃着哭着骂着：臭小子！你为什么要这样，你到底在想什么呀！

一旁黑皮跟着伤心，劝道：雷子还在流血，赶紧给他止血吧，伤口淋了雨要感染的。

青儿清醒过来，刷地撕下自己身上的衣服，赶紧为雷雷包扎。她的手触到雷雷伤口时，雷雷疼得叫了一声，她赶紧住手，泪眼婆娑看着雷雷。

雷雷艰难抬头，眼前的女人从模糊逐渐清晰，他看到她脸上的泪痕，脸上慢慢浮现出坏笑：你心疼了？

青儿流着泪继续包扎，不理会他。雷雷声音虚弱地问，药吃了吗？青儿仍不吭声，不留神碰了他的头。他躲了一下，气呼呼地说，从小他妈就老打头，他最讨厌别人碰他的头。

雷雷的神情像是一个单纯稚气的孩子，青儿再也无法控制感情，紧紧抱住他失声痛哭：你胡闹，发疯，想找死，你离我远点，干吗老让我看见你这副惨样儿。

雷雷眼睛湿润了，无言以对。黑皮一旁看着心里酸溜溜直想哭，赶紧出去。

雷雷已经没有力气回应青儿的情感，此刻爱与恨都离他远去。他意识模糊起来，头软下去。青儿吓一跳，赶紧问：疼了吧？他无力抬头，默默摇头。

青儿要去叫救护车，雷雷吃力地一笑说不用。突然，庙外传来警笛声。黑皮急慌慌闯进来，结结巴巴说：雷子，警……警察来了，好多人，你快跑吧。

青儿猛地回过身问，是谁报的警。雷雷说是他，警察来了好送她回家。他让黑皮赶紧走，有事儿他一人担着。

黑皮犹豫半天，咬着牙说：雷子，你够哥们儿，他们要真判你，我给你当证人。说完，扭头蹿出门去。

青儿扶起雷雷，说送他去医院，她会向警察说明情况，不会有事儿的。雷雷苦笑着，说别去管他了，她的手还是滚烫的，赶紧吃退烧药。

雷雷的身体发软，越来越沉，青儿根本搬不动他，后来绝望地坐在地上哭道：你为什么总是把事情弄得这样糟糕？

雷雷躺在叶青儿的怀里，昏厥过去。她摇晃着他喊叫，让他坚持住，不能睡觉。庙门外一阵急促的脚步声，一个男人严厉地问：里面有人吗？

青儿大声求救，荷枪实弹的警察冲进来，将他俩团团围住。

雷雷被送进急救室，身上插着输液管，脸上罩着氧气面罩，一只手臂输血，另一只手臂被手铐铐在床柱上。

主治大夫告诉陈副局长，患者眼下没有生命危险，因失血过多造成伤势严重，肋骨断了三根，软组织受伤较重。他年轻，体质好，应该能扛过去。

两人正说着话，就听走廊传来一阵急促的脚步声，雷母满脸慌张地冲进来。陈副局长赶紧过去打招呼，雷母顾不上应酬，疾步走到病床前查看儿子的伤情。

大夫安慰说，已经脱离了危险期。雷母点点头，眼神落在闪着扎眼光泽的手铐上。陈副局长有些尴尬地解释说，这是规定，请您原谅。

雷母没说话，慢慢蹲下身子，握住儿子戴铐子的手，眼泪一滴滴掉落下来。她从口袋里掏出手帕，把儿子手腕上的手铐盖住，轻声地抽泣着。

大夫示意病人需要休息，最好别打扰他。雷母听了擦干泪水，眼睛红肿着走出急救室，陈副局长跟了出来。

雷母问儿子做完笔录后，就应该没事儿了吧。陈副局长为难地说，雷雷的绑架案已在省局挂了号，又是干部子女犯案，社会影响极大，处理起来很棘手。

雷母急了，让陈副局长想想办法。陈副局长沉吟半晌说，这种事情要取决于女方的态度。如果叶青儿证明雷雷没有伤害她，一切都好办。

雷母皱着眉头问，如果那个女人恨她儿子，想冤枉报复他可怎么办。陈副局长沉默片刻，建议说还是先跟叶青儿本人及她家人沟通一下，姿态低一点，事情或许会好办得多。

雷母满脸沮丧地说，那家人恨不得判她儿子死刑！

此时，叶氏夫妇闻讯赶到医院病房。叶青儿手臂上挂着输液瓶，处在半睡半昏迷的状态。叶母流着泪轻声呼唤，青儿慢慢睁开眼睛，泪水止不住流淌下来。老叶拍着女儿的肩膀劝她什么都别想，好好休息。

青儿担心雷雷的身体，一时又不知如何开口：爸妈，雷雷他……

叶母一听雷雷的名字就抓狂，咬牙切齿地道：那个臭流氓，听说骨头被打断了好几根，失血过多差点死了，活该，报应！

青儿听了，翻身就要下床，感到一阵头晕目眩，险些栽倒。叶母忙拽住问，你干啥？赶紧躺下。青儿说，她想去看雷雷。老叶吃了一惊问，看他干什么？他是罪犯，流氓。青儿喃喃地说，雷雷救了她。

老叶勃然大怒，叱责女儿烧糊涂了，忘了雷雷是绑架她的罪犯。护士听见病房里有喧哗声，进来教训说，病房要保持安静，病人情绪不稳定，不能受刺激，探视完了就回去。

老叶满脸愤恨地看着女儿，为她没有原则和立场而痛心。青儿仍是一脸痴呆茫然。叶母悄悄拽着老叶衣角，走出病房，让他别刺激了女儿。

老叶让老伴儿回家休息，他来守着女儿。叶母说老叶体质差，熬夜身体受不了，她可伺候不了两个病人，等他休息好了白天来换她。老叶争不过她，只得听从安排。

天蒙蒙亮了，青儿一夜没怎么合眼，脑海里回想着雷雷昏迷不醒的情形，焦虑难安。她见母亲趴在床边酣睡，悄然起身，蹑手蹑脚走出病房。

一大清早，雷母就起来给儿子熬鸡汤。老雷一脸憔悴地拿着公文包从卧室出来，看见老婆忙碌，不知说什么好。他想了想，一句话没说转身就要出门。雷母冷冷地问，儿子已经脱离危险了，他就不去看看？老雷对老婆的阴阳怪气很反感，说雷雷是他儿子，他也关心。

雷母听了气不打一处来，质问他怎么关心。老雷满腔郁闷正不知如何发泄，他将公文包重重拍在饭桌上，咆哮说，你儿子是打仗受的伤呢，还是救人挂的彩，还好意思大肆张扬！

雷母气得发抖，骂老雷把脸面看得比儿子命都重要，他怕影响乌纱帽，就在办公室待着，她自己去。她拎起保温桶走到门前，觉得很不解气，回头又说，你要是多关心他点，让他感到家庭的温暖，他也不会去纠缠那个小骚货，去找精神寄托。老雷一时哑口无言，气得抓起公文包狠狠向墙角砸去。

青儿穿着病号服沿走廊找到急救室，见门外一位看守民警打盹睡着，便轻手轻脚推开门。雷雷还在昏睡。他头缠纱布，安详单纯得像个受伤的孩子。

青儿伸出手，抚摸他的脸、鼻子和耳朵。当她的手触摸到他眼睛时，他睁开眼，恍恍惚惚，以为身在梦中。眼前的女人影影绰绰，轮廓美丽。他慢慢看清是双眼含泪的她，轻声一笑：你穿的是什么啊，难看。青儿手停住，潸然泪下。

他伸手想替她擦泪，这才意识到手腕被铐在床柱上动弹不得，苦笑道：这玩意儿，小时玩警察抓小偷戴过。是塑料的，没这么沉。那时候我是警察，给黑皮、大头他们戴手铐，所以他们叫我雷子……

青儿握住那只闪着金属光泽的手铐，泪流满面，恨声道：你干吗要这样啊。我会对公安局说清真相，你会没事儿的。就是以后……要接受教训，别那么冲动，别再干傻事儿。

她眼泪越流越多，雷雷轻声笑道：知道我最烦你什么吗？跟我妈一样唠叨，一听你这说教，我头就疼，比伤口还疼。他一脸无邪，笑得像个小坏蛋。

青儿爱恨交集再无法自控，猛地起身往外走，把床边的椅子碰倒，值班的民警惊醒，进屋就摸枪，厉声喝问：你是什么人，干什么的？

青儿正弯腰扶椅子，吓得呆住。雷雷调侃说，她若想杀人，我早没命了，可见您有多失职。民警脸一点都没红，严厉地问青儿是什么人，来干吗。雷雷说来看他，还用问。民警狠狠瞪着雷雷，让他闭嘴。青儿恢复了镇定，说她叫叶青儿，想见他们领导。

民警丢了面子，心里窝火，态度粗暴蛮横。在他看来，只有流氓的朋友才来看流氓，因此对青儿严厉呵斥道：我不管你什么青啊紫的，这地方是警方控制的，这个人是犯罪嫌疑人，你私闯进来就是违法。你哪个单位的，私自会见犯罪嫌疑人什么目的？

青儿气糊涂了，说不出话来。雷雷旧态复萌，笑着调侃：没错儿，你半夜三更不在病房老实待着，跑进急诊室干吗？图财害命还是图谋不轨，或是调戏男同志？本人可是身负重伤，手无缚鸡之力。

青儿憋不住想乐，然而民警却气得火冒三丈，骂雷雷是小流氓，喝令他住嘴，没他许可不准说话。

雷雷还没说话，青儿倒是发火了，质问民警凭什么骂人，谁给他的权力，人民警察更不能侮辱人的尊严。

雷雷怔住，既感动又欣慰。民警没料到这个清秀俏丽的女孩儿口齿如此伶俐，竟让他哑口无言。他恼羞成怒，吼道：我看你跟这个小流氓是一伙儿的，再妨碍公务，连你一起铐起来。

雷雷大怒，跟民警吵：你再胡说我告你诽谤啊，执法犯法罪加一等。

青儿的话更重：我看你就不配穿这身警服，一点素质也没有！

他俩一唱一和，气得民警青筋直蹦，七窍生烟，怒吼道：都给我闭嘴，还无法无天了。

急救室闹得不可开交，走廊里雷母与叶母不期而遇，两人冷眼相对，互不理睬。雷母忽然想起陈副局长的话，要跟女方家搞好关系，忙缓表情，堆着笑想说几句软话，叶母却冷着脸转身就走。急诊室里的争吵声引起两人的注意，她们忙一前一后赶过去。

民警正在气头上，见她俩进来，厉声喝道：出去，这地方能随便来吗？

叶母一愣，眼里有了怯意。雷母冷静地说，她是雷雷的母亲，麻烦他给陈副局长打个电话，就说雷雷的案子有进展，请他来一下。

见雷母提到局领导，民警有点发怵，却又不肯轻易相信，说他在值勤，请她们出去别妨碍公务。雷母放下保温桶，出去打电话。叶母拉着青儿往外走，青儿说她要向公安局领导说明真相，叶母尽管生气，还是克制着情绪，说有什么出去再讲。雷雷眼睁睁地看着青儿被拽出门去，满脸忧虑。

叶母对女儿如此袒护雷雷，既无法理解也不能接受，她冷冷地问女儿，他到底伤害你没有？青儿脸色很难看地说没有。叶母满脸狐疑地问，你一身是伤，谁会相信这话呢？

青儿抑制不住愤怒问：妈，您是希望我……被伤害吗？

叶母矢口否认。青儿说雷雷没动她，身上的伤是自己下山时不小心摔的。叶母痛惜地说，没出事儿就是万幸，我心里不舒服是因为你袒护那个小流氓。

青儿很反感母亲把雷雷当成流氓，说雷雷绑架她是一时冲动，如果她不当着众人的面刺激雷雷，他或许不会做出极端的事儿。

叶母听了这话简直要气炸了肺，她怀疑女儿与雷雷之间发生了什么事儿。不管怎样，她都要把雷雷送进监狱。她冷冰冰对女儿说：我告诉你，就算那个小流氓没有对你怎样，我们仍然要起诉他绑架伤害罪，绝不会让他逍遥法外。

青儿神情麻木地听着母亲充满仇恨的声音，茫然道：您为什么这么恨雷雷？

母亲是最容易原谅儿子的，舐犊之情胜过一切。见儿子缠着绷带，戴着手铐，责骂到嘴边都变成了心疼。雷母满脸忧愁地给儿子喂鸡汤，雷雷为逗她开心，玩笑道：您一天到晚老嫌我在外面跑，不安分。现在我多老实，躺在床上一动不动，您要打要骂我都老实挨着。有什么大道理，您赶紧教育吧，等我出了院，您想说可没机会啦。

雷母想笑，可哪里笑得出来，她难过地问：跟妈说句实话，你到底有没有伤害她？

雷雷语气坚定地说，打小他就会背三大纪律八项注意，尤其是第七条不许调戏妇女，打死他都不会犯那种错误。他不能在这件事上让父母丢脸。雷母暗暗松了一口气，说他这回是侥幸捡了一条命，以后可别再胡闹了。雷雷神情黯然地说，不会再有以后了，出院后他立马就去当兵。

母子俩算是和解了，母女俩之间的敌对情绪却越来越高涨。在病房跟警察做笔录时，叶母借口女儿受了刺激，神经有点问题，眼下不能触及绑架的事儿，希望等恢复一阵再说。

青儿对母亲的越俎代庖很生气，执意要说明真相。母女俩当着警察的面儿争吵起来，弄得警察左右为难，只好作罢。

青儿急得追出门去，求警察放了雷雷，叶母连拖带拽把她弄回病房。青儿狂怒，质问母亲是何居心，想达到什么目的。

叶母是一条胡同走到黑，厉声道：我不知道你在想什么，也不管你在想什么。总之，那个小流氓必须受到法律严惩！

青儿呆呆看着母亲，像看陌生人：妈，我跟您说多少遍，雷雷没有对我怎么样，您为什么不肯听？

叶母失声叫道：谁能证明！

青儿怔住，半晌说不出话，不敢置信地问：您什么意思？您要我指控雷雷强奸我吗？这么做，对我有什么好处？对您有什么好处？

叶母一句话说不出来，突然失声痛哭。看着痛哭流涕的母亲，青儿一脸茫然。她意识到母亲并不相信她和雷雷之间是清白的，这让她无比失望。人生头一回，她对父母很失望。

因此，她不知道如何安慰母亲。

陈副局长了解到新情况后，向老雷作了汇报。他说叶青儿态度很好，希望积极与警方配合，可她母亲却以女儿受刺激为由，拒绝让女儿做笔录，并且扬言要严惩雷雷。

老雷心里的石头总算落了地，他很是不解，既然雷雷没伤害她女儿，她为何非要置雷雷于死地而后快呢。这种事儿传开了，对她女儿一点好处都没有，她到底想要什么？

陈副局长建议双方家长做一个沟通，解开对方心里的疙瘩。老雷叹了口气，点了点头。

张军来医院看望表妹，远远地见韩阳匆匆走着，忙小跑着追上去猥琐地问：听说雷雷被抓住了，叶青儿因为被强奸，昏迷不醒，有可能怀孕，准备做人流啊？

韩阳反感地问，这是谁在胡说八道。张军说他有个朋友是警队的，消息不会有假。韩阳懒得搭理他，劝他少传谣言。张军嘿嘿笑着问，他是不是心里泛酸，特嫉妒。韩阳生气地让他一边儿凉快去，少跟他瞎扯淡。

要说韩阳心里不难受，那肯定是鬼话，他的确是嫉妒了，他嫉妒雷雷和青儿之间那种爱恨交集的曲折经历，羡慕他俩那种纯粹强烈的情感碰撞。

韩阳极其厌恶张军的做派，找个理由走开。张军讨了个没趣儿，骂他是伪君子。在医院溜达了一圈，张军决定以慰问之名，去看望叶青儿。

他打听到叶青儿的病房，悄悄推开门。青儿躺在床上心烦意乱，正要起来，冷不丁见张军进屋，吓了一跳，厉声问他来干什么。

张军一脸猥琐地谄笑：听说你住院了，我心里火急火燎的，赶着来看你。怎么样，好些吗？

青儿厌恶地看着他，身子下意识地往后躲，说自己没什么事儿，让他赶紧走。张军嬉皮笑脸地说，你一个人多孤单寂寞啊，我正好来陪陪你。说着拉过一把椅子坐下。

青儿根本就不搭理他，拿过一张报纸翻看。张军凑过来说，听说雷雷这回至少要判二十年。青儿吓得一哆嗦，报纸险些落地，忙问是谁说的。

张军说他表哥在法院，因关心雷雷特意问过。像雷雷这种强奸犯，正赶上严打，不弄个死缓都是便宜他了。青儿气得把报纸扔到他脸上，让他滚出去。

张军冷笑道：怎么，真爱上那强奸犯了？我还真没看错你，你这种娘们儿真是受虐狂，喜欢霸王硬上弓啊。早知如此，我上啊，哪轮到雷雷那小流氓！

青儿气得抓起桌上的茶杯就要砸过去，被进来的韩阳劝阻。青儿骂张军是畜生，就会造谣生事。

张军耍无赖说：我造什么谣言了，你有本事重复一遍给韩医生听听。

青儿气得脸色煞白，身体颤抖，韩阳见状忙把张军推出病房。

韩阳质问张军来干什么，他说来替韩阳出口恶气。韩阳狠狠推了他一把，让他少干蠢事。张军冷笑说，这娘们儿不喜欢正人君子，谁来邪的、来横的，她就喜欢谁，尤其喜欢强奸犯。

韩阳忍无可忍，揪住张军的衣领警告他嘴巴放干净点，不然他就不客气了。张军斜着眼讥笑说，你他妈真窝囊，自己喜欢的娘们儿被人霸占了，还打断了牙齿往肚里咽，连屁都不敢放，还是男人吗？

韩阳哆嗦着扬起拳头要打，被张军猛地推到一边儿，他蔑视地整理好衣服，摇晃着离去，韩阳瞪着他的背影，半晌无法动弹。

第八章

叶青儿余怒未消，拿起报纸狠狠擦拭着张军坐过的椅子。韩阳默默地看着她，万般滋味在心头。她看见韩阳，神情黯淡下来，请他坐。

韩阳温和地问她恢复得怎样，能不能到院子里走动走动。青儿心情郁闷，正想散心，便点了点头。

经历过这番生死磨难后，青儿变得更加沉默，有什么心事都深深埋藏在心底，就是捂霉了，也不让它发芽。

韩阳见她眉头紧锁，眼睛里痛苦不堪，便问她哪里不舒服。青儿没回答，直截了当问韩阳，雷雷并没有对她进行性侵犯，为何连她母亲都不信她的话。韩阳对这种事情有着本能的抵触情绪，不愿正面表态，含糊其辞说他知道雷雷不是流氓。青儿对韩阳颇感失望，知道他同样不相信自己是清白的。

韩阳劝说事情已经过去，要往前看。青儿悲愤绝望，说经过这事儿，她就是清白之身，可是谁肯相信？连她父母都不相信，还能指望别人吗？

韩阳期期艾艾，不知如何劝慰青儿。她摇着头说，他跟她父母是一种态度，他们这些知识分子太相像了。韩阳愣住，白口莫辩。

这时，一个女警察客气地走过来，请叶青儿跟她去做笔录。

叶氏夫妇在对待女儿的事儿上出现分歧，老叶觉得多一事不如少一事，要相信女儿。至于雷雷，让看守所关他几个月，好好教育一番，不准他再接近女儿，也就行了。

叶母坚决不同意，她害怕女儿跟雷雷发生关系，爱上了他。不严厉处罚雷雷，她誓不罢休，最好判他个十年二十年的。不知为何，她对雷雷的仇恨是那么刻骨铭心。

老叶看问题更深入、更理性，他担心女儿声誉就此毁于一旦。叶母斩钉截铁地说，可以让她搬家转学，改名字，托关系出国。说这话时，她的刻骨仇恨溢于言表，让老叶既陌生又惧怕，他问有必要赶尽杀绝吗？

叶母目光如剑，直刺丈夫，咬牙切齿地问：你难道想让你女儿一辈子跟这种流氓、垃圾、人渣混在一起吗？

老叶痛苦地说：要那样，青儿就得出庭指控，要接受法庭无数次讯问，这对她会是很大的折磨，造成无法估计的精神伤害。

叶母歇斯底里地喊：你有什么办法让女儿不痛苦，不受伤害？你说啊！

他是个没主意的懦弱男人，在老婆的盛怒之下，只能沉默。

雷母平时咋咋呼呼，骨子里还是怕老雷的。老雷能来看儿子，她甚感欣慰，为了方便这父子俩沟通交流，她悄悄走出病房。

老雷拉过一把椅子坐下，雷雷见他面容疲倦，满头华发，心里既内疚又痛苦，可脸上却毫无表情。老雷长出一口气，扭头看儿子，他浑身上下缠满纱布，活脱脱一个伤兵模样。灯光下他闪闪发亮的手铐分外刺眼。小时候他聪明伶俐，人见人爱，一眨眼就变成了无法无天的小流氓。老雷在心里自责地感叹着。

父子俩相对无言，虽血脉相连，可情感生疏。老雷站起身，面无表情地说，你现在是犯罪嫌疑人，我跟你妈来看你，已经违纪了。

雷雷不知他想说啥，也不想听，他不愿意跟父亲交流。

老雷走到病房门口，心口一阵疼痛，他忙扶住墙，喘着气说：你妈为你整夜地哭，眼睛都流出了血。你老子一滴眼泪也没流。像你这么大时，老子受的伤比你严重，一条腿差点锯掉，十个脚指头没了仨。那是跟小日本鬼子打仗负的伤，值！光荣！你小子算什么？绑架女人，为非作歹，无法无天，流氓！恶少！你要是活蹦乱跳在这儿站着，老子非打断你几根骨头不可，好叫你学会怎么做人。

雷雷一动不动，听父亲大骂，他的确该骂。

老雷歇了会儿，放低声音道歉说，他忙着工作疏于管教，致使儿子走上邪路。他一直以为男孩儿不需要像女孩子那样呵护管教，看来他错了。

雷雷眼睛湿润了，他宁愿挨一顿揍，也不愿忍受父亲的道歉。老雷大口喘着粗气，神情激动得难以自持，他的心脏快要跳出嗓子眼儿。雷雷见父亲痛苦的样子，很是担心，想上前扶住他，可是手铐限制了他的自由。

老雷盯着他问：你还要让你妈伤心到什么时候？

雷雷低下头，等父亲推门出去，眼泪喷涌而出。

老雷捂着胸口走出病房，雷母和陈副局长忙上前搀住，扶他在长椅上坐下。雷母递过药片和水，老雷服下，气色逐渐好转。他叹气说，老陈，找女方家长谈谈吧。陈副局长点点头，雷母大感欣慰。

陈副局长安排叶氏夫妇跟老雷夫妻见面，气氛既尴尬又别扭。叶母像焦躁的母豹子，在屋里一刻不得安宁，她质问陈副局长警察把她女儿带到哪里去了。陈副局长冷静地说，按程序规定，叶青儿要配合警方调查做笔录。

叶母急了，大声叫嚷说她女儿脑子不清楚，眼下不能受刺激。陈副局长镇定地说，他问过医生，医生说叶青儿神志清醒，身体康复得也很好，她有义务配合警方做笔录。

老叶胆小，拉妻子坐下。叶母不依不饶地问，她女儿如果有什么意外，谁负责任？雷母受不了叶母的喋喋不休，请她少安毋躁，找出能帮助两个孩子最好的办法。叶母一听她将女儿与雷雷相提并论，火上心头，怒斥说，她把伤害者与受害者混为一谈，是混淆是非。

雷母低眉顺眼说，她儿子让叶青儿受了惊吓，犯了错误，请她原谅。不过，他已经受到惩罚，受了重伤，差点丧命。叶母打断说，你儿子受伤和你儿子犯罪，是两回事儿！

雷母忍着气，一再道歉，希望他们高抬贵手，给她儿子一个改过自新的机会，以后保证雷雷再也不会跟她女儿有任何关系！

见妻子低声下气求人，老雷心里不是滋味，开口道：如果雷雷真的侵害了你女儿，犯下不可饶恕的罪行，我们做父母的绝不会姑息他，一切严格依法处理。问题是，现在你女儿证明，雷雷并没有这样做。雷雷是犯了法，可也没到不可饶恕的地步，他应该负的责任，一定会承担。我们想做的只是怎样将坏事向好的方向转变，不把事态扩大化。

老雷说完，坦诚地看着叶氏夫妇，希望得到答复。叶母一时无话，便用眼睛狠狠瞪着老叶，示意他出马。老叶被逼无奈开口说，他们夫妻不认为雷雷没有侵害他女儿。

老雷有些傻眼，狐疑地看着老婆。雷母再也压抑不住怒火，问老叶这话是什么意思。他女儿可以马上做妇科检查，如果真是雷雷干的，就判他无期，她一句怨言也没有。

叶母觉得这话难听，跟雷母吵起来。雷母愤恨地问叶母，陷害她儿子，对她有什么好处?

两个女人剑拔弩张，她们的男人却神色木然，不知如何化解僵局。这时，陈副局长陪着叶青儿进来，她脸色苍白，坦然地对父母说，她已经做了笔录和妇科检查，雷雷没有侵害她，她放弃起诉。

老雷夫妇暗暗松了口气，叶氏夫妇却傻了眼，叶母急了：他绑架了你，犯了法！怎么能这么放过他！

青儿冷漠地说：爸妈，我今生今世都不会再理雷雷，你们放过他吧。不然就是我害了他，我会一辈子忘不掉他。

她大义凛然，神情决绝，叶氏夫妇无话可说。

第二天，叶氏夫妇帮女儿办出院手续，收拾东西。雷雷拄着拐棍看见，忙将目光移向别处。青儿一家三口目不斜视，从雷雷身边走过。

雷雷神情木然，青儿没有回头，也没有停步，直直地向前走，像是机器人，消失在走廊的尽头。这是一次不辞而别，彼此情感未及挑明，就这样分道扬镳。

莎莎拎着一兜水果迎着青儿一家走来，她在青儿眼中看到死灰般沉寂的绝望，而在雷雷的眼里，她看见的是一片茫然。

她搀着雷雷走进病房，让他躺下。他像玩偶一样，机械照做。莎莎从袋子里拿出很难吃到的热带水果龙眼、荔枝、芒果等，又拿出托人从山东买来的阿胶，说是补血的佳品。

她热情地唠叨半天，却换不来他一个笑脸。她忍着，剥好龙眼送到他嘴边，他机械地张嘴，嚼都不嚼生吞硬咽，噎住呛得直咳嗽。护士听见忙进来，雷雷吐出龙眼，冷冷地让护士撵莎莎出去。莎莎气得不走，护士说，病人情绪不稳定，她还是别刺激他为好。莎莎愤怒地冲出病房，一路走一路流泪。

夕阳无限好，只是近黄昏。有太多的回忆和故事在这时发生，故此感情脆弱得不堪一击。雷雷孤零零拄着拐棍在院内草坪上走，坐在长椅上看着傍晚泛红的天空发呆，医院外商业街隐隐传来邓丽君的歌声：

甜蜜蜜，你笑得甜蜜蜜，好像花儿开在春风里，开在春风里；
在哪里，在哪里见过你，你的笑容这样熟悉，我一时想不起……

他的眼睛湿润了，心里最软的地方被这歌攫住，动弹不得。大头远远走来，看见他闪动的泪光，一句话也没说，在他身旁坐下，掏出烟点燃，递给他。

两个半大的男人笨拙地吸着烟，呛得直咳嗽。雷雷的伤口因剧烈颤抖绽开，疼得他嘴唇哆嗦，他强忍着，不管不顾大口大口地抽烟。

大头告诉雷雷，黑皮父母听说他要判重刑，吓得把黑皮送到外地亲戚家躲避，在那儿找了份工作，不打算回来了。雷雷把烟头掐灭，半晌无言，连累了朋友，他心里有些内疚。

大头遗憾地说，如果他最后一门考了，分数肯定能提档，上个普通大学没问题。雷雷苦笑说，他跟大学没缘分。

沉默了片刻，大头看了看雷雷，欲言又止。雷雷抬手给了他一拳，让他有屁快放。大头认真地问他和叶青儿的事儿就这样算了？

雷雷叹气说：还能怎么着？听说她父母恨不能判我无期，还逼着女儿承认被我强奸了。唉，真想不明白，他们为啥这样恨我。他说着身体靠在椅背上，仰面出神地看天。

大头感叹他俩的爱情太像“罗密欧与朱丽叶”了。

雷雷沉默片刻，摇头说：净他妈胡扯！她当我们双方父母面发过誓，这辈子不会再理我；我也向我父母保证过，不会再见她，我们就这样了。对了，你要是和你女朋友分手，什么感觉？

大头看着雷雷，慢慢摇头：我们是正常人，不会像你们这样疯疯癫癫。

雷雷听了自嘲地苦笑。

暮色渐浓，叶青儿待在卧室里，一副失魂落魄的样子。母亲推开门，“啪”一声打开灯，青儿一惊，见是母亲，后面站着韩阳。母亲笑着说韩阳来看她，随便聊聊吧。

叶母将韩阳让进屋，出去时随手把门带上。青儿端坐书桌前，一言不发，韩阳怎么待着都感觉别扭，于是走到窗台前站着。

他看着青儿说：我知道你心里苦，不愿意跟人讲，可是老这么憋在心里会出毛病的。

青儿尖刻地说：我心里怎么想的，你和我父母会不知道？你们只在乎自己的想法，真正关心过我的感受吗？

韩阳很反感她把自己与她父母混为一谈，情绪有些失控：我一直以为你是个懂事儿孝顺的女孩儿。在398的时候，你母亲一直为你骄傲，我那时候真的尊敬你。可你现在，变得这么自私，你父母为你伤心难受，你就当没看见？

青儿惨然一笑：以前父母为我出淤泥而不染骄傲，现在，他们却以我为耻，为什么？因为，他们觉得我袒护了一个小流氓，因为我没有撒谎……

韩阳不能接受她的说法，认为这话说得太偏激。青儿正在气头上，说讲真话没人听，讲假话反倒让他们心安理得。她和雷雷究竟做了什么，他们要这样如临大敌？

这事儿让青儿恨眼前虚伪的世界，她不再相信有人真正关心爱护她。韩阳对此感到痛心，索性打开心井的盖子，声音颤抖道：你知道的，除了你父母，这世上最关心、最在意你的人是我。

千难万难的话儿终于说出口，而且是在这种窘迫的氛围下，他待不下去，推门出去。青儿再也撑不住，扑倒在桌上，失声痛哭。

韩阳带上门，站在门边儿，听着身后女孩儿凄然的哭声，黯然神伤。叶氏夫妇闻声赶来，担心地看着韩阳，他轻声说：让她哭一哭吧，对她有好处。

新学期开学了，华华从外地赶回来，发觉叶青儿脸色苍白，神思恍惚，像是大病初愈。问她吧，总敷衍不肯说。很快，几封匿名信便让叶青儿成了医学院沸沸扬扬的焦点人物。

系主任考虑再三，把韩阳找来了解情况，问他跟叶青儿是什么关系，说系里不好追究，可她是医学院的学生，出了事儿不光系里要负责任，他这个班主任也得负责任。

他说着把一封信递给韩阳。还没看几行韩阳就火了，说“文革”都结束四五年了，怎么还有人搞这一套，这明摆着是造谣诽谤。系主任不高兴了，敲着桌子说，他问过公安局，信里的事儿也不全是捕风捉影。

韩阳情绪激动，说他很了解叶青儿和雷雷，他们都很单纯，绝对不是写信人说的那种肮脏关系。这个人居心险恶，应该把信交给公安机关，请他们处理！

系主任看着韩阳，态度认真地说，以前是冲着他的面子学院才接收了叶青儿。现在她在学院里名声太糟糕，如果这事儿学院较起真来，叶青儿的学籍都很成问题！

韩阳吃了一惊，没想到事情如此严重，忙解释说，他跟叶青儿父母很熟，那些事儿纯属子虚乌有。她做过妇科检查，还是处女。

系主任停了片刻，说叶青儿和那个小混混之间的事儿，学院不感兴趣。

校园是学习场所，一个学生老是被流言蜚语包围，对学院形象和学生学习氛围很不利，一定要注意。

韩阳深知，流言传开了，就会有人相信，根本就解释不清，他能再说什么呢？他为叶青儿的处境感到焦虑不安。

女人对流言蜚语的兴趣最浓厚，凡是女人扎堆儿的地方，都会叽叽喳喳响成一片。叶青儿一走进教室，就听见这种叽喳声。

班上有个叫胡美月的女学生仗着自己有些背景，怪声怪调地问：哎，叶青儿，听说你暑假住院了。

另一个女生低声道：听说看的是妇科。

青儿脸色很难看，还没等她说话，华华便挺身而出，让她们把心思用在正经地方，少胡说八道。一个女生低声嘀咕说，大家都是学医的，谁不知道谁怎么回事儿啊。胡美月嘲笑说，都不知道做几次了。

女生们憋不住哧哧地笑，华华见青儿脸色铁青，忙把她往外推，劝她甭跟这帮俗人一般见识。青儿挣脱华华的胳膊，冲到胡美月跟前，愤怒地盯着她，厉声道：你说什么，讲明白了。

胡美月吓得变了脸色，尖声叫着问，你想干什么？青儿威胁说，今儿不说明白了，你别想离开这间教室。

胡美月向那几个女生求援：赶紧告诉系主任，叶青儿耍流氓。

叶青儿怒不可遏：谁是流氓，你敢再说一遍！

胡美月仗着人多势众，提高嗓门叫板：叶青儿，别仗着韩阳护着你，谁不知道你什么东西啊！你自己交代，你跟几个男人有过关系啊！

青儿脸色铁青，抓起桌上的书本猛地朝胡美月砸过去，书擦着她的脸飞过去，她先是一愣，然后“哇”一声大哭起来。

韩阳闻讯赶来，见状不禁愣住。

青儿站在教室当中，脸色阴沉，冷冷盯着哭泣的胡美月说：我告诉你，胡美月。你造谣诽谤，污辱我的人格，你必须当着全系老师同学面，向我道歉，给我平反昭雪。否则，我就去法院起诉你！

胡美月哭得上气不接下气，青儿说完昂首挺胸转身走出教室。所有人都傻了眼，他们见识了绵里藏针的厉害。

匿名信不仅寄给了医学院，还寄到了市信访办。幸好大头的母亲老杜是信访办负责人，她把信扣下给了雷雷妈。雷雷妈看了气得直哆嗦，写信的人不但心理阴暗，而且人品极其龌龊，他在毁了雷雷和叶青儿声誉的同时，附带着敲山震虎，告老雷利用权势庇护儿子。

雷雷妈将信给老雷看，老雷也气得够呛，他沉思片刻，冷静下来说，这种流言蜚语都是捕风捉影，过眼烟云，不能跟它太较真。他已经和部队的战友老赵打好招呼，等雷雷身体一痊愈就去当兵。

雷雷妈担心老赵那个部队要上南疆前线打仗。老雷不高兴地说，当兵就得流血，不然怎么能成熟？雷雷妈让他给找个既舒服又能保送上军校的部队。老雷生气了，说他不管了，她有本事自己去找。雷雷妈被噎得干瞪眼，无话可说。

张军对叶青儿始终念念不忘，背地里使坏搞臭她的名声，明面上理直气壮地托姨妈刘所长上门提亲。因刘所长曾关照过女儿，叶母不好驳她面子，推说大学期间学生不让谈恋爱。

刘所长说那些规定都是虚的，其实边读书边恋爱两不耽误最划算。叶母说感情上的事儿家长不好干涉太多，让他们自己去处理比较好。刘所长说她外甥忒老实，家长不出面，这层窗户纸就甭想捅破。

叶母推托说得跟孩子商量一下。刘所长淡然一笑，现在这节骨眼儿上还商量啥？她外甥也是想帮小叶。叶母脸色变得很难看，问她这话是什么意思。

刘所长说，听张军讲叶青儿跟雷雷的事儿在医学院都传遍了，影响很不好，系主任、校长要找她谈话，说不准要开除学籍呢。她外甥想跟叶青儿确定关系，好托人说情。

叶母气得直捯气儿，说她女儿做过妇科检查，很清白。刘所长逼问，难道她还能把小叶的检查结果公之于众？一个未婚大姑娘不能不顾及脸面吧?

叶母推说头疼，心脏不舒服，不能再陪刘所长说话了。刘所长站起身，胸有成竹地说，她外甥毕业后分配进国家机关，他俩要是能成，对叶青儿将来的毕业分配很有益处。希望叶母三思。

刘所长走后，叶母终于支撑不住，瘫软在沙发上。

叶青儿极端消沉又偏激的情绪状态让韩阳忧心忡忡，他去女生宿舍、图书馆、教室等地方都没找到她，问华华也不知她去了哪里，不禁心慌意乱。他急匆匆出了校园大门，沿着马路漫无目的地四处转悠，左右观瞧。

在一个车如流水的路口，青儿满脸茫然，梦游似的站着，根本就不去管来往的车辆。韩阳吓得出了身冷汗，边躲避车辆，边担心地扯着嗓子喊。他的声音淹没在嘈杂的噪声里，青儿毫无反应。

一辆长途货车呼啸着朝青儿疾驰而来，她不躲也不闪，韩阳大惊失色，冲过去猛地一把将她推开。青儿茫然地看着他，韩阳责怪道：你冷静点，干吗要想不开?

青儿问，她要怎么做才算冷静。韩阳把她拽到路边树下，安慰她说清者自清，浊者自浊，别去管那些流言蜚语，挺直腰杆，千万不能倒下。青儿困惑不解的是，她和胡美月是同学，既无冤又无仇，干吗非要当着面儿糟蹋她?

她凄楚无助的眼神让韩阳一阵心疼：你漂亮，单纯，比她们好。她们嫉妒你，所以才造谣生事儿。

青儿摇摇头：我一点也不好。我是个不祥的女人，接近我的人都会倒霉。

韩阳的心疼得抽搐成一团，他紧紧攥着青儿柔弱无骨的手，却不敢将她搂入怀抱轻轻安慰，反复地说她是个善良的好女孩儿，一定要珍惜自己，不然有人会伤心的。

晚风拂面，暮色渐浓。韩阳怕叶青儿父母担心，就拦了辆出租车送她回家。果不其然，叶氏夫妇急得如热锅上的蚂蚁，一看见女儿叶母便扑过去紧紧抱住，眼泪夺眶而出。老叶与韩阳对视一眼，黯然神伤。

叶母扶着青儿进卧室躺下，坐在一旁垂泪。见母亲这般难过，青儿心里也不好受，她勉强微笑说，她没事儿，就是有些头晕，休息一下就好了。

叶母看着女儿憔悴的面容，抹了把眼泪，掖好被子，悄然起身出屋。

老叶在客厅唉声叹气，一筹莫展。韩阳劝慰说，事情也没那么严重，一起想想办法补救。

叶母给韩阳倒了杯绿茶，坐下便开始掉眼泪：这孩子连骂人都不会，怎么可能动手打人呢。肯定是那女生欺人太甚，给逼急了，兔子急了还咬人呢。

老叶听说胡美月的父亲是省里高干，紧张得连声说，这回可捅了大娄子啦。韩阳劝慰说，叶青儿虽动了手，可并没有伤着人。学校那边儿他会全力周旋，争取一个好的结果。眼下他最担心的是青儿的身体和精神状态。

老叶点点头说，他想让女儿在家休息一段时间，再不成就休学一年。叶母愤恨地说，那些匿名信一定是雷雷写的，他得不到青儿，便使出这种流氓手段，想毁了青儿。当初就应该判他重刑，让他在监狱里待一辈子。

老叶一脸茫然，说这个家伙怎么这样黑心？韩阳摇摇头，认为雷雷没有必要这样做。叶母咬牙切齿地说，像他那种小流氓，有什么思维逻辑？他除了仗着老子的权势为非作歹、胡作非为外，啥都不会。

他们的话断断续续落入青儿耳中，她再也忍不住，起身打开卧室的门，语气坚定地说，雷雷不是流氓！匿名信不是雷雷写的。叶母压抑着怒气，让她回床上躺着。她冷静地说，明天她要去上课。

三人闻言吃了一惊。老叶说他们已经商量好了，想让她在家里休养一段时间。韩阳随声附和说，眼下这种情形，还是回避一下好。

青儿立场坚定，毫不动摇地说，她不去上课，就是她心里有愧。她要堂堂正正地走进教室，让大家知道她是光明磊落、清清白白的。

南疆前线战斗正酣，雷雷在家养伤期间，把所有的精力都集中在了解战事时局上。他将一张巨幅军用地图铺在地上，趴在上面研究地形和军事部署。

雷母推门进不来，嚷着问他干什么呢。雷雷埋着头说，正研究作战计划，让她别捣乱。她见儿子那股子认真劲儿，很是欣慰，问他是否真想上前线打仗。雷雷理直气壮地说，当兵不上前线，那叫什么当兵！他想现在就去，不然等仗打完了，当兵就没啥意思啦。

雷母是一百个不情愿让儿子上前线，又不好当面扫他的兴致。心里暗想，还是等老雷回来做他的思想工作吧。

老雷下班回家，听母子俩聊天提到上前线的事儿，便问前线怎么了？雷雷听见爸爸回来，连忙跳起身，一瘸一拐蹦着出来说，他现在就要入伍当兵，跟赵伯伯的部队上南疆前线。

老雷笑着说，这是军事机密，他个毛头小子跟哪儿知道的，简直是造谣嘛。

雷雷嘿嘿直乐，说他有渠道来源，暂时保密。老雷说，当兵得有好身板儿，一天一百个仰卧起坐、一百个俯卧撑，一天跑步一万米，身体练结实了上前线才跑得动。

“是！”雷雷严肃地立正敬礼，腿上一阵疼痛，趔趄着差点摔倒。夫妻俩见了哈哈大笑，这个家好久没有如此快乐了。

雷雷是野惯的马驹儿，哪里憋得住。他趁着父母上班没人监督，偷偷溜出院子去了街边的修车铺，不想后面居然有个盯梢儿。他从车棚里推出那辆旧三轮摩托车，刚要踩油门，车后座被人拽住。回过头去，见莎莎正满脸得意地瞅着他。

雷雷懒洋洋地问，不好好上学，撒什么野啊？莎莎跳进车斗，戴上头盔，一本正经地说，他妈说他没好利索，让她当监督员，监视他的任何行动。雷雷讥笑说，撒谎都不带撒圆点的。

莎莎实话实说，学校那些课她腻歪透了，他就是不带她，她也不会去学校。到时候家里人问起，就说跟他在一起，让她妈跟雷家要人。雷雷气得大骂，说他不需要保姆，让莎莎赶紧滚蛋。

莎莎鄙视说，连个玩笑都开不起，一句话不对就翻脸，一点爷们儿劲都没有。以前怎么说都嬉皮笑脸，现在他简直太不像雷雷了。

听了这话，他怔住，一言不发，脚底下狠踩油门，摩托车箭一样驶出。莎莎没有防备，尖叫起来，接着疯狂大笑，摩托车在莎莎的尖叫与大笑声中疾驶而去。

兜了一大圈雷雷送莎莎回省委大院，她兴高采烈地跳下车说，今儿没玩儿痛快，明儿跑得远点吧。雷雷慵懒地说，没油了，你给油票啊。莎莎满不在乎地说，跟她爸的司机要，不给就偷，这事儿不劳他费心。

雷雷感叹说，国家培养她这种人简直浪费资源！莎莎不屑地说，要是他上这学，连一天都学不下去。

雷雷懒得搭理她，驾车离去。

周末，雷雷在家里锻炼身体，为了早日康复上南疆前线，他给自己制订了详细的运动计划。大头拿了几张歌碟送给他解闷儿。

两人关上门听了一会儿歌，大头神情严肃地从口袋里拿出一封信，看着雷雷思量要不要给他看。雷雷笑问，鬼鬼祟祟干吗呢，有屁就放，没事儿走人。

大头盯着他问：有个人的死活你还关不关心？

雷雷皱着眉头：有话直说，上了几天大学不会说人话啦。

大头把信递给雷雷，一脸深沉：看看这封信，然后再谈谈感想。

雷雷好奇地打开信读了几句，脸色变得阴沉可怕，问大头这信是哪里来的。大头说从他妈那儿偷来的，信访办有好几封这样的信。

雷雷拖着瘸腿，着魔似的在屋里转来转去，低声嘀咕着，猜测这信是谁写的。身边知道这事儿的人被一一排查，毫无头绪。他骂道：老子到公安局对笔迹去，全市大排查，非要找出这个畜生不可。

大头说就是找到有什么用，眼下恶劣影响已经造成，得想法子怎么去解决。医学院已是满城风雨，叶青儿还打了一个骂她的女生。她真够刚烈的，这个女人不寻常啊。

雷雷紧张地问，叶青儿现在怎么样啦？大头说，班上同学集体抵制她，系里说要让她休学呢。

雷雷急了，一瘸一拐地往外走，说是去找一个人。大头问找谁，他不说，拦又拦不住，只好跟着他往外走。

叶青儿在医学院成了过街老鼠，人人喊打。连华华都迫于压力，跟她疏远了许多。她在人群里显得那么孤独忧伤，似乎到处都是嘲讽的眼神、窃窃的讥笑。

她面无表情地走进教室，同学们故意当着她的面儿，说什么始乱终弃、破鞋打胎等字眼儿。前方哪怕是地雷阵，她也毫无畏惧地去平蹚，犯了众怒她也不在乎。

青儿死死地盯着那些说闲话的人，他们也冷冰冰地以眼还眼。她从容地掏出书本、笔记本放在书桌上，腰杆挺得笔直，目不转睛看着黑板方向。同学们盯着她，互相耳语着，一个接一个站起身，鱼贯走出教室。他们拒绝跟她在一个教室听课，她被人遗弃了。可她并不屈服，像标枪般一动不动地笔直坐着。

此时的华华处在两难之间，她抱着书本在操场徘徊，心里痛苦不堪。韩阳见了奇怪地走过去问，怎么不去上课。她支支吾吾地说，因为青儿在，班上同学都不上课。韩阳大惑不解地问这话是什么意思。

华华带着哭腔说，韩老师，让叶青儿休学一段时间吧。她现在这种理直气壮的样子，大家都不能接受。我也想帮她，可我真的不敢得罪全班人……

韩阳吃了一惊，忙急匆匆往教室奔。

上课铃响了，老师夹着讲义走进教室，看着空荡荡的桌椅发呆。叶青儿面无表情，两眼直勾勾地看着黑板。老师一句都没问，板着脸走了出去。

韩阳悄悄走进来，看着满脸倔强的青儿，满眼怜惜，可不知道怎么劝，跟着在教室前排坐下。

青儿的眼泪一点一点地涌出，眼前逐渐模糊……

第九章

叶青儿犯了众怒，系里吴主任觉得因为有了韩阳的庇护，她才会如此嚣张，于是把韩阳叫来问情况。素来温良恭谨的韩阳一反常态，跟吴主任激烈争论起来。他说叶青儿有维护尊严的权利，学生罢课应由系里来做工作，敦促他们复课，气得吴主任吹胡子瞪眼直喘粗气。

两人正争执不下之时，青儿敲门进来，神情呆滞地问：吴老师，您找我？

吴主任瞪了韩阳一眼，语气生硬地说：叶青儿，现在的情况你也看得很清楚。我个人建议你休学一段时间，大家都冷静一下，对你也是有好处的。你仍然可以参加考试，不耽误你毕业。

青儿一听，倔脾气上来了，问道：为什么，我到底做错了什么？

吴主任耐着性子说，不是谁对谁错的问题，有些事情说不清楚，希望她配合系里的工作。青儿咬着牙下定决心，没有信服的理由，她将继续上课。吴主任急了，让她不要因一个人而影响全班学习。青儿不服气地质问，她怎么就影响全班了。眼见着两人就要戗戗起来，韩阳忙打圆场说，你冷静点，吴主任也正在积极想办法解决。

青儿满腔悲愤地冲韩阳说：他们凭什么践踏我的人格？只要我没有犯罪，我就要坐在课堂里。他们不能剥夺我上课的权利！那些污辱我人格的人，才应该受到批判！她情绪激越，几乎是喊着说出来的。

吴主任与韩阳被震撼，相互无言。

屋里一片静默，三个人沉浸在各自的情绪里，连敲门声都不去理睬。门推开了，雷雷一瘸一拐地进来。韩阳忙拦住，低声埋怨他怎么这个时候来捣乱。

雷雷推开韩阳，看都不看青儿一眼，径直走到吴主任跟前，“啪”一声将匿名信拍到办公桌：我是雷雷，我来是要证明，这种无耻的匿名信和那些流言蜚语都是造谣诽谤！是我绑架了叶青儿，她是无辜受害者，坏人是我。

青儿厉声喝道：雷雷，这里有你什么事儿，你出去！

雷雷毫不理睬，提高嗓门说：叶青儿没有任何过错，为什么要她承担后果？你们真要搞道德法庭，批判我啊，我是罪犯，我是流氓！你们可以开批判大会，戴高帽游街都可以，但你们不能冤枉叶青儿，她一点过错也没有！

青儿气得上前猛推雷雷，让他赶紧走。吴主任皱着眉头，满脸怒气，韩阳见状忙拽着雷雷往门外走。雷雷暴躁地甩开他，怒吼道：你们不就是怀疑叶青儿和我的关系吗？你们难道看不出这个女的恨我，她这辈子从来没正眼看过我，她看不起我。她和你们一样，以我为耻！

青儿像被电打了一下，愣愣地看着雷雷。

韩阳强行把雷雷推出门，责怪说：叶青儿的处境非常难堪，你要真心想帮她，就离她远点！

雷雷语气激烈地反问：这就是你的逻辑，远离她就能帮她吗？我这段时间一直远离她，可她照样被欺负！

见雷雷执迷不悟，韩阳硬着心肠刺伤他：这不是398，这是学校，你在学校是有劣迹在案的，没人相信你！

雷雷咬着牙默然，在这儿他有力气使不上。

青儿神情漠然地从办公室出来，眼睛里空洞无物，机械地下楼梯。雷雷下意识地要跟过去，被韩阳拽住问：你还要添乱吗？

学校里的气氛让人窒息，回家父母处处赔着小心使她倍感憋屈，偌大的城市竟然无有可去之处，叶青儿走在路边，心下凄然。

身后传来摩托车轰鸣声，她充耳不闻。摩托车开得很慢，慢得熄了火，雷雷狠狠踩了几下油门，怎么也打不着，眼见着青儿走远，他忙丢下车追过去。

她发过誓不再理雷雷，眼里似乎压根儿就没他这个人。可他不离不弃紧紧跟随，还时不时偏过头看她，好几次欲言又止。

他想要她明白他的心，冷静地开口说：我知道你这辈子不想再见我，可你的倒霉都是我惹的，我要帮你洗清冤屈。

青儿冷冷地问，他有什么能力帮她？雷雷说，黑皮当时在现场，他可以出面做证，为她平反昭雪。青儿淡然一笑，摇摇头说，她又不是右派，搞什么平反昭雪。雷雷满脸严肃，说他不会编词儿，他的意思她能明白就行了。

他把该说的说完，瘸着腿走开。青儿心一软，忍不住“哎”招呼了一声。雷雷回过头，四目相对，一时又不知说什么，就那样看着，目光清澈，直透心底。

青儿轻声问，伤好些吗？雷雷假装客套，说好多了，谢谢她关心。太极推手练完，两人又陷入尴尬，不敢看彼此的眼睛。

青儿转脸望着车水马龙的街道，硬下心肠说道：我向父母保证过，不会再见你。我们以后不要见面了。她说话很轻，但字字掷地有声。

青儿离开了，挺着腰板儿，走得很慢，坚定而决绝。雷雷一阵锥心般疼痛，瘸着腿跑到她面前，凝视着她的眼睛，想看到她心里去。青儿吓一跳，不由后退一步，以为雷雷又要发飙。

雷雷表情严肃，认真地说道：我也向我父母保证过，不再爱你。我现在当你面，告诉你，我不追你了。但你的名誉因我而毁，我要为你讨回公道，我不能让你不清不白做人，我要让你活得有尊严。这件事完了，我会走，走得很远，我们不会再见！

雷雷语气非常诚恳，说完转身走到摩托车前，狠狠踩油门，风驰电掣般远去，青儿呆呆站立，看着他的背影消失。

吴主任打电话给老叶，谈了叶青儿的事儿，希望他劝女儿顾全大局，休学一段时间，不然系里很难办。老叶唯唯诺诺，一个劲儿地点头。韩阳怕他有心理负担，多番劝解安慰。

老叶感叹道：小韩，我和青儿她妈是老了，和时代脱节了。我们说话她听不进去，你不一样，你是她老师，比她稳重成熟多了。她听你的，好好劝劝她，告诉她什么是真正的生活。把她托付给你，我们夫妻俩放心。

韩阳闻言怔住，有些尴尬：伯父，您言重了，我没有您说的那么好。

老叶淡然一笑，拍拍他的肩头：这二十多年里，我经历了人性最黑暗的时代，什么人没见过？我相信自己的眼力。

两人说着话儿，回到了叶家。叶母热情地张罗韩阳吃晚饭。

饭后，四个人待在客厅里，各有心事。叶青儿明白父母搬来救兵，是想游说自己，可她不想听。她找借口要回自己屋，老叶咳嗽一声，韩阳会意，喊住青儿：小叶，你最近气色不好，在家休息一段不好吗？

青儿知道这话背后的潜台词，除了雷雷，谁都劝她低头，可她究竟错在哪里？她倔脾气上来，板着脸谁也不理。

叶母瞅着心里起急：你这孩子怎么就死脑筋啊，你是撞了南墙也不回头啊。你这样，不是让韩老师为难吗？

青儿看着韩阳：对不起，给您添麻烦了。如果执行系里的错误决定，我会活得没有尊严……

老叶按捺不住，情绪激动地打断：你懂什么叫尊严？一个人能平平安安活下来，就是最大的尊严。跟组织、跟集体对抗，只会尊严扫地，爸这大半辈子受的教训还少吗？

青儿摇头：爸，时代不一样了，您不能用老经验看待新问题。韩老师，我就坚持去上学，学校能怎么着？开除我学籍吗？如果开除，什么理由？

韩阳说：伯父说得有道理，你为什么非要硬碰硬呢？这件事如果闹到学校，就算不会对你学籍有什么影响，可对你将来分配是不利的。

叶氏夫妇看着女儿，满眼忧虑。

屋里一片静默，青儿低头想了想，态度坚定地说：我去找院长，找书记，向他们说明情况。

在座的人都傻了眼，没想到规劝不成反而火上浇油。

雷雷悄然推开门，屋里灯亮着，桌上摆着饭菜，但没有人。他关上门，插上插销，跑到父母房间翻找东西。先是打开抽屉、大衣柜、小盒子，然后翻衣服兜，最后在母亲上衣兜里翻出俩五块钱，赶紧放兜里。正想接着翻，传来一阵拍门声，听到雷母唠叨说：这钥匙怎么打不开门啊。家里有人吗？雷雷，老雷？

雷雷赶忙手忙脚乱地归置东西，看看没留下痕迹，方才跑出去开门。

雷母瞪着他问：插门干什么？带人回家了？边问边火急火燎地推开雷雷房间的门，探头找人。

雷雷生气了：妈，你还真把我当流氓了？

雷母没发现可疑动向，放下心来，劝儿子要么复读，要么赶紧当兵走人。雷雷插科打诨，一会儿端茶倒水，一会儿张罗着热饭。

雷母警惕起来，问他又想犯什么坏呢？雷雷嘿嘿一笑，说想要几个钱。雷母问要钱干吗使。雷雷说脚上的回力鞋穿烂了，想买双新的。雷母将信将疑，说需要啥她去给他买。

雷雷找了几个借口，都被母亲给堵了回去。老雷一再嘱咐，要她在经济上控制儿子，免得他口袋里有了钱就跑出去胡作非为。招数使尽，一个子儿也没要到，雷雷彻底泄了气，饭也不吃就又跑出了家门。雷母追在后面喊：干什么去？雷雷头也不回地说，玩儿去。气得雷母摔了筷子，拿他一点儿辙都没有。

雷雷找大头想办法，大头嘬着牙花子道：没钱倒是次要的，可没介绍信人家连招待所都不让你住。

雷雷龇牙一笑：早想到了，从我妈抽屉里拿了好几张介绍信呢。就是没偷着钱，老太太防得严着呢。

大头翻着口袋，掏出五块钱递过去，说为了罗密欧与朱丽叶的爱情，他把这月饭费省了。这话雷雷爱听，两人嘎嘎笑着打打闹闹。

翌日，叶青儿来找院长，想当面反映情况。韩阳不放心，陪着她一块儿去。青儿怕连累他，执意不肯。韩阳这次是铁了心要帮她，根本就没想太多。

钟院长一听这事儿就皱起了眉头，说院里不了解事情的原委，还是系里解决的好。青儿说，如果系里能解决，她就不会来麻烦院长了。

韩阳在一边帮腔，希望院长能站在公正客观的立场上制止流言蜚语。钟院长神情淡然，嘴里全是官话，说“文革”把人心都搞乱了，社会诱惑很多，也很复杂。主要精力应该放在学习上，不要受社会上那些歪风邪气的影响……

青儿急了，打断道：院长，我特别同意您的观点，学生就应该学习，大学不就是学生学习的场所吗？现在有人妨碍我学习，院领导是不是应该管一管这种人和这种现象呢？

钟院长一愣，说具体情况要作具体分析。他的官僚作风使青儿情绪激动起来，她说希望院长能深入基层，作一下调查研究，不能让那些歪风邪气搞乱校风学风。

钟院长脸色阴沉下来，他很反感青儿的泼辣作风，问道：你不是应届生？

青儿怔住，说她工作过一年。钟院长又问，你参加过什么组织没有。青儿感到他问的话匪夷所思，回答说小时候参加过少先队。韩阳紧张起来，嗅出浓浓的火药味儿，赶紧解释说，叶青儿心直口快，提意见不讲究方式，态度有点急躁，不过动机还是善意的。

钟院长面沉似水，翻着文件不搭理他们。青儿也感觉苗头不对，吓得不敢再说话。屋里静得让人窒息，院长翻了会儿文件，冷冷地下逐客令：你们先回去吧，这事儿我跟其他领导研究一下。

韩阳示意青儿赶紧走，青儿倔脾气上来，说系里领导劝她休学一段时间，她想听一下院长的意见。

院长说，他不能越过系里直接管到每个学生头上。这时，有人敲门进来，通知院长去开会。青儿一脸固执地拦住钟院长：您的意思我不太明白，您是不同意我上课吗？

韩阳站在青儿身旁，形成掎角之势。钟院长想了片刻，冲韩阳一笑：先去上课，有什么事儿跟系里谈。说完，走出办公室，韩阳与青儿对视一眼，心情颇为沉重。

青儿提前来到教室，坐在最前排埋头看书。还没到上课时间，教室里空无一人。华华推开门探头进来，犹豫片刻，径直走到青儿身旁坐下。

青儿淡淡地说：你还是跟我保持点距离好，免得人家说你和坏分子划不清界限。

华华把手里的书往课桌上一摔：不是所有人都跟你一样硬骨头啊，谁还没有胆小怕事儿的时候？你就允许人犯错误吧，改正就得了呗。

青儿真挚地说：我可没说你犯错误啊，犯错误的是我！

华华摇头说：你什么事儿都爱较劲。我觉得你真是生错时代了，你要在战争年代，被日本人、国民党俘虏了，肯定是宁死不屈的革命烈士啊。委屈你生活在我们这个和平时代啦，英雄无用武之地……

青儿瞥了她一眼说：英雄有用武之地就是当烈士啊，你这什么逻辑！

两人又恢复了姐妹般的情感，瞎贫起来。

雷雷决定去找黑皮，在家里手忙脚乱地收拾东西。母亲打电话让他去一趟，说赵伯伯来了，想见他一面，然后带他下部队。这个机会很难得，雷雷一直渴望成为一个驰骋疆场的战士，望着收拾好的行李，他有些犹豫了。

雷雷的父母在市长办公室等得心急如焚，哪里知道此时儿子嘴里正叼着张站台票进了检票口。

车厢里拥挤不堪，列车员神情冷漠地查票。雷雷强作镇定，望着窗外吹着口哨。他想用三寸不烂之舌说服列车员，可列车员冷冷地看着他，不为所动。火车在一个偏僻的小站停下，列车员揪住雷雷的衣领就往车下拽，嘴里骂道：小流氓，下次再抓着你逃票，送你到派出所劳教一年！

雷雷差点摔倒，跳起来求情：大哥，兄弟家里有八十岁老娘饿得没饭吃，等着兄弟四处讨饭带回家呢。兄弟都饿了三天四夜了，哪还有钱买车票啊。您就行行好，帮兄弟一把，兄弟不会忘记您的大恩大德。

列车员冷嘲道：还讨饭饿肚子，瞧你那俩母狗眼直放贼光，不是流氓就是小偷，咱车上现在是没有乘警，要不非抓你不可，还不快走！

车缓缓启动，雷雷仍不死心，跟着跑：大哥，师傅，唉，大爷，唉，兄弟真的没钱买票，要不我先欠着，到站我补票还钱还不成吗？不就罚款吗，兄弟我认了，唉，大哥，唉，等等等等……

车越开越快，列车员哈哈大笑着：小流氓，谁是你大哥！我要有你这么个流氓弟弟，我一头撞死算啦！

雷雷抓起一块石头砸向列车，骂着：臭狗屎，给脸不要脸！

雷雷沮丧地往前走着，心想这大老远的路，靠两条腿何时才能到啊！怎么着也得想辙搭个便车才行。

雷雷一边走一边琢磨。正在这时，一辆解放牌大卡车停在马路边，雷雷仔细一看，这大卡车也是奔他要去的方向。他不由得偷偷乐了。他趁人不注意时，上了卡车。

卡车里装着几只鸡笼，鸡笼里有几只鸡和一些建筑材料。雷雷戴着一顶灰秃秃的帽子缩在角落里倒头便睡。卡车在崎岖的山路上颠簸着。

此时的雷雷却没想到，他一声不吭地出走，让家里人急得像热锅上的蚂蚁。

雷母急得直抹眼泪，她对莎莎说：他什么也没拿，就偷了我口袋里的十块钱，你说他能上哪儿啊！跟谁也没说吗？

莎莎看着雷母，快言快语地说：雷雷做事哪有个谱啊，他想什么就是什么，没准啊。

雷母一听这话，瞪着眼睛问道：什么？

莎莎赶紧掩饰说：嗨，我那是瞎想，我哪了解雷雷啊，您问大头了吗？

雷母叹着气说：给他学校打过电话，不在宿舍。

莎莎站起身来，对雷母说：您别着急，我晚上去学校帮您问问吧！说完，她转身走出了雷家。

晚上，莎莎来学校找大头。一见大头，莎莎就用审问的语气问道：你说，雷雷去哪儿了？

大头看着她不屑地说：你是谁呀？我就是知道也不会告诉你！说着，大头转身就走。

莎莎伸出脚挡住他：甭废话，赶紧说！要不，雷家可要报案了！你可是知情不报啊！

大头一脚踹开她的腿：滚蛋！雷雷有爹妈，他怎么着关你屁事儿！说完，抬脚就走。

莎莎跟在大头后面，着急地说：他是不是跟那个骚货私奔了？

大头猛地回头，恶狠狠地说道：从小到大，你了解雷雷吗？怪不得他瞧不上你！说完，大头转身走了。

莎莎气得脸色发青，追着大头骂道：雷雷算个屁呀！他干过几件人事儿？这回倒弄得轰轰烈烈的，又是流血又是牺牲的！不就为了个骚娘们儿吗？他丫才让人看不起呢！

大头闻言回过头来，不怒反乐。他拍拍莎莎的头：你丫大脑没发育全，还在幼儿园阶段！赶紧回家吃点营养品，等进化到能听懂人话吧！说完，哼着小曲扬长而去。

莎莎气得直跺脚。

韩阳担心青儿在这件事情上一时想不开做出傻事，激化了与学校的矛盾。放学后，他便来到女生宿舍外等着。这时，华华从宿舍匆匆出来，韩阳见了急忙迎上前去。

华华一见韩阳既惊又喜：韩老师，您找我？

韩阳与华华边走边谈，韩阳完全一派师长姿态，华华却是面红耳赤，别扭得不行。她低着头，眼神有些慌乱，声音很轻地引领着韩阳朝无人处走去。韩阳全然不知，他满心挂念的都是青儿。

走到无人处，华华的心情平静下来。她抬头看着韩阳，只见他眼神茫然地一个劲说着青儿的事儿，根本没有注意到她。

“你是叶青儿最好的朋友，她现在处境你也看到了。她这人，外表看着挺冷挺倔的，内心其实非常脆弱，非常需要友谊……”

华华看着韩阳，不说话。

韩阳仍说个不停：她这种性格和她家庭情况有很大关系，其实她本人不应该是这种性格。我听她母亲说过，小时候她是个特别乖的女孩儿，她的成长过程太艰难了，她一直背负着一般女孩儿不能想象的压力……

华华仍然不说话。韩阳终于意识到了华华态度有异，停下来看着华华问：你怎么不说话？

华华有些伤感地说：韩老师，您找我只是要谈叶青儿吗？

韩阳愣了一下，恍然道：啊，她现在情况比较特殊，我就是想了解一下情况……

华华委屈地说：您直接上去找叶青儿不就行了吗？

韩阳看着华华：你怎么这态度？你们闹矛盾了？

华华嗫嚅着说：没有，我就是觉得好像只有叶青儿的事儿您才会找我。我也是你的学生，您一点也不关心我们吗？

韩阳窘道：你看你，我刚才不是说了叶青儿最近有些麻烦，你也知道，我一个男教师，到女生宿舍不太方便。

华华情绪激动地说：您也不是现在才关心叶青儿，叶青儿家三代历史您都门儿清。我家事儿您了解过吗？我父母是做什么的，我长这么大吃过什么苦，我是什么样性格，您知道吗？想知道吗？

韩阳愣住，半晌才说：华华，我以为你是叶青儿的朋友……

华华没看韩阳，眼神幽怨地说：我是叶青儿朋友，唯一的女朋友。可我也是您的学生，您不能这么偏心眼儿。

韩阳有些尴尬，想安慰她几句，又怕说过了让她误会。他解释着说：

哎，班里学生，我哪个不关心啊！你们家情况我清楚，我看过档案，我知道你父母……

华华猛地抬头看着他，热切地说：我父母很善良也很好客，寒假我请您去我家做客，您去吗？

韩阳愣住。华华自嘲地一笑：我随便说说的，您当然不会去。我在您眼里算什么呀，连叶青儿的小拇指都比不上。说着她缓缓转过身，伤心地走了。

韩阳尴尬不已，想追上去，更怕解释不清，只得站着发呆。

华华走了几步，终究不忍心让韩阳难过。她回过头，淡然一笑：您放心，我会照顾叶青儿的，就算您不那么关心她，我也会那样做。我在班里也没什么朋友，我们俩啊，是臭鱼对烂虾，一丘之貉。华华说完走了。

韩阳看着华华离去的背影，直挠头。他不知道如何面对华华如此大胆的表白。

不知颠簸着走了多久，大卡车终于咣当一声停了下来，雷雷仍在昏睡。几名农民模样的壮汉打开了车的后挡板开始卸货，他们跳上卡车，惊动了鸡笼子里的鸡，叫声乱成一团。一个壮汉抓着鸡笼子就往下扔，刚扔下一个就发现缩在角落里的雷雷，不由得吓了一跳。他急忙往后退，差点摔下车去。他赶紧示意身后人不要出声，几个人拿起家伙悄然逼近雷雷。

雷雷仍在昏睡。几把长长的农具抵住雷雷脖子，一把铲子用了点劲儿，雷雷被惊醒了。他刚想起身，几把长铁锹和铁铲把他逼得死死的，怎么也动不了。雷雷见这阵势只好一个劲作揖：大哥、大叔、大爷，哥们儿这是没钱了，不得已啊！要不我帮你们干点活？

几个壮汉也不说话，为首的点头示意另一个拿过雷雷身上的书包，雷雷急忙护住。谁知对方立马将一把铁杈扎到雷雷手上，雷雷吓得只得松手。书包被拿走后，几双手在里边翻来翻去，介绍信被扯碎了扔到车外。他们把钱包翻出来看，见只有两张五元和一张十元，几个人分了钱，连钱包也被一个人塞进自己腰里。

雷雷只得眼巴巴看着自己被洗劫一空。

一个没拿着钱的小子，开始打雷雷身上衣服的主意，雷雷这下可受不了了，瞅个空子，推开那人跳下车。由于他的腿没好利索，刚跳下车就摔在地上。那个壮汉跟着跳下车，雷雷慌忙爬起来就跑。壮汉追了几步，车却开始启动，那人只得停下，骂骂咧咧回到车里。

雷雷一瘸一拐的身影消失在茫茫野外……

不知走了多久，饿得头晕眼花的雷雷终于看见了一家小饭馆，他想都没想便踉跄着走进去一屁股坐下。服务员急忙过来问道：想吃点什么？

雷雷大大咧咧地说：菜单呢，拿来看看！

服务员递过菜单，雷雷接过来，煞有介事地看着说：木须肉，宫保鸡丁，麻婆豆腐，红烧排骨……

服务员在本上写完，算了钱，告诉雷雷：五块钱。

雷雷问道：先付费啊？真事儿！

服务员盯着他，雷雷假装找钱包，一脸蛮横地冲服务员说道：唉，有茶吗？拿壶茶来！

服务员端茶过来，拿起点菜单，就站在桌旁等雷雷付费。

雷雷大模大样喝着水，看着服务员道：哎，你先炒几个菜上不成吗？我这儿都饿坏了。

服务员毫不松口：不成，我们这有规定，先交钱再炒菜。

雷雷转着眼珠：我忘带钱包了，你们这儿有电话吗？我给朋友打个电话，让他送钱来，你先炒菜……

服务员也不回答，只是摇头，满脸固执。

雷雷气得要拿壶倒水喝，服务员伸手拿走茶壶；雷雷接着去拿碗，想喝碗里剩下的那口茶，碗也被服务员拿走。气得他伸手握拳就要往桌上砸，却发现店里的几个壮汉正瞪着他，拳头也没敢砸下去。

雷雷只得气哼哼起身离去。就听身后传来一片骂声：骗子！一看就知道是骗子！

雷雷垂头丧气，蓬头垢面地在马路边坐下，过往行人中，有好心老太太停下看着雷雷，然后扔下一枚钢镚。雷雷愣怔着捡起，看着老太太背影想用劲砸过去。手刚举起来，却见那枚钢镚在路灯下闪闪发光，他缓缓垂下手，将这枚一分钱钢镚放进了自己的兜里……

下课了，学生们三三两两走出教室。这节课的主讲江老师也随之走出，他的身边还有几名学生在询问问题。

青儿和华华一起走出来，青儿看着江老师，对华华说：我有几个问题不太明白，想问问江老师，你等我一下。说完，她径自朝江老师走去。

华华伸手一把没拉住她，赶紧跟上。

青儿一走到江老师跟前，几名学生立刻躲开不理青儿。青儿也不理会，上前就问：江老师，我有几个问题想请教您……

这时，韩阳走了过来，看见了江老师紧张的表情。

江老师一见青儿，神情不自然地躲着她，环顾左右而言他道：哦，哦，对不起。我等下还有个会，你有什么问题，整理一下，交你们课代表好吧。我下节课开始前抽十分钟统一回答，好吧？哦哦，就这样吧！

江老师说着匆匆离去。青儿看着江老师狼狈疾走的样子，忍不住要笑，对赶过来的华华说：他也躲我，他都快六十了吧？

华华还没来得及安慰，青儿眼睛就红了。两人沉默地往前走，韩阳迎面走来，刚才那一幕他看在眼里，他朗声笑着：叶青儿，华华，有件事儿想请你们帮忙。

青儿和华华站住，青儿不说话，华华只得问韩阳：什么事儿啊？

韩阳也不看青儿，对华华说：我家里托人带了一只鸡，我一人哪吃得了，又没冰箱，你们俩晚饭时帮我消灭一下吧。

华华立刻婉拒道：我中午还有剩饭没吃完呢，让叶青儿去吧！

青儿压根儿没听明白怎么回事儿，闻声抬头看着韩阳。韩阳有些尴尬，青儿又回头看华华，不解地问：什么意思？

韩阳表情黯然，转身想要走。

华华见状，心软地说：没事儿，韩老师请我们吃饭。走吧！

韩阳张罗着让两位女生坐下。他拿起水盆，笑着说：你们坐着，我来做饭。

华华接过他手里的水盆，说道：我去吧！

华华看着青儿，转身大大方方走出房间。屋里只剩下青儿和韩阳，韩阳立刻就觉得别扭，也想跟着出去，但又觉得不妥。青儿很自然地瞎转悠着，没话找话地说：哎，你这房间跟我们宿舍一样大，才住俩人。听说与你同住的那人已经结婚了，那就等于你一人住了吧，真不公平啊！

韩阳看着青儿说：也没准过两天又塞过来一个新生呢。

青儿感慨地说：那也比我们六人一屋强！唉，我要是也能考研就好啦。

韩阳安慰她说：你想考就考啊，这有什么能不能的？

青儿怔一下，问道：是吗？我想考就能考吗？

韩阳沉思了一下，说：当然。

青儿假装生气道：你做不了主的事儿，可别瞎许愿！

韩阳紧张地急忙说：你看你，怎么老是这么悲观。

青儿看了韩阳一眼，淡然一笑：韩老师，我现在这种处境，你请我到你房间吃饭，你真的不怕人说闲话吗？

韩阳头偏一点，声音低下去：嗨，我不是叫了你们俩嘛。

韩阳的坦率让青儿有点吃惊。

这时，华华拿着水盆进来：你们说什么呢？不会说我坏话吧？

青儿看着她说：你干什么坏事儿了吗？这么怕人说你？

华华脱口说道：说坏话还要看干什么吗？那就没造谣这回事儿了。

青儿立刻无言。华华歉然道：对不起，你看我，好容易你不想这些烂事儿了，我又哪壶不开提哪壶。得，晚上这顿饭你们都别动手，我包圆了。

华华利索地干着家务活，韩阳和青儿几次想插手，根本帮不上。

青儿笑着说：华姐你赶紧成个家吧，这么爱做家务，不成家岂不是暴殄天物？你要有个家，我天天去你们家吃饭。哎，不白吃啊，我洗碗。

华华淡然笑着：我这种胸无大志庸碌之辈，人生最大理想也就是找个疼我爱我的人，成家过日子，可那人在哪儿呢？

华华说着端着锅往外走，成心不看韩阳。韩阳尴尬地转过脸，假装去找调料。

青儿乐得掉过脸对韩阳说：韩老师，华华心目中理想的丈夫可就是你呀！你到底有没有女朋友，要没有就使劲追啊。要有也赶紧说明白了，你可不知道华华为你失眠过多少次啊！

韩阳尴尬笑着说：哎，这种玩笑不能乱开啊！

青儿认真地说：怎么是开玩笑啊，华华对你什么心思，你不明白吗？

没等韩阳说话，华华就进来了。她问：说我什么呢？老远就听你们华华、华华的，你说我妈给我起这叫什么名啊，跟流水声似的。

青儿似乎突然想起了什么，对韩阳和华华说：我想起来了，我一本书落教室了，我这就去拿。你们先忙着，那青菜留给我炒吧。说完，她就出了门。

雷雷蓬头垢面、饥肠辘辘地在街上走着。

街头的那些饭摊的摊主们，大老远就盯着他。使得雷雷无从下手去偷。

一个饭摊的老板娘看着雷雷可怜，把别人吃剩的饭菜递到他面前，雷雷看了一眼，扭过头去。老板娘挖苦地说：看来你还是不饿。要饿急了，垃圾都会吃。

雷雷生气地瞪了一眼那娘们儿，继续朝前走。他来到一个卖包子的摊位前，趁着老板给顾客送包子的工夫，偷走一笼包子撒丫子就跑。气得那老板望着他的背影直骂娘。

晚上，雷雷在这座小城的一个小树林里燃起火，他一边烤着麻雀一边大声唱着歌，引得周围的住户一片骂声。

雷雷颇有些得意地笑着。一边吃着烤熟的麻雀，一边躺在地上吹起了《甜蜜蜜》的口哨。

青儿走在学校一片小树林的路上。恍惚间，仿佛听见有人叫她：菜青虫，想我了吗？她慌忙扭头看向树丛，却什么也没有。

青儿继续向前走去，这时，不知从哪里传来了口哨声，她仔细一听，是《甜蜜蜜》。青儿不觉愣住了，她呆呆地望向口哨传来的方向……

韩阳宿舍里，华华将锅放到煤油炉上，轻声问：这鸡是炖还是红烧啊？

韩阳尴尬着想出门，随口说道：怎么着都成。

华华也要出门，两人左躲右避，怎么都错不开身，相视尴尬一笑，都停住。

华华低下头，轻声说：叶青儿刚才的话我听见一点，韩老师，我也一直想问你。

韩阳紧张得要命，下意识地“啊”了一声。

华华抬头，死盯住韩阳问：你有女朋友吗？

韩阳躲开她的目光，嗫嚅着说：没有。

华华的眼睛一亮，惊喜地问道：真的吗？

韩阳暗自叫苦，无奈地说：真的。

华华停了一下，有些羞涩地说：那，能考虑我吗？

韩阳彻底愣住，没有回答。

华华看着韩阳的神情，眼泪慢慢流下，她哽咽着说：我懂了。说完转身就往外走。

韩阳有些不忍地叫道：华华……

华华停下来。韩阳想词儿说：你是学生，学校规定学生在校期间不能谈恋爱。

华华回头含泪看着他说：别说大道理，你就直说你喜不喜欢我得了。说完，径自朝操场走去。

华华坐在操场旁发呆，身旁传来一阵脚步声。华华没动，韩阳在距离她不远的地方坐了下来。

沉默片刻。韩阳关心地说：这石头凳挺凉的，女同志坐着容易生病，回宿舍吧。

华华不动。沉默片刻，韩阳满怀歉疚地说：华华，你是个很好的女同志，你会遇到特别疼爱呵护你的人。

华华含泪笑道：那还用你说，我这么才貌双全德才兼备的贤妻良母型，我嫁给谁都是他上辈子修来的福气！

说完，她站起身来，甩甩头发，似乎要将眼泪甩掉，然后朗声道：我没事儿了！

韩阳跟着起身：这么晚了，明天还有课，回宿舍吧。

华华默默转身，朝宿舍走去，韩阳跟着她，华华回头轻声说：我自己走吧！

韩阳站着，看着华华走远。

青儿找到从球场上回来的大头，梦游般在前边走，大头紧皱眉头跟在后面。

大头看着青儿傻呆呆的样子，忍不住叫道：哎……

青儿停下。

大头不看青儿：我不知道你找我有什么事儿，我也不想知道，可有一条，雷雷关心你。

青儿愣愣地，转身就走。

大头小声骂了声娘，只得跟上去：哎，到底什么事儿？找雷雷吗？不是说以后谁也不理谁，谁也不见谁了吗？到底出什么事儿了？

青儿就是不说话。

大头只得停步，骂道：雷雷这王八蛋，只带十五块钱跑那么远路，走的时候就买了张站台票蹭车。唉，说不定在哪儿就被逮着，这人又死好面子不敢暴露身份，被逮去劳教也说不定。

青儿停下脚步待了会儿，回头看着大头，声音发涩地问道：他走几天了？

大头叹着气道：一礼拜啦。没任何音信，他妈都快急疯了。

青儿有些着急地说：他是去找黑皮的。可以去问黑皮他们家，你知道他们家在哪儿吧！说着就要走，大头不动，青儿走几步回头催大头：走啊，磨蹭什么?!

大头苦笑着看青儿：雷雷的事儿，你知道就行了。

青儿站住，脸上逐渐又恢复了那种痴呆表情。她待了会儿，半天掏出两元钱，塞到大头手里，一句话没说，转身走了。

大头看着青儿背影，再看手里那两元钱，笑着直摇头。

雷雷打听到黑皮进了当地海关，当了个送信送报的。心想，他将来会帮自己走私吧！于是他找到海关办公的地儿，趁人不备溜了进去。

这时的黑皮人模狗样地穿着制服，拎着饭盒，得意扬扬往办公室走来。

忽然，一个蓬头垢面的人挡住他的去路，黑皮没在意，挥挥手：去去去，居然跑到海关要饭啦！活得不耐烦了吧！

那人不动，龇着白牙坏笑着：你个乌龟王八蛋，换一身新皮就不认人了？

黑皮不禁愣了一下，凑前一看，嫌臭，下意识又后退一步，瞪眼问：雷雷？

雷雷瞪眼骂道：还真不认人了！我操，我他妈弄死你！说着，他就扬手，黑皮下意识一个躲打的姿势，反应过来，尴尬地瞪着雷雷：哎，我可是海关官员了啊，放尊重点！找我有事儿吗？

雷雷一脚朝他踢过去：还他妈海关官员！找打啊你！黑皮赶紧避开。

第十章

雷雷换了件衣服，头发洗了剪后精神不少，他和黑皮到饭馆吃饭。雷雷真是饿坏了，狼吞虎咽地吃着。黑皮在一旁看着他，又恢复到从前那种小无赖状态，一脸鬼祟地压低声音问：哎，叶青儿那事儿最后怎么着了？

雷雷放慢吃饭速度，看了黑皮一眼，用筷子敲着他的脑袋反问：怎么着你会不知道？

黑皮嘿嘿乐着：嗨，这不担心你吗，你没事儿就得了呗。

雷雷吃着饭斜了他一眼说：你丫盼着我有事儿啊！

黑皮笑着试探问：找我到底干吗？

雷雷放下碗，瞪着黑皮：你说干吗，你说你这块料还能干吗？

黑皮环顾左右，给了雷雷一拳，玩笑说：哎，哥们儿大小也是国家干部了啊，别当人面损我啊，哥们儿我要脸面！

雷雷起身，把嘴巴一抹，懒懒地说：成，给你脸，走吧。

黑皮跟着起身，一头雾水问：上哪儿啊？

雷雷漫不经心地说，回省城。黑皮疑惑不解地问，回省城干吗？雷雷回过头冲他说，啰唆什么！赶紧走。黑皮挠着头说，他可是有工作的人，可不像雷雷，说走就走，他得请假！

雷雷看着他，不屑一顾地说：我帮你请，说你妈病了不得了。

黑皮一听，生气地说：我妈招你惹你了，干吗咒她啊！

雷雷见他真生气了，笑着说：得，说我妈病了成吧。要说我妈病，你们单位能准假吗？

黑皮一本正经地说：哥们儿，我这份工作可是我妈求爷爷告奶奶才求来的，没有天大的理由，我是不能跟你走的。即使打死我也不能走。

雷雷伸出手，看着黑皮那副宁死不屈的劲儿，又放下，骂道：还真是见利忘义，你之前怎么说来着？我需要你的时候你会为我做证，你丫说过这话没有？

黑皮漫不经心地说：哎，你得了吧！听我家里人说你当兵快走了，两年肯定升排级了，你还需要我做什么呀？

雷雷只得挑明了：有人写匿名信诬陷叶青儿。她现在日子很不好过，那三十小时的事儿，只有咱仨知道，我说话没人信，你去就是旁证，说话有分量。

黑皮听完一愣，随后他嬉皮笑脸地说：就这事儿啊！我还当你受什么委屈呢。哎，你和她什么程度了？见面我能叫她嫂子了吧？

雷雷一脸正色地骂道：你丫别他妈瞎扯，你这狗脑子能听懂人话吗？我跟她屁关系也没有，但这件事是我做下的，我得还她一个清白！甭废话了，走！

雷雷说着起身，黑皮臊眉耷眼地跟着雷雷走到饭馆外面。

黑皮停下，雷雷转身看着他。黑皮冲着雷雷认真地说：哥们儿，我妈我爸临来前教训了我一晚上，让我以后不要理你，更甭沾姓叶的边儿，我不能跟你回去，我妈我爸知道了会打断我的腿！

雷雷冷冷地说：你不怕我打断你另一条腿吗？

黑皮一本正经地说道：雷雷，咱俩是哥们儿，可我是我爸我妈的儿子，你不能让我不孝吧？我不能跟你走。

黑皮说着一步一步往后退，雷雷怒发冲冠地上来就要拽黑皮，黑皮跳起身，撒腿就跑。黑皮熟悉地形，眨眼工夫就跑没影了。雷雷跑了一圈，找不到黑皮，气得直喘气。

莎莎把雷雷在黑皮那儿的消息告诉了雷母。雷母气得大骂雷雷不争气，并告诉莎莎她将不认雷雷这个儿子。原本在一旁煽风点火的莎莎一见雷母动了真格的，趁雷母去了厨房的工夫，偷拿了几件雷雷的衣服，决定与大头一起上黑皮处找雷雷。

雷雷在车站焦急地等待。这时，大头、莎莎乘坐的车开了过来，莎莎老远就打开车窗，看着雷雷激动不已地喊着：雷雷，我们来啦！

雷雷怔住。车停下，大头和莎莎跳下车，莎莎扑过来一把抱住雷雷，一个劲儿地发嗲：哎哟，哥们儿你可想死我啦！哎，赶紧找地方撮一顿吧，都馋坏了吧？瞧你眼睛都饿绿了。

雷雷推开莎莎，瞪着大头：唉，没病吧，怎么把这二百五弄来啦！

大头一听，有些不悦，替莎莎辩解道：哎，别老恶心咱莎莎啊！这车还是莎莎冒充他爸命令偷来的呢，你知恩图报吧，小子！

雷雷看莎莎一眼，莎莎绷着脸打开后备箱，取出装雷雷衣服的包，使劲地扔给雷雷。雷雷愁眉苦脸冲着大头嚷道：我欠你一人情不知道什么时候能还清，你整这么个讨债鬼，你想要我命啊！

大头坏笑着推雷雷一把，雷雷只得走到莎莎身边，懒懒道：谢啦！

莎莎斜眼瞪雷雷，骂道：德行！

跑了和尚跑不了庙，雷雷等人在黑皮叔叔家附近守株待兔，还是将黑皮“缉拿归案”。在回省城的车里，莎莎坐在司机副座，雷雷、大头和黑皮挤在后座，一路上四个年轻人聊得热火朝天。

莎莎不时回过头跟雷雷没话找话：哎，你费那么大劲，找黑皮干吗啊！黑皮有那么重要吗？什么事儿跟我说一声不就完了？

雷雷不耐烦地说：你个丫头片子，怎么爷们儿什么事儿你都要掺和啊！你要是闲得无聊，修马路、种地去！

莎莎还没说话，小车司机从后视镜里盯着雷雷，眼神有点凶恶。

大头看了司机一眼，赶紧冲雷雷说：哎，你这人一贯好歹不识啊！人家莎莎是真关心你。跟你说这车是人家莎莎找的，你身上这些衣服全是莎莎帮你从家里偷出来的，你妈根本不管你死活。要不是莎莎，你就臭大街上都没人理会！还不赶紧谢谢人家莎莎小姐！

说得莎莎一脸得意。雷雷伸手拍拍莎莎的头，坏笑着说：那我管莎莎叫妈得了。哎，干脆叫奶奶吧！沙奶奶……

逗得大家哈哈大笑，莎莎得意应道：哎，乖孙子。

雷雷更来劲了：那沙奶奶你就领养我吧！我回头就进驻你们沙家浜了。你爸、你妈，还有沙家浜的父老乡亲们，都会欢迎我吧？

莎莎乐得直不起腰来：哎，你叫我奶奶，那你管我爸、我妈叫什么呀？太奶？太爷？嗯，你这么叫他们，他们肯定不烦你！

众人又是一阵哄笑。雷雷用手指使劲弹了一下莎莎的后脑勺：找抽呀，你个小丫头片子，还真占上便宜啦！

学校图书馆里，青儿正在翻看着资料。她恍惚间听见雷雷冲她说：菜青虫，老看书多没劲啊！看看我吧！

青儿一个激灵，回头看向雷雷曾经的座位，却见一个戴眼镜的男生坐在那儿，见青儿看着他，急忙躲开青儿的眼神。青儿无心看书，怅然走出了图书馆。

黄昏时，青儿和华华一起在操场上散步。青儿努力不去想雷雷，拿华华和韩阳的关系调侃道：华姐，那天和韩阳谈得怎么样？

华华淡笑一下：不怎么样，韩阳不喜欢我。

青儿怔了一下：啊？不会吧？

华华伤感地说：其实，我有这个思想准备。我知道他并不喜欢我这种类型，而且，我年纪也大了点。

青儿看着她说：韩阳和你差不多大吧？

华华悠悠地说：男人总是喜欢找年纪小点的。

青儿不喜欢这类忒实际的话题，不说话了。

华华看着青儿，小心地问：你和雷雷真的断了吗？

青儿打个激灵，猛地回头看着华华，紧张地问：雷雷？雷雷怎么了？

华华看着青儿，一脸怜悯：一说雷雷你就特反常，还和他有联系？

青儿神色黯淡地说：我是那种出尔反尔的人吗？

华华看着天空出神地说：你现在心里怎么想，其实我能理解。我也打你这年纪过来的，人年轻时候有些事就喜欢钻牛角尖。当时过境迁，回过头才发现，那时候付出的感情，根本不值得。华华语气中透着凄凉。

青儿看着华华，茫然地说：可感情是人能控制的吗？人要怎么样才能计算清楚，哪份感情是值得的，哪份是不值得的？

华华看着青儿，苦笑：我现在说什么你都听不进去。算了，我也不想说什么了，反正时间会冲淡一切，到时候，没等你忘了他，他会先忘了你。

青儿淡然道：那样最好，我巴不得。

回到宿舍，青儿收拾了些东西回家，路上遇到韩阳。青儿的父亲老叶恰好约韩阳到家里谈合作论文的事儿，两人同路而行，一路上两人感觉很微妙。

青儿感叹说，人要是只活在书本里也好啊！韩老师，听说现在国外脑外科可以施行一种手术，去掉人脑无用的记忆，只想眼前事儿快乐事儿。韩阳闻言乐了，那是科幻小说吧！再说人没有记忆真的会快乐吗？就算痛苦的，也是你经历过的。人和动物区别之一就是人能够感受痛苦！

青儿摇头说，她宁可当动物，鱼啊鸟的，什么也不想也不做。韩阳想让青儿振作一些，调侃说，鱼鸟也有天敌也有弱肉强食，做人做不地道，做鱼鸟也是被自然淘汰的那种。青儿听了，不禁黯然神伤：你就不能给人一点希望，想当个鱼鸟都让你把路堵死了。

韩阳一怔，知道她心里还想着雷雷，索性把话挑明，青儿冷漠地回避这个话题，说根本就没喜欢过雷雷。韩阳碰了软钉子，沉默不语。出校门时，遇见华华，三人一同到青儿家过周末。

华华一进门就钻进厨房，帮着青儿妈做饭。叶母低声问，青儿这段时间在学校怎么样？华华回身到门口看了看，关上门，压低声音说，那个男孩子挺长一段时间没音信了，两人应该真的断了！叶母还是不放心，说联系虽断了，可思想和情感不一定断得了。华华认真地说，阿姨，思想情感这个东西谁都控制不了。

聊着聊着，话题就转到韩阳身上，叶母对他赞不绝口，问华华追韩阳的女生一定很多。华华酸溜溜说，韩阳眼光高，一般的女生根本看不上。叶母低头想了想说，或许韩阳有目标了。华华一愣，试探着说，韩阳喜欢叶青儿啊。全校都知道，青儿回家没提过吗？叶母怔住了，忙摇头说，没有啊。这孩子就是这种脾气，什么事儿都搁心里。

韩阳在叶家书房里一边跟老叶下棋，一边聊天，青儿在一旁观战。叶母推门进来说，她腰疼的毛病又犯了，想让老叶给拔拔火罐。

老叶夫妇俩出了书房，屋里只剩下青儿和韩阳，空气顿时显得凝重。韩阳浑身不自在起来，青儿浑然不觉，感慨地说，她就喜欢听男人谈学问，特过瘾。希望韩阳经常来家里跟她父亲聊天。她以前还纳闷儿，她妈年轻时很漂亮，怎么就能看上沉默寡言的父亲，而且不离不弃，现在才明白，是被他的学识和才华给吸引了。

青儿目光清澈，脸上浮现出崇拜和向往之情。韩阳淡然一笑：有学问的人多了。你那么好学，将来一定比我们强。

韩阳被青儿看得心慌意乱，找借口起身，出门时撞到进来的华华，华华玩笑说，去哪儿？厕所在那边。

在客厅闲聊了片刻，韩阳见天色已晚，便给华华使了个眼色，一起站起告辞。叶母示意青儿送他们去车站。

青儿和华华在前边走，韩阳在后边跟着。华华回头看一眼满脸郁闷的韩阳，停下问：韩老师，我还要去一个亲戚家，今晚就不回宿舍了，请个假啊！

华华说完转身就要走，青儿怔住，韩阳看了一眼青儿，尴尬地不知道说什么好。

青儿忽然朝华华追上去：我送你！

韩阳看着青儿跑远，怅然若失。

深夜，老叶夫妇躺在床上，为女儿跟韩阳的事儿怎么也睡不着。青儿同样难以入眠，她坐在书桌前，摊开课本，但一个字也看不下去。她打开身边的录音机，里面朗诵着英语单词，她刚听了两句，就把磁带从录音机里拿出，从抽屉深处拿出邓丽君的磁带，放进录音机，却没有按播放键。她痛苦地将头缓缓地深埋在双手里……

忽然听到雷雷经常与她搞怪的声音：你问我爱你有多深，我爱你有几分，我的情也真，我的爱也真，月亮代表我的心……

青儿不禁忽地笑出声来，循声回头，除了她自己，房间内空无一人，她脸上的笑容逐渐凝固……

司机在加油站给车加油，雷雷和大头从马路边的树林撒完尿往回走，两人边走边聊。雷雷问大头，那边情况怎么样了？大头装傻充愣，雷雷举拳要打，大头忙说，青菜叶那儿甭问肯定水深火热、三座大山压迫着，正望眼欲穿盼英雄救美呢！他现在不担心别的，就担心雷雷回家怎么向父母交代。

雷雷皱着眉头说，家是没法儿回了，还是住大头宿舍吧。大头忙摆手摇头，说学校最近查得特严，再说他已经在保卫科挂了号，被人盯上了。雷雷踢着脚下的草地说，车到山前必有路，先把叶青儿的事儿了了再说！

小车一路疾驰，开进省城，几个人为雷雷和黑皮住宿的事儿嘬牙花子。商量了半天，最后决定黑皮去大头家住，雷雷回家。

雷雷硬着头皮来到楼下，悄然推开家门，探头探脑地见屋中无人，“嗖”地一下钻进自己房间，赶紧关上门换衣服。门突然被推开，母亲阴沉着脸站在门口，瞪着他。

雷雷赶紧放下衣服，一脸巴结地说：妈，是您啊，吓我一跳！还以为是我爸呢。

雷母瞪着儿子问：你去干什么了？

雷雷嬉皮笑脸说，出去转转，没什么要紧事儿。雷母勃然大怒，上前抓住雷雷就要打，见儿子高出自己一头，已经是大小伙子了，只好揪着他头发颓然坐下。

雷母伤心地说：你答应我不再理那女的，你答应去当兵，重新做人。可你都糊弄谁呀！你的事儿，我不会再管了，你也不用住家里。出去吧，爱上哪儿上哪儿，去跟那骚女人鬼混去吧！

雷母猛推雷雷，他却毫无表情一动不动。见推不动儿子，雷母气得流下眼泪，她擦了一把泪水，起身蹒跚而去。雷雷死皮赖脸地紧跟在母亲左右。

雷母气得回卧室躺下，雷雷满脸讨好地端茶进来，她看也不看伸手将水杯打到地上。雷雷默默拾起茶杯，蹲在母亲床边说：我真是有朋友遇到大困难，我不去帮忙人家就得坐牢。妈，救人一命胜造七级浮屠，这是不是您打小教育我的？

雷母噌地坐起，数落说：还撒谎，还撒谎！莎莎听见你给大头打电话了，你是不是去找黑皮回来替叶青儿说好话？还讨吃要饭，你丢人丢到家了！老雷家几辈子也没出你这么个没出息的种！

雷雷咬牙说道：莎莎这臭丫头片子，打小缺心眼儿，整个一二百五的平方！她的话你能信啊！这丫头是唯恐天下不乱，我找她去，替她爹妈教训教训她，我叫她再敢搬弄是非！

雷雷说着往外就走，雷母瞪着儿子，气得半天说不出话。雷雷走几步又停下，想了想又回到母亲身旁。他低着头，可怜兮兮地说：妈，我身上痒，想洗个澡，我都一礼拜没洗了。你闻，我身上是不是臭的？

雷母看着儿子欲哭无泪，长叹一声：你真是个孽子啊！

洗完澡，雷雷躺在床上想着叶青儿的事儿，不知不觉便睡着了。翌日大清早，雷母唠叨着推开儿子的屋门，只见凌乱的被子堆在床上，却不见雷雷身影。气得她跺着脚直骂儿子小浑蛋！

雷雷生拉硬拽着黑皮往医学院走，黑皮腻腻歪歪跟雷雷讲条件，雷雷连踢带打，把黑皮赶进学院走廊。雷雷来到系主任办公室门前，正要推门进去，黑皮忙伸手拦住，说见文化人得客气，他们都好面子。雷雷抬手给了他一下说：啥时候轮到你教训我了。

办公室里系主任正跟韩阳说话，他对韩阳和叶青儿的传言有些看法，把韩阳叫来打听实际情况。韩阳满脸不高兴，说不愿意在学校谈私人的事儿，也不想把他的肠子肚子暴露出来让大家观赏！怎么大学里也有这么多人爱嚼舌头！

系主任意味深长地说，他很赏识韩阳，如果他真要是跟叶青儿谈恋爱，系里可以为他开绿灯。韩阳嘴里强辩说，根本就没有这回事儿。正说着话，一帮老师走了进来，系主任把话打住，说人到得差不多了，那就开会吧。

他的话音刚落，传来一阵规规矩矩的敲门声，韩阳离门近，起身拉开门，一时愣住了。只见雷雷和黑皮站在门口。他急忙就要往外推人：正开会呢，你来干什么？

雷雷反推韩阳一把，又觉着不妥，立刻恭敬地说：我是来反映情况的，和你们学校学生有关，学校应该对学生负责任，是吧？

系主任闻言问道：韩阳，谁呀？

雷雷推开韩阳，径直进来，一脸恭敬，点头哈腰地说：吴老师，我找您反映情况。

系主任愣住，几名教师都毫无表情地瞪着雷雷。半晌，系主任态度冷淡地说：我们正在开会，有什么事儿，散会后再说吧！

雷雷身后的黑皮转身就要走，被雷雷伸手拽住，他一脸恭顺地说：我就说几句话，完了就走。以后你们请我来，我都不会来的！

系主任闻言气得够呛，几名教师互相看着，虽然不满，但都是知识分子，谁也不表态。系主任看着韩阳，示意他出面。

韩阳走过来，问雷雷：你到底什么事儿非现在说？

雷雷抓着黑皮，让他说话，黑皮缩头缩脑，半天说不出来。雷雷索性自己说：前一段时间，我冒犯过叶青儿，结果有人造叶青儿的谣，污蔑她，伤害她。我知道这件事儿因我而起，而我说什么，你们都不会相信！所以我找到当时在场的第三者，就是这小子。那两天一夜，他一直跟我们在一起，他是我们的证人。

雷雷说这番话时，教师们脸上没有任何表情，眼中透露的只是不信任和不屑。雷雷在这些目光的压迫下，越说越不自信，他猛推黑皮一下，提高声音：你说话啊！

黑皮吓得一哆嗦：我……我说什么？

雷雷咬着牙，强压怒气：说清真相！说我和叶青儿在一起什么事儿也没有！说啊！

黑皮吓得不会说话了。韩阳上前拽住雷雷就往外走：雷雷，现在正开会，有话以后再说！

雷雷回过头，看着那些教师，只见他们像看怪物一样看着他。雷雷有些气恼，忘了要恭敬，他完全恢复了顽劣本性，提高声音愤怒地说：你们听不懂我在说什么吗？我要证明一个学生的清白！你们明白吗？！

办公室的门半开着，雷雷愤怒的声音引来学生围观，其中就有华华，华华一看是雷雷，吓住，拔腿就跑。

韩阳急了，瞪着那些围观的学生嚷道：都上课去！然后啪的一声关上门，拽着雷雷不放手，厉声说：学校不能大声喧哗，你别瞎闹啊！

雷雷猛地推开韩阳，回身冲着那些教师吼道：你们可以不相信我，为什么不相信自己的学生？

教师们依然用充满敌意的冷漠和沉默拒绝雷雷的诉说。雷雷是敏感的，他被这冷漠和敌意击中。黑皮吓得往外跑，雷雷一把揪住他，推到眼前那些教师跟前，怒吼着：你们让他说！让他告诉你们，叶青儿是怎么骂我流氓，怎么打我踢我的？！

黑皮看着雷雷，气馁地说：我说过这些知识分子根本不会相信咱们，咱走吧，雷雷。跟他们说这些有什么用啊！

黑皮说着和韩阳一起往外推雷雷，雷雷将手猛地一抡，将两人都推开，回身冲着那些没有表情的教师冷冷地说：你们是大学老师，我尊重你们，我费很大劲才寻找到证据。现在看来你们根本就不关心学生！她被污辱、被陷害，你们都无动于衷，你们还是教师？狗屎！

系主任大怒，猛拍桌子：你放肆！韩阳，让他走！

韩阳再次推雷雷，声音却变得缓和：走吧，你这么闹也不能解决问题！

这时，保卫科的人走进来，拽着雷雷和黑皮往外走，走廊里乱哄哄全是看热闹的学生。雷雷跟保卫科的三四个人推推搡搡，韩阳紧着劝说，黑皮吓得趁机溜走。

青儿闻讯赶来，见雷雷要吃亏，冲上前质问保卫科的人：你们要干什么？

雷雷一见青儿，立刻安静下来，他看着韩阳：你给我证明，我不认识这人啊！

青儿不理会雷雷，上前拨拉开抓住雷雷手的人，说道：你们放开他，他是来找我的。你们不就为上学期那点破事儿吗，我都跟你们说了，怎么还揪着不放啊！我要跟校领导反映。

韩阳跟保卫科的人说：他来反映情况，不是来闹事儿的。系里委托我来解决，你们先回去吧。

保卫科的人见雷雷七个不服八个不忿的模样，骂骂咧咧走了。雷雷扭着头不看青儿和韩阳。韩阳轻声说，走吧！他推着雷雷往楼下走，青儿跟在他们后面。

韩阳和雷雷默默地走到校门口，韩阳站住，语气冷淡地说：以后你要到学校来，提前跟我打声招呼。你这么冒冒失失，怎么可能把事情办好呢？

雷雷斜眼看天，一脸固执地说：你也和那些人模狗样的吃屎分子一样，觉得我很不可思议，是个怪物吗？

韩阳气恼地说：你怎么出言不逊啊？你要人尊重你，你就应该尊重别人！

雷雷怒吼：他们还有你！尊重过我吗？

雷雷说着转过脸，看见在一旁发怔的青儿，立刻住嘴，偏过脸去，不说话了。韩阳看了一眼青儿，让她先回家，学校的事儿由他处理。

韩阳说完话，转身离去。雷雷在树下摆弄着摩托车，青儿待在一旁，一动不动地看着他。雷雷终于无法忍受，他声音里透着愤怒和可怜地问：你也觉得我疯了吗？

青儿不言不语，雷雷扭过脸，见她眼神空洞冷漠，毫无生气，心里疼得抽搐了一下，放低声音问：你在怪我？

青儿冷冷地问道：你来干什么？不是说好不见面了吗？

雷雷大声说：我答应过你，我要证明你的清白，还给你尊严！我答应了你就要做到！

青儿苦笑着，眼睛里流露出怜悯：我知道了，谢谢你！以后，我的事儿，你不要再管了！你听懂了吗？

雷雷嗫嚅着说：可是，你要是过得不好……

青儿冷笑道：你真是天真！你以为那些人对一个谣言的兴趣会持续多长时间？有新谣言了，他们就忘了我的事儿。我没什么不好的！

雷雷怔着，忽然一笑：这么说我那儿瞎忙乎呢，干了件傻事儿？

青儿看着雷雷，满脸忧伤地摇摇头。两人四目相对，一时都说不出话来……

雷雷眼中的忧伤越来越浓，青儿再也无法承受，她转过身，慢慢离去。雷雷看着青儿的背影，却不能上前，眼睁睁地看着她一步一步远去。

青儿一脸茫然地呆坐在学校的长椅上。韩阳远远走过来，看着青儿，不坐也不说话。青儿眼角的余光看见韩阳，头也不回地淡然说：我下午逃课了，记我旷课吧。

韩阳认真地说：当然要记。

青儿望着远处，什么都没说。

韩阳看着青儿死气沉沉的样子，焦急地说：马上就要期中考试了，你这个状态怎么能安心投入学习？别想那么多了。

青儿轻声说道：谢谢你帮了我那么多！从入学到现在，我知道，你一直都在帮我！可你为什么要帮我？我只能给人带来悲剧……

青儿说着潸然泪下。

第十一章

雷雷心情异常郁闷，他骑着摩托车来到一个小饭馆，疯狂喝酒。啤酒白酒混着喝，直喝得酩酊大醉。

服务员叫雷雷结账，雷雷兜里没带多少钱，便要起酒疯来。幸亏莎莎及时赶到，方才替他解了围。

雷雷酒后牢骚满腹，指着鼻尖儿大骂自己是傻子！他痛苦地一边喝酒，一边骂着青儿学校里那帮老师。

莎莎也借着酒劲煽风点火，说雷雷为那么个女人不值得。

两人大口喝着酒，大声骂着人。

雷雷借酒浇愁，没一会儿就喝得如一摊烂泥。莎莎叫来父亲的司机，两人连拖带拽把雷雷弄上车，送他回家。

雷母看着儿子这副熊样儿气得不知如何是好。她叹口气对莎莎说：明天他爸就回来了，见他这副没出息的样子，打死他的心都会有啊！唉，莎莎啊，我真后悔啊！第一胎怎么就没要呢，那是个女儿啊，我有了女儿我要这个小王八犊子干什么！

莎莎听了直乐说：有儿子的想女儿，有女儿的又想儿子。听说当初知道生了个带把儿的，您和雷叔都快乐疯了，差点把雷雷给摔着。

雷母苦笑着说：要真摔成个小傻子，倒也省心了。你看他现在这样子，精不精傻不傻的，净作践父母啊！

两人说着帮雷雷脱掉外套和鞋，然后给他盖上大衣。雷母叹着气，看着烂醉如泥的儿子直发愁。

翌日清晨，雷雷迷迷糊糊从沙发上醒来。雷母正匆忙地收拾东西出门，见儿子醒了，便嘱咐说：你赶紧收拾一下东西，你爸没准儿今天就回来。见到你肯定要发疯，你先找地方避一下吧！说完，急匆匆出了家门。

雷雷揉着生疼的脑袋，起来去卫生间洗漱。

俗话说，一文钱难倒英雄汉，雷雷是尝到了没钱的苦滋味。他翻箱倒柜想找出块儿八毛的，可是母亲搞坚壁清野的策略，使他一无所得。他只好打起卖废纸旧书的主意。

偌大一堆东西竟才换来两元钱，雷雷很是沮丧，他嚷嚷说，怎么才两块钱啊，再给点，再给点。收废品的小贩摇头就走，雷雷唠唠叨叨，骂他是小气鬼。

往家走的路上，不知从谁家传出邓丽君的歌声。雷雷侧耳听着，越走越慢，他像是想起什么，突然拔足狂奔，冲着骑三轮远去的小贩大喊：喂，你站住。

小贩吓了一跳，以为遇见工商税务人员，疯狂蹬车逃跑。雷雷撒丫子狂追，终于在一个路口截住小贩。小贩连人带车摔倒在地，报纸、旧书撒了一地。小贩是老实人，一个劲地问：你干吗！你想干吗！

雷雷也不言语，蹲下身抓过那些捆扎好的报纸、旧书，全部打散，疯狂翻找，没发现那盒磁带。

小贩愤怒了，猛推雷雷，大喊大叫，问他到底想干啥？雷雷伸手一拨拉小贩，一盘磁带突然从他口袋里掉出来。小贩弯腰正要去捡，雷雷抢先一步上前捡起，一看正是那盒邓丽君！小贩眼巴巴看着他，雷雷冲他坏笑一下，拔脚就跑。一路哼着《甜蜜蜜》。小贩摇头收拾着地上散开的报纸、旧书，骂道：神经病！

叶青儿的父母接到系主任的电话，急匆匆赶到学校，他们要跟女儿好好谈谈。可是一提到雷雷的名字，青儿就急了，尤其是她母亲骂雷雷流氓，她坚决不能接受。

叶母气得几乎要疯掉，她怒视女儿质问：那小流氓伤你伤得还不够啊，你已经名声扫地了，还想丢掉学籍吗？

青儿愤怒地说：我再说一遍，雷雷不是流氓！您不能这么污辱他的人格！

叶母大声吼道：你怎么敢这样护着他！你向我保证过，不再和那小流氓见面。你却出尔反尔，你和他到底什么关系！

青儿说不出话，眼泪哗地淌下，转身要走。叶母上前要拦住女儿，让她跟自己回家，这段时间别上学了，叶家丢不起这人。

青儿不理，转身跑进宿舍。

深夜，宿舍里一片宁静，同学们都已熟睡。青儿趴在枕头上默默流泪。这时，雷雷的声音悄然在她耳边响起：菜青虫，咱俩可是铁哥们儿。以前没有我，你伤心难过我不知道，没办法替你出头。可现在有我了，以后，你的事儿就是我的事儿。谁让你生气你就告诉我，我一定打得他满地找牙！

青儿眼泪越流越多，拉过被子蒙住头。她的哽咽声惊动了华华，望着蒙着被子的青儿，她轻轻叹了口气。

中午，青儿满脸忧郁地和华华在校园里漫步，华华想安慰她几句，可又不知说些啥好。两人默默走着，迎面碰见韩阳，他让青儿去保卫科一趟，说明一下情况。青儿一听就恼了，说她不去。韩阳和华华苦口婆心，陈述利害，青儿想了想点点头。

叶青儿的母亲思来想去，决定还是直接找到市政府雷雷的父亲谈谈，可秘书拦着非要让她登记，叶母不干，两人无声地僵持着。

这时，走廊传来老雷说话的声音，秘书赶紧站起。门推开，雷父和几个随从说着话进来，见着叶母不禁怔住。

叶母上前一步，说道：雷副市长，我可等你一天了。

秘书一旁委屈地说：雷市长，我怎么劝她都不肯走，一定要等你回来。

雷副市长身旁的人严肃地问：你哪个单位的？

老雷忙用眼神制止旁人，示意他们出去，然后对叶母说，进来谈，好吗？叶母端坐在雷父的办公桌前，表情严肃地说出了来找雷父的原因，并强烈要求雷父给她一个不让雷雷再打扰女儿的保证！雷父则阴沉着脸站着，情绪有些激动，他说他对儿子从不偏袒，一直严加管束。谈来谈去，始终没谈拢，两人不欢而散。

天色暗下来，窗外的余晖映在雷雷脸上，他听着邓丽君的歌曲，眼神无比忧伤。门开了，灯啪的一声亮了，雷雷被灯光晃得眯上眼睛。

雷母上前啪的一声按了录音机的停止键，唠叨着说：你说你一大小伙子，还甜蜜蜜蜜蜜甜的！能不能干点正事儿啊！挺大个脑袋一天到晚都想什么呢！

雷雷往床上一倒说，他明天就去征兵站报名。雷母一听气就不打一处来，说还报名呢，时间都过啦！我看你就没这个诚心！要不，再考一回？现在三十多还有上大学的呢！你才多大啊？

雷雷忙摆手说：不行，不行，再复读我宁可当卖报纸小贩去，一天挣个十块八块的，够吃够喝，也不错！

雷母给了雷雷一巴掌，骂道：就这么点出息！

雷雷甜言蜜语撒娇说饿了，要吃母亲做的烧茄子，他把母亲夸得心花怒放。母子俩脸上笑容还没退去，就听门咣当一声被推开，一声暴喝炸响：雷雷！你给我出来！

雷雷和母亲都吓呆住。老雷怒吼道：混账东西，滚出来！

雷雷忙要关门，雷母赶紧推着儿子往外走，小声说：你爸骂你，你就听着，千万别还嘴啊！

母子俩一前一后来到客厅，老雷铁青着脸坐在沙发上。雷雷嬉皮笑脸地说：爸，您甭生气。有什么事儿，慢慢说。

雷父没搭理他，张口骂道：小王八蛋，都做了哪些见不得人的事儿？说！

雷雷说自己没做坏事，母亲在一旁直捅他，让他别顶嘴。雷雷不理，气得老雷挥手就打，雷雷敏捷地躲开，老雷用劲太猛，一个踉跄，差点摔倒。这一下他更是怒火中烧，随手拿起茶几上的杯子，向雷雷砸了过去，雷雷头一偏，茶杯砸在墙上，碎了一地。雷母气得左右为难，见老雷捂住心脏痛苦的样子，赶紧拿药端水。

老雷吼叫着让雷雷滚，从此谁也不许管他！见老头子气得脸色发紫，直喘粗气，雷母怕他有个好歹，忙将儿子推出门外，啪地关上了屋门。

天色已晚，总得有个去处，雷雷没辙只好来找大头。他满脸愤怒地说，他这辈子还非就这女人不娶了，叫他们一家都看不起他！

大头安慰他说，叶青儿的妈是更年期，别跟她一般见识。叶青儿还是蛮关心他的，知道他缺钱，还要他转交两块给他呢。雷雷捏着那两块钱，自信地说：这女人这辈子都是我的，你信吗？

大头认真地说：我信不信的，有意义吗？雷雷，你现在这种状态，你有资格跟叶青儿谈恋爱吗？

雷雷生气地说：哎，你跟那帮老东西一个腔调啊！

大头分析道：他们是有点过分，可他们说得一点都没道理吗？雷雷，你说你现在有什么？除了有个廉洁奉公的大官老爹，你一无所有。谁家女孩子家长会接受你！

雷雷骂道：我他妈又不跟家长谈恋爱！

大头瞪着眼睛说：别犯浑啊！你还真想让叶青儿跟着你吃苦受罪、提心吊胆、成天不是打别人就是被人打？就算她爱你，她能老这么忍受下去吗？

雷雷盯着大头说：哥们儿，我老实告诉你，我和叶青儿的缘分，那是八百年前注定的。她心里只有我，就算我再穷再苦，她也会跟我。她这辈子不会再有第二个男人！你懂吗？

大头一笑：你以为你们还真是罗密欧与朱丽叶啊？

雷雷不解地问：什么意思？

大头说：女人都需要安全感。我相信她是真被你吸引，你这种坏小子，女人都会动心，动真情。可动心动情，不意味着她愿意跟你一辈子。

雷雷又气又急，大骂大头：哎，我发现你这几年大学上得变性了吧？这都什么理论？老娘们儿理论！

大头懒得理他，摆摆手说：得，就当耳旁风爱听不听吧！说完，起身就走。

雷雷跟上去，喋喋不休地说：你小子就会搬弄书本理论，我和叶青儿是那种庸俗关系吗？我跟你说过，我这辈子除了她不会娶任何女人！

大头声音冷酷地说：叶青儿也不是小孩儿，她有文化懂道理，你这一句话就能让她把一生都交给你吗？

雷雷辩解道：我一诺千金，她知道！

大头停下，回过头看着雷雷，真诚地说：我想看见你小子幸福！我是站在叶青儿角度想问题，你小子不能只靠拳头、金钱和几句俏皮话讨女人喜欢。你得充实思想，有点内涵，你得跟上时代，你得进步！懂吗?!

雷雷张口结舌走几步：我靠，你读两天书你牛×大了嘿。我告你，我什么时候都是时代先锋，都是那个时代浪尖上的弄潮儿，你就等着瞧吧！

大头给雷雷一拳：我就想听你这句牛×话！

韩阳在宿舍里坐卧不宁，他明白自己对叶青儿动了真情。虽然近在咫尺，可他们的心却远隔天涯。他决定跟叶青儿谈谈。然而见了面，韩阳的勇气却像扎破的气球，慢慢弥散。

两人神情散淡地散着步，各想心事。青儿突然被绊了一下，韩阳下意识伸手就要扶，手刚要碰到青儿，又本能地缩回。青儿是茫然的，完全沉浸在自己的内心世界里，忽略了身旁人的感受。韩阳看着青儿淡漠的侧脸，心一横，上前说道：小叶，愿意让我这么叫你吗？

青儿缓缓回过身，轻笑一下：好久没人这么叫我，听着挺奇怪的。

青儿笑着，笑得凄凉：一听你这么叫，就感觉好像回到了398农场，回到小时候……

韩阳安慰道：什么叫小时候，才过去多长时间啊！

青儿伤感地说：那时候环境确实恶劣，可是人单纯。许大马棒坏是坏，可坏得多简单啊，就像《白毛女》里的黄世仁、《红色娘子军》里的南霸天，一看就知道是坏人。不像现在，也没那么坏的人，可人际关系比那会儿还复杂。

韩阳嗫嚅着说：其实系里老师对你，也没什么成见。

青儿凄然一笑：你不用安慰我，我又不傻。系里老师、班里同学怎么看我，我清楚。我也不怪他们，怪也没用。我就是觉得……青儿眼圈一红说不下去了。

韩阳看着青儿，知道她在想什么，可不知道怎么安慰。

青儿回身看着韩阳：韩老师，在398的时候我生不如死，每天想的就是什么时候才能离开。可是，现在的生活也并不是我想要的。

韩阳心里一疼，他一直都在默默地呵护着她，难道她就感觉不到？他决定吐露心扉，话到嘴边却说得磕磕巴巴：感情上的事儿，我也没什么经验。叶青儿，在398农场那会儿，我就觉得你和一般女孩子不一样。

青儿静静地看着韩阳，不知他要说什么。韩阳紧张起来，说话有点语无伦次：你别这样看着我，弄得我都不知道说啥好了。

青儿坦然一笑，把视线移开。韩阳再度鼓起勇气说：我也问过我自己，为什么这么关心你，我有时候也会骗自己，我是你的同事、老师，我有责任帮你。可是，我没办法骗自己的心，小叶，我对你的感觉不仅是这些，我想你能懂……我不想看你这么难过，这么孤家寡人，我想让你快乐高兴……

青儿听了不禁呆住，脸上没有任何表情。韩阳说着说着逐渐气馁，扭头想走。青儿叫住他说，他是一个非常好的人，帮助她很多，她父母一直都很喜欢他，可她眼下根本就不可能再谈感情。她这人天性悲观，又古怪，这辈子可能就是老姑娘了。可他不一样，他适合家庭生活，会成为一个好丈夫、好父亲，将来还会成为一个医术高超的好大夫。

韩阳苦笑着说，她的话听着怎么这样别扭，他的生活自己会安排，再说了，有他妈和奶奶操心呢。青儿沉默片刻，轻声说，他俩不合适。

韩阳脸色凝重，被这话深深刺伤，青儿索性说下去，她欠他太多，多得这辈子都还不清。他是债主，她一见到他就想躲。

韩阳情绪激动起来，说她啥时变得这样虚伪，什么欠不欠的。她就是喜欢雷雷，放不下他，心里才容不下别人。

青儿一听雷雷的名字，脸上动了怒容，可韩阳一副受伤委屈的模样，让她有些心软，她把怒气压制下去。两个人陷入了无言的沉默中。

学校抓得严，大头没敢收留雷雷，还是莎莎办法多，她帮雷雷租了一套房子，背后掏钱的却是雷雷妈。雷雷不管那么多，只要有地方睡谁的情他都领。

安居才能乐业，雷母背着老雷安顿好儿子的住处，又偷偷帮他联系好了工作——省机关机要局档案室。

雷雷一听就兴奋地憧憬起来：那是保密局了！等着吧，过不了几年，我就是保密局局长了。

雷母瞪了一眼儿子，笑着骂道：做美梦吧你！

雷雷和雷母来到档案室，档案室四壁都是档案柜，空间狭窄。角落里摆放着写字台，台灯亮着，穿蓝色工作服的工作人员戴着袖套，在记卡片。

雷雷四下看着，满脸失望。雷母在一旁与档案室主任交谈，态度非常诚恳：胡主任，我儿了这是第一次参加工作，没有什么社会经验，也不太会做人。你们对他要求严格一点，该批评就批评，有什么问题就给我打电话。

雷雷闻言直瞪眼，插嘴道：妈，我怎么是第一次参加工作啊，398 农场不算工龄啊？

雷母瞪他一眼，训道：你少说话！

母子对话时，胡主任在一旁待着，表情麻木。显然，他对雷雷到来是怵头的，可也没办法。

雷母转过脸，和颜悦色地说：胡主任，没什么事儿我就先走了。有什么情况，随时跟我联系啊！

胡主任点头哈腰送雷母出门：没问题，没问题，您放心！

雷母出门后，看一眼儿子，关上门，压低声音：小胡啊，我儿子比较调皮，你一定要严加管束啊！

胡主任满脸痛苦地点头称是。

雷雷百无聊赖地在档案柜里四下翻着。翻开一本看看觉得无聊，再翻一本更无聊，想放回原位，却怎么也插不进去，气得他把资料扔到桌上。正要往外走，胡主任推门进来。

他虚伪而热情地说：小雷啊，你刚来，先熟悉一下业务吧！其实咱们这儿吧，说难也不难，说容易也不容易。需要非常踏实、认真的工作作风。这样吧，我先找个老同志带你一下。他转身叫老杜。

老杜是位戴高度近视镜谢顶的小老头，戴着洗得发白还补着补丁的袖套，典型的小公务员。

胡主任淡然地对老杜说：老杜，小雷先跟着你一段时间。说着往外走，走了几步，回头冲雷雷道：今天就先这样吧，有什么困难就找我。

胡主任说完一走了之，剩下雷雷和老杜大眼瞪小眼儿。老杜也不说话，碰碰眼镜，接着抄卡片。

雷雷问道：哎，老杜，我干什么呀？

老杜朝卡片努努嘴，意思是我干什么你就干什么。雷雷拿起抄了一张，一看老杜已经抄了五张。雷雷开始不服，较劲，拼命抄了几张，一看，老杜还是比自己多。

雷雷不由得烦了，起身往外走。老杜也不理会。雷雷走到门口，回头见老杜和几个同事们机器人般埋头抄着卡片。这间房子朝阴，没有阳光，只有日光灯、台灯。台灯下，几个人脸色惨白，没有一点生气，雷雷皱着眉头出了门。

走出机关大院，雷雷骑上摩托车，一踩油门，飞驰而去。

回城后的第一份工作就这样被雷雷辞了，雷母除了暴跳如雷，痛心疾首一番训斥，别无他计。她扔给雷雷二十块钱，告诉他从下个月起，生活费自理，从此不再管他。

雷雷心里烦，他找大头到一家小饭馆喝酒。落座后，雷雷掏出二十元钱往饭桌上一拍说：哥们儿全部家产都在这儿了，今儿请你喝个痛快。

大头推开雷雷的钱：也不是你挣的，牛什么牛？赶紧收起来吧！

雷雷斜眼看着他骂：你丫瞧不起我？

大头笑着说：得，上次你请的，这次轮着我了。

两人一边喝着，一边高谈阔论。谈来谈去，都是云里来雾里去的虚东西。谈兴尽了，挥手散去。

雷雷无聊地骑着摩托车在路上疾驶，一家大饭店里传出震耳欲聋的音乐声吸引他停下。他听着强劲的迪斯科舞曲，掏出自己钱包里那仅有的二十元钱，苦笑了一下。他慢慢塞回钱，停好车，大摇大摆往里走。

门卫拦住雷雷问：有票吗？

雷雷大大咧咧地说：我有朋友在里面，带我进去。

门卫说道：那不行，上面规定有票才能进。

雷雷虚张声势地嚷道：嘿，你这人死脑筋啊！我怎么没票？我有票，朋友拿着呢。去，让你们头出来，我跟他说。

门卫不吃他这套：少啰嗦！你这号人我天天见！赶紧走，小流氓。

雷雷瞪起眼睛：你骂谁？小王八蛋！狗眼看人低！

就见门卫用对讲机喊：这里有情况，赶紧来人！

雷雷一掌拍掉对讲机，门卫抓住雷雷，两人纠缠在一起。这时，一辆高级轿车停下。门打开，莎莎和几个哥们儿跳下车，她一眼看见雷雷和人扭打在一起，赶紧过去喝道：嗨嗨嗨，干吗呢？

第十二章

雷雷和门卫闻声住手，因莎莎是常客，门卫认识她，立马愤愤不平地说：这小子没票愣是往里闯，还说认识省里高干子弟，一看就是骗子！

雷雷一见莎莎，臊得脸红脖子粗，当时就挂不住了，他上前揪住门卫衣领骂：小子，你再骂一句，我整死你！

门卫被推了一跟头，他从地上捡起对讲机狂喊：快来人！这里有流氓捣乱！

莎莎抢过对讲机，瞪着门卫训道：嗨，你可真够胆大啊！这什么人你就敢骂？他可是雷副市长的公子！

门卫一听愣住，赶紧退后，上下左右看着雷雷，眼里全是不信，拖长声音问，真的？莎莎拍了拍他的脑袋感叹说，唉，真是狗眼看人低！

车上下来的那帮纨绔子弟，懒懒散散聚在一起，斜眼看雷雷。雷雷没搭理他们，扭头就要走。

莎莎一把拽住他问，吃醋了吧！雷雷哼了声，不屑一顾地说，要找跟班的，也得找像样点的。怎么全是歪瓜裂枣啊！说完，骑上摩托就要走。

莎莎气得破口大骂：你以为你是个什么玩意儿，美男子？

雷雷无心搭理她，一踩油门就要走。谁知莎莎飞身跳进车斗，冲身后的那帮纨绔子弟喊：你们自己玩儿吧，我走啦！

摩托车疾驰而去，身后传来那帮纨绔子弟的骂声：我靠，丫不拿我们开涮吗？整个一重色轻友啊！

雷雷在街道上风驰电掣般开了会儿摩托，在路边停下，望着远处发呆。莎莎跳下车说：发什么呆啊！去跳舞吧，你要是烦那几个人，咱另找一家。我知道好几家舞厅都特棒！

雷雷嘲笑着问：进这种地方都要外汇券，你哪儿来的钱啊？是里通外国，倒买倒卖弄的吧？

莎莎得意地说：你呀，真老外，成天就只知道想着那白菜美人！

雷雷瞪眼喝道：说什么！

莎莎一看惹恼了雷雷，赶紧转移话题。说起了她哥和姐做生意的事儿，并奉承雷雷一生下来就是当官的料，还怂恿雷雷和她一起入伙，跟她哥哥、姐姐做生意赚大钱。说得雷雷满心欢喜，心直痒痒。

莎莎越说越得意：现在咱省里那些高干子弟，全都在做生意。哎，连以前高喊革命造反的那帮老红卫兵，都奔着资本家去啦，好多都成万元户了！

雷雷打量着莎莎，满眼都是不信任。莎莎给了他一脚问：拿这种眼神看我干吗？怎么，你这天生雷大胆，一干真格的就怕了？

雷雷立即说道：我怕个屎！我是看着你这傻乎乎的丫头片子也能做买卖，听着邪性，不像那么回事儿。

莎莎认真地说：你什么时候正眼看过我？我告诉你吧，正因为没你那份聪明，所以才想拉着你干！你脑子够使，有两回就上道了。

雷雷上下踅摸莎莎，打趣说：跟着你？我凭什么跟着你啊！你连一加一等于几，还是我教你的呢！

莎莎举起手中包就要砸雷雷，雷雷嘿嘿笑着也不躲，他算定了莎莎不敢。莎莎果然放下包，瞪着雷雷说：我忍耐是有限的，哪天你真惹毛了我，我可真动手了啊！

雷雷激将道：呀嗬，手上有俩外汇券长行市了嘿，你动个手我看看，你动，你动！

莎莎扑到雷雷面前，举起手，雷雷一脸邪气地看着莎莎。莎莎一瞬间被眼前这个一身邪气的男孩勾得不能自制，她呆呆地就要往雷雷脸上贴。

雷雷已经厌烦这种游戏，唠叨着说：赶紧回家吧，这么晚了孤男寡女的，不怕人说闲话啊！他说着起身，要进厕所。走到门口，回过头：哎，你出门把锁撞上啊，现在阶级斗争情况复杂，别让坏分子溜进来。

雷雷说完，进厕所，关上门。莎莎待了好一会儿，好容易才从意乱情迷中恢复过来。她一脸坏笑地转过身，拍着厕所门说：哎，明天我带你去见俩港商吧？

就听厕所里的雷雷嘲笑道：港商？港农吧？

莎莎生气地说：你才农民呢！爱去不去！反正我通知你了，上午十点，东方饭店大堂咖啡座。我走啦！

第二天上午，莎莎果然为雷雷引见了两个商人。莎莎煞有介事地介绍说：这位雷先生是雷副市长的公子。雷副市长主管水电、通信和交通。雷先生现在省机要局任要职，少年得志，年轻有为，是省机关重点培养的接班人。两位有什么需要帮助的，可以和雷先生联系。

雷雷听得目瞪口呆，莎莎直眨眼，示意他配合。雷雷只得装模作样，一脸深沉。

那两个商人立刻站起，恭敬地握手说：幸会，幸会，一直想拜见雷副市长，苦于没有缘分。今天见到雷公子也是一样的，今后还要请雷公子多多关照啦！

雷雷对这一切显然是陌生的。他只好跟着莎莎学，莎莎笑，他跟着笑；莎莎坐，他跟着坐。当然他是聪明的，一点即透，哼哼哈哈一通应酬。

出了饭店大门，雷雷偏头看莎莎，她被盯得有些别扭，推了雷雷一把说：看什么看？看眼里拔不出来！

雷雷不屑地说：谁稀罕看你呀。我就纳闷了，你这一套跟谁学的，这谎撒得也忒没边了吧？

莎莎没好气地问：怎么叫撒谎啊，你爸是不是副市长？你是不是在机要局上班？

雷雷瞪眼说：就上一天班！你不怕人家去机要局调查啊？

莎莎指着雷雷鼻尖说：死脑筋，谁还去调查！人家一听你是副市长公子，就恨不得将大把大把的银子往你手上送，你就闭着眼接钱吧！

雷雷脱口说道：这不就是骗钱吗？

莎莎嘲笑说：哟哟，什么时候你雷子也人模狗样当起卫道士来啦？你坑蒙拐骗还少啊？再说那不是资本家嘛，不骗白不骗！

雷雷不屑地说：资本家都是傻子吗？连你这种一加一等于几都弄不明白的人，也能跟他们斗心眼儿？

莎莎不耐烦地说：哎，你什么时候这么肉啦！那混世魔王劲头哪去啦？不会都耗在谈情说爱上了吧？

雷雷一瞪眼，莎莎早一溜烟儿跑掉了。

周末，青儿拉着华华来家里打牙祭。叶母见了分外热情，说真是巧，韩阳也来了。韩阳正在书房跟老叶聊天，听见动静走了出来，跟青儿和华华打招呼。华华玩笑说，跟叶老师聊什么呢，让我们也听听，好长长见识。青儿不好冷着脸，笑着说，就是，让我们跟着学习学习。韩阳不敢看青儿的眼睛，淡然一笑说，瞎聊一气，想听就听呗。

华华拽着青儿进书房，青儿却说她要帮母亲做饭，让华华跟他们一起聊，等着吃饭就是了。青儿说着转身进了厨房，韩阳有点尴尬，华华明白他的心思，深深看了他一眼，跟了进去。叶母忙打圆场说，这孩子从小就脾气倔，越是亲人越要小性子，别往心里去啊。韩阳笑了笑说，他了解她的脾气。

华华把厨房门关上，压低声音说：你能不能给我点面子，你看你母亲刚才那个表情，根本就不想让我当你们俩的电灯泡。你说多伤我这当大姐的自尊啊！

青儿认真地说：华姐，我再次警告你，以后不要拿我和韩阳开玩笑了。我和他谈得很清楚，我们只是朋友和师生。

华华看着青儿认真的样子，玩笑说：反正我整个一里外不是人。

叶母进来问：谁不是人啊？

青儿忙说：妈，我们聊天，您能不能不听啊？

叶母想支开青儿去陪韩阳，故意让她给老叶拿药。青儿不解地问：您不能拿啊！干吗非得让我去？

华华边把青儿往外推边说：阿姨想跟我说几句话，你这个没眼力见儿的，赶紧去吧。

青儿瞪着华华说：别说我坏话啊！

华华笑着说：早说完了，还真没什么新鲜的可说了。

叶母见女儿出了厨房，忙问华华韩阳和青儿的进展情况。华华犹豫了一会儿，把青儿和韩阳已经摊牌的情况，如实告诉了叶母。

叶母倍感失落，长吁短叹了好一阵。

青儿侍候父亲吃完药，被他和韩阳的话题所吸引，悄悄坐在一旁倾听。老叶兴致很高，侃侃而谈：中西医结合谈了多少年，可总是不能落实。中医最缺乏的就是实验，所以西医一提起中医就不屑一顾。可咱们老祖宗多少年不就是这么过来的？要说临床实验，几千年医疗效果不就是实验数据？不比那小白鼠强？

韩阳听得很专注，不时点着头，他尽量不发表意见，怕打断了这位老专家的思路。这时，叶母悄悄将门推开一道缝，冲着老叶做手势，意思是让他接电话。老叶谈兴正浓，怔了一下，抱歉地说，我去接一个电话，这家里自从安了电话，就光伺候它了，你们接着这个话题聊。

老叶一出门，韩阳立刻觉得屋里的空气黏稠起来，拘谨得手脚无处放，便走到书架边翻弄起书来，青儿被他弄得很别扭，起身要走。

韩阳突然开口说：我以为你礼拜天才回家。伯父叫我来，我就来了，我要知道你周六晚上回家，我就不会来了。

青儿转身不悦地说：你这叫什么话？我说过不让你来我们家吗？再说，我爸那么喜欢你，和你聊起天就废寝忘食，我欢迎你还来不及呢。你这话太伤人了啊！

韩阳眼神平静和青儿对视，认真地说：你不会撒谎，我知道你不想见我。我说的是实话，我确实是来看你父亲。我和你父亲合作的那篇《关于中西医结合》的学术论文，已经开始操作。以后也许会有很多接触，到时我会去他单位谈。说着，他往外走。

青儿冷冷地说：你就这么自私？

韩阳怔住，回头看青儿。

青儿平静中透着痛苦：难道男女在一起就非得谈情说爱吗？怎么就不能保持正常关系？韩老师，398那会儿多好，多单纯。我把你当大哥，有困难就想找你帮忙，什么事儿都想跟你说。大家是老朋友，别把关系弄得那么复杂不好吗？

韩阳看着青儿，见她眼里全是痛苦，立刻心软，语气温和地说：不是我想复杂的。

青儿叹着气说：我现在心如止水。要复杂也是我父母，特别是我妈。

韩阳看着青儿，温和地笑了：那我们自己单纯点，心如止水？

青儿冷静地说：我认真的！

韩阳点点头：我也是！

青儿笑了，笑得非常单纯，韩阳被这笑容感染，也笑了。

晚饭后，叶母张罗着让青儿送韩阳和华华。华华借故先走了，留下青儿与韩阳一路别扭地走着。两人都想找话题，可同时都不知说什么。最后青儿撇下韩阳，转身回家。韩阳看着青儿的背影，异常痛苦。

星期一青儿和华华相伴去上课，华华一个劲儿地看青儿，青儿平静地问她想知道什么？华华摇着头感慨；我算服你了，你的确革命意志坚强，有超人的控制力。你要在封建时代一定是贞节烈女，要是男人就是坐怀不乱的主儿。

青儿淡然一笑：要在战争年代就是英雄烈士，你干脆把我供起来得了。

两人不约而同笑着。韩阳从远处缓缓走来，他一见青儿，立刻就想回避，可想起她那番话还是站住了，他不能让一个女孩儿比下去。他要比她更正常、更平静、更心如止水。

华华边走边笑：心理学上讲你这种性格最危险。人的正常欲望被压抑，一旦爆发就是火山喷发、长江决堤，很危险的！

青儿笑着说：华姐，你怎么不上中文系啊！一套一套的，听着都累。

华华认真地说：不是跟你开玩笑。你这个年纪本来应该朝气蓬勃，处于热恋之中，怎么能这么老气横秋？你又不是不懂感情的人，这么强迫自己理性，会影响身心健康的！

青儿没好气地说：我现在心情平和身体健康，好好学习天天向上，你是不是看不得我好啊！

韩阳走来，老远就笑道：谁看不得谁好啊？

青儿和华华同时回头，见韩阳一脸阳光。她俩同时放下心来，一齐跟韩阳打招呼。华华突然说：韩老师，请教你一个问题啊！

韩阳点点头，和青儿等着她发问。华华突然有些不好意思：别那么正经成吗？搞得我更紧张啦。

韩阳温和地问：是不是搞对象的事儿？

华华诧异地问：你怎么知道？

韩阳笑着说：华华同学除了搞对象，还能对什么紧张呢？

华华闻言，生气地说：我在你眼里就这么俗不可耐啊！算啦，不问你啦！

青儿和韩阳异口同声地说：哎，开玩笑听不出啊！

华华瞪着两人：你们俩倒是一个鼻孔出气啊！

青儿和韩阳听了下意识地看看彼此，似乎比赛着看谁更镇静自若。果然二人都是淡然一笑，像是都没往心里去，华华立马傻了。

下午自习，华华硬拉着青儿上街买东西，出校门时遇见了大头。大头本来和同学有说有笑的，一看见青儿，表情立刻变冷，装着没看见，掉头和同学说话。青儿见他这样，心里有气，对他也装作视而不见。他们同时走到车站，各站一边，谁也不理谁。

青儿心却不能平静了，她眼神茫然，再听不见华华的喋喋不休。大头用眼睛余光看着青儿那痴呆的样子，也犹豫不决。

思量再三，大头还是率先跟青儿打了招呼，青儿淡然地点点头。大头问：听你们学校的人说，雷雷的事儿过去了？

青儿没有回答，直接问道：他现在怎么样？

大头认真地问：你是真关心他，还是假关心他？

青儿生气了，不再搭理大头。大头放缓语气说：你妈找到市委和雷雷爸闹，弄得机关上下都知道雷副市长家有个恶少成天调戏民女。雷雷现在被扫地出门，自谋生路了。哎，我原来觉得你妈是个挺知书达理的知识女性，现在我可不这么看了。

青儿听着，脸色越来越难看，她慢慢抬头：这不可能，我妈妈……

大头打断道：你妈为你，什么都敢做。

大头被同学叫上车走了。青儿呆呆地站着，好半天没说一句话。华华有些着急，想劝慰她几句，可不知说啥好。青儿突然痛苦地说：我妈她这不是要毁了雷雷吗？

雷雷目光淡然地骑着摩托车游荡在大街小巷。他突然拐向青儿家的方向，车速越来越慢。遛弯的老人们三五成群，有说有笑。

雷雷把车停下，正要摘头盔，见叶父、叶母从院里走出，边走边跟邻居打着招呼，他的手瞬间僵住。

叶父、叶母看见雷雷也停住，他们脸上表情冷漠，叶母更是如临大敌，死死盯住雷雷。雷雷不甘示弱地也盯住他们。盯了片刻，雷雷一个转身，一踩油门，痛苦地骑着摩托车疾驶而去……

青儿从大头那儿要来雷雷的地址，她一路走，一路问，她不知道自己要干什么，只是下意识走着。

突然传来一阵摩托车声，青儿紧张地躲到一旁。只见雷雷摩托车上驮着大包、小包的货物驶来，和一旁的莎莎谈笑风生。两人兴高采烈地推着车往外走。

青儿看着两人关系亲密，神色黯然。

青儿回到家，心情烦躁地翻找着东西，怎么都找不到，正着急，一回头见那儿盘邓丽君的磁带整齐摆放在书架上。她拿起那儿盘磁带看着，心情激动地放进录音机，录音机里刚传出声音，她立刻按停止键，表情茫然。她不知道自己在干什么，随手推开窗户，屋外寂静无声。再也听不到雷雷那熟悉搞怪的声音……

青儿麻木地收拾着桌上的东西，她把磁带一盘一盘拿起，放进磁带盒中，拉开抽屉塞到尽头。上面还盖上几本厚厚的书，然后关上抽屉锁上。

那把黑色的小锁头晃荡着，她把心和感情都锁了起来。

日月如梭，转眼两年就过去了。满城响着费翔《冬天里的一把火》，时代开始变化。

几辆单人摩托车风驰电掣般驶过街道，为首的是雷雷，他骑一款当年最时髦的雅马哈摩托车，他和几个年轻人在飙车。

莎莎在终点处跳脚狂喊，为雷雷加油。雷雷技术娴熟，最先到达终点。两年商场的历练使他显得成熟几分。当然，那种骄纵跋扈的气质，以及骨子里的野性仍在，但也收敛隐藏了一些。有点高仓健的味道，既冷又酷。

莎莎冲过来，得意地说：这新车比你原来那部破车强多了吧？

雷雷摘下头盔，一脸淡漠：新车旧车，也得看谁开！

莎莎生气地说：会不会说人话啊！得，回去开你那辆破车吧，这车我收回了！

雷雷凶巴巴地说：凭什么你收回，我花的钱！说着抬腿就要踩油门，莎莎往雷雷身后坐，雷雷伸手将莎莎掀到一边，冷冷地说，我这车不搭女人！

莎莎闻言一愣，雷雷车已经驶出，她气得飞起一脚，将一个可乐瓶子踢向雷雷。

雷雷对新车爱不释手，这车其他配件都不错，就是音响差强人意。鼓捣摩托车他有一手，于是买来高保真的音响给摩托安上，他手脚麻利，干得非常尽心。

莎莎一会儿不见雷雷，就觉着心里空落落的，她知道在哪里能找到这个让她又爱又恨的小子。果不其然，雷雷在小区车棚里折腾新车呢。莎莎夸张地说：哟，装录音机啊！嗨，还当什么时髦玩意儿呢！喂，你现在都听什么呀？她问着去翻雷雷工具箱里的磁带，发现全是邓丽君的老歌，不禁愣住。

雷雷暴喝一声：你他妈瞎动什么！

雷雷的断喝吓了莎莎一跳，她手里的磁带“啪”的一声掉落在地。雷雷满脸怒容，莎莎毫不示弱地瞪着他。雷雷一字一顿地说，捡起来。莎莎忍住怒气，弯腰拾起磁带，淡淡一笑：邓丽君已经过时了，现在年轻人都听摇滚，猫王、披头士、平克·佛洛伊德，知道吗？还有迈克尔·杰克逊，超级摇滚巨星，谁还听邓丽君啊！

雷雷将磁带放进盒里，一脸寡淡地说：没兴趣。

莎莎瞪着雷雷，忍耐不住发作道：还以为你多爷们儿，真拿得起放得下呢！也不过是个一陷进去就出不来的小男人！

雷雷猛地抬头瞪着莎莎，声音很冷地说：白莎莎，我跟你合作，可不是给你当马仔！再胡说八道你他妈滚蛋！老子不受这个！

莎莎怒道：我说什么了你就受不了？你也就敢跟我急！

雷雷咬住唇，突然笑了一下：你说得对，我他妈不跟女的急！我告诉你，从今往后，你他妈的要再敢提这个，我不把你当女的，我他妈当你王八蛋！

雷雷说着支起车，猛地一脚油门，疾驶而去。

莎莎瞪着雷雷的背影，跺脚骂着：雷雷，你个王八蛋！那女人哪点好啊！你他妈这么长时间还放不下！莎莎骂着，眼泪流淌下来。

转眼就要毕业了。青儿跟华华说起分配的事儿，华华说青儿成绩全优，分到大医院没问题。青儿笑着说，你不也能留省城吗？别这么满怀妒忌的样子！正说着话，有人通知她俩下午开会，青儿很纳闷，一般这种事都由韩阳通知。华华很有心，忍不住问韩老师呢，怎么他不管事儿了？那人说，他父亲病危，请探亲假了。两人互相对视一眼，都没有言语。

晚上回到家，叶母问青儿韩阳父亲的病怎么样了？青儿愣了一下反问，你们怎么知道韩阳父亲病了？叶母说韩阳走时跟老叶说过，青儿觉着韩阳有意回避她，有些委屈地说，她一点也不知道。

叶母没好气地说，人家跟你提这干啥，你整天冷脸对人，好像人家上赶着追你似的。老叶怕女儿生气，忙把话题岔开。青儿脸色阴沉下来，问母亲这话是什么意思。

叶母冷冷地说：我可警告你，你是学医的，知道女人什么年纪就要干什么事儿。你现在就是恋爱结婚的最佳年纪，你要错过了，还想等三四十再恋爱再结婚啊？甭说找不着，就算找着了，也没这个心气儿了，更甭提要孩子。那你这辈子算白活一回，真就是孤家寡人了。

见父母表情落寞而凄凉，青儿不敢乱说，嘀咕道：怎么就孤家寡人了？追求我的人多了！

叶母闻言，突然问：你忘了过去吗？

青儿抬头看母亲。叶母怕戳了女儿的肺管子，没敢提雷雷，忙埋头吃饭。青儿认真地说：你们放一百二十个心吧，我这两年什么都没想！说着，起身拿着碗去了厨房。

叶母压低声音说：这两年她也不听邓丽君了，看来那小子真的再没缠她了。

老叶感叹道：你说，她和韩阳怎么就……

见女儿出来，老叶立刻把话截住，掩饰着端起碗吃饭。

父母的话青儿听到一半，她知道他们的心思，可她的心已经枯萎了，心花很难再次绽放。对于韩阳的感情，始终是朋友和兄长，她今生不会有旁的念头。

回宿舍的路上，青儿遇见面色灰暗、神情抑郁的韩阳，他心事重重，埋着头走路，眼睛似乎什么都看不见。青儿望着他沉重的背影，很是担心，不禁脱口喊了一声：韩老师！

韩阳呆滞地转过身，看着青儿，问她有什么事儿。青儿关切地问，听说你父亲病了，是什么病？韩阳说是肝硬化。青儿说，试试中医吧，她父亲说中医治疗肝病挺有效的。韩阳点点头说，也咨询了几个老中医，正吃着药，不见有好转。

青儿安慰说：别这么难过，总会有办法的。你是我们班的顶梁柱，你要垮了，我们可真没主心骨了！

韩阳抬头看着青儿，平静地说：我没事儿，你忙去吧！

青儿忙说：我的论文写完了，就等着答辩，闲着没什么事儿。你要不要买什么药？我帮你买，城里几个大药店的老师傅都是我爸的老朋友。

韩阳突然笑了：你怎么知道我要去买药？

青儿认真地说：有病当然要买药。我爸长年有病，老是我去买药，药店老师傅和我都特熟了。

韩阳轻声道了谢，青儿真挚地看着他说，客气什么。两人之间的距离，似乎悄然拉近了一些。

莎莎和雷雷到一家大酒店跟两个港商谈生意，雷雷狂妄而霸气，他侃侃而谈，口气比莎莎还大。谈了一会儿，他们意外遇见跟港商合作的熟人张军。

张军冷嘲热讽，当着港商的面毫不留情地揭开雷雷过去打架撒泼的老底儿。莎莎一时慌了手脚，频频转移话题打圆场。谁知俩港商更看重雷雷的家庭背景，对他过去如何荒唐胡闹并不是很感兴趣，气得张军无话可说。

生意没谈完，雷雷就铁青着脸走出饭店，戴上头盔，骑上摩托，正要离开，莎莎追上来劝道：哎，做生意就得心胸宽广。三教九流无所不交才行！过去事儿就过去了呗，不就为个女人嘛！

雷雷停下车，摘掉头盔，怒道：再说一句！

莎莎瞪着雷雷：你冷静点！张军现在在省工商局，对我们挺有用处的，干吗得罪他啊！

雷雷盯着莎莎问：你知道他要来是吧？是你约的他？

莎莎劝慰道：雷雷，那事儿过去都多长时间了。再说，张军姿态也挺高的，直说不计前嫌，想和你交个朋友。

雷雷拿起头盔，啪地一砸车子，怒道：你去告诉这个王八蛋，老子就计前嫌怎么着？老子宁可跟条狗来往，也不跟这畜生走动！

莎莎嘀咕道：至于嘛！你现在和叶青儿不没来往了吗？干吗还老在那儿怜香惜玉打抱不平的！那娘们儿也不知道。

雷雷怒吼道：丫说什么呢？大声点！

莎莎气得不行，又不好发作，半晌才说：那俩港商还等着你签合同呢！

雷雷气得跳上车，冷冷地道：让那王八蛋滚蛋，老子就签！不然，都他妈滚蛋！说完，一踩油门疾驶而去。

莎莎追着骂：你除了会欺负我，还有什么本事啊！你有种你甭理我，你摩托车还是我帮你搞的水货呢！

雷雷早已不见踪影，莎莎还在顿足生气，张军在她身后冷笑着说：为这号不着调的小混混伤心生气，冤不冤啊？

莎莎回头骂道：老娘的事儿和你有屁关系！管得着吗？

莎莎扭头要走，张军紧跟几步，不阴不阳地说：我这不是关心你吗？你说你上批货是不是我帮你做成的？你身边那些纨绔子弟，哪个靠得住？

莎莎回身瞟了一眼张军，冷冷道：咱们也不过就是互相利用，你甭跟我套近乎，咱俩可尿不到一壶里。

张军笑道：我就欣赏你这种性格。真实，直爽，真可爱。

莎莎啐了他一口：肉麻！哎，你现在有地位有钱啦，赶紧追你那梦中情人去吧！听说她现在还没主儿哪！

张军不屑一顾地说：你说叶青儿啊！嗨，那娘们儿，当初年轻幼稚，才拿她当梦中情人。现在想起来，她不过是一黄毛丫头，哪有点女人味儿啊！你说是不是，莎莎？张军说着，色眯眯地瞟着莎莎。

莎莎虽然受用张军埋汰青儿，但反感张军的猥琐，瞪他一眼道：什么女人味不女人味的，流氓兮兮的！

莎莎前面走，张军紧跟不舍，一路上肉麻地说：哎，晚上我请你跳舞吧！贴面的。

莎莎骂道：贴你娘的个大头鬼！说完，转身离开。

张军眼神阴沉地盯着她的背影远去，不依不饶。

青儿要去实习了，叶母趁机收拾收拾屋子，把一些旧报纸和杂志归类打捆，打算卖废品，她在客厅喊：青儿，你有什么旧报纸、杂志和书本，拿出来一起卖了。

青儿嘴里答应着，手头整理着书桌。她打开锁了很久的抽屉，拿出几本书，最里面藏着雷雷送她的磁带。叶母推门进来说：我看你床头有好几本旧医学杂志，也不知道你还有用没用。

青儿赶紧关上抽屉，叶母知道里面锁着她的过去和秘密，也不点破，顺势坐下翻书本，漫不经心地跟女儿说闲话：你爸今天和韩阳通了电话，韩阳还一个劲谢你呢！这孩子也太客气，都这么熟了，还这么外道。唉，他家也不在市里，出这么大事儿，不定多难受呢！这个礼拜天，你爸想让他来家里坐坐。

青儿没吱声，叶母抬头看着女儿，见她的眼神恍惚，轻声叫道：青儿。

青儿有点紧张地看着母亲，猜到她想跟自己说啥。果不其然，叶母沉吟片刻问：你跟妈说心里话，是不是真的看不上韩阳？要那样，妈也死了这条心，让你爸劝韩阳赶紧找对象结婚过日子，咱也别把人家耽误了。

青儿哭笑不得：妈，人家韩阳是在等我吗？您这不自作多情嘛！哎，我看您收韩阳当您干儿子算了，什么心都操！

叶母认真地说：我还真有那想法。别以为妈是老脑筋，不知道你们在想什么，妈可是过来人。韩阳真是一个人品难得的好孩子，什么事儿都想着别人，哪怕自己委屈。他怕你不舒服，感情都埋在心里。

青儿打断说：妈，别说了，我知道我欠韩阳很多。

叶母看着女儿，欲言又止，起身要往外走，回头看一眼青儿身后的抽屉，想说什么，但还是咽了回去。

青儿看着母亲的背影，突然叫道：妈。

叶母回过头，期待地看着女儿。青儿不看母亲，低声说：我明天陪韩阳去买药，然后请他来咱家。他现在情绪这么低落，得让爸好好开导开导他。

叶母有点激动，可也不敢表现得太明显，只是嗯嗯地点头，然后推门而出，她因为激动差点撞着门框。

青儿看着母亲那激动的样子，不禁摇头苦笑。

雷雷心里一直没放下青儿，随着时间的推移，积淀在心底的思念也更强烈。他的心思被大头看得明明白白，他给雷雷下了一剂猛药：哥们儿，你要是真还惦记着叶青儿，就赶紧追。别等着人家真嫁了人，你就当和尚去吧！

雷雷听了这话，如遭火烧雷击，呆呆看着远方。突然，他像是醒过来，发动摩托车，直奔省医学院而去。

雷雷在校门口遇见华华，她满脸诧异地看着雷雷，眼里全是戒备。雷雷主动打招呼，华华慌忙应付说：啊，是你呀，我还以为你不在省里了呢。

雷雷笑了笑，直截了当地说：我找叶青儿，她在吗？

华华盯着雷雷，表情严肃地说：她不在，她现在在医院实习，一般不回校。

雷雷神色凝重地说：我去过她实习的医院，她今天没班儿。

华华看着雷雷半信半疑的神情，从他眼睛里能感觉到他的执着和决心，不禁紧张了起来。她想了想说：你不在的这段日子，她过得很平静。感情也健康平稳地向前发展着。

雷雷的脸色一点一点在变，问道：最后一句话是什么意思？

华华迎着雷雷咄咄逼人的眼神说：叶青儿和韩阳在恋爱。

雷雷冷笑着“喊”了一声。

华华有些气恼地说：你嚷什么嚷！你很清楚，叶青儿和韩阳感情一直不错，现在两人正式好了！

雷雷冷冷地说：不可能！

华华成心要打击雷雷，随口说道：没什么不可能！叶青儿父母特别喜欢韩阳，叶青儿本人也很欣赏韩阳。他们俩才叫男才女貌，般配极了！你要真爱叶青儿，就应该祝福他们！

雷雷平静地说：你明知道叶青儿爱的是我！

华华神色平静，说话完全是过来人的语气：你以为叶青儿跟你有过那么一段不成熟的情感，就真想托付终身？你仔细想想，你能给她什么？叶青儿那会儿跟你在一起，其实多半是可怜你！

雷雷强忍着没发怒，只冷冷地盯着她。

华华想想，坦然道：我就是不喜欢你们这种官宦子弟，我觉得你们不懂感情，不尊重人！叶青儿真跟了你，不会长久，也不会幸福！

华华的坦率让雷雷冷静下来，他盯着华华说：我做了什么事让你这么看我？

华华激动地说：叶青儿和你在一起，从始至终就没有快乐过！再说，他们家根本不会接受你这种人！她也绝不可能和家庭决裂。总之，没有你，她活得很平静很安宁，这些难道你就没有感觉吗?!

雷雷既痛苦又激动，一句话都说不出来，只是浑身发抖地呆站着。

华华还想说什么，可于心不忍，只好打住，转身走了。她走了几步，听到身后摩托车的引擎发出巨大的轰鸣声，她不敢回头，只见雷雷的摩托车从她身旁疾驶而过……她长长吁了一口气。

雷雷骑着摩托车在马路上狂奔，尽管头盔遮着他的脸，但他的眼睛里却透着无限痛苦、无比凄凉。

青儿和韩阳有点拘谨地朝叶家走。他俩彼此都在试探着在感情上是否能往前走一步。青儿想放下雷雷，走出情感阴影，但很艰难；韩阳担心青儿是不是真的对自己有了爱意，他怕受伤，也怕自尊心受伤。两个人就这样在情感上纠葛矛盾着。

他俩都尽量避开敏感的话题，绝口不谈感情。随意地聊着家长里短的事儿，无话可说时，都以沉默作掩护。

雷雷骑着摩托车迎面驶来。他不知道自己为什么会到这条路上来，或许是一种下意识，或者是一种思念？他驾着车，离青儿家越近，心就越痛。他把车开得很慢，和青儿在一起的情景不断闪现着……

迎面走来一对男女，雷雷眼神茫然没有在意。当摩托车快要驶过去时，他猛然回头，一下怔住了，只见青儿和韩阳并肩默默走着，远看倒像很默契的一对。

雷雷倒回车，在两人面前停下，慢慢摘下头盔，盯住两个人。

青儿一偏头看见雷雷，表情渐渐凝固。韩阳抬头见是雷雷，也愣住。

第十三章

三个人互相看着，都不说话。韩阳大几岁，为人处事沉稳老练，他率先开口，雷雷，好久不见了！

青儿试图笑笑，却笑不出来。雷雷低下头，突然又抬起，一脸平静地回应说，你们好。青儿神情茫然地点点头，转身就要走，韩阳尴尬地冲雷雷笑笑，紧跟在青儿身后。

雷雷脸上平静，内心一阵绞痛，他靠着摩托车“喂”了一声。青儿和韩阳下意识地回过头，雷雷死盯着青儿问：能跟你说句话吗？

青儿想拒绝，却说不出口。韩阳在一旁看着，黯然神伤地转身离开。两人互相看一眼，又忙错开眼神。

雷雷紧盯着青儿，青儿主动地问：你好吗？

雷雷心平气和地反问，你呢。青儿嗫嚅说，挺好的。雷雷认真地说，他过得不好。青儿怔住，雷雷貌似平静地看着青儿，她却不敢正视他。青儿淡笑一下，顾左右而言他：你刚才说有什么话？

雷雷有些霸道地问：你和韩阳怎么回事儿？

青儿表情突然凝固，她冷淡地说：对不起，我家里有事儿，我走了。说完，转身就走。

雷雷盯着青儿背影，转过身似乎要上车，可他却猛地松开扶着车把的手，摩托车訇然倒地。青儿听到一声巨响，吃了一惊，赶紧回头。雷雷大踏步走过去，堵住青儿的道儿，青儿一惊：你干什么?!

雷雷死盯着青儿，突然柔声说：青虫，真的不想我吗？

青儿的心不禁震颤了一下，想起了那段缠绵的往事，眼神迷茫起来……雷雷一本正经地盯着青儿，青儿眼神恍惚地看着他。

雷雷突然坏笑一下。青儿猛地清醒过来，沉下脸，一本正经地说：这么长时间没见，你怎么一点变化也没有？

雷雷也沉下脸来，两人互相注视着，雷雷平静的语气中透着伤痛：我变了很多，我是见到你才回到从前的。

两人四目相对，眼里都是痛楚。

叶氏夫妇出来遛弯，老远看见青儿和雷雷在一起，看到两人那种微妙的状态，不禁愣住。叶母怒火中烧，不管不顾地冲过来，劈头盖脸、言辞尖锐地质问雷雷和青儿，他俩不是发誓再也不见面了吗？今天这是怎么回事儿？

雷雷语气平和地说，他只不过是路过这里偶遇青儿，从此不会再见她。叶母还是不依不饶，毫不留情面地挖苦讽刺雷雷，老叶觉得有些过分，忙上前打圆场解围。

青儿脸色铁青，怒气冲冲撞开自己房间的门，咣当一声将门关上。叶母紧跟着要进来，却吃了闭门羹。她转身怒视着随后进来的老叶，吼道：你跟那流氓怎么说的？

叶父紧张地说：我要他不要再见青儿！

叶母恼怒地说：他要听你的就不是流氓了！谁知她话音刚落，就听见青儿在房间内狂喊：雷雷不是流氓！他不是流氓！

两人被她癫狂的声音吓住，面面相觑看了片刻，都不敢再言语，蹑手蹑脚地往自己房间走。叶母边走边回头看女儿房间，冲叶父打着哑语：要不要去医院？要不要报警啊？

青儿背靠着门坐在地上，表情痴呆呆地仰面朝天，看着天花板。嘴里茫然地哼着：甜蜜蜜，你笑得甜蜜蜜，好像花儿开在春风里……

门外叶母焦急地敲门：青儿，你开门。你没事儿吧，你开门呀。

叶父温和地劝道：青儿，有什么话你出来说。你真要爸爸、妈妈为你担心吗？你怎么这么不懂事儿啊！

青儿突然停止了哼唱，扬声道：放心吧，我不会发疯的！我凭什么发疯啊！

门外没了声音。青儿仍然坐着，头靠在门上，她不再哼唱，只是脸上毫无表情。

而此时，雷雷骑着摩托在黑暗中漫无目的地狂奔……

夜色已深，雷雷还没回来，莎莎怕他出事儿，在雷雷堆满装货箱子的房间里焦急地等待着他。屋外突然传来一阵响动，莎莎走过去正要开门，咣当一声，门被狠狠地踢开，雷雷满身酒气，跌跌撞撞栽了进来。

莎莎见了忙上前要扶，雷雷晃悠悠骂道：别碰我，你他妈在我家干什么？滚，滚出去。

莎莎气得咬牙切齿，雷雷身子一晃，歪倒在沙发上，不留神踢翻了椅子，咣当一声巨响，深更半夜尤为骇人。“当当当”楼上传来敲暖气管的声音和喊声：干吗呢，让不让人睡觉啊！

雷雷跳起来大吼：睡他妈什么觉啊，都滚蛋！

莎莎赶紧把雷雷按躺下，跑到窗边关上窗户，将骂声关在窗外。她回头看雷雷时，他已经迷迷糊糊睡了，嘴里含混地哼着歌：甜蜜蜜，你笑得甜蜜蜜……

莎莎皱着眉头帮雷雷脱衣服，发现他的手里紧紧攥着一样东西，她掰了半天才掰开，一看不禁怔住，原来是邓丽君的一盘磁带。

莎莎气恼地抓起磁带狠狠砸到墙上，起身就往外走。刚走几步又回头，看着醉酒后雷雷难看的睡姿及他满脸的痛苦，心里一阵难受，她慢慢地走到雷雷身边蹲下，看着他的脸，把头靠过去，眼泪潸然而下。

阳光透过纱窗照射进来，莎莎轻手轻脚起来，洗漱完毕，走到窗前“哗”地一把拉开窗帘，雷雷睡眼惺忪，被强烈的光线晃得睁不开眼。莎莎背靠窗户，一脸坏笑地看着雷雷。

雷雷揉着眼睛，看清是莎莎，愣了一下。他猛地掀起被子一看，吓得急忙捂住，瞪眼吼道：昨晚我怎么上床的？

莎莎收拾着东西，淡然说：甭担心，你身上那玩意儿，我上幼儿园时就见过。这么多年，也没啥大变化嘛！

雷雷瞪着眼问：哎，昨晚你一直在我这儿啊？

莎莎没好气地说：废话！

雷雷紧捂着被子：喂，你出去，我要穿衣服！

莎莎将衣服砸向雷雷，催促道：赶紧起床，上午还得去看货呢！

莎莎背过身子，雷雷麻利地穿好衣服。莎莎说，那两个港商还等着他在合同上签字呢。雷雷不屑地告诉莎莎，让他签字可以，但得让张军出局。

莎莎力劝雷雷想开点，说张军很有利用价值。谁知雷雷闻言大怒，坚持要张军退出才签合同。最后，两人闹得不欢而散。

还是莎莎妥协了，雷雷痛快地签了合同。莎莎很是兴奋，要请雷雷大撮一顿，让他选地方庆祝。雷雷一脸寡淡地说，他没兴趣吃饭，已经跟人约好了时间赛车。

莎莎立刻往摩托车上蹭，笑嘻嘻说：带我吧。

雷雷喝道：跟你说过多少次，我这车不带女人！

莎莎阴阳怪气地说：叶青儿也不带吗？

雷雷一脸怒容地说：白莎莎我告诉你，我和叶青儿怎么着，和你，和任何人都没关系！我讨厌你用这口气跟我提叶青儿！

莎莎正要还嘴，雷雷做手势阻止了她：我再说一条，咱俩是好哥们儿！你帮我很多，我心里都记着！可咱俩没那个男女关系的缘分！你赶紧缠别的男人去，别跟我这瞎耽误工夫！

莎莎愣了，突然生气地说：我还就缠上你了，怎么着吧？

雷雷推车离开，莎莎就那样呆站着，背冲雷雷，一动不动……

大街上，雷雷与几名摩托车手疾速掠过街道。

路边靠着摩托车，正在步话机里说着什么的交警看着身边飞速掠过的摩托车，不禁呆住。随后，他赶紧收起步话机，跳上摩托车打开警笛紧追上去。

警笛声响成一片，雷雷回头看着追过来的交警，愈加兴奋。他索性打开音响，一路响彻着《甜蜜蜜》的歌声，引得路人驻足观看，他不禁得意扬扬。

雷雷和几个车手骑着摩托车，向郊外疾驰。警车在他们身后疯狂追赶。有的车手一见快被警车追上了，急忙把车驶向胡同；有的弃车逃跑。唯有雷雷一边放着音响，一边威风八面地张扬着奋力往前冲。他不时还得意扬扬地往后看。

警方摩托车前后夹击，雷雷左突右冲，最终被警车堵在一条小道上，交警从车上跳下，冲了过来。雷雷停下车，摘下头盔，满脸得意地冲警察直招手：同志们，辛苦啦！

邓丽君的歌声依旧响着，警察被气得狂喊：声音关掉！关掉！

餐桌上摆好了饭菜。叶母和老叶坐在桌前，不时看着青儿房间，但两人谁也不敢去叫，互相推诿着。最后老叶经不起老婆的数落，硬着头皮走到青儿房间门口，叫道：青儿，出来吃饭吧！我和你妈都等着呢！

房门打开，青儿一脸淡然走出，叫了声：爸，妈。然后就进了洗手间。

老叶和老婆对视一眼，满脸无奈。

一家三口这顿饭吃得了无情趣。父母一直在看女儿脸色，她脸上的表情一直是淡然慵懒的。青儿放下碗，收拾好碗筷要去厨房。

叶母忙说：我来吧！

谁知青儿转身拿起书包就走：那我走啦！

叶母和叶父同时问：去哪儿？

青儿看着父母，语气淡然地说：去医院实习啊，我不一直在实习吗？

叶母小心翼翼地说：啊，你爸正好要看病，你们俩一起走吧？

老叶会意地赶紧点头：啊，是啊！

青儿淡然一笑：爸，我实习的医院是小医院，你要去的是大医院，咱俩能一路吗？

老叶尴尬地说：嗨，换换医生也行啊！

青儿不看父母，直截了当地说：爸，妈，你们是担心我会再见雷雷吗？

两人一时语塞，面面相觑。

青儿慢慢摇头说：我都两年没见他了，昨天只不过是意外。你们要是不相信我，我就不出门，永远在家待着。

叶父和叶母赶紧说道：没有不信任你，没有，别瞎想！

青儿背上包说：那我走了。

叶父、叶母看着女儿走出家门，回过头来，又开始了紧张的讨论。

青儿背着书包，在人行道上一脸茫然地走着。雷雷深沉的声音响起：青虫，真的不想我吗？我变了很多，我是见到你才回到从前的……

华华到青儿实习的医院去看她，见面就问：你没什么事儿吧？

青儿噘着嘴说：你盼着我出事儿啊。

华华暗暗松了一口气说，没事儿就好。青儿满脸狐疑地问，到底出了什么事儿？华华掩饰说，没啥事儿，她就是关心她嘛。

青儿把脸一沉：我跟你急啊，到底什么事儿?!

华华看着青儿，嗫嚅着说：我昨天见着雷雷了。

青儿淡然地问：你们说话了？

华华低下头说：我骂了他，我说他不配你！我说我恨官宦子弟！青儿，我不知道为什么，我一见他就觉得好像你有危险，就想刺激他！想让他离你远点。

青儿仍是一脸淡然：你是不是还说我跟韩阳好了？

华华惊讶地抬起头：你怎么知道？

青儿顾左右而言他：难怪他昨天跑来兴师问罪，这个臭小子！

青儿语气里透出的信息让华华更是紧张：他……他没说我骂他的事儿吧？

青儿笑着说：雷雷是男人，怎么可能说那些婆婆妈妈的事儿！

华华怔怔地看着青儿，喃喃地说：你还是爱他。我现在觉得吧，雷雷这人，也不是一点长处都没有。

青儿看着华华，华华窘道：别拿那种眼神看我！我这人出了名的机会主义分子，你不知道啊！

青儿看着她，扑哧一声，笑了。

青儿和华华走出医院，在人行道上边走边聊。

华华琢磨着说：我觉得雷雷变化挺大的。

青儿不想谈这个话题，不悦地说：华姐，我发现你这人还真是唯恐天下不乱。我现在好容易才心平气和，你又提雷雷。我就奇怪了，你这么热衷电闪雷鸣、狂风暴雨的，怎么最终还是选择小桥流水人家呢？

华华淡然：咱俩好这么多年，你真是一点也不了解我啊！唉，代沟就是代沟！

青儿没好气地说：要说我不了解你，那是你城府也太深了。

华华看着青儿，不相信她的心怀如此释然。

两人沉默地走着，一阵警笛声引起两人注意，她俩同时转身看去。只见一辆警车和两辆警察摩托车驶来，其中一辆摩托车车斗里，雷雷双手被铐坐着。他那辆雅马哈，被拖在后面警车上，青儿不禁愣住。雷雷看见青儿，抬起戴手铐的手跟她打招呼，看着手铐自嘲地摇摇头，冲着青儿一脸坏笑。

青儿呆呆看着，华华在一旁直推青儿：快去吧！

青儿狂跑着，向警车追去。

交警队里，雷雷坐在椅子上，交警在问话做笔录。雷雷满脸不在乎地问：我犯什么法了？

交警一敲桌子，训斥道：超速、扰乱社会治安，还要我一条一条给你数?!

雷雷毫不合作，他背靠在椅子上，眼望天花板，一副吊儿郎当的样儿。

交警问他姓名和住址时，他存心捉弄人家，弄得两个询问的警察查了老半天地图也没找到他所说的地址。

雷雷正得意扬扬地在心里嘲笑着两个交警，猛然听外面传来青儿的声音。情急之下，他假借上厕所，和交警走了出来。

青儿在院子里与值勤民警说个没完，她比画着说：他个儿这么高，穿棕色皮夹克。他叫雷雷，下雨打雷的雷……

雷雷和交警走向厕所，雷雷成心往交警前面钻，想让交警挡着点自己。交警烦了，拨拉雷雷说：老实点，瞎窜什么！

青儿闻声回过头，看见雷雷贼头贼脑的样子。开始她没在意，刚想转过脸，又感觉不对劲，忙回头见雷雷正转弯去厕所，青儿突然大叫：雷雷！

雷雷吓了一跳，本能地回头。眼神正对青儿，急得转身就跑，交警上前一把抓住：小子，往哪儿跑啊！

雷雷赶紧背过身，一个劲儿央求：大哥，快点走吧，我憋不住啦！

交警没好气地说：厕所在这边，你往哪儿跑啊！

这时，青儿已经追上来。雷雷拔脚就要进厕所，谁知被她一把拽住。

雷雷不看青儿，冲着交警：警察同志，我要进男厕所，这女同志能进吗？

交警冲青儿问道：你哪儿的？这么没规矩，出去！这人不叫雷雷，叫下雨！

青儿瞪着雷雷，也不理交警，冲雷雷说：得得，你小名叫雷雷，装什么装！

交警点头道：下雨打雷的，看来你小子真不是什么善茬儿。

雷雷狡辩道：你听这丫头片子瞎说！哎，你待这儿干吗，跟你说我上厕所！

青儿说：成，你进去吧，我就在外面等着，你还能上一辈子厕所啊！

雷雷气得转身，也不看青儿，声音很冲：哎，有你什么事儿，你凑什么热闹！

青儿脱口说道：我来保你！

雷雷喊了一声：小姐，管你自己得了！有人保我，不需要你！

交警瞪着雷雷：哎，你还上不上厕所了！笔录还没完啊！回头又瞪着青儿说，你在外面等着！

雷雷进了厕所。交警和青儿守在门外。

交警看着青儿问：你是他什么人？

青儿随口答道：同事。

交警疑惑地说：同事？他说他是待业青年。

青儿转着眼珠子说：哦，我是街道办事处的。

交警又问：哪个街道啊？

雷雷闻言在里面急嚷：大哥，我刚才不说过吗，小定庄！话刚落，只见他提着裤子就蹿了出来，迎头撞见青儿。

青儿是在医院见惯了男人的，一脸无所谓。雷雷却大窘，赶紧背过身拉拉链。谁知一急拉链夹住了他那活儿，疼得他蹦高直叫，把警察和青儿都乐得不行。雷雷回过身直瞪青儿。

回到办公室，交警看着笔录问雷雷：她是你们办事处的？

雷雷不抬头胡乱答应着：啊？啊！

青儿一本正经：同志，我可以带他走了吗？

交警狐疑地问道：有介绍信吗？

青儿摊开两手：这不都下班了，没来得及开，明天我给您送过来。

雷雷浑身别扭地看了一眼青儿，冲交警道：大哥，没带介绍信您让她回去取去。我今儿晚上就住您这儿啦。他又回头对青儿说，你走吧，谁要你保我啊！

青儿一脸严肃：警察同志，教育帮助青少年，防止他们走向犯罪道路是我们工作人员的神圣职责。这个青年态度非常不端正，请你们配合我们做好他的思想改造工作！

雷雷又急又气，又想乐，直冲着交警作揖：大哥，大哥，把我关起来吧！我听这丫头絮叨我得少活十年，赶紧，赶紧的吧！

交警一乐：你老实点！我看这位姑娘说的有道理！又转身对青儿说，在这儿签个字吧，明天把介绍信送过来。

青儿签字说：没问题，明天一上班，我就给您送来！

雷雷瞪眼说：哎，你敢乱签字！同志大哥，她不是……她冒充！

青儿已经签完字，将纸推给交警，嫣然一笑：我可以带他走了吗？

雷雷耍赖，不想走：谁跟你走啊！我要住交通队！我爱交通队！大哥、大哥……

交警推雷雷一把：走吧，啰唆！

青儿趁机拽着雷雷就往外走。

叶母为了防止女儿和雷雷旧情复燃，又跑到市政府来找雷雷的爹。两人见面，态度都不太友好，眼底的对立情绪彼此都能感觉到。

老雷满脸严肃地问：雷雷是不是又给你家找麻烦了？这两年他还跟你女儿有联系吗？叶母坦然地说：据我所知，没有。问题是，他现在又故技重演了。

雷父又问：他伤害你女儿了？

叶母淡然道：目前还没有。可是，谁能保证他日后不会愈演愈烈？

雷父闻言猛拍桌子：都过了两年，我相信那个小王八蛋，不会再做出出格的事情来。

叶母说，她必须要从雷父这儿得到保证。老雷说，他没法儿给她保证。两人互不相让地吵着，最后谁也说服不了谁，闹得不欢而散。

雷母正在厨房做晚饭，老雷板着面孔走了进来。雷母夸张地说：哟，今儿太阳打南边出来啦，回来这么早。我可没准备你的饭菜啊！

雷父无心跟老伴儿说笑，直截了当地问雷雷最近有啥情况没有。雷母以为他又要找儿子的碴儿，让他自己去问雷雷。

老雷严肃地说，叶青儿的母亲今天又到他的办公室兴师问罪了，说雷雷又缠上她女儿了，让他严加管教自己的儿子。雷母一听就火冒三丈，大骂叶青儿的妈是典型的更年期狂躁症，想入非非，无中生有。老雷让她闭嘴少骂两句，赶紧找雷雷问明情况。

青儿和雷雷一前一后走出交通队。走到无人处，两人迅速互看一眼，赶紧掉过目光，但终于忍不住哈哈大笑，笑得直不起腰，青儿笑得流出眼泪。

雷雷边笑边说：这两年你还真是变了，居然也学会撒谎了。唉，社会这个大染缸啊不得了，你爸你妈知道了还不得气晕过去！

青儿乐着：那还不是近墨者黑、耳濡目染的吗！

雷雷坏笑着说：哦，那就是韩阳、华华，还有你爸、你妈经常撒谎。你身边还有谁啊？

这句话一出，两人都不笑了，他们走到暗处，两人离得很近，彼此能听到对方的呼吸。

雷雷生涩地说：我没想到你会这么做，谢谢！

青儿也非常客套地说：我也不是有心的，正好看见了。再说，大家毕竟朋友一场。

雷雷幽幽地说：我以为你不会再拿我当朋友了。

青儿急忙说：当然是朋友，你帮过我那么多！

雷雷反问道：那你是来还债的吗？

青儿轻声地说：就算吧！

气氛越来越暧昧，青儿开始紧张起来。

雷雷感觉到了青儿的紧张，淡然一笑：我送你回家吧！说着，他推着车，也不说话，青儿只得跟着车走。

青儿心情难受地看着雷雷孤独的背影，停住了脚步。雷雷回过身，看着青儿，心潮起伏。青儿轻声说：你不用送我，我想一个人走走。说着，她转身就要走。

雷雷轻轻地叫道：青虫，能再待会儿吗？

青儿闻言，竟然触电般呆住。雷雷靠在摩托车上，神情专注地看着她。青儿越来越紧张，她想逃，但走不动。

雷雷忽然问：华华说，你和韩阳订婚了，是吗？

青儿声音突然变冷：我再重复一遍，这跟你没关系！说着，她抬起头瞪着雷雷，雷雷眼中既有激情也有愤怒。青儿不能再正视下去，转身要走。

雷雷猛地伸手拽过青儿，拉到自己跟前，看着青儿眼睛，声音低沉地咬着牙问：是吗？没关系？你真的成了一个撒谎的女人！你骗谁啊！你要嫁韩阳，你干吗还来招我？我的事儿又跟你有什么关系?!

青儿猛地甩开雷雷，脸色很冷：你真是一点也没变，还是那个浑蛋！我懒得理你！

青儿说着要走，雷雷拽住她，这一拉一拽，无意中碰到车上音响键，《甜蜜蜜》歌声突然传出：

甜蜜蜜，你笑得甜蜜蜜，好像花儿开在春风里……

两个人都静了下来，谁也不看谁，谁也不说话。青儿眼泪慢慢流下，但她不敢抬头，不敢看雷雷。雷雷猛地伸手，粗暴地关掉音响。

四周一片寂静。青儿抬头，眼泪落下。她声音颤抖地吼道：你这是干什么！为什么要这样！为什么要破坏那么美好的东西！

雷雷冷冷地说：你不用假惺惺的，我最讨厌的就是虚伪！你要是爱那个男人，你就直说！我不会缠着你，我会远走高飞，你这一辈子就甭想再见我！

青儿含泪怒道：你干吗？在要挟我吗？你走，你走啊！你以为我就那么想见你吗！

雷雷看着青儿满脸泪水，咬牙说道：我们什么关系啊，还吵架？有意思吗？他的声音突然变得柔和起来，我就想问你一句实话，你为什么不敢告诉我？

青儿眼泪唰唰往下流，就是不说话。

雷雷心有些发凉，他无言地把摩托车启动，看着青儿在后视镜里一点点离开自己，渐行渐远……

青儿泪流满面地呆站着。

雷雷茫然地向前开着，他下意识地打开音响，邓丽君的《甜蜜蜜》再次响起，传出很远……雷雷一下子清醒过来，缓缓停下。他猛地掉转车头，回到青儿身边。

青儿满怀怨恨地抬头瞪着他。雷雷脸上突然浮现出曾经熟悉的霸道坏笑，他蓦地一把拽过青儿，死死盯住她的眼睛，低声道：你这辈子，直到死都是我的女人！你跟任何男人在一起，都会想起我。你记住我这句话！说完，他松开手，脚踩油门，扬长而去。

青儿目瞪口呆地看着他远去。

第十四章

雷雷心里憋得慌，找大头倾诉。他就是弄不明白，像他这样有款有型的有为青年，连港商都高看他一眼，怎么那些小警察，还有叶青儿的爹妈，一见他就小流氓、小痞子乱叫一气，难不成他脑门儿上贴着标签？就连他亲爹、亲妈都不待见他。

见雷雷一脸委屈，大头嘿嘿直乐，安慰说：这人跟人的审美价值观就是不一样，那些老家伙们讨厌你，可小姑娘喜欢你呀，你就知足吧！

雷雷犯愁问：你说叶青儿真的喜欢我吗？

大头眼珠转动着，神情暧昧地问：哎，你跟她纠缠都这么长时间了，到什么程度了？

雷雷踢了大头一脚，神气活现地说：纯洁健康，连手都没拉一下。

大头嘎嘎坏笑：都一起过夜了，连手都不敢拉，你丫的还是男人吗？

雷雷面红耳赤，结巴说：我靠，我当然是男人啦，手还是碰过的。

大头神情诡异地笑着，雷雷过来踢他，一本正经地说：你可有点低级趣味啊，专打听那个，你怎么就不问问我们的崇高理想、伟大抱负什么的。

大头边躲闪，边笑话雷雷：你怎么不说做学问啊，空谈吹牛你行，论做学问可比韩阳差远啦。

雷雷瞪着眼问：你啥意思，你说叶青儿喜欢做学问的人？

大头龇牙一笑：甭琢磨人家喜欢啥啦，你想学韩阳也学不像。

雷雷骂道：我学他？那我得先骟了去，他不就是二尾子嘛。

大头一脸严肃：你小子可有点阴损啊，韩阳有时候挺男人的，哪点像二尾子。你就积点口德吧。

雷雷不干了：瞧你一腔正义的熊样儿，背地里向着哥们儿一点能怎么着啊。

大头哈哈大笑，捶了雷雷一拳。

思念不能当饭吃，雷雷接了一个电话，回到家里收拾货箱，准备给人发货。这时，传来一阵敲门声，雷雷放下手里的活儿打开门吓了一跳，门口站着一个戴着大檐帽的男人，他第一反应是赶紧关门，还没等插上门栓，外面那人就笑了：雷雷，你小子也有害怕的时候。

雷雷打开门，一把拽进那人，定睛一看是黑皮。他虽穿着制服，仍旧是尖嘴猴腮、贼眉鼠眼的模样。黑皮觍着脸说：呵呵，吓着了吧。

雷雷踢了他一脚说：你丫就是穿上将军服，也獐头鼠目，唬不住人，连米老鼠都不如，最多是个唐老鸭。喂，走几趟鸭步我瞅瞅。

雷雷推着黑皮在屋里转圈，黑皮像模像样地学着唐老鸭走步。雷雷嘎嘎直乐，说他甭到海关上班了，到马戏团演个狗熊、大猩猩什么的，肯定比上班挣得多。

黑皮回身给了雷雷一拳，得意地说：哥们儿已经转正了，好歹也是国家干部，你老这样糟践人，回头我对象听见该吓跑了。

雷雷好奇心顿起：嗬，你都有对象啦。带来了吗，让我瞅瞅。

黑皮不屑地说：嘁，能带来让你们这群野狼祸害吗，我媳妇可是温柔贤惠的良家妇女。

雷雷斜视着黑皮嘲笑：就是良家妇女，跟了你也是逼良为娼。

黑皮脸色当时就撂下来，生气地说：我大老远巴巴儿地跑来看你，就是来听你糟践我和我媳妇的？你太没人性了。

雷雷上前就给了黑皮一个脖拐，骂道：小子，才戴几天大檐帽就长脾气啦，你再吱扭一声我听听。

黑皮嘀咕说，你怎么一点变化都没有。雷雷瞪着他问，甭废话，来借钱吧，借多少？目的不纯不给借啊。黑皮说雷雷狗眼看人低，他是白莎莎的大哥请来谈正经事儿的。雷雷不屑地一笑，大白话找你谈正经事儿，全他妈是瞎扯淡。这世界上也就他那二百五妹妹白傻傻信他，你和白傻傻一起，正好凑五百。

黑皮不服气地说：你们这帮人还不都卖一张嘴，我哪有那么傻！

雷雷瞪着黑皮说：别把我捎带着一起骂啊，我可是干实事儿的。

黑皮打量雷雷问：您那叫干实事儿啊，不就是二道贩子吗？

雷雷在黑皮头上拍了一巴掌说：这叫搞活流通市场，你个土老帽，我懒得理你，哪天叫大头给你补补课！走吧，叫着大头、莎莎，吃饭去！

张军感觉被涮了，他满脸愤怒地对着莎莎大骂雷雷没有良心，过河拆桥。莎莎不住地给张军道歉，说雷雷不了解是他从中帮的忙，下次一定不会撇开张军和港商谈生意。

不料张军却说，不追究可以，得让雷雷给他退出五成的利润。莎莎一听就急了，大骂张军太黑，死活都不同意他的条件。意见谈不拢，张军愤然离去，莎莎觉得张军还有利用价值，怕他把事情捅出去，急忙追了出去。张军软硬不吃，莎莎只好另外想辙堵他的嘴。

赶巧儿莎莎在饭店门口等雷雷时遇见张军，张军嬉皮笑脸地说：雷子那小屁孩儿简直算不上男人，懂什么呀？你趁早跟我，咱俩那方面肯定特和谐、特合拍。

莎莎骂道：滚，哪儿凉快哪儿待着去。

张军赖兮兮说：你裙子底下凉快。

莎莎气得大骂：你丫是找抽啊。

张军说：那就抽吧，甭在这儿，换个地儿抽。

莎莎急了：你他妈的拿我当鸡啊，赶紧滚。

张军觍着脸说：试试吧，不试怎么知道我的功夫。今晚咱俩在这儿开房？

莎莎“啪”的就是一巴掌，张军早有防备，偏头想闪开，可还是挨了一下，他瞅着莎莎不怒反倒淫笑着。

莎莎破口大骂：臭流氓，你他妈再骚扰我，我立马报警。

张军悻悻地说：你要是不怕你那副省长老爸扇你，你就报吧。

张军正跟莎莎纠缠着，传来一阵摩托车的轰鸣声，雷雷驮着黑皮来了。莎莎见了，底气十足地喊：雷雷，张军这个王八蛋要流氓。

张军斜眼看着雷雷，一脸挑衅滋事的神情。雷雷不看他，教训莎莎道：你属屎的啊，怎么专招苍蝇啊。

黑皮想乐，又强忍住。张军气得骂，小兔崽子，骂谁呢。雷雷斜眼看着张军，脸却对着莎莎道歉：我错了，你属苍蝇，专往屎上粘。

莎莎气得打了雷雷一拳，张军不干了，怒道：你他妈骂谁呢？

雷雷根本就不看他，冲着莎莎和黑皮问：哪儿来的野狗在这儿乱叫，门卫，把野狗赶出去，别影响了市容市貌。

说着，雷雷就往饭店里走。张军大怒，上前揪住雷雷的手臂，雷雷早有防备，就势使劲一抡，差点把张军抡趴下。莎莎和黑皮哈哈大笑。

雷雷站在台阶上，居高临下蔑视着张军。张军冷笑一声，阴险地说：小王八蛋，别以为你靠着白莎莎就高枕无忧，你干的那些事儿以为没人知道吗？老子手里有的是证据，我咳嗽一声，你就大牢里待着去吧！

莎莎骂道：你个王八蛋活腻歪了？

雷雷冷笑着说：你咳嗽啊，你放屁也成啊！我借你俩胆儿，我看你能怎么着老子！

张军转身离开，留下一句话：你小子不用嘴硬，你就等着瞧吧。

莎莎心里有鬼，很不踏实，她担心张军闹出什么乱子来。雷雷不以为然，黑皮分析说，他巴结莎莎一家还来不及呢，哪敢捅事儿？黑皮的一句话，打消了莎莎的顾虑。

大头在饭店等急了，正要出来找，迎面碰见雷雷他们。四个人在饭桌上推杯换盏，开怀畅饮，啥话都说。他们从饭店晃悠出来时天色已晚，一路上说笑打闹，好不快活。

莎莎问雷雷这次赚了大钱想怎么花。雷雷一撇嘴说，她一个娘们儿老惦记着他的干吗。莎莎说，德行，总不会跟黑皮一样，想做梦娶媳妇吧。黑皮嘻嘻笑着说，要不是莎莎非要缠着雷雷，他也不会忍痛割爱另择佳偶。他的话引起三人一阵哄笑，雷雷嘲笑说，指不定是副什么尊容呢。

黑皮急了，从钱包里拿出女友的照片炫耀。莎莎抢过照片，就着路灯的灯光看，她觉着相片上的人有些眼熟，忙叫大头过来看看像谁，大头接过一看就怔住了，这女人很像叶青儿。雷雷斜眼看了看大头手里的照片，脸色立即阴沉下来。他不理三个人，径自骑车狂奔而去。

黑皮一头雾水，不知何故。大头骂他有病，非找个像叶青儿的女人。黑皮大喊冤枉，并说他是照着莎莎的模子找的。莎莎则骂雷雷有病，非得在一棵烂白菜叶儿上泡死。大头劝她识时务另觅他人，指出她从未真正了解过雷雷。气得莎莎直骂大头多管闲事。

叶母为女儿的事整天寝食难安，她愁容满面地在客厅走来走去。老叶被她弄得看电视也看得不安心，埋怨说：你坐一会儿成不成？着急有什么用？

叶母唉声叹气说：我一坐下就心慌，你打电话给韩阳，问问青儿回宿舍没有，情绪怎么样了？

老叶说：不要一有事儿就找韩阳，动不动就找，这不给人家施加压力嘛！

叶母不干了，让老叶想办法，女儿又不是她一个人的。老叶绞尽脑汁，想出一个不是办法的办法，让女儿出国留学。叶母觉着这法子好，催促老叶赶紧联系海外的亲朋好友，怕夜长梦多。

叶青儿对父母背后的动作一点也不知晓，雷雷把她的心搅得乱成一团，只有韩阳能让她的心安静下来。她一见到韩阳，心里就踏实，有一种想依赖、想倾诉的感觉，至于韩阳心里在想什么，她从来就没有想过。

青儿陪父亲到医院看病，遇见韩阳。他并不多言，只是深深地注视着她，用眼神来表达他的关切之情。他的眼神深情而绵长，一刹那，青儿的心被他看乱了。

望着韩阳落寞的身影，青儿感到很是愧疚。她突然站起身，大步追了上去。他俩都想着雷雷出现后面临的局面，可又都本能地回避这个话题。

青儿问她那篇中西医结合的论文该怎么写？韩阳说她有理论，又有实践，一定能写好。青儿说，她可能会偷韩阳的概念。韩阳笑了，说好些概念都是从她父亲那儿学来的，不知算不算剽窃。青儿说，她父亲很喜欢韩阳，他能从父亲那里学到东西，他高兴还来不及呢。

聊了一会儿，两人陷入沉寂，各想心事。青儿突然开口说：韩老师，我心里一直很别扭，总觉得欠你什么，可是又不知怎么还。

韩阳心里发酸，摇头说：我说过多少遍了，你什么都不欠我的。

两人沉默着往前走，韩阳觉得还是面对现实的好，平静地问道：雷雷现在怎么样了？

青儿低声说：不知道，没说几句话。

青儿知道韩阳是有话不爱直说的人，他宁愿把满腔郁闷积压在心里沤烂，也不会倾诉。青儿有时都替他憋屈难受，她忍不住说：他一点也没变，还那么讨厌、混账！

韩阳反问道：你呢？你变了吗？

青儿一时怔住。韩阳盯着青儿的眼睛，一字一顿地说：你口是心非，你一直口是心非！

青儿生气地说：我不懂你在说什么！

韩阳也气恼了，说道：我也不懂你要跟我说什么？你和雷雷怎么样，是你们自己的事儿！不需要向任何人解释，也不需要看别人的态度！

青儿张口结舌说不出话，韩阳以冷静的态度说着狠话，这让青儿措手不及。她好半天才嗫嚅着说：好，好，以后我们就说学习上的事儿，成了吧？

韩阳脸色阴沉地说：好，就这样！对不起，我得去病房了。说完，头也不回地转身走掉。青儿不禁傻了眼。

晚上，青儿来到图书馆，心不在焉地翻着书，她出现了幻听，雷雷似乎在耳边笑着说：青虫，又想我了吧！

青儿目光迷离，不由嗔道：讨厌！话一出口，赶紧抬头四看，见身旁人都看着她，窘得她赶紧起身，拿着书就往外走。

青儿抱着书本茫然地在学校操场上走着，她走到一棵树下站住，望着天空发呆。一个人影走过来，青儿木呆呆地掉过头，见是韩阳。他手里拿着一本书，开玩笑说：这么冷，在外边傻站着干吗？望月感怀准备写诗啊？

青儿定定地看着韩阳问：冷吗？我没什么感觉。就觉得心里冷。

韩阳不好意思地说：下午在医院，我有点不冷静。

青儿幽幽地说：我知道，我一直让你烦。其实，我也很烦自己。我现在连论文都写不下去，真担心拿不到毕业证、学位证。我爸妈要知道，非得急死。韩老师，我该怎么办啊？

韩阳真诚地说：你说过你要做个优秀的外科医生，而外科医生最重要的是冷静、理性，否则手术台上怎么能够应付突发事故？

青儿忧伤地说：这么说，我根本就当不了医生。我一点都冷静不下来，我心乱急了。韩阳，你要再不理我，我真的不知道活着还有什么意思。

韩阳不相信地说：瞧你这话说的，我有那么重要吗？

青儿坦诚地说：你是我最好的朋友，比华华都重要。

韩阳沉默了一会儿，淡然一笑：我怎么会不理你呢？

青儿伤感地说：可你下午在医院的那个样子，真的很冷。我从来没见你对人那么冷过。韩阳，你会不会有一天真的不理我了？

青儿说着站住，看着韩阳。

韩阳看着青儿忧伤的表情，微微一笑：不会，我们是老同事、师生，你父亲是我的忘年交，我就是想不理你，也很难啊！

第二天，韩阳来女生宿舍找华华，说他妹妹结婚，他想让华华帮着参谋一下买啥好。正巧青儿路过，华华赶紧上前搂住她说：哎，你帮我个忙。韩阳妹妹结婚，让我帮他选礼物，我倒是上赶着想帮他，可我男朋友正等我呢！你替我去吧，虽然你品位比我差那么一点点，可我经常教育影响你啊，也不会错得太过分吧？

华华说着冲青儿挤了挤眼，摆摆手走了。青儿有点尴尬，韩阳也有几分别扭。青儿冲韩阳打了个招呼，正想要走，韩阳却笑着问：能帮我这个小忙吗？

青儿看着韩阳诚恳的笑容，点点头。

他俩坐公交车去小商品一条街，青儿说那里全是私营小店，品种样式多，东西很有特色，还可以讨价还价。韩阳说他很少逛街，全听青儿安排。

两人信步往商品街里面走。这是一条小街，道路狭窄，路两旁是些形形色色的私家小店及摆摊的。青儿和韩阳沿街走着，在一些小摊点旁停下，挑挑拣拣，交换着意见，像是一对情侣。

旁边洗发屋里传出一阵歌声：你问我爱你有多深，我爱你有几分，我的情也真，我的爱也真，月亮代表我的心……

青儿步伐越来越沉，眼睛渐渐湿润。她忘了来这里的目的，忘了跟谁来的这里。

正在一个摊点上翻拣商品的韩阳忽然意识到青儿不在身边，他回过头，看见青儿在街当间站着，脸上一派痴迷……

韩阳无言地走过去，青儿茫然回头，看见韩阳关切的眼神，苦笑一下，机械地向前迈步。韩阳无言地跟随青儿，两人漫无目的地在街头走着……

雷雷、大头和黑皮四仰八叉，表情各异地躺在沙发上看刘德华和吴倩莲主演的片子。大头和雷雷不时拿黑皮和他女友开涮。黑皮不以为意，嘻嘻哈哈说想女友了，要给她打电话，雷雷把无绳电话扔给他，黑皮却忘了电话号码。

黑皮正翻找着电话号码，电话突然响起。他拿起电话一听，只听莎莎在电话里着急地让雷雷接电话。黑皮把电话递给雷雷，莎莎让雷雷赶紧转移家里的货物，说张军举报了他们，一会儿工商和外贸办的就会来雷雷家检查。她跟她哥哥已经到了飞机场，准备去香港躲几天，回头再联系。

雷雷说他们有凭有据地做生意，不怕别人查。情急之下莎莎说了实话，她说有好些事儿都没跟雷雷说，他不知道实情。现在账户也冻结了，要他无论如何赶紧转移货物。说完，莎莎挂断了电话。

大头和黑皮忙问出了什么事儿，雷雷大骂张军是王八蛋，陷害他。这时电话又响起，莎莎告诉雷雷，要是他被逮着，就把一切事儿往她身上推，因为好多事儿都是她背着雷雷做的，让他一定记住。

雷雷听完莎莎的话，让黑皮和大头赶紧帮忙收拾货物，三人骑着两辆三轮车和一辆自行车急忙出了门。

雷雷、大头蹬着三轮，黑皮骑着自行车，在马路上行驶着。三人一起快活地哼唱着当时流行的一首广告歌曲：我们是害虫，我们是害虫……正义的来福灵，正义的来福灵……

迎面开来一辆挂着工商牌子的面包车经过。张军坐在驾驶副座，他无意中从后视镜里看见大摇大摆、哼哼唱唱的雷雷以及他们三轮车上的货物，大喊：停车，那就是雷雷，他们在转移货物！

车猛地停下，接着倒车声和车轮擦地的尖锐声传来。

雷雷等人没发现张军，仍边骑车边唱歌往前走。身后面包车追来，超过了雷雷他们，雷雷唱着歌偶然一偏头，只见张军在车窗里一脸怨毒地瞪着他。

雷雷猛地把三轮车停下，黑皮差点栽到三轮上，正要骂，就见那辆面包车刷地停在雷雷他们面前。车上跳下几名执法人员，喊道：喂，你是雷雷吗？

雷雷突然狂喊：分开走！说着，狂蹬三轮，大头和黑皮则朝不同方向驶去。

执法人员兵分三路，追赶着三人。张军一直缩在车里，指引司机追雷雷。雷雷疯狂蹬车，一路东倒西歪，货撒了一地。身后两名步行追赶者见状不时捡货，很快被甩下。雷雷一边骑一边回头，张军那张怨毒的脸紧随不舍。

雷雷拣小路、窄路骑，看见前边一条小巷，一头钻了进去。张军他们的车无法进去，他只好跳下车，吩咐司机开车找人，自己也跟了上去。

青儿在邓丽君的歌声中行走，她如入无人之境，与雷雷的点滴过往不断浮现……韩阳跟着走了几步，突然站住，他看着青儿茫然走着，一时不知道自己该怎么办。

忽然街口一阵喧哗，一辆三轮车横冲直撞进来，随着是一阵疯狂的吆喝：闪开，快闪开！三轮撞翻了路边小摊，路人纷纷躲避不迭。

青儿闻声茫然抬头，不禁一下子愣住，那个蹬三轮狂喊的男孩儿正是她热切思念的雷雷。雷雷一路狂喊着，行人纷纷避开。青儿当间站立，一动不动地看着雷雷。

雷雷抬头看见青儿，慢慢停下。两人当街相互凝视着。邓丽君的歌声传来：

甜蜜蜜，你笑得甜蜜蜜，好像花儿开在春风里，开在春风里。在哪里，在哪里见过你，你的笑容这样熟悉，我一时想不起。在梦里，梦里、梦里见过你……

青儿眼中渐含泪水，雷雷眼睛一眨不眨盯着青儿，眼神越来越痛苦……韩阳赶来，看见雷雷，再看青儿，谁都能读懂这对青年男女眼神中炽热交织的是什么。韩阳难过地低下头，转过身慢慢走开。

张军带着几个人步行赶过来，老远见到雷雷和青儿在一起，脸上怨毒加深，他加快脚步。青儿看见张军杀气腾腾，脸色大变。雷雷猛地回头，张军一脸凶相地瞪着他。

青儿紧张地问：怎么回事儿？

雷雷一动不动，脸色平静。张军等人将雷雷的三轮围住，雷雷跳下车，靠在车上，看着几个人，一脸傲慢。他的傲慢激怒了张军，张军冷笑着踢踢三轮：这是什么？

雷雷冷淡地说：你没长眼还是不识字？箱子上不写着吗？

围观者越来越多，有人开始发笑。张军却不急不恼，他要当着青儿的面好好玩弄一下雷雷的自尊。

张军冷冷地说：带上你的东西，跟我们走一趟吧！

雷雷不屑一顾地问：上哪儿啊？

张军正色道：白莎莎伙同省外贸不法分子，有重大走私嫌疑。我们正在追查走私物品，你和白莎莎是一伙的，你得接受我们的调查！

围观者议论纷纷。青儿无比焦急，又不知道该说什么，直看雷雷。雷雷淡然地说：不去！

张军得意扬扬地说：我劝你还是配合我们。白莎莎和她哥现在已经外逃，甩下你个小喽啰当替罪羊，真是可怜！不过嘛，我们的政策你也了解，坦白从宽。

雷雷到底年轻，他有点沉不住气：我这批货都是有批文盖公章的，有一个章还是你帮着盖的，你装什么装！

张军依然是那种不阴不阳、不冷不热的语气：你这是造谣，我从来就是和你们这些纨绔子弟、腐败分子划清界限的！

雷雷怒道：你他妈再说一遍？几天不见你还装神弄鬼了，真拿自己当根葱啊？

张军脸色阴沉下来，那几个执法人员以及商业街维持安全的保安将雷雷团团围住，个个像是凶神恶煞。

雷雷一脸不惧，拉开打架的姿势。

青儿赶紧上前冲张军说：张军，你这是干吗？大家都是朋友、老乡，有什么话好好说嘛！雷雷是什么人你还不清楚啊，他根本不会干违法乱纪的事儿！你说对吧？然后她转过脸，推着雷雷说，你赶紧走吧，别在这儿影响交通了，你看人都堵得走不动道啦！赶紧走！

青儿推着雷雷走，雷雷被动地走了几步。

张军冷笑道：还真是小两口啊！叶青儿，雷雷要杀人放火、强奸妇女你也护着他吗？

青儿气得满脸通红说不出话来。

雷雷猛地转过身，怒视着张军说：你丫说什么？

张军喝道：姓雷的，你必须老实配合我们！否则，问题就严重了！

青儿压住气，冲着张军说：雷雷有什么问题，有法院、公安局管，你也不必这么为难他！

张军不屑地说：我犯得着为难他？他这些货物编号都是海关记录在案的，都是走私品，懂吗？你知道他是什么人？你还敢护着他？别以为傍个高干子弟就背靠大树，小心掉进臭粪坑爬也爬不出来！

雷雷大怒，挥拳就要冲上去，被青儿使劲拽住：别冲动！你又没犯法，你怕他干什么？

张军冷冷地说：他没犯法，谁犯法？

雷雷看着青儿，见她紧张恐惧的表情，自己反倒平静下来。他转过脸冷静地对张军说：我跟你走！

张军愣住，他没想到雷雷一下变得这么乖。他想让雷雷在青儿面前出丑，不想就这么善罢甘休，他要激得雷雷发作，抓住他的把柄狠狠收拾他一顿。

雷雷大喝一声：走啊！

张军不搭理他，招呼跟来的人把三轮车上的东西往面包车里搬。雷雷沉下脸问他想干什么？

张军一脸阴损地说：你人跟我们走，东西涉嫌走私，我们要扣留检查。

青儿紧张地看着雷雷，雷雷咬着牙说：你随便！

那些人开始搬雷雷三轮上的东西，他眼睁睁看着自己的心血被人搬走，气得眼里出血。张军在一旁冷冷地看着。雷雷慢慢回头看着张军，见他眼里藏着怨毒，突然一笑，扬声道：拿吧，拿吧！小心点，别磕着碰着啊！这批货我可都登记在册的，你们弄坏了可得双倍赔偿！

就听一个小伙子嘀咕道：你还想拿回去？做梦吧！

雷雷闻言不动声色地盯着张军。张军看在眼里，怒在心头。他将雷雷挂在三轮车把上的挎包拿下来，那是雷雷的私人用品。雷雷冷着脸上前，一把抓住：这私人物品，别动！

张军拽得紧紧的不松手，盯着雷雷，声音很冷：是吗？谁能证明？

雷雷死盯着张军，声音低沉：小子，我给你留着脸呢，别欺人太甚！

张军虽然生气但也很兴奋，他看出雷雷已经忍不住火了，他要用手中这个挎包逼着雷雷发狂。他扬声道：你这种小流氓、小混混，仗着高干老子为非作歹、无恶不作，今天我们就是代表人民，管教管教你！

张军说着猛地一抻，雷雷挎包里的东西散落一地，多是一些票据、笔记本，关键是一台日本进口小巧的walkman，伴随几盘磁带狠狠摔向地面。雷雷本能伸手要接，walkman应声掉地，摔成几半，里面掉出邓丽君的磁带。

雷雷狂怒，转过身瞪着张军。张军却一脸冷漠看着地上邓丽君的磁带，突然一笑，抬头看着雷雷。

张军用脚碰了一下那盘磁带，冷笑道：啊，邓丽君？听说你除了邓丽君什么也不听，为什么？

雷雷愤怒地冲上前，一把拽住张军衣领，气得浑身发抖。张军身边的那帮人立刻冲上前，要抓雷雷。青儿急忙护住雷雷，背冲着他说：你冷静点，他在成心激你，你看不出来啊！别中他圈套！！

雷雷慢慢松开手。张军盯着他，一脸阴险地嘲讽道：好一个夫唱妇随，甜蜜蜜啊！说着伸出脚，踩住邓丽君的磁带。

雷雷和青儿都盯住张军那只脚，看着那只脚一点一点将磁带踩得粉碎。

雷雷的忍耐已经到了极限，青儿死劲拽着雷雷，推着雷雷往外走，厉声道：走啊，走啊，不就一盘磁带吗，有什么了不起的！甭跟这种流氓、人渣废话！

张军越来越嚣张：是吗？让大家说说，谁是流氓？你们还不认识吧，这位是本市雷副市长的大公子，有名的小流氓。这漂亮姐儿……

雷雷打断张军，吼道：你他妈找死啊！

青儿一边死死拦着雷雷，一边回身冲张军吼道：你这是公报私仇！你要报复我，你冲我来啊！

青儿盯着张军，眼里全是愤怒和不屑。张军看着青儿眼中的不屑，眼睛冒火，终于失去理智。他一脚踢开地上的walkman和破碎的磁带，狂吼道：臭娘们儿，破鞋！神气什么！谁还不知道谁有钱、有权，你就他妈上谁床？

青儿羞愤交加地呆住。雷雷低吼一声挥拳冲上，一拳击中张军脸部，打得张军满脸开花，摔倒在地。

张军带来的那些人以及保安，还有一帮要拍张军马屁的混混们一拥而上，将雷雷团团围住。张军爬起来，吐一口血水，抢过一根木棍冲上去就打。

雷雷抡着三轮车上的钢链锁，一个人奋力和十几个人打在一起……

青儿又急又气又怕，早吓晕了。她哭着一个劲儿地喊着：雷雷！雷雷！

这又是一场恶斗，因为青儿在场，雷雷斗志昂扬，他为自己也为青儿的尊严而战。

韩阳闻讯从远处跑来，见状大惊。青儿见着韩阳，像见着救命稻草一样紧紧抓住韩阳，哭喊着：韩阳，你帮帮雷雷，帮帮雷雷。

韩阳没工大理会青儿，上前和青儿一起拼命拦阻，但无法近前。他急忙转身跑到公用电话处，打电话报了警。

警笛声响起，混混们一哄而散。

雷雷稍一分神，张军忽地抡起木棍砸向他。青儿尖叫一声挡在雷雷面前，就在木棍砸到青儿头上的瞬间，雷雷猛地推开青儿，那木棍着着实实砸在雷雷腿上。雷雷应声往下倒去。青儿猛地扑过去，接住雷雷，两人一起倒在地上……

警察赶来，张军等慌忙逃走。

青儿紧抱雷雷，张大嘴，却哭不出声。雷雷的鲜血浸透青儿衣襟……

救护车笛声阵阵……

青儿医学院的系主任和教师带着实习的学生，在医院参观。突如其来的救护车鸣笛声让他们扭头观瞧，只见救护人员推着一辆担架车匆匆走过。担架上躺着一个被纱布包得严严实实的人，韩阳扶着一身血污的青儿跌跌撞撞地跟在担架旁。

医学院的师生都愣住了，系主任叫住韩阳，问叶青儿家出什么事儿啦？韩阳不知道怎么回答，青儿在急诊室外流泪不止。

系主任焦急地问，是她父亲还是母亲出事了？韩阳把他拉到一旁，低声说，是她一个朋友受了伤。系主任见青儿哭得上气不接下气，狐疑地问是男朋友还是女朋友？

韩阳含糊地说：反正是好朋友呗！您忙您的去吧！

正说着，医生推门出来，问道：雷雷家属在吗？

青儿赶紧抹把泪：我是！

系主任一听是雷雷，愣了一下，忙看韩阳，韩阳窘迫地低下头。

医生对青儿说：病人腿部受重击，关键是受打击部位有旧伤，可能会引起严重的炎症。青儿紧张地问道：您直接说结果吧！我是医学院学生，我听得懂！

系主任和韩阳都围过来，医生看看四周，苦笑一下：病人有可能截瘫！当然这是最坏的结果。

医生话音未落，青儿的身体直摇晃，险些栽倒，韩阳赶紧扶住她。青儿推开韩阳，冲进急救室。

雷雷头缠绷带，输着液，静静地躺在病床上。青儿跑进来，扑到雷雷床边，满脸是泪。她眼前浮现出雷雷以前受伤的情景，声嘶力竭地哭喊道：雷雷，你别怕，你别怕啊！我会在你身边，我会照顾你一辈子。一辈子不离开你！

雷雷想动，却动不了，眼泪唰地流下来。

青儿恸哭着，呼喊着：雷雷，雷雷，我们永远在一起……

大门敞开着，韩阳、系主任和那些教师、学生们，都呆呆地看着眼前这一对苦命情侣相依为命的场面，全都黯然神伤，一个一个转身离去。

韩阳茫然走着，系主任叫了他好几声他才听见。系主任看着韩阳痛苦的样子，想说什么又把话咽了下去。只是拍拍他的肩膀，摇摇头离开了。

韩阳颓然地坐在走廊长椅上，心里异常难过。

老叶缓缓走来，一眼看见韩阳，脸露欣喜，叫道：小韩！

韩阳开始没听见，直到老叶走到跟前叫他，才慌乱地抬头，赶紧站起。老叶关心地问道：当班啊？

韩阳机械地点头，老叶温和地说：今天下班早的话，就去我家吧！你阿姨成天唠叨说你不去看她。

韩阳神情木然，脑中完全没有意识。老叶见他精神萎靡不振，不大想说话，便把他们夫妇打算让青儿出国留学的事儿告诉了他。韩阳一听青儿的名字，马上反应过来。他怕老叶看见青儿，慌忙把他引开，免得节外生枝。

青儿在急诊室病床前细心地为雷雷擦脸擦手。雷雷的眼睛随着青儿脸动，青儿满脸羞涩，用手去胡噜他的眼睛，让他闭上眼睛。雷雷假装听话地闭上眼睛，又睁开。

青儿给他擦完手脸，又帮他擦身体和脚。雷雷不觉兴奋起来，但却拼命忍着。还是忍不住要翻身，他刚一动，输液瓶差点儿倒了。

青儿赶紧扶住瓶子，瞪着他道：你要干吗？

雷雷忙说：撒……撒尿！

青儿想笑，但她忍住了。她拿出接尿盆说：就在床上撒吧！

雷雷满脸窘态：你叫护士来，出去！

青儿终于忍不住乐了：我可是医生啊，别扭什么呀！

雷雷看着青儿笑脸，愈加兴奋。他努力压制着。忽然伤口疼得他直叫，青儿紧张地上前搀扶，雷雷现在哪里敢碰青儿身体，忙弯着腰，推青儿让她出去。

青儿是学医的自然明白，她红着脸娇嗔地轻轻给了雷雷一下。雷雷就势喊疼：哎哟，往哪儿打啊，疼死我啦！

青儿是进退不得，不看雷雷：讨厌！哪儿疼啊？

雷雷大声说：哪儿都疼，快叫医生来！

青儿转过身，见他真疼得脸上直冒汗，吓得狂喊：医生，医生！

第十五章

雷雷躺在靠近窗户的病床上看着报纸。大头和黑皮悄悄溜进病房，他一见二人大喜，翻身坐起就要下地。谁知一使劲儿，疼得他龇牙咧嘴，只好坐下。大头和黑皮见状，忙过来按住，让他别动。

雷雷笑呵呵问：哥们儿，你们没事儿吧？

大头赶紧回头看看两边，低声说：我让那帮小子逮着了。我倒没啥事儿，不过东西没了。唉，对不起啊！

雷雷给了大头一拳：说什么屁话呢，人没事儿就成，钱财都是身外之物。喂，张军那王八蛋怎么着了？

大头喜形于色地说：派出所拘了丫一天。本来他们单位要除名的，他丫托了人情，背了个处分。

雷雷气恼地说：真他妈便宜他了！

黑皮耷拉着脸，在一旁不言语。雷雷看着他，顺手给了他一下：你又没损失什么东西，哭丧个脸干吗？

黑皮无精打采地说：我可是受了大惊吓，被追得屁滚尿流，车也摔坏了。幸亏哥们儿打小练过五百米长跑，加上地形咱也熟。这要让他们给逮着了，我们单位还不得开除我啊。

雷雷嘻嘻一笑说：开了就开了，你这号人混到头也不过给局长拎拎包。反正都是拎包，不如你给我拎吧！

黑皮左右看看，没好气地说：就你？你包在哪儿呢？说大话也不怕闪了舌头！他突然瞅着雷雷一阵坏笑，我看你小子有点邪性啊，东西都折了，人也伤了，还倍儿精神。喂，怎么回事儿？吃十全大补丸了？

雷雷给了他一拳，一派老大的口吻：管好你自己，大人的事儿少打听！

大头环顾四周，夸张地嗅着：空气中有女人的味道！

黑皮也装模作样地嗅着，雷雷看着两人，笑着说：去，去，这医院护士不全是女人啊，毛病！

大头嘿嘿乐着，暧昧地说：叶青儿彻底拿下了？

雷雷瞪眼问：你怎么知道的？

大头坏笑着说：我靠，你们上演的罗密欧与朱丽叶的故事，医学院和我们学校可都传遍了。哎，你说那朱丽叶怎么死活非跟你呢？

黑皮跟着起哄：没错，你这罗密欧也忒糙了点啊！

雷雷和大头同时出手，敲着黑皮的脑袋说：有你什么事儿！

一小护士一边给雷雷换药，一边和他聊着天。雷雷问护士，什么时候能出院。护士告诉他快了，还说他们全院的医生和护士都被他们俩的爱情给感动了。

两人正说着话，门悄然推开，青儿走了进来。护士回头一笑：正说朱丽叶，朱丽叶就来啦。哎，听说你是医学院学生，这体温表你帮我试吧，量完了做个记录就可以了。说着，她将记录本放在床头柜上，看看俩人，笑着走了出去。

护士一走，雷雷立刻老实下来，规规矩矩平躺在床上，一动不动。

青儿一本正经地拿起温度表开始甩，但眼神和动作都流露着两人首次近距离接触的紧张和激动。

青儿将体温表夹进雷雷右腋下，让他老实待着别动。雷雷很听话，还真就老实待着，一动也不动。

青儿看了他一眼，憋不住想乐，却绷着脸假装严肃，收拾着他换下的脏衣服。雷雷平躺着，小心翼翼斜眼儿去看青儿，见她正拿他的脏衣服，立刻翻身要坐起：哎，哎，脏！我自已洗！

青儿瞪着他说：小心体温表！

雷雷噢了一声，赶紧躺下，转过脸来，小声说：内……内裤别洗啊！

青儿红着脸瞪他，也小声地说：臭美吧你！

雷雷嘿嘿一乐，青儿瞪他，他立刻闭上了嘴。

青儿将脏衣服放进盆里，然后伸手，雷雷傻乎乎地看着青儿。青儿暗笑，伸手去拿雷雷腋下的体温计，她身体前倾，两人的距离一下子挨得很近。

雷雷规规矩矩不敢动，眼睛直直地盯向天花板。有那么一瞬间，青儿机械地停下手，他们俩眼睛对着眼睛，脸几乎要贴在一起。雷雷紧张得身体发僵，嗓子发干，头像有根线牵着。他情不自禁地抬起头，挨过去……身后突然有人剧烈咳嗽，两人一惊，头立刻分开，面红耳赤的都不敢看彼此。

青儿重又绷着脸，伸手将雷雷腋下的体温表取出。雷雷身体僵直，一动也不敢动。

青儿坐直身子看读数，雷雷猛地将身体松懈下来，他的胸脯却不断起伏着，他怕青儿看出马脚，忙将眼睛朝窗外看。玻璃上映出青儿一本正经看体温表的样子，他傻呆呆地看着……

青儿一本正经地说：三十七度，还有点炎症呢，得住两天。她一边说着，一边做着记录。

青儿抬眼，看见玻璃上映出的雷雷表情，不禁怔住。两人无言地在玻璃映像里互相注视了半晌，青儿便放下记录本，弯腰拿起盛满脏衣服的脸盆走了出去。

雷雷看着青儿走出去，一脸甜蜜的忧伤。

华华来找青儿，她知道青儿在雷雷的病房里。她走到雷雷病房门口，恰好青儿端着盛脏衣服的脸盆出来，两人差点撞上，就这么直眉瞪眼互相瞪着。

青儿一走，雷雷立即翻身坐起，端起水杯一通狂饮。刚喝完就想上厕所。他翻身下床，走出门来，便被水房里传出的高亢说话声吸引住了。

华华认真地问：还真过上日子了？

青儿头也不抬说：想说什么就说吧，憋在心里别憋出毛病！

华华一脸平淡地说：我有什么资格说你？我又不是你亲姐。

青儿伸手关上水龙头：那就什么也别说！说完，她头也不抬地开始洗衣服。

华华转身要走，走到门口，想想又回过头来，冲着一脸倔犟的青儿说：你当着系里那么多老师的面，上演了一出《罗密欧与朱丽叶》，真的就不怕学校会处分你？

青儿洗着衣服，声音平静地说：我没有想那么多，那也不是表演！她有些激动，下意识甩下手，水珠儿溅到了华华脸上。

华华淡然一笑：换了是我，我不会这么做！

青儿没好气地说：因为你不是我！

华华看着她，生气地说：这么长时间，我一直站在你的立场想问题，可我实在想不通为什么。你明明知道雷雷这种男孩子有多危险，你们家对他什么态度，你和他在一起就是要对抗全世界，你有这思想准备吗？

青儿打开水龙头，看着眼前哗哗的流水，有一会儿没有作声。半晌，她慢慢回头看着华华：我尝试过离开他，不再想他，可我做不到！跟他在一起一定会很难，可没有他，我活着还有什么意思？

两人就这么互相盯着，水龙头哗哗淌着水。

青儿端着脸盆出来，看见雷雷在前边吃力地走着。她快步走上前，腾出一只手去搀扶他：你出来怎么也不穿件外套啊，冻着怎么办？真是让人操心！

雷雷不回答，青儿看向他的脸，雷雷忙别过脸不让她看。青儿绕到另一边，看见雷雷眼里的泪水，一时黯然。她搀住雷雷，雷雷却甩开她的手，身体歪向墙，头抵住墙壁，声音闷闷地哽咽着说：你要是跟我，我不会给你丢人的！说完，便冲进了厕所。

青儿愣着，脸上却浮起了笑容。

华华在水房门口看着这一幕，心里五味杂陈。

身体恢复得差不多了，雷雷办理了出院手续，大头帮他拎着包回家。雷雷边掏钥匙开门，边满怀忧虑地问，他妈还不知道这事儿吧？大头认真地说，这事儿动静挺大，没准儿已经知道了。

雷雷用钥匙怎么也捅不开门，正用劲儿，门突然开了，母亲站在门里瞪着他。雷雷一个激灵，慌忙说：妈，我这儿正想您，念叨您呢！

雷母上前就是一巴掌：哪儿想？皮肉想吧！

雷母不过是做做样子，吓得雷雷赶紧逃进屋里。一旁的大头赔着笑脸说：阿姨，雷雷这伤还没好利索呢，您可不能动他！

雷雷大大咧咧往沙发上一靠：是啊，妈，医生说我伤得挺邪乎，差一点就残疾了。

雷母眼瞪他说：你胡说什么！再敢胡说八道，我……

雷雷忙做出一副可怜相，看着母亲，雷母气得扬手想打，想了想舍不得又放下。大头微微一笑，知道雷雷能躲过这一劫，便放心地告辞而去。

雷母帮儿子清理需要换洗的衣服，雷雷见母亲忙碌着，心里一下子涌现出内疚之情，他慢慢走过去，按住母亲的手，轻声说：妈，我自己来吧！

雷母抬头看着儿子的一脸真诚和歉意，一时竟不知说什么好。

雷雷看着母亲一本正经地说：妈，想说什么呀？别这么直眉瞪眼的，吓着我！

雷母看着他，下意识地伸手胡噜了一下儿子的头发：我想说什么你会不知道？我在想，你这么高，皮厚骨头硬，我要打你，手还疼呢！

雷雷看着母亲，假装委屈地说：妈，我干什么坏事儿了，又想打我？

雷母没好气地说：还没干什么！你那投机倒把的事儿要不是我找人给你压着，你现在还能自由自在胡说八道？

雷雷闻言急了：都是张军那王八蛋栽赃陷害！他们单位差点开除他，我是受害者。我还准备去法院起诉他，要他赔偿我经济和精神损失呢！

雷母劝道：算啦！让你爸知道你小命还要不要了！

雷雷嘟囔着说：当我爸儿子有什么好？打不敢打，骂不能骂，动不动就给我爸丢人，那我自己就没人格吗？

雷母闻言怒道：你还有理！你倒来倒去的，本来就不是什么正事儿！听说，莎莎那儿也出事儿了，你赶紧找个正经事儿做去！别成天游手好闲的！

雷雷听着母亲说的话，有些不舒服，反驳说：妈，怎么叫游手好闲啊！我这儿给国家做多大贡献，您看不见啊！

雷母没搭理他，接着说：我给你找了份去省直属机关车队当司机的工作，明天你就去车队报到！

雷雷想都没想就说：不去！那活儿我干不了。

雷母瞪着儿子，叹了口气说：我这是最后一次帮你找工作，你要去明天就报到。不去，以后你想让我管，我也管不了了！为你我欠的人情太多了。

说完，她看了儿子一眼，走出了门。

青儿在自己房间里，一脸阳光地对镜梳妆打扮，她把几件衣服换来换去，怎么着都觉得不合适，不由得发起愁来。

叶母、老叶在客厅看电视，叶母嘀咕说，一大早就关在屋里折腾，也不知道她干什么呢？说着，她站起身就往女儿房间走，老叶一旁没好气地说，你可真成克格勃了，女儿在家你还这么看着，她要不在家住了，该怎么办？

叶母不悦地说：不在家再说不在家的话，她在家待一天，我这心里就不踏实！

老叶一脸无奈，摇着头不去理她。叶母敲着青儿的房门问：青儿，吃水果吗？

青儿对镜端详着自己，朗声回答：妈，这不刚吃过吗？老问老问，我这论文才写一个题目，就让你打岔打到爪哇国去了！

叶母只好讪讪地说：得，好好学吧！

屋里青儿看着镜中自己的形象，颇为满意地笑了。她换好衣服，悄然推开门往外看，见母亲独自坐在沙发上，虽然困意十足，可她仍面朝青儿房间端坐着。青儿不觉有些气馁，回身关上门，靠着门想辙。

这边雷雷在家也是一通打扮，他又是刮胡子，又是对镜穿西服、换夹克、穿牛仔、摆 POSE。折腾了半天，终于擦好皮鞋，系上了鞋带，兴冲冲出了门。

雷雷骑着摩托来到约定的地点，把车停在路边，等了好半天，始终不见青儿的身影。他一个劲儿看表，终于不耐烦地走到公用电话处，拨通了青儿家的电话。

青儿闻听电话响，打开门就要往外闯。叶母却突然醒了，青儿吓得赶紧关上门，心狂跳不已。

叶母拿起电话问他是哪位，雷雷捏着嗓子，一脸酸样，文质彬彬地对着话筒说，他是医学院叶青儿同学的论文指导教师，他姓吴。叶母忙不迭问好，问他找青儿有什么事。

雷雷拿腔拿调地说：关于她的毕业论文，有一点意见需要和她交换。请问，她在家吗？

叶母一脸笑意地说：在家，我马上叫她。

电话亭里，雷雷一脸得意地拿着电话等着。叶母敲门让青儿接吴老师电话，青儿满脸疑惑，她拿起电话“喂”了一声。雷雷在电话里一本正经地说：叶同学，你好。我是你的论文指导吴老师，请你马上赶到中山路街心花园，我要跟你探讨一下你的论文。

青儿一脸认真地听着，肚子里乐翻了天。她赶紧回头去看母亲，见她进了卫生间，青儿捂着话筒，悄声道：死雷雷，你装神弄鬼你，吓死我了！

雷雷乐着，一脸无赖地说：你赶紧啊，我都等你俩小时了！

青儿放下电话，母亲出来，关切地问她什么事儿啊？青儿很少撒谎，她不敢看母亲，含混地说，吴老师要跟她谈毕业论文的事儿！叶母狐疑地看着她说，刚才那人的声音听着不像吴老师啊。青儿搪塞说，电话里声音失真是常有的，她得赶紧走了，吴老师下午还有事儿呢。

叶母怕耽误了女儿的正事儿，忙催她赶紧走。青儿兴冲冲就往外走，脸上洋溢着抑制不住的快乐。叶母见女儿打扮时髦，叫住她问：这件衣服是你舅从香港带回来的吧？真不一样，非常显气质！以前干吗不穿啊？

青儿支支吾吾地说：以前没机会呗！妈，我走啦！

叶母看着女儿的背影，满脸疑惑，喃喃自语道：今天是机会？是什么机会呢？

雷雷无聊地围着摩托车，做着各种杂耍动作。青儿远远跑来，见着雷雷，立刻放慢脚步，她一脸矜持。

雷雷见青儿一身时髦装束，脱口而出：你今天真漂亮！

青儿客气地回答：你也很潇洒啊。

两人互相看了一眼，都立即闪开了视线。青儿忍不住给了雷雷一拳，雷雷一本正经地说：君子动口不动手，你不是君子！

青儿又给了雷雷一拳，笑道：猪鼻子里插大葱，你装什么装！

雷雷也不禁笑了，两人互相捶击对方，哈哈笑着。两人闹了一会儿，雷雷翻身上车，将一个头盔扔给青儿，说道：上车！

青儿戴上头盔，她不太好意思碰雷雷，雷雷喝道：抱住腰，你想摔死啊！

青儿嗔怪地掐了雷雷一下，轻轻抱住他的腰，雷雷心里美滋滋的。他回头看着青儿，满脸严肃地喝道：搂紧点！没坐过摩托车啊！

青儿捶了雷雷一拳，突然问道：哎，你这车拉过多少女孩子啊！

雷雷本来正要发动车，闻言不禁停下。他转过身，摘下头盔，一脸深情地说：我这车从买来到现在，没坐过女人！你是第一个，也是最后一个！

青儿红着脸看着他：酸不酸啊，走吧！

雷雷回身戴上头盔，一踩油门，车猛地驶出。青儿不禁搂紧了雷雷的腰。

摩托车一路疾驶，青儿在雷雷身后张开手臂，尖声大叫着。雷雷一脸笑容，车开得更加疯狂。

雷雷终于停下了摩托车。他翻身跳下，伸手去扶青儿。青儿抓着他的手跳下，随后立刻松开了手。两人摘下头盔，互相看着，笑着。四周光线很暗，异常安静。两人忽然别扭起来。他们并肩默默地走着。

雷雷悄然偏过头去看青儿，见青儿直视着前方，特别紧张的样子。他掉过头，不再看她。这时青儿偏过头，却见雷雷径直看着前方，她不觉有些失望。

走了一会儿，雷雷紧张地将手悄悄伸出，慢慢靠近青儿，他的手刚要碰到青儿的手，却见她抬起手撩拨头发。雷雷不禁有些沮丧地将手缓缓垂下。青儿不经意间看见雷雷垂下了手，她下意识地想去拉他的手，但她终究没有伸手，不觉一脸懊悔。

两人正各自沮丧着，远处突然传来火车的轰鸣声。雷雷不觉兴奋起来，他回头对青儿说：哎，带你玩儿一个特刺激的，敢不敢？

青儿有些兴奋地问：你除了打架、斗殴和骑摩托，还有什么刺激的？

雷雷假装生气地说：小瞧人你，走！说完，他率先朝铁路方向跑去，青儿急忙跟上。雷雷伸出手，拉着青儿，边跑边笑。

雷雷和青儿手拉手跑到铁轨旁站住，青儿看着铁轨显得兴奋和紧张。

雷雷一脸坏笑：敢不敢玩儿？不敢就一边看着，我自己来！

青儿推雷雷一把：谁不敢啊！咱们看谁第一个逃跑！

雷雷笑着说道：成，就等着听你叫板呢！我告诉你，我玩儿这个十来年，就没碰到过对手！

青儿不屑地说：吹吧你，还十来年！你怎么不说你穿开裆裤就在铁轨上爬啊！

雷雷坏笑着说：你咋知道我穿开裆裤时候的事儿？

青儿知道他的意图，假装生气地说道：讨厌啊，你！

雷雷嘿嘿乐着，两人分别在并行的两条铁轨上像走钢丝那样走着，比着看谁先掉下去。青儿一不小心先掉下一只脚，想收回，却被雷雷发现：你掉下去了，你掉下去了！

青儿忙将两只脚放在铁轨上，得意扬扬地说：谁掉下去了，你才掉下去了呢！

雷雷正色道：不兴玩赖啊！

青儿向他做了个鬼脸：小气鬼！说着，她拾起根木棍，猛地砸向雷雷。雷雷早知青儿有此一招，回身一躲，掉下铁轨。青儿乐得哈哈大笑，雷雷作势要追青儿：你这个小无赖！

两人在铁轨当间追逐着。远处有火车鸣笛声传来，青儿有些紧张地说：火车来啦！

雷雷得意地说：怎么，怕啦？

青儿立刻说：你才怕呢！

雷雷趁机说：可别忘了规矩啊，谁要先跑，谁就得挨罚。

青儿心里非常紧张，但嘴上仍说：记住啦，啰唆鬼！

火车临近，已经能看见车头了。

雷雷愈加兴奋起来，踩着铁轨，摇摇晃晃走，不时回过头冲着青儿做鬼脸。

火车声隆隆……

青儿看着火车，紧张地走不动了。雷雷依然大摇大摆地走着。青儿开始紧张，喊道：雷雷，别玩儿了！

火车声越来越近，越来越响，青儿的喊声被巨大声响淹没。雷雷仍没事儿人似的走着，青儿跳出铁轨跑到雷雷身边。

雷雷回身看见青儿，一脸得意地狂喊：你输了，你要亲我啊！

青儿紧张地看着火车一点一点临近，司机也看到前方有人，猛拉汽笛，声音震天，青儿吓得狂拽雷雷。雷雷笑着往铁轨外跳，而他的脚却被铁轨的缝隙卡住。青儿急得满头大汗，抓着雷雷的脚，慌乱地往外拽。

雷雷笑着拔脚，可鞋仍卡在铁轨的缝隙里。

火车巨大的轰鸣声越来越响……

雷雷拔不出脚，开始紧张。他俩不约而同地弯下腰，四只手试图解开鞋带，谁知手都因紧张而发抖，鞋带反倒越系越紧。

青儿立即放弃了解鞋带，抱着雷雷疯狂往外拽。雷雷紧张得倒地拼命往外拽脚。就在火车头临近的一刹那，青儿和雷雷合力，把脚从铁轨中抽出，两人紧抱着一起滚向铁轨旁……

火车擦肩而过，轰隆隆像碾过两人的灵魂。青儿死死抓着雷雷，紧张得要晕过去。雷雷紧紧将青儿抱在怀里，既惊又吓，浑身颤抖不已。

火车已经过去，隆隆声远去。那只留在铁轨缝隙的鞋，已经被碾得不成样子。

两人渐渐平静下来，青儿情绪稍缓，便开始痛哭。她胡乱地拍打着雷雷：我，我以为你要死了。你死了，我怎么办啊！

雷雷将危险抛之脑后，抱着怀中乱扑腾的女孩，恢复了一脸顽皮：放心吧，我不会让你当寡妇的。

青儿含泪打着他，嗔道：讨厌！

两人紧紧地拥抱在一起。

天色昏暗下来，屋里光线暗淡，韩阳浑然不觉，仍在桌前苦读书本知识。门，悄然开了。华华站在门口，看着韩阳孤独的背影，轻轻帮他打开日光灯。屋内大亮，韩阳受了惊吓，回头一见华华立刻皱起了眉头。

华华走到韩阳桌旁看着他，一脸怜悯。韩阳把书放在桌上，淡然道：请把你脸上那廉价的怜悯表情收起来！跟遗体告别似的，难受。你的论文写完了吗？

华华冲他翻白眼：你也不是我的指导教师，写完没写完和你有什么关系？

韩阳没好气地说：那你找我干什么？

华华一下子气馁了说道：就想看看你呗。

韩阳生硬地说：我很好！

华华看着他，担心地说：你居然在黑暗中看书。韩阳，你要不要看医生啊？

韩阳有些不悦地说：我就是医生！

华华伤感地说：医生治不了自己的病。韩阳，你这么憋着忍着，真要得病的！

韩阳苦笑一下：我凭什么要憋着忍着？你们这些小女生，是不是看琼瑶看多了？非得把我安上一个可怜巴巴的角色才甘心啊?!

华华坐下，喃喃地说：我从来不看琼瑶，我要看琼瑶，就死等你。

韩阳不禁笑了：你老是这么直截了当，你男朋友受得了吗？

华华叹了口气，幽幽地说：要早知有今天，我干吗急着找对象啊！

韩阳看着她直乐，问道：你这话不怕传到你男朋友耳朵里？

华华也乐了：当然怕。韩阳，我知道我跟你根本就没戏，你心里那个标尺就是叶青儿，可我不太明白……难道，你真要这么无限期等下去吗？等到他们俩分手？

韩阳站起身，认真地说：我没想那么多事儿。我现在只想把论文写好，这篇论文对我很重要！

华华看着桌上的书和纸，无限伤感：我知道，论文如果被采纳，你就可以去美国参加年会。就可以离开中国，不会再见到我们。

韩阳却笑着问道：你不希望我成功吗？

华华心潮起伏，很是矛盾地看着韩阳，一时不知说什么好。

华灯初上的城市，灯光闪闪烁烁。

雷雷一脸平静地慢慢地骑着摩托车，放着音响，《甜蜜蜜》的歌声在城市夜空温柔回响着……青儿无限依恋地将头和脸靠在雷雷背上，手死死搂着雷雷的腰。

青儿回到学校时，宿舍已关灯。她摸黑爬上自己的上铺，撩开被子刚躺下，华华就撩起布帘，伸进脑袋。青儿被惊了一下，压低声音说：你吓死我了！

华华悄声问她：干什么去了？

青儿没好气地说：谁给钱雇你监视我啦？真讨厌！

华华讨了个没趣，气恼道：关心你！不知好歹！

青儿不理她，华华缩回头，想想不甘心，探过头问：学校要给你记大过处分，知道吗？

青儿一惊，立刻坐起，失声问道：啊，为什么？

失眠的室友立刻抗议道：还让不让人睡觉了！

青儿赶紧压低声音探过头去问：你怎么知道的？

华华卖着关子：废话，我是学生会的，我什么不知道啊！哎，你知道这个世界上最爱你的男人是谁吗？

青儿伸手摇她：大姐，快说到底怎么回事儿？

华华说出了韩阳为保住她的学籍，与系主任大吵了一架。并说他宁愿自己回农场，也要保住叶青儿到毕业分配。华华还责怪青儿欠韩阳太多，问她拿什么还。青儿听完，呆若木鸡……

雷雷想做点正经事儿，修车是他的强项。大头的亲戚开了一个修车铺，正要转让，雷雷得到消息后，高兴地盘下了这个小店。

雷雷、大头和请来的工人正满头大汗地在修车铺打扫卫生。

大头一边干活，一边看着雷雷，问起了他和青儿的进展。雷雷嘻嘻哈哈、避重就轻应对着大头的逼问。

空闲的时候，雷雷也能静下心看书了。他一手拿烟，一手翻书，看得非常投入。直到烟烧着手指才意识到疼，赶紧丢掉。

大头见到他这样，摇头笑说，这恋爱还真能让人脱胎换骨呀！早知如此，何必绕那么大一弯儿呢，早考上大学不完了？

雷雷头也没抬地说：这你就不懂啦，像我这样有丰富实践经验，再有点书本知识，那才叫战无不胜、攻无不克哪！

大头笑着说：吹吧你就，也就朱丽叶死心眼儿看上你这萝卜头！说着，他随手翻桌上的书，除了经济管理类，还有历史小说类，忍不住笑话雷雷，嘿，还百科全书的什么都沾啊！你说你看这历史伟人传记什么的，就算你学习知识了。看这小说、诗歌是不是想找点什么格言警句来骗你家朱丽叶啊？

雷雷自豪地说：嘿嘿！我们是什么感情啊，生死恋！还用得着骗？我就是想增加点自身修养！

两人互相挖苦打闹，开心极了。

青儿脸上洋溢的快乐和幸福，是人都看得到。韩阳在为她高兴的同时，心里也隐隐作痛。这天，他在路上不经意遇见青儿，想躲避已然来不及，两人都尴尬地点头笑笑。

两人沉默着走了一会儿，韩阳突然一笑。青儿不解地问道：笑什么？

韩阳回头看青儿，真诚地说：我认识你这么长时间，第一次见你眼睛里一点忧伤也没有，还笑得这么无拘无束，真为你高兴！

青儿拘谨起来：我一直想对你说……

韩阳苦笑：不会说对不起或下辈子吧！我可是无神论者。说完，他朝青儿一笑，径自走了。他的眼里，藏着深深的寂寞和痛苦。

青儿从图书馆回到家，见父母都不在，抱起客厅的电话进了自己的房间。

她拨通雷雷的电话，和他聊了起来。俩人在电话里瞎贫着，雷雷要给青儿念诗，被青儿笑着取笑了一番。

两人正聊着，青儿突然听到开门声，慌忙挂断电话，抱起电话机，冲出房间，向客厅跑去。她跑出来时，见父母正低头换鞋，忙背着手，后退到沙发边上，将话机轻轻地放在茶几上。她刚一放下，电话铃就响了，吓得她一哆嗦，电话差点掉地上。她急忙转过身，抓起话筒：喂，哎哟，你吓死我了！你干吗半夜三更打电话啊？

电话里传来华华的声音：你干什么亏心事儿了？这么一惊一乍的？

叶母在一旁紧盯着，嘀咕道：这么晚谁呀？

青儿打着手势说是华华，叶母听了一脸释然。

青儿坐在沙发上，成心要聊几句，华华却不想聊，说她昨天买的那件上衣不合适，让青儿陪她明天去换。说完就挂断了电话，青儿假装抱怨说：你这人老是这样，买完东西就后悔！

叶母看着青儿问：华华是不是要结婚了？

青儿一怔，叶母不高兴地说：她怎么成天要你陪她买这买那的？你不还没写完毕业论文吗？

青儿连忙敷衍着说：哦，快了，快写完了。

两个热恋的人约会像是搞地下活动，青儿好不容易才摆脱华华，急慌慌来到跟雷雷约好的地方。远处传来摩托车声，青儿欣喜地赶紧回头看，却不是，急得她直跺脚。身后忽然响起脚步声，她没当回事儿，就听见一声娘娘腔：小姐，等人吗？

青儿不耐烦地转过身，只见雷雷一脸正经地看着她。气得她上前就打：讨厌你，你让我等了半天！

雷雷咧着嘴乐，他拉住青儿的手往前走。两人不时地互相看对方一眼，眼神都清澈无比，就像两个小孩子……

两人在长堤上坐着看远处的风景。青儿将母亲送给自己的录音机放在膝上，录音机里放着邓丽君的歌曲。

雷雷仰面朝天地躺在草地上，向青儿吹牛：哎，你信不信，凡是你听过的邓丽君的歌，词儿我全能背！

青儿白了他一眼：吹吧你就！

雷雷得意地说：吹什么呀！

青儿关上录音机：刚才那首是什么？你背吧！要是错一个字，我打你屁股一下！

雷雷坏笑：打啊，就怕你舍不得！

青儿转身要打。雷雷躲着坏笑着：还让不让我背啊！

青儿笑着道：赶紧的吧！

雷雷抬眼看着天：Goodbye my love. ……

雷雷英语说得怪腔怪调，青儿笑得直不起腰，纠正他的发音：是Goodbye my love……

雷雷还穷横：我错字了吗？中国人说英语不太标准很正常，毛病！

青儿含笑道：继续，继续！

雷雷继续背，背得装腔作势：我的爱人，再见，goodbye my love，相见不知哪一天，我把一切给了你，希望你要珍惜。不要辜负我的真情意，goodbye my love，我的爱人……

青儿听着他的背诵，拿着录音机的手慢慢放下。

雷雷浑然无觉，仍仰面朝天得意背词儿。青儿慢慢依在雷雷怀里，潸然泪下。雷雷吓了一跳，停下揽过青儿，看着她的眼睛，紧张地问：怎么啦？生我气了？

青儿伏在雷雷胸前，默默流泪，像是自言自语地说：我们不会分手吧！声音中透着无尽忧伤。

雷雷紧搂着青儿，声音因爱而颤抖：我们会永远这样……不，我会更加爱你！

青儿哽咽着：我怕，我觉得我这辈子……

雷雷安慰道：怎么会啊，有我呢！

两人紧紧搂在一起，本能地寻找彼此的唇……

经过一番生涩紧张，他俩好不容易要碰到一处，就听见脚步声杂沓。雷雷兴奋得完全沉浸其中，青儿却始终提心吊胆，异常敏感。闻声立刻推开雷雷：别，有人。

雷雷已是焦急难捺，有点不管不顾，附近说话声传来。青儿着急，用劲推他道：有人！雷雷眼睛冒火地瞪着她，青儿也是满眼激情，两人几乎同时站起，手拉手开始奔跑……

夜色已经很深了，青儿还没有回家，她母亲焦急地给韩阳打电话：青儿在宿舍吗？她说今晚回家，怎么现在还没回啊？

韩阳说他问问华华。睡梦里被人叫醒，华华心里不是很痛快，对韩阳说，青儿跟她下午就分手了，一定是去找雷雷了。

韩阳在电话里替青儿撒谎，说她在图书馆查资料写论文，很晚才回宿舍。叶母闻讯悬着的心这才放下来。

华华瞪着韩阳说：你这样不是帮叶青儿，是害她。以后他们家要知道真相，连你一起怪罪！

韩阳反问道：叶青儿妈要问你，你怎么回答？

华华嗫嚅着说：我当然说真……假话了。

韩阳和华华相视都一乐。华华突然愁眉不展地说：这个叶青儿，平时看着那么保守，怎么就能跟男生在外面过夜呢？要出点事儿怎么办？

说完，她回头看见韩阳沉着脸离开，她不禁给了自己一小嘴巴，赶紧追上前去。

此时，青儿和雷雷激情澎湃，手拉手跑到一处非常安静的工地上。青儿不小心被什么东西绊了一下，雷雷慌忙扶住。青儿却一下跌到雷雷怀里，雷雷顺势紧紧抱住青儿纠缠。青儿有些紧张，半推半就地与雷雷在空地上的大吊车的车斗里，紧紧纠缠在一起……

吊车司机拎着水瓶从工棚走出，爬进驾驶座，打开灯，推动操纵杆。车斗慢慢升起，越升越高。这对小情侣却全然不觉。雷雷毫无经验，急得满头大汗。青儿虽然是学医的，可只有书本知识，又天性矜持，不好意思主动。雷雷扑腾了半天，谁知越折腾越拧巴。急得他一个劲儿叫：唉，唉，你帮帮我呀！

青儿又急又羞，也不知道怎么帮他。

司机一边喝着水，一边推动着操纵杆，他正要将车斗翻个儿，突然停下，他被眼前的情形惊呆了，只见车斗内折腾着一团巨大黑影，吓得他拿起对讲机急叫：紧急报告，车斗内有情况，车斗内有情况！

雷雷急得满头大汗，青儿也焦急难耐。当两人总算有点进展，快要进入状态时，突然一道强光照射过来，接着就听到一阵狂吼：谁？干什么的！

两人顿时吓晕了过去……

第十六章

雷雷和青儿被一帮工人围住，他们七嘴八舌地起哄道：哦，搞破鞋呢吧？

青儿最恨破鞋这个词儿，她又羞又气，闻言立刻抬头瞪着工人们。谁知那帮人又是一阵起哄：哟，这小破鞋还挺漂亮啊。

雷雷虽然也很尴尬，但他更关心青儿的处境。他将青儿护在身后，怒视着那帮工人，大喝一声：这我老婆！谁胡说呢！谁呀？你，就你！你出来！你敢再说一句？

青儿靠在雷雷身后，感觉到了安全，但她仍羞涩地低着头。

那个起哄架秧子最起劲的猥琐男人见状环顾左右，工人们是善良的，他们不想惹事，只是凑热闹而已。猥琐男人见无人支持便开始后退。

这时保卫人员分开众人进来，喝令道：走，去保卫科！说着，就要上前拽人。

雷雷不动，盯着那只手说：我们自己会走，你别动！别动！他声音冷冷地带着威胁感，保卫瞪了他一眼，让开了。

雷雷紧攥青儿的手，两人十指相扣，目不斜视地走出人群。那些工人看着他俩一脸正气，让开了一条道。

雷雷和青儿手攥着手，来到保卫科那间小屋里。青儿低着头，雷雷身体前倾地护着她。保卫科长原本困得要死，但雷雷和青儿一进来，他立刻精神百倍，困意全无。那些围观的人也莫名兴奋，挤在门口，探头探脑，指指点点。

保卫科长正琢磨着怎么训话才有效果，雷雷却一脸正气，以成人的口吻率先质问：你是科长吧！你现在要做的工作是批评、教育你的下属，非法扣留公民、侵害我们人身自由！你赶紧放人，不然我会起诉你们！

保卫科长一愣，叫道：哟嗬，你还有理了？说，你们半夜三更跑到我们工地干什么？

雷雷不屑一顾地说：这不明知故问吗？我跟我老婆一起，你说干什么？

青儿抬头瞪雷雷一眼，雷雷手攥得更紧，示意青儿配合，青儿不好意思地低下头。

门外人一阵起哄：老婆，他说是他老婆，谁信啊！

保卫科长一脸正经地问：老婆？你们半夜三更不在家里床上折腾，跑到大吊车里来干什么？

青儿羞得无地自容，她紧紧攥着雷雷的手，恨不得地上有个缝钻进去。雷雷揽过青儿，朗声道：谁规定夫妻就必须在家里在床上待着啊？这地方是不是中华人民共和国领土啊？我们怎么就不能在自己国家土地上……那什么啊？

科长上下打量青儿，再看雷雷，一脸不屑：她是你老婆？你们是夫妻？

雷雷毫不含糊地说：是！

科长一拍桌子，喝问道：谁信啊，你多大？

雷雷反应奇快，也上前一拍桌子：你是警察吗？你有资格查我户口吗？

青儿有点紧张，怕雷雷把事情闹大，忙拽他的袖子。雷雷攥住青儿的手，不让她乱动。青儿安静下来，她勇敢地抬起头来，看着那科长。

科长没碰过这么个硬茬，一时有点犯蒙：你不经允许进入工地就是违法！不知道我们这是国家重点工程吗？

雷雷紧盯着科长，说道：不知道！你在哪儿注明了重点工程字样？你要指出来，是我们错，我们向您道歉！

科长恼羞成怒地说：你还挺能矫情啊！成，你跟我这儿不配合，那去派出所吧！说着，他拿起电话，装模作样拨了两下又停下。他担心雷雷的话是真的，又不想半夜三更惊动警察。于是，他放下电话，瞪着两人道：就算你们是夫妻……

雷雷打断他，纠正道：怎么叫就算？应该就是！

科长瞪眼说：你别说话，我问你爱人。

青儿对这爱人二字，别扭至极。她暗自掐了一下雷雷，疼得他不敢动。只能暗踢青儿，青儿回踩他的脚。两人这连串的小动作，让科长看着满腹狐疑。

科长用怀疑的语气问道：你哪单位的？

雷雷脱口道：你无权查我户口！

科长怒道：你住嘴！我问她。你哪单位的？

雷雷抗议道：你有什么权力不让我说话？

门外议论纷纷，科长有点下不来台，起身怒斥门外：都干活去，凑什么热闹！

雷雷和青儿并肩站着，现在青儿不像开始那么紧张了。

科长回身瞪着他俩，威胁说：你不用跟我这儿矫情！有地儿让你说实话！说完，转身出门，咣当一声把门带上。

雷雷和青儿大惊，赶紧扑到门前，敲着门大喊：开门，让我们出去！你想干什么！我要告你！

科长在外面冷冷地说：你们要真是夫妻，就委屈在我们值班室待一晚。要不是夫妻，那就是乱搞男女关系！怎么处理，等明天派出所来人看着办吧！

科长说着走远了，只听他吩咐手下说：看严实点，把那两条狗调过来。

雷雷和青儿砸着门和窗，外面有人喝道：再砸我可放狗啦，狗可不认你们是不是夫妻！

雷雷和青儿回身彼此看着，心里有说不出的感觉。青儿突然扑到雷雷身上，又捶又打。雷雷低头轻声道：都怪我，要是打我你能解恨，你打死我吧！

青儿见他如此大度，气消了一大半。他们愁的是明天派出所要真来人该怎么办。

青儿担忧地说：他们真会找派出所吗？

雷雷没看青儿，他一脸英勇气概：我没什么可怕的，反正一待业青年。我爸不认我，更不会给家里丢人。可你怎么办？要不，你就说我强迫你？是我人质？

青儿“啪”地一拍桌子，瞪着他道：你说话走不走脑子啊?!

雷雷被青儿的举动吓了一跳，看着她愠怒的脸，忙赔着笑脸说：我说话一般不走脑子走肾，你不知道啊！

青儿朝他直瞪眼。雷雷嬉皮笑脸地说：那，老婆和人质你挑一个对你有利的呗！

青儿假装生气地绷着脸说：你行啦！赶紧正经想辙，还有心思瞎贫！

雷雷用身体轻撞青儿，坏笑着说：哎，说正经的，人质和老婆，你挑哪个？

青儿猛掐雷雷大腿，疼得他尖叫一声：你这往哪儿掐啊！

青儿赶紧捂住他的嘴，雷雷跳着脚，闷声叫。青儿忍不住松开手，乐起来。雷雷看着她，也跟着乐，两人的笑声传出很远。就听外边人吼道：笑什么笑?!

雷雷索性扯着嗓子吼起来：甜蜜蜜……青儿跟着尖声附和。

歌声引来远近一片狗吠声。有人吼道：闭嘴！再唱我叫公安啦！

门外不远处，那个保卫科长与他的一个部下正商量着雷雷和青儿的事儿。两人都不相信他俩是夫妻，又不愿报派出所。商量了半天，科长决定让雷雷吃点苦头，以解他心头恶气。

两人唱累了，青儿依偎在雷雷怀里表扬他说：你今天有进步，没抡拳头打人。

雷雷得意扬扬地说：那是！即使打人，那得看是什么人、什么事儿！我要是见人就打，岂不成了地痞流氓了？

青儿瞪着他说：你发誓，以后不许打人了！

雷雷看着青儿，举手发了誓。青儿笑着偎在他怀里，眼睛微闭。雷雷揽着青儿，手轻撩着她的头发，轻声哼着《甜蜜蜜》的歌，哼着，哼着，他的声音渐小下去，不觉靠墙打起盹来。

青儿慢慢抬头，看着他孩子气的脸，轻轻凑上前，嘴唇轻贴在他脸上，深情一吻。雷雷嘴仍在嚅动。青儿因爱而幸福着、感动着，不觉眼泪流下……

雷雷和青儿互相搂着靠墙沉沉而睡，不知屋外天色早已大亮。

一个女工手里拿着两份简单早餐，动静很大地开门进来。雷雷和青儿猛地被惊醒，见有外人在场，彼此有点尴尬，赶紧分开跳起。

女工毫无表情地将饭放在桌上：吃吧！说完，转身要走。

青儿看着桌上的饭菜，突然叫了声“师傅”。雷雷不解地看着青儿一愣。女工转过脸看着青儿，青儿心里一阵欣喜，恳切地说：大姐，帮我们个忙好吗？说着，急忙掏出学生证给女工看，我是医学院的学生，我正在赶论文，旷课是要受处分的。

雷雷想阻拦，但看着青儿认真的样子，把话咽了回去。女工仍毫无表情地问：你要我做什么？

青儿真诚地说：你帮我给我们系打个电话，找我班主任请个假，让他来接我。说着，匆忙在桌上找张纸条写下电话号码和韩阳的名字，塞到女工手里，一脸恳切地说，大姐，我叫叶青儿，你以后要有什么事儿，到我们学院找我就行。

女工看青儿一脸恳切，突然问道：那你们是夫妻吗？

青儿和雷雷互看了一眼，一个说是，一个说不是。女工笑着说：我看你们也不是，学生怎么可能结婚？

青儿含羞说道：我们可没有乱搞，我们，我们……

雷雷忙接过话说：我们真心相爱，正奔着结婚去呢！大姐，您就行行好，成全我们吧。到时候，请您全家吃喜糖！青儿羞得伸手就打雷雷，雷雷一脸坏笑地没躲。

女工看在眼里，笑了一下，攥着纸条往外走：我试试吧！

那女工刚要出门，科长随即进来了，把青儿和雷雷都吓了一跳。只见那女工低头将纸条塞进了兜里，两人这才松了口气。

科长进门就问：睡好吃好了？

雷雷没搭理，质问道：你到底想干什么？

科长装腔作势地说：你们想走也成啊！可我们这是保密单位，不能说来就来说走就走，让你们单位领导来领人吧！

说着，他打开锁着的抽屉，拿出电话：给你们单位打电话吧！

雷雷和青儿不动。科长看着他俩，得意地说：不是夫妻吗，怕什么呀！打电话啊？

雷雷理直气壮地说：我凭什么打啊！你非法拘留，错在你！你赶紧放人，不然我告你！

科长瞪着雷雷，怒道：你告个我看看！你不打电话？好，那等派出所来人吧！

雷雷吼道：别老派出所、派出所的！我没做什么亏心事儿，还怕派出所啊？

科长恼羞成怒：你放肆啊！你给我老实听着，你们单位要不来人，就要家里来人，要不就送派出所！三条路你们选一个吧！

女工走到电话旁，掏出青儿给的电话号码拨电话。

医学院系主任吴老师正跟韩阳讨论毕业生分配的事儿，韩阳看着学生分配名单，替叶青儿打抱不平：叶青儿成绩差一门全优，为什么不能分附属医院？

系主任语重心长地说：你是第一次参加毕业生分配吧？一听就是书呆子话。你以为学生的学习成绩好就能分配好单位吗？这附属医院的名额，人家医院早就内定了。

韩阳愤愤不平地说：中央三令五申，省里也多次下文件，怎么还这么明目张胆地搞这种不正之风！

系主任感叹道：嗨，“文革”十年积重难返，总得一步一步来吧！

两人正讨论着，忽闻有人敲门。韩阳打开门一看，愣住了，是叶青儿的母亲。韩阳紧张地问道：您是找我吗？有什么事儿吗？

叶母环顾左右问：能跟你私下谈谈吗？

系主任让韩阳他们到会议室去谈，韩阳和叶母一前一后，正要往外走。突然电话铃响起，系主任接电话：是啊，你是哪里？工地？你找谁？叶青儿，有啊……

刚走到门口的叶母一听到青儿名字，立刻站住，回头紧张地看着系主任。

系主任对着话筒问道：叶青儿现在在工地？你找韩阳？

系主任示意韩阳接电话，韩阳正想上前，叶母猛地扑过去，抢过电话嚷：喂，我是叶青儿母亲，叶青儿在哪里？你们是哪里？

韩阳知道大事不好，心想青儿一定是跟雷雷在一起捅了大娄子。

雷雷和青儿待在屋里，两人情绪都有些沮丧。雷雷看着墙壁上水渍洇出来的图形，摸着下巴出神，青儿把手伸到他眼前晃，雷雷皱着眉头没有理会。他突然满脸忧伤地问，他是不是特窝囊。

青儿神色黯淡下来，她低声说，这是什么意思？她有这个意思吗？雷雷叹气说，她跟着他就倒霉，不是派出所就是保卫科，是不是特丢人、特没劲。

青儿说，谁说没劲啦，挺有劲的。雷雷嘲笑说，安慰人都不会，要是跟韩阳在一起，走到哪里都受人尊敬。青儿生气了，说雷雷心眼小，她不找韩阳怎么办啊。这事儿如果让她父母知道，还不知道会闹成什么样子呢。

雷雷说，他想见见青儿父母，他要光明正大地跟他们谈谈，他要娶青儿为妻。青儿低头不说话，雷雷以为她不愿意，青儿说她母亲是铁板一块，又处在更年期，就是上帝也没办法说服她。

雷雷把青儿搂过来说，这辈子她就是他的女人了，陪着他一起到老。两人情绪激动起来，越搂越紧。这时，门咣当一声被推开，两人下意识松开，回头一看，不禁大惊失色，火烫着一样立即分开身体。

叶母站在门口，一脸悲愤欲绝地盯住雷雷。雷雷吓得张口结舌，想要讨好叶母。结巴着说：伯……伯母……阿……阿姨……

青儿也吓得不轻，但她本能地要保护雷雷，赶紧挡在雷雷面前问：妈，您……您怎么来啦？

叶母刚想去拨拉女儿，雷雷已将青儿揽到自己身后，一脸恭顺地看着叶母说：阿姨，请您听我解释。

叶母见状气得快晕过去，伸手要打他，思量再三，手扬起却落不下去，她身体摇摇晃晃，眼见着要摔倒，青儿打掉雷雷揽在她腰间的手，赶紧上前搀住母亲说：妈，回家吧，我慢慢跟您解释。

雷雷看着母女俩，呆站着不知所措。保卫科长见状说风凉话：你不说你们是夫妻吗？这位谁呀，能介绍一下吗？

雷雷强忍着没吱声，叶母瞪着雷雷，回身冲科长道：这小流氓已经不是第一次骚扰我女儿了，你们赶紧把他送派出所！

雷雷闻言，气得额头暴青筋，仍没说话。青儿急忙推着母亲往外走：妈，走吧，走吧！

科长得意地冲叶母说：您放心，这小子我第一眼看就不是好东西！女孩子您领走，这小子您甭管啦，我们知道怎么处理！

雷雷脸上没有任何表情，也不说话。青儿推着母亲往外走，回身看看雷雷。雷雷看着青儿，笑着轻轻摇头，用眼睛传达着信息，示意青儿放心离开。他的举动，被那个科长看在了眼里。

叶母气哼哼地拽着女儿出了门，雷雷透过窗户看着青儿和母亲走远。

母女俩一前一后都不说话。叶母是气疯了，不知道说什么；青儿则是知道与母亲说不通，干脆无言。快到车站时，青儿淡然地对母亲说：我要去学校。

叶母冷冷地说道：我给你请假了，回家！

青儿站住，叶母不理会她。青儿转身想走，叶母回头看着女儿，声音冰冷中透着痛苦：你要是想把这个家毁了，你就走！去找那流氓！

青儿看着母亲那悲愤欲绝的样子，一句话也说不出来。她一脸茫然地扭过脸，看着远处……

青儿走后，雷雷一脸落寞，科长问什么，他只是敷衍着。科长态度却变得平和起来：怎么，女方家里不同意？怪不得满世界找地儿撒欢儿。

雷雷气恼地说：轮不着你幸灾乐祸啊！

科长却感叹道：这年头，居然还有这种封建家长？真少见！

雷雷回头，一脸疑惑地看着他。科长一笑，拍拍雷雷肩膀：唉，那姑娘不错！

雷雷高兴地说：那还用说！我是谁啊，我找老婆那得是世界级水平……

科长打断他问：她家里为什么不同意？近亲？还是你从局子里出来的？

科长的问题一下把雷雷惹火了，他张口就说粗话，别瞎猜了，没他妈什么屎原因，她妈神经病呗！科长一听他说粗口就笑了，以过来人的口吻劝雷雷在丈母娘的面前要学会忍耐和夹着尾巴做人。

科长和雷雷坐在保卫室的桌子前，像哥们儿一样喝着啤酒，侃着大山。科长讲述着自己的浪漫史，教育雷雷如何讨好巴结丈母娘。

两人越聊越投机，雷雷不觉间就喝高了。老把人留在保卫科也不是事儿，科长让雷雷打电话找人来接他。这个城市里，除了大头他还能找谁？

大头一路搀扶着雷雷回到家，累了一身臭汗。他把雷雷安顿到沙发上躺好，想喝杯水解渴，雷雷挣扎着要起来，大声说：我得去青儿家，我要去见我丈母娘。你帮我买点东西……

大头没好气地说：你脑子里没进屎吧？刚干了那么件没脸见人的事儿，还敢上门？这不找抽吗！

雷雷大着舌头骂道：什么他妈没脸见人！我和我老婆正大光明。我操，我怕什么！不行，不行，我得去。我老婆在家肯定是三堂会审，不定得受多大委屈呢！走，走啊……说着，他踉跄着要站起。

大头一掌将他推回沙发：老实待着，你丈母娘看见你这副德行，你还想不想娶媳妇了！

雷雷挣扎着说：我没醉，我清醒着呢。哎，工地那老哥教我拍丈母娘的马屁招，我得去试试……说着，又要起身。谁知身体晃荡着又坐下，心有不甘可体力不支。

大头郑重其事地说：你这样去，丈母娘马屁拍到马脚上，你老婆看了也得难过。你好好睡一觉，清醒过来后，好好想想下一步怎么做！

青儿进了家门，径直回自己房间，“啪”的一声关上门。她身体靠着门板儿，一脸倔强。

叶母紧随其后走进来，她放下手里的挎包冲着女儿的房间开始发作道：你也这么大了，我们也不想再管你，怕伤你自尊！可你……这叫什么？真是不要脸！丢死人啊，还当场让人抓住！这事儿要传出去，你还怎么做人！我和你爸这脸往哪儿搁?!

老叶在一旁赶紧拽老婆，劝道：你冷静一点！

青儿闻言，阴沉着脸，“啪”的一声拉开门，径直走到沙发前坐下，她一脸冷静地冲着父母说：妈，我不想跟您吵。咱们能不能平心静气地谈一谈？

叶母瞪着女儿，老叶拽住叶母，劝道：是应该好好谈谈。

叶母冷笑一声，一屁股坐下。青儿看见母亲眼中难以抑制的恨意，一阵心寒。她用平静而理性的声音说：妈，我知道您对雷雷有成见。

叶母鄙夷地说：甭跟我提那流氓名字，听着就恶心！

青儿看了母亲一眼，冷下脸不说话了。

叶母瞪着青儿：说话呀，不是你要谈吗？

青儿生气地说：您一口一个流氓，是真想跟我谈吗？

老叶在一旁连忙劝老伴儿：你态度放平和一点嘛。听听青儿说说她的心里话。老这么僵着，也不能解决问题呀！

叶母气恼地瞪了老叶一眼，老叶不说话了。

青儿将语气尽量放平和说：我知道雷雷身上有很多缺点、毛病，可他那些缺点都是不成熟的表现。他本质上是个好孩子，他诚实、善良、开朗、聪明，他现在也在改变，他看书学习，他在成熟。和他在一起，我真的很快乐！

叶母完全不耐烦地听着。她强忍着怒火没发作，让女儿发表完意见。老叶则是认真在听，他主动问道：雷雷现在有工作吗？

青儿见父亲问话，心里多少有些兴奋，赶紧回答：他和朋友开了家修车店。雷雷在这方面有天赋，人又特聪明，无师自通。他又看了很多专业书，修车技术很棒的。

叶母几乎忍无可忍，尤其是老叶不识时务，更让她窝火。老叶没看见老婆的脸色，和女儿聊上了：自己开店？那就是个体户了？

叶母再也忍不下去了，啪地一拍桌子，喝问道：你是冲他钱去的吗？

青儿愣住，老叶也惊了一下，赶紧说：哎，这不了解情况嘛。

叶母恼怒地说：你对他究竟有多少了解？我告诉你，我也不是那嫌贫爱富的封建家长，他有钱没钱是次要的！我反对你跟这个人来往，主要是他人品有问题！

青儿急得站起跟母亲分辩：你凭什么这么说？雷雷虽然捣蛋，可他没有人品问题！他很正派，特单纯，根本就没有一点坏心眼儿。

叶母狂怒：胡说！你睁眼说瞎话！他正派？却偷鸡摸狗。他单纯？却绑架你。他没坏心眼儿，干吗去勾搭你？你说，你们俩在一起干什么了？那是单纯青年干的事儿吗？

青儿闻言，忍不住怒道：那您说我们在一起应该干什么？妈，您也不是没文化的老太太，怎么这么封建啊！

叶母狂怒得抬手就想给女儿一巴掌，被老叶赶紧挡住：有理讲理，怎么动手啊！

青儿一脸倔强地看着母亲。叶母不觉一阵心酸，她一屁股坐下，声泪俱下地说：妈现在说什么你都听不进去啊，妈是想害你吗？妈这辈子没别的盼头，就想你好，你这都不明白吗？你是存心在伤妈的心啊！

青儿心里一阵难过，她流着泪瞪着母亲，哽咽着说：妈，您真是看不得我幸福是吗？您一定要我这辈子孤家寡人、惨兮兮的您才高兴吗？

叶母怒道：我是这个意思吗？这世界这么大，优秀男孩子那么多，怎么就鬼迷心窍，跟这种人鬼混！

青儿看着母亲郑重地说：我们没有鬼混！我们是认真的，雷雷是负责的！

叶母狂怒：负责还干那种见不得人的勾当！

青儿羞愤交加，再也说不出什么，眼泪一个劲地哗哗往下淌。老叶不忍心看女儿痛哭，上前揽过她，冲着妻子说：你冷静点行吗？青儿也不是不懂道理。

叶母怒恨交织地说：她要懂道理，还能跟那流氓干那种下流事儿！你让她哭！现在哭，总比哭一辈子强！

青儿彻底伤心绝望，抬头满面泪水地看着母亲，一句话也说不出来。

雷雷盖着衣服，迷迷瞪瞪地躺在沙发上。电话突然响起，他挣扎着醒来，抓起电话"喂"了一声，话筒里传来莎莎的声音：雷子，在家啊！我打了好几次都没人接，干吗呢？

雷雷有气无力地说：没干吗，你怎么样？没事儿吧？

莎莎嘿嘿笑着说：我没事儿！这种事儿本来就可大可小，我哥找了一圈关系，摆平啦！过几天我就回去。哎，想我了吧？

雷雷一下完全清醒过来，立刻想起早晨的事儿。急忙冲着电话喊：哎，我这等电话呢！别占着线，完事儿我再给你打过去！说着，他挂断电话，手忙脚乱地拨号。刚拨了两个号码又停下来，把话筒重新挂到机座上，发起呆来。

电话铃再次响起，雷雷惊了一下，条件反射地拿起电话：是我……

电话是莎莎打来的，她问雷雷等谁的电话呢？雷雷埋怨她没事儿找事儿，老占着电话。莎莎不满地说，她才走了几天，雷雷就变了。雷雷一声暴怒，让她管好自己，就把电话挂断。

青儿家的电话拨通了，雷雷紧张地咳嗽着清嗓子，对着空气做笑脸。电话里传来老叶的声音：喂？

雷雷虽然做了思想准备，但当听到老叶的声音时，还是愣了一下。他咬牙举起话筒：叔叔，我是雷雷，叶青儿在吗？

老叶那边突然没了声音，雷雷没听到忙音，恳切地继续说：我知道，您和阿姨对我有些误会，我希望有机会当面向您解释，现在，麻烦您找一下叶青儿，成吗？

老叶压低声音说：她不在家。在家也不会接你电话，你以后不要再打电话过来！电话被挂断，雷雷举着话筒，一脸茫然。

电话铃再次响起。雷雷转身披衣出门，任由身后电话铃持续地响着……老叶挂断电话，叶母端着饭菜从厨房出来：谁的电话？

老叶忙敷衍道：一个同事，问点事儿。

叶母将菜放到桌上，冷着脸：哼，不会撒谎就老实点，我都听到你说话了。是那流氓打的吧？

老叶生气地说：你到底要干什么？青儿性格你不是不知道！你这么老是跟她硬着来，你是想把她逼到绝路上吗?!

叶母痛苦地抬头看着丈夫说：这孩子大了，我真不想管。可我是她妈，我能不管吗？一想到她以后跟那流氓在一起，要受的那些苦，我真是死的心都有！

老叶看着妻子那固执的样子，悲从中来。他叹口气说：唉，说到头都是我的罪过啊！要是我陪着她长大，也不至于这样！

叶母瞪了丈夫一眼，流着泪说：现在说这些有什么用？

雷雷一脸坚定地骑着摩托车驶向青儿家，而青儿此时正躺在床上，一脸平静，戴着耳机听邓丽君的歌曲。

雷雷在青儿家门前停下摩托车，跳下车，摘下头盔。他从车上拎下一袋补品，看着青儿家房间亮着的灯光，待了一会儿，咬牙毅然走了进去。

女儿又绝食了，叶氏夫妻俩对着桌上的饭菜，都吃不下去。叶母示意老叶去叫青儿，老叶没动窝，游说妻子说，女儿如今大了，她应该有自己的选择与主张。叶母心情烦躁地旧事重提，惹得老叶大发脾气。见丈夫真动了怒，叶母硬生生咽下牢骚话，带着不满的情绪叮叮当当地摆着碗碟，老叶一脸郁闷地拿起筷子。

突然响起一阵敲门声，两人都不动。敲门声很斯文，节奏鲜明，一声接着一声。老叶见叶母纹丝不动，只得自己站起去开门。

门打开，雷雷毕恭毕敬站在门外打招呼：伯父。

老叶一见雷雷吓了一跳，本能地转身看着屋里，压低声音问：你想干什么？

雷雷双手平举，示意手中有礼物，谦卑地说：我来看……

老叶不想听他说话，打断说：有什么事儿，外面说！说着，紧紧关上门，率先走下楼梯。雷雷愣了一下，只得跟下楼。他不时回头看门，那门却关得严严实实的。

老叶和雷雷走到拐角处说话，雷雷手里拎着那袋东西，别扭得不得了。他恭敬地说：我早就该来，我想和伯父、伯母谈谈我和叶青儿的事儿。

老叶看着雷雷一脸诚恳，也希望把事情谈清楚：你知道我和青儿母亲的态度，我们觉得你们不合适，我们不同意。

雷雷是拿定了主意，彬彬有礼地问：为什么？我想知道。

老叶沉吟片刻，看着雷雷说：原因很多，一时半会儿也讲不清楚。你和青儿从开始就搞得很糟糕，把青儿她母亲的心都伤透了。你说是对你有成见也罢，总之，很难改变！

雷雷神情痛苦地说：我们是相爱的。我以前做得是不对，我可以改！伯母想怎么惩罚我，我都接受。只要能让我们在一起。

老叶看着他，直截了当地说：我们不放心青儿和你在一起！

雷雷努力克制着情绪，真诚地说：我知道，我没有学历，也没有正式工作。可是，我能挣钱养活青儿。再说，青儿和我在一起很快乐，我保证青儿跟我会很幸福！

老叶突然笑了，笑得既有点轻蔑也有几分辛酸。

雷雷停了片刻，艰难地说：我爱青儿，我希望青儿幸福。如果您真觉得我离开青儿，青儿就会幸福，那我就离开。我说到做到，一辈子不见她！

雷雷说着抬头，一脸坚毅。

老叶盯着雷雷，雷雷越来越冷静：我长大了，我会努力。我会等着，等您和伯母转变看法来接受我。说完，他向老叶点了一下头，转身就走。他忘了带来的那袋东西，一直紧紧攥在手里。

老叶看着雷雷，眼神复杂。

雷雷走到摩托车旁，忽然回身看着老叶，朗声道：您会告诉青儿我的意思吗？您允许我们写信、打电话吗？

老叶也大声说：现在不是封建社会，我们也不是封建家长。

雷雷点点头，上了车，这才意识到手里的东西，他苦笑一下，丢到车里。然后脚踩油门，摩托车逐渐远去。

老叶呆站着，久久不动。

青儿房间黑着灯，她迷迷糊糊地睡着。老叶推门进来，打开灯。灯光刺激着青儿睁开眼睛，她摘下耳机，翻身坐起，喊了声：爸。

老叶看着女儿，一时不知说什么好。

青儿淡然地说：您想说什么就说吧！我不会跟您吵的。我大了，懂事了。

老叶看着女儿说：他也这么说，说他长大了。

青儿惊讶地问，谁？老叶看着女儿，缓缓地说，雷雷刚才来过。青儿猛地起身，要往外走，突然反应过来，赶紧站住，一脸窘态地说：他没跟您发火吧？

老叶认真地说：没有。他很有礼貌，简直像变了一个人。

青儿欣慰地说：我说过，他不是坏孩子。他以前就是有点不懂事。

老叶看着女儿脸上欣慰的神情，温和地说：我没让他见你，你怪爸爸吗？我希望你们都冷静一段时间，好好考虑一下再说。

青儿闻言黯然，父亲都已经替她决定了，此时她能说什么呢。

老叶把见雷雷的事情告诉了妻子。叶母瞪着老叶，说什么都不相信雷雷。老叶看着固执的妻子，不再说话。叶母说自己已经有办法解决青儿和雷雷之间的事情，嘱咐老叶到时不要插手。

雷雷孤独地驾驶摩托车在大街上行驶着。他的眼前不断闪现着和青儿在一起的那些短暂的幸福时刻。回到家，雷雷坐在桌前给青儿写信：叫你什么呢，亲爱的？青儿？你一定会笑，太酸啦！还是叫你菜青虫吧！青虫，我今天见你爸爸了，谈得挺好。你爸出乎我意料，他挺通情达理的，还教了我好多做人的道理。你爸真有学问，比我爸强。我最近看了很多书，你虽然在上大学，可你看书不一定有我多。下次见面我要告诉你好多好玩的故事，你肯定特爱听……

第二天一早，雷雷骑着摩托，将信塞进了信箱，然后到修车铺去上班。雷雷不知道，寄去的信被青儿的母亲全部没收。

雷雷的小店已经有点模样，他穿着一身工作服，和两名工人正满头大汗地修着车。大头走进来，乐呵呵问：哎，雷老板，生意还好吗？

雷雷扔掉手中的家伙，摘掉手套。大头递给他一支烟，雷雷指着墙上的禁烟字样让大头看。大头收回手中的烟，与雷雷谈起了青儿父母的事儿。

雷雷有些担心青儿的父母，后悔自己当初没有认真读书。大头开着玩笑劝慰雷雷，任何事情，只要做了就别后悔。事情既然到了这一步，就要努力去争取。雷雷说他做好了要感化青儿父母的准备。两人聊着聊着就没有了正经话，嬉笑打闹起来。

闹够了，大头才想起一件事儿，问道：哎，有件好事儿，想不想干？

雷雷说：废话，好事儿谁不想！

大头正经八百地说：我表哥不是在搞汽车外贸嘛。他们刚进了一批二手车，想找人改装一下再卖高价。问我能不能找几个技术好的帮一下忙，我就推荐了你。

雷雷不动声色地问：能干多长时间？

大头想了想说：两三个月吧！哎，我哥说能挣一两千呢。

雷雷高兴了，两眼放光地说：那还不赶紧的！哪儿呢，现在就去呀！

大头有些为难地说：要在咱这儿，我还问你干吗！直接就去了。在北京那边儿呢！

雷雷闻言，神色黯然。大头看着雷雷说，就知道你舍不得媳妇。雷雷抬头，想了想说，他得跟青儿打个招呼。大头说，赶紧定下来，这活挺急的。雷雷点了点头。

韩阳知道了叶青儿的分配去向，很为她打抱不平，跟系主任争论起来：怎么能不跟她本人打招呼，就这么做？这样会严重伤害她情感的！怎么能这样！

系主任解释说：这也是迫不得已！

两人正说着，门“砰”的一声被推开，叶青儿拿着毕业分配文件闯了进来。她脸涨得通红，进门就嚷：吴老师！系主任和韩阳都回过身看着她。

青儿挥着手上的文件，激动得直哆嗦：这怎么回事儿？我的分配方向不是定的省第二医院吗？怎么变成林县医院了？谁捣的鬼！

系主任严肃地说：你冷静一点！

青儿大声说道：我没办法冷静！吴老师，您知道毕业分配对我们多重要吗？省医院和县医院条件相差多大啊，我的名额是不是被人顶了？！您要是搞不正之风，我就去教育局、教育部上访！

系主任耐心地说：学校不是鼓励学生支援边远地区嘛！你不也写过决心书吗？连县级医院都怕艰苦，还谈什么支援边远地区！

青儿气得砸桌子：支边和分配完全是两回事儿！我学习成绩全班排名第二，按成绩我完全应该分配到附属医院，可我却突然被分到县级医院，您还不承认这是不正之风？吴老师，到底是什么人顶了我！您不说，我也能查出来！说完，她转身要走。

一直沉默的韩阳说：叶青儿，是你母亲要求系里这么做的。

青儿不禁呆住。系主任见状赶紧安慰道：你母亲这么要求，也是有道理的。她是在为你着想，她想保护你。你得理解你母亲的良苦用心！

青儿没有表情，慢慢地朝外走去。

系主任看着青儿的神情，担心地说：这孩子不会想不开吧？

韩阳起身，没好气地说道：您现在才担心她想不开？那您当初为什么要同意这么做？说着，他冲出了办公室。系主任看着韩阳的背影，一脸无奈。

青儿茫然地在街道上走着。韩阳不放心地追上来，青儿回头看着他，一脸淡然：韩老师，你不用做我思想工作。

韩阳解释说，他也是今天才知道。青儿幽幽地问，早知道有用吗？韩阳犹豫着说他可以再跟学院反映一下，或许还有别的办法。青儿心灰意冷地说，她认命了，她这辈子只能按照母亲的意愿去活。她让韩阳去忙自己的事儿，她想一个人走走。

韩阳见她神色黯然，终究不放心。青儿故作平静地玩笑说：跟着我干吗？看你那表情，好像天塌下来了。说着，她心里一阵难过。对她来说，天真是塌下来了。

韩阳不知道怎么安慰她，青儿哽咽着说：让我自己待会儿，我不需要任何人安慰！说着，她疾步离开。

青儿漫无目的茫然走着，和雷雷在一起的点滴，在她的眼前不断浮现。幸福是如此短暂，因短暂而格外灿烂……

第十七章

老叶知道了女儿分配的事儿，对妻子一厢情愿的做法很是生气。他谴责她独裁专制，这样做只能激化她和女儿的矛盾。叶母说为了能让雷雷和青儿断绝关系，她就是成为人民公敌也在所不惜。

两人正争吵着，电话铃突然响起。老叶气得径自进了卧室，不去接电话。叶母瞪着老叶的背影，拿起电话：喂……哪知电话那头却一下子挂断了。

叶母看着电话，生气地说：谁捣乱呢！

电话是雷雷打来的，他一听是青儿的母亲，立刻挂断，天不怕地不怕的他，此刻竟然怕一个手无缚鸡之力的中年女人。他痛恨自己的软弱，想了半天，鼓起勇气毅然拿起听筒再一次拨通了青儿家的电话。

叶母刚要走开，电话铃再次响起，她拿起电话厉声问道：喂？你说话！

雷雷客气地问：您好，请问叶青儿在家吗？

叶母一时没有听出雷雷的声音，她缓和了一下语气，问道：你是哪位？

雷雷毫不犹豫地说：我是叶青儿的朋友。

叶母追问道：哪个朋友？

雷雷嗫嚅着说：我姓雷。

叶母闻言停顿了一下，冷冷地说：我们已经跟你说得很清楚，请你以后不要再用各种方式骚扰叶青儿！否则，我会找有关部门或者你们家里制止你！

雷雷急忙解释：伯母，我找她就想说一句话……只听“啪”的一声，叶母挂断了电话。

雷雷有些愤怒，他继续拨着电话，始终无人接听。他气恼地放下话筒，转身出门，骑上摩托疾驰而去。

妻子有些癫狂，不可理喻，老叶只好找韩阳帮忙，他说事情来得太突然，女儿一定受不了，这时就需要有人好好开导开导。

韩阳叹了一口气说，阿姨这样做确实欠考虑，别说青儿想不通，连他都觉得意外。他会尽全力做好青儿的思想工作。

老叶替妻子开脱说，她正处在更年期，做事很难理解。不过她的出发点是好的，想保护女儿。韩阳听了苦笑说，难道让叶青儿生活在真空里才叫安全吗？她经历过那么多坎坷，不会那么脆弱的，父母应该相信她。

两人正说着话，一阵摩托车轰鸣声传来。两人都回头看去，都愣住了。雷雷从摩托车上下来，摘下头盔，冲老叶、韩阳客气地点头：伯父，韩老师。

老叶大怒，你答应过我，这阶段不再骚扰青儿，你言而无信，出尔反尔！你确实不值得信任！

韩阳赶紧要打圆场，却见雷雷彬彬有礼地说：可您也答应过我，允许我和青儿通电话、写信。现在，我打电话、写信都联系不上她。我有事儿要告诉她，您说，我该怎么办？

老叶闻言，不由恼羞成怒：你这是强词夺理！我们家不是集中营，没人限制青儿通信联络的自由！

韩阳劝道：叶叔叔，您先回去吧，我跟雷雷谈。

老叶早就想走，立刻回身，雷雷急了，上前想要伸手拽住他。老叶瞪着雷雷，冷冷地道：你又想动手？果然是恶习不改！

雷雷立刻垂下手，强作欢笑恭敬地说：我对青儿发过誓，这辈子不会再动手。我来就想对青儿说一句话。

老叶冷淡地说：说什么？如果是正经话，就在这儿说吧，韩阳也不是外人。

韩阳有些尴尬，把脸转向一边。雷雷认真地说：我要离开省城一段时间，我想告诉青儿知道。

老叶淡然地说：好，我会转告她，你可以走了。

雷雷紧盯着老叶，不说话。老叶看着他的眼神，气恼地说：你这么看着我，什么意思？

雷雷声音很轻，却非常诚恳：您很清楚我的意思，不见着青儿，我不放心。就像您怎么也不信任我一样。

老叶大怒：你这种态度，痞里痞气，我很讨厌！

雷雷忍着老叶的谩骂，拳头攥紧，脸上没有一丝表情。韩阳在一旁给雷雷使眼色，又紧着劝老叶离开。老叶看着雷雷毫无表情的脸，转身低声对韩阳说：青儿分配到县城的事，你别告诉他！见了他，我更觉得你阿姨的做法是对的。这孩子，靠不住！

韩阳无话可说，目送着老叶离去，转身对雷雷说，走吧。雷雷抬头看着韩阳，眼睛里毫无生气，他声音平静地问：叶青儿现在怎么样？我已经一个多星期没有她的音信了。

韩阳不能告诉雷雷青儿的下落，一方面他不能失信于人，另一方面他深爱着青儿，留着一份私心。

雷雷见从韩阳那里打听不到实质内容，转身要走，韩阳突然叫住他：雷雷，我觉得叶青儿父母说的也不是没有道理。

雷雷盯住韩阳问：我说我能改，你信吗？

韩阳淡然说：老实说，我不信。再说你改了，那还是你吗？

雷雷有些不耐烦地说：你甭跟我弯弯绕啊，你直说，你什么意思？你是和叶家老头、老太太一个态度，说我根本配不上叶青儿？

韩阳淡笑着说：你现在追得这么紧，对叶青儿，对你们的关系都没有好处！你知道不知道现在最痛苦的是谁？是叶青儿！

雷雷压着怒火：你是说我让她受苦？

韩阳解释说：不，我不是这个意思！

雷雷怒道：虚伪！你直说她跟我在一起很不幸、很痛苦，不就完了？拐弯抹角骂人！真他娘的是软蛋，让人看不上！

韩阳怒火中烧，突然发作道：别拿着野蛮当个性！你给叶青儿带来的就是痛苦大于快乐！

雷雷不屑地说：你这种根本没爱过的人，懂什么叫快乐！

韩阳猛地抬腿踢向雷雷的摩托车，摩托车咣当一声倒地。雷雷吓了一跳，他有些惊讶，韩阳这个文质彬彬的主儿，居然也会动粗！

雷雷看了一眼倒在地上的摩托，再看一眼韩阳，耍横说：你再踹一脚我瞧瞧！你是想学着拿野蛮当个性啊！

韩阳脸色铁青地说：如果不是为了叶青儿，我根本不会理你，我们不是一路人！可我关心叶青儿，你难道就看不出来，她和你在一起，并不幸福？

雷雷怒吼一声：你放屁！你以为她和你这种人在一起就会幸福吗？如果真是那样，她为什么不选择你！

韩阳怒斥道：卑鄙！无知！

雷雷不屑地说：别他妈咬文嚼字！说人话！

韩阳掉头就走，雷雷冷冷盯着他。韩阳走了几步，回过头冲他低吼：从我知道她爱你那天起，我就没有别的企图！我拿自己当她兄长，诚心诚意祝福她，祝福你们！

雷雷脸扭过去，并不理会。

韩阳继续说道：难道你要看着她轻生，活不下去，你才肯放手吗？

雷雷闻言震住：你胡说！叶青儿很坚强，我们刚开始相爱，她怎么可能……

韩阳盯着雷雷，雷雷说不下去。韩阳声音很冷：你知道叶青儿什么个性，她现在有多痛苦，你也应该明白。

雷雷说不出话来。他慢慢回头看着韩阳：那我应该怎么做？离开她吗？你和她父母要的不就是这个吗？

韩阳怒道：别扯淡！这道理有多简单，你怎么就不明白呢？人有时候做事情就是要有点谋略，有时候后退是为了更好地前进。她父亲让你们分开一段时间，冷静一下，对你们其实是有好处的。你逼得这么紧，只会把事情逼到死胡同，老这么顶着，大家都没办法下台！

雷雷不是傻子，韩阳的话有道理，他懂。但他又不甘示弱，于是他冷着脸不说话。

韩阳接着问：我一直在问你，你担心什么？你怕她会变心吗？还是担心你自己有变化？

韩阳死盯住雷雷，每句话都往雷雷心里扎。

雷雷迎着韩阳的目光，然后坦然一笑：没必要跟你说！你告诉她，我会给她写信，信里会告诉她我的电话号码，让她打给我。说完，转身就走。

韩阳看着雷雷的背影说：我会告诉她！

青儿在街边的公用电话亭给雷雷打电话，却长时间无人接听。她匆匆赶到雷雷的修车铺，问师傅雷雷在哪儿，师傅摇头。青儿失望地离开，她只能回学校。

韩阳回到学校，在女生宿舍楼前见青儿正徘徊踱步，忙上前跟她打招呼。青儿本来一脸凄楚，见到韩阳立刻显得很沉静，她客气地说：啊，韩老师，我没事儿。我就想看会儿书，没想到宿舍封门了。

没等韩阳说什么，她急匆匆就往校外走。韩阳心疼得要命，但他必须压抑，他不能乘虚而入。于是，他神色淡然地说：孩子跟父母之间能有多大仇恨？你父母现在肯定在家着急呢，还是回家吧！

青儿摇头说：我想找华华，她现在的地址系里应该知道，你能告诉我吗？

韩阳耐心劝道：回家吧，听话！父母不是你的敌人，你这么对着干，不是解决问题的办法，只能更糟！你以后会后悔的！

青儿无言地偏过头去。韩阳低下头，率先离开宿舍楼。青儿只得跟上，两人无言地走着。

青儿不愿意在韩阳面前暴露对雷雷的牵挂和思念之情，偏偏韩阳对她的心理了如指掌。他态度平和得像个兄长，对青儿说：哦，我忘了告诉你，我今天见着雷雷了。

青儿眼睛一亮，随即又暗淡了下去：我找不着他。

韩阳看着她的神情，心里一阵难过：他去你家找你，向你告别，他要走了。

青儿愣住，忙问：走？他走哪儿去？

韩阳说：去外地干活，要去几个月。

青儿问他是不是见她父母了。韩阳点点头，青儿失望地说，她父母什么都不会告诉她。

韩阳劝慰说：雷雷问起你的情绪，我说你很坚强。小叶，你现在这个样子，他知道了，会很难过！

青儿眼睛一下子湿润起来。

韩阳真诚地说：雷雷让我转达他几句话，两情若是久长时，又岂在朝朝暮暮。

青儿破涕为笑：他真这么说？

韩阳郑重其事地点头。

青儿笑着说：他这人就这样，没什么文化还老爱犯酸，整个四六句什么的，傻乎乎的！

韩阳跟着一笑，心情复杂地说：其实你们分开一段时间，缓和一下和家里的紧张关系，也没什么不好。除非你们对彼此没有足够的信心。

青儿的情绪平静下来，她看着韩阳脸上的复杂表情，歉意地说：你回去吧，我坐车走了。说完，便匆匆离去。

韩阳站了片刻，想跟上前，刚走几步还是停下。他看着青儿远去的身影，心情无比沮丧。

雷雷心情压抑苦闷地坐在桌前，给青儿写信：青虫，我要走了，去北京那边赚大钱！呵呵，你想要什么我都能给你买，可我还真不知道你都喜欢什么呀！人家说女孩子喜欢衣服、口红什么的，可你从来也不抹口红。哎，你嘴唇那么漂亮，试着抹点口红吧？一定特性感像玛丽莲·梦露，要不我给你买件衣服吧，特时髦的，跟港星一样。乖乖等我回来啊，别跟别的男人跑了啊……他神情痛苦地写着写着，眼睛不禁湿润了。

一晃几个月过去了，雷雷和几名技工在工房里修理大头表哥进口的最后一辆二手车。

大头表哥走来和雷雷打招呼，说这次的活儿多亏雷雷帮忙，想让他留下共同做事。雷雷谢绝了大头表哥的好意，说青儿还在家里等着他。

雷雷背着行李，站在北京街头的公用电话亭旁，给青儿家打电话，通了却无人接听。他看着话筒一笑，放下电话，背着行李兴冲冲地往车站走去。

雷雷走出站口，就见大头推着摩托车在等他。两人见了，自是笑嘻嘻互相一通拳打脚踢。随后雷雷跳上车，载着大头疾驶而去。

雷雷一进家门，扔下行李，拎起包就往外走。大头起哄道：重色轻友！哥儿几个知道你赚大钱了，就等你撮一顿呢！

雷雷傻呵呵乐着说：没问题啊！明天，东方海鲜。今天我得跟我媳妇一起过，我们都仨月没在一起了，都快想出毛病了。

大头不屑地说：嘁嘁，瞧你这点出息！放心吧，你媳妇不会跟人跑的！雷雷乐呵呵地说：废话！

青儿所在的县医院非常简陋，诊室里乱七八糟像个仓库一样，堆着高高的纸箱子。青儿戴着口罩正给病人看病。她旁边桌上的两个女大夫根本不戴口罩，不停地东家长西家短聊得好不热闹。

一小护士进来，直奔青儿桌子问：叶医生，有卫生纸吗？

青儿拉开抽屉，拿出卫生纸递过去。小护士拿着说声谢谢就走。邻桌女大夫是个事儿妈，她看一眼青儿抽屉，说：小叶，你抽屉里老备着那个啊？

青儿没当回事儿：是啊，老备着老不来。说完，就给病人开药方。

那两名女大夫便交换着鬼祟的眼神。

青儿独自走着，突然感觉胃不太舒服，她忙弯腰扶住了身旁的树。恰巧跟她同室的那两名女同事经过，大惊小怪地说：哎哟，怎么啦？什么地方不好啊？你看你这大医生自己还得病啊？

青儿淡然一笑：没事儿，就是有点反胃，也许是着凉了吧。

青儿说完，站起身走了。那两名女大夫在她身后交头接耳。

青儿面前坐着一个中年女病人，她认真在听诊。窗户关得很严实，青儿听了会儿诊，就觉得闷得不行，起身开窗。空气中夹杂着牛马粪的臭气一下子涌进来，青儿忍不住忽地作呕。她赶紧关上窗户，坐了一会儿，却又开始干呕。她急忙跑到水池边，摘掉口罩就吐……

身后两名女大夫和一些女病人都瞪眼看着青儿。她们交头接耳地小声嘀咕着。青儿吐了几口，回到桌前坐下，笑了笑：吃了胃药也不管用，怎么回事儿啊！

几个女人支支吾吾说：你是医学院毕业的高才生还看不了自己的病啊？还真让人说着了，医生治不了自己的病。

青儿随口说道：我一会儿想找个中医看看。

几个人互相看着，不说话了。青儿对面那个中年女病人突然问：叶大夫，你结婚了吗？

青儿的脸立即红了，她紧张地戴上口罩，挡住脸上的含羞带臊，生气地问：怎么想起问这个！那几个医生、护士私下里窃笑着。

女病人大大咧咧地说：看你这呕心呕肺的，还有那脸色儿，是不是怀孕了呀？

青儿五雷击顶般地呆住，声音哆嗦地质问：你说什么?!

诊室里几个女人忍不住低声笑起来。青儿气得一拍桌子，站起问道：你到底有病没病？

病人是县里的干部，哪里会服一个外来小毕业生，跟着站起，生气地说：我没病到医院干什么？瞧你这态度，我没病也被你吓出毛病了。还省里来的大学高才生！简直没有一点医德！说着，她坐到邻桌气呼呼说，刘大夫，你给我看！

青儿呆站着，身边是一阵一阵的哄笑声，她的面前突然出现了幻觉，看到那些人在张牙舞爪地笑，从前那些骂她破鞋的场面依次出现……

青儿冲出诊室，屋里却炸开了锅……

青儿茫然走着，她不知道自己要去哪里。经过传达室时，忽然有人叫她：叶大夫，你家里的电话！

青儿机械地走过去，接过电话，老叶的声音传来：青儿啊，打你办公室电话，她们说你身体不好，怎么了？

青儿听见父亲温暖的声音，“哇”一声哭了：爸，爸……

老叶愣住，慌忙问道：青儿，青儿……你怎么啦？

问了半天，也没问出所以然来，老叶担心女儿出了事，匆匆忙忙往外走，叶母急着拿出一条烟说：这个带给院长，可别忘了。老叶接过烟，胡乱地塞进包里，急得顾不上说话，风风火火就出了门。

叶母精神恍惚地干这个忘那个，突然发现给医院领导送的酒落在桌上，拿着就要往外走。这时敲门声响起，叶母一边开门，一边唠叨：紧着提醒，这酒怎么还忘带了呢！

叶母拉开门，愣住了，见雷雷手拎礼品袋，彬彬有礼地站在门外。叶母本能地想要关门，门关到一半，又拉开。她一脸冷漠地说：怎么又是你？

雷雷微笑着礼貌地说：伯母，您好，叶青儿在家吗？我想见她。

叶母不耐烦地说：她不在，就是在家，也不会见你。

雷雷知道叶母态度，他早有准备。他克制着自己，仍笑着说：伯父答应过我，我们可以通信、打电话。我这三个月都没有她任何音信，我只想知道她好不好？

叶母矜持地说：她很好，谢谢你关心她。你可以走了。说着，就要关门。雷雷瞪着眼睛，就在门即将关上的一刹那，他突然伸手挡住门。

叶母吓一跳，问他想干什么?！雷雷淡然一笑，把拎着的礼品袋递过去说，这是他给叶青儿还有他们夫妇带的礼物，请收下！

叶母冷冷地说：谢谢，我们不能收！你走吧。说完，她“啪”的一声关上门。

雷雷怒气升腾而起，他猛地伸手要砸门，青儿的话一声一声在耳边响着：不要动手，不要当野蛮人。他硬生生收住手，将手中礼品袋放在门前，转身就要下楼。

门突然开了，叶母站在门口叫道：你等一下！

雷雷回身，只见叶母手里拿着橡皮筋捆住的一沓信和一封信，面无表情地递给雷雷说：这是青儿留给你的一封信，我们不知道你地址，一直也没办法寄给你。这些是她退给你的。

雷雷麻木地接过那些信，还没等反应过来，门又狠狠地关上。

雷雷神情沮丧地回到家，他仰面朝天地躺在床上，看青儿给他的信，青儿在信里说：

雷雷，我想了很久，我觉得我父母说得还是有道理的。我们之间，无论家庭背景还是文化修养，以及双方个性，差距都太大了。我们在一起现在可能是快乐的，但长期在一起，一定会不适应。会吵架、闹矛盾；会彼此抱怨，会不幸福。所以我决定，我们还是分手吧！长痛不如短痛，你一定会找到比我更优秀的女孩子，祝你幸福。

大头来找雷雷，见他失魂落魄的样子，便知道他和叶青儿的事儿出了岔子。雷雷说青儿写了断交信，虽然笔迹是她的，可那不是她的本意，一定是她母亲逼着她写的。他要找她本人问个清楚，让她亲口告诉他。

大头冷静地说，听说青儿的母亲为了阻止他们交往，私下里找医学院的领导，把叶青儿分配到了林县医院。

雷雷听了大吃一惊，翻身跳起，急火火地下楼，骑上摩托车就往林县疾驰。他赶到林县医院时，已是下班时间，两名大夫和护士在收拾东西。雷雷急冲冲进来，劈头就问：请问叶青儿在吗？

女大夫一见是个小伙子，立刻高度警惕地问：你是叶青儿什么人啊？

雷雷回答道：我是她男朋友！

屋里三个人立刻炸了锅：你就是叶青儿肚里孩儿他爸啊！你多大啊，够结婚年龄吗？

雷雷闻言，五雷击顶般呆住。

雷雷骑着摩托车往回走，他越开越慢，终于停了下来。他踉跄着下车，摘掉头盔，冲到树旁，一阵干呕，然后靠在树上，开始一动不动。接着，他恼怒地开始砸树，用头撞树，嘴里胡乱地骂着……

叶母见女儿面色苍白，失魂落魄，失声问道：青儿，你怎么啦？发生什么事儿啦？

老叶赶紧给妻子使眼色，让她少说话，免得刺激女儿。叶母神情黯淡地说：你房间收拾好了，赶紧休息一下吧！

青儿没有表情地走进房间，关上了门。老叶和妻子大眼瞪小眼相互看着。叶母突然手捂心脏，脸色十分难看。老叶知道她心脏病发作，赶紧找药，服侍她吃下去，安慰说：事情没搞清楚，别这么急，青儿不会那么不检点的！

叶母闭着眼，有气无力地骂道：这个流氓！看他第一眼，我就知道他不是个好东西！死丫头瞎了眼！非跟这个流氓混在一起，这下好了……接着，她又声泪俱下，她这辈子才刚开始啊，以后可怎么办啊！

老叶急得像热锅上的蚂蚁，埋怨说：你小声点！孩子心理已经很脆弱了，不要再增加她思想的负担！

叶母推着老叶，哭着说：都怪你！早让青儿离开那流氓，就不会出这种丑事！

青儿走出房间上厕所，听到父母房里传出母亲激动的怒骂声。她忍无可忍地扬声道：爸，我妈是不是得妄想症了？她骂谁呢！

老叶没吱声，叶母却在屋里接上话茬：你给我闭嘴！都那样了还强词夺理！要不要脸了？

青儿越来越愤怒，她愤怒母亲对自己如此不信任，本来就痛苦脆弱的神经再也无力支撑，她发作道：我怎么不要脸了？我干什么了你这么骂我？外面人骂我、羞辱我，我都能忍！可你是我妈，你怎么就特别愿意把你女儿想得那么脏！你比他们还狠！我到底是不是你女儿？

这话如火上浇油，叶母听了腾地跳起，就要往外扑，老叶拦腰抱着她，叶母歇斯底里地说：你个不要脸的丫头，你好意思指责我们！从开始我就提醒你那小子是个流氓！你怎么就那么贱啊，你怎么就迷上那个流氓啊！你跟他鬼混！你一个大姑娘未婚先孕，还传得满世界都是，我看你以后怎么做人！你还有脸跟我吵！

青儿狂怒，她咣当一声将桌上东西全扫地上，大吼：我没有，没有！我就是没有！

老叶这下可吓坏了，叶母不觉也停了下来。老叶匆匆出了卧室，却见女儿已经冷静下来，她冷冷地看着父亲：爸，您告诉我妈，我和雷雷关系很单纯，没有她想象的那些……她停了一下，声音清晰地说，我爱雷雷，就算和雷雷有什么，我也不会后悔！

老叶闻言愣住，心里一阵绞痛。青儿转身朝外走，叶母走到门口，老两口看着女儿的背影，谁也不敢劝。

青儿走到门口，突然停下，她没有回头地对身后的父母轻声说：我出去走走。

夫妻俩没有言语，看着青儿推门走了出去。叶母身体摇摇晃晃，老叶赶紧扶住。她欲哭无泪，无力地捶打着丈夫肩膀说：这可怎么办啊，怎么办啊！

老叶的眼睛不禁潮湿起来。

雷雷自顾自地喝着闷酒。大头看着他痛苦的样子，夺过他的酒杯，雷雷却反手拿起酒瓶猛灌。他两眼发直，语调滑稽地自嘲道：反正不是我的，我他妈根本就没那个。唉，我连他娘东南西北都没整明白，怎么可能就有个小雷雷？这他妈……是天方夜谭嘛！我操，不想了。喝酒，喝酒！

大头淡然道：是吗？

雷雷放下酒杯问：你阴阳怪气什么意思？

大头认真地说：我可告诉你，你这说法可严重啊！如果这孩子不是你的，你等于在指责你媳妇啊！

雷雷立刻否定：放屁！我媳妇是他妈世界上最单纯、最纯洁、最爱我的女人，她绝对不可能做对不起我的事儿！

大头看着雷雷，不说话。雷雷开始心虚，声音低下来问：哎，你说，抱一抱，亲一下，碰一下什么的会怀孕吗？

大头没好气地说：你几岁啊？幼稚！随后，他又表情暧昧地说，你们不在一起过夜了吗？会不会梦里，那什么了？

雷雷给了大头一拳，骂道：放屁！人家那儿看得贼严，还有两只大黄狗，哪有时间做梦啊！

大头还了雷雷一拳说：那你这瞎猜个什么劲儿！你现在最应该做的，就是去见叶青儿，什么话都当面说清楚！

雷雷一脸恐惧地摆手：不去！不去！你摊着这事儿好意思当面问你女朋友啊？那要真是……怎么办？

大头瞪着雷雷哭笑不得：那你准备怎么办？一辈子不见她？

雷雷越来越沮丧，他抓起酒瓶子想灌，又放下。他可怜巴巴没了主意，像个孩子似的问：你说她会不会真的不爱我了？

大头心里一阵怜悯，给了他一拳：我他妈最受不了的就是你这副熊样！你他妈可是谁也打不倒的雷子啊！

雷雷摇头：我他妈什么都受得了，我就怕她骗我！我见着她说什么？你让我说什么？

大头给雷雷一巴掌，说不出话，两人便闷头喝酒。

雷雷和大头喝得都困了，而门铃声却响个不停，雷雷浑浑噩噩、不耐烦地挣扎着起来，骂道：他妈谁呀！他刚要开门，就听“砰”的一声，门被踢开。

莎莎一身时髦装束出现在门边，她一见雷雷便给了他一拳，惊喜道：想死我啦！我还以为你不在家呢！听大头说你回来了，我打一天电话你也不接。哎，我晚上在省宾馆整了个大Party，玩儿去吧？

谁知雷雷却傻乎乎地上下打量她，说：我操，你谁呀？

莎莎笑着骂道：装他妈什么大瓣蒜啊！赶紧的！

大头清醒了过来，故意大惊小怪地说：哟，这不沙奶奶吗？可回沙家浜啦！

莎莎看着他说：你也在啊，一起走吧！快点，我的车在下面！

雷雷就这么稀里糊涂被莎莎拽走。

青儿悲伤地独自朝雷雷家走去，她看着雷雷家窗户亮着的灯。犹豫着想上前，又担心他家里人在。她刚想转身往回走，就听见单元门内传来一通脚步声，她下意识地看去，不禁愣住，只见莎莎挽着雷雷胳膊，拖着他上了汽车。青儿下意识地往后躲。

这时，大头走出来，他要去车棚取自行车。大头弯腰正要开车锁，一抬头瞥见青儿匆匆离开的背影。他愣了一下，喊道：叶青儿！

青儿听见叫声走得更快，大头赶上来，叫住问：你来找雷雷？

青儿停下脚步，面无表情地转过身，没有说话。大头转身看了一眼远处的轿车，回过头对青儿说：你们应该谈谈。

青儿瞪着大头问：什么意思？

大头认真地说：你知道什么意思！雷雷今天去过林县医院，他现在很痛苦！

青儿呆住，面无人色。远处莎莎使劲按着喇叭，大头回头看了一眼，接着对青儿说：你怎么想我不清楚，可我知道雷雷他绝对不相信那是真的。

青儿是女孩儿心性，哪里容得一个外人，特别是一个男孩子当自己面说这种绝对隐私的事情，她的自尊心大受伤害。那一瞬间她突然特别恨雷雷出卖了自己。她冷冷地打断了大头的话：别说了，我不想听。说完，她毅然转身就走。

大头一下子傻眼，不知道自己做错了什么。他追上去说：哎，你走什么呀？和雷雷好好谈谈吧！

青儿冷冷地说：没什么可谈的！她便扬长而去。

远处喇叭一声接着一声传来，大头左右为难，只得锁上车，跑向轿车。雷雷躺在车后座，嘴里胡说八道。大头看着他心情很是复杂，不知该不该说刚才的事儿。他心里难受，一个劲儿地砸着门把手。雷雷回头看着他嚷：喂，那门跟你有仇啊，砸得我脑瓜子疼！神经病！

莎莎跟着起哄：就是。哎，大头，刚才跟谁说话呢？老情人吧！

大头断然喝道：停车！

雷雷见大头一脸严肃，有话要对他讲，便推开车门走了出来。大头吞吞吐吐告诉雷雷，刚才在他家门口遇见叶青儿了，他可能说错了什么话，叶青儿很生气地走了。雷雷闻言面色阴沉，撇下大头，头也不回地找青儿去了。

老叶、叶母左等右等不见女儿回来，急得像热锅上的蚂蚁。叶母说给韩阳打电话问问，老叶恼怒地制止了她，说家丑不可外扬。叶母一时也没了主张。过了一会儿，叶母突然起身，收拾着东西准备出门。老叶问她干吗，她冷冷地说，去雷雷家。

老雷在客厅看着报纸，雷母看着电视。老雷突然放下报纸问雷雷最近怎么样？雷母没好气地白了他一眼说，怎么好端端地想起还有一个儿子？老雷神色不悦地说，这是什么话，我想知道他在干什么。

雷母淡然地说：没有你，他活得好好的。他自己开了家修车店，还报了电大经济管理专业，要拿文凭。这不，去北京接了个大活，那些客户都夸他呢。你儿子啊，长大了！

老雷怔怔地说：就怕他三分钟热度。

雷母瞥了老雷一眼：不会！咱儿子挺有恒心的。只是从前基础不好，你就看着吧，雷雷肯定有大出息！

老雷看着信心十足的老伴，将信将疑。突然，门铃响了，雷母诧异地问：谁呀，这么晚了？她起身打开门，惊愕地愣住，门外赫然站着老叶夫妇。

老雷一见他们满脸激愤，就知道儿子又惹麻烦了。叶母怒气冲冲地说，雷雷把她女儿给祸害了，她今天来要个说法儿。

老雷脸色铁青，一句话也不说。雷母愤怒地说：你们怎么能肯定那孩子就是雷雷的呢？

叶母大怒道：你这话什么意思？我女儿清清白白，她长这么大，交的唯一一个男朋友就是你儿子！

雷母不屑地说：那是你说的，谁知道她交了多少！

两个女人谁也不让谁，唇枪舌剑战在一处。吵到最后，两家谁也不让步，老雷沉着脸下了论断：吵架解决不了问题，诉诸法律吧。

雷雷骑着摩托车在马路上行驶着，他骑得很慢，一路张望。车开到家门口时，他突然一阵恍惚，把车停了下来。只见青儿呆呆地坐在他家台阶上，似乎没有听见他摩托车的响声。雷雷看着她一阵心疼，一阵难过，他摘下头盔，走了过来。

青儿听到脚步声，茫然抬起头来。雷雷慢慢蹲下去，直视青儿眼睛。两人就这样互相看着，想靠近又有点别扭。

青儿把脸转到一边，声音很轻地说：我必须跟你谈谈。

雷雷声音温和地说：到屋里去，这儿冷。

青儿倔强地说：不，就这儿！

雷雷不说话，起身脱下外套要给青儿披上，青儿却像被火烫着一样，起身躲开雷雷的手。雷雷呆住，脸上渐渐呈现出痛苦的表情。他慢慢缩回手问：你怎么啦？你讨厌我了吗？

青儿咬住嘴唇，声音开始颤抖：我来，不是想跟你说这个。

雷雷看着她，心里很难受，他把脸转向一旁，淡然地问：你想说什么？

青儿敏感地觉察到了雷雷的变化，冷冷地说道：你什么时候回来的？

雷雷脱口问道：从哪儿回来？北京，还是林县？

青儿猛地回头盯住雷雷，声音冷硬地问：你什么意思？

雷雷看着青儿愤怒的眼睛，呆了片刻，声音变得很轻：我就怕你这样，这么陌生、这么冷！好像我们不认识，是仇人！

青儿再也忍不住，她猛地靠住身旁的墙壁，肩膀剧烈抽动着，强忍着没哭出声来。雷雷看青儿如此痛苦，却不敢上前安慰，他的眼睛渐渐湿润。

过了半晌，青儿终于止住哭泣，哽咽着说：我来就是想问你，你究竟怎么看这件事儿，怎么看我？说着，她一脸泪水，死死盯住雷雷，一字一顿地说，如果你有一点点的怀疑，我就……

雷雷痛苦地摇头，打断青儿的话：我是男人！我很清楚我们之间是怎么回事儿。我到你们医院听到那些话，我真的……没人比我更相信你，可我确实很难受。

青儿一句话不说，她移开眼睛，脸上的表情越来越冷。

雷雷也不看青儿，对着夜空说：我一直犹豫要不要去找你，可我又不敢！我想，也许你不爱我了。刚才一路上，我到处找你，找不到，我快要急疯了。如果找不到你，我会一直找下去。我就是想跟你说，即使那是真的，只要你还想跟我……

青儿闻言，脸上的神情逐渐柔和起来。她回头看着雷雷，眼神怪异地问道：你这话什么意思？

雷雷看着青儿，认真地说：我要跟你在一起！

青儿嗫嚅着说：我问的是你，你……她终于没有说出口，上前猛推他一下，雷雷趁机一把抱住了她。两人紧紧地拥抱着，悲喜交加。

雷雷心情激动地在青儿耳边说：有件事儿，我要你知道。如果有一天，你真的爱上了别的男人，你一定要告诉我，我最恨别人骗我了！

青儿伏在雷雷肩上，温柔地说：你也一样，不要骗我！

雷雷语气坚定地说：我不会！我爱你！

青儿突然推开雷雷：你是不是真的觉得我……

雷雷又恢复了无赖般的坏笑：没有，没有，怎么可能？你是我媳妇啊！我不在，你跟空气那什么呀！你还是医生呢，简直无知！明天去医院检查一下，肯定没事儿！

青儿故作生气地说：你算了吧！装好人！你要真那么想，为什么跟大头胡说八道？

雷雷急忙辩解道：我那会儿不是喝了几口酒吗？我都不知道我说什么了。再说我们爷们儿跟你们娘们儿不一样，大头老跟我说他媳妇的事儿，我不说，就不够哥们儿啊！大头也觉得根本不可能。

青儿伸手就打他：再说，你！我告诉你，以后我的事儿再不许对任何人说，听到没有！

雷雷嬉皮笑脸地道：听到，听到了，连八楼的老太太都听到了！

青儿笑着说：讨厌！

雷雷忙将自己的外套脱下，披到青儿身上说：去我家吧。

青儿敏感地说：不去！

雷雷嘿嘿一笑说，要不送你回家？青儿倔强地摇头说不。雷雷犯了难：哪儿都不去，总不能在大街上过夜吧。要不，开旅馆去？可那得要介绍信和结婚证啊！

青儿打了他一下，红着脸道：你胡说什么呀！

雷雷趁势揽住青儿说：就去我家吧，咱集体宿舍，三八线，谁也不碰谁！

青儿正犹豫着半推半就往里走，忽然听见一阵脚步声。两人不禁回头，顿时傻了眼，老雷、雷母正瞪着两人。青儿吓傻了，慌忙要挣脱开雷雷揽着她的手。雷雷却使劲把她揽在怀里看着父母，一脸英勇气概。

第十八章

雷雷想，丑媳妇早晚要见公婆，索性带着叶青儿进了家门。客厅原本很大，可四个人都沉默不语，空间立刻显得狭窄许多。

雷雷抢占着靠门的位置，他习惯了打不赢就跑的策略。青儿站在雷雷身边，两人下意识紧紧地挨着，因为爱情而勇敢。

雷母对青儿横眉立目是一百个看不上，但因老雷在场，加之对儿子异常溺爱，所以她只能虎视眈眈地瞪着儿子。

老雷考虑问题比较全面，既不得罪叶家人也要保护自己的儿子。他态度平和地对雷雷说：我想和小叶单独谈谈。

雷雷和青儿都有些紧张，青儿看着雷雷，他紧握了一下青儿的手，以示支持。老雷不动声色，把这一切看在了眼里。雷母立即拽着儿子进了里屋。青儿紧靠窗户，紧张地看着老雷，但脸上并无惧色。

老雷抓过一把椅子，和蔼地说：坐吧！说完，自己先坐下。青儿立刻就高出老雷一头，自感别扭，于是赶紧贴着椅子边坐下，好像随时准备站起离开。

雷雷跟在母亲身后一进门，便立刻伏在门上，听着外边的动静。雷母一手揪着他的耳朵，一手不停敲击他的脑袋，压低声音，恨恨地说：你还真跟她搞上了？跟你说这女的不正经，就是不听！傻小子，赖上你了吧！

雷雷也不躲，一脸无赖地对母亲说：什么叫赖上啊，要真给您生个大胖孙子，您得说捡着了！

雷母瞪眼看儿子，琢磨着凑近他问：真是和你的？

雷雷生气地说：您这心里可够龌龊的啊！

雷母瞪了他一眼，转过脸去，嘀咕道：我真是一百个瞧不上那丫头。可孩子真要是你的，那就赶紧结婚，谁能保证那是你的？

雷雷闻言不禁大怒，正想冲她嚷，雷母见状上前就捂住了他的嘴：你给我闭嘴！

青儿神情有些恍惚。她一会儿惦记着里屋的雷雷，一会儿又紧张地看着眼前的老雷。老雷看着青儿，用长辈般温和的语气，开门见山地说出了青儿父母对她和雷雷之事的看法。

青儿有些激动地向老雷表白了她对雷雷的感情，也表明了自己在这件事情上的态度。她告诉老雷，她很反感自己父母在处理这件事情上的自私与专制做法，她表示会努力说服父母，直到他们同意。她更希望雷家能够给他们时间，去接受他们的感情并祝福他们。

老雷看着青儿激动而坚定的神情，心里有些触动。他没有直接应允青儿，只是一再强调，对父母的态度一定要三思而后行。

两人正聊着，门突然被推开，雷雷和母亲走了出来。雷雷满脸焦急，却不敢说什么。老雷看了儿子一眼，转身对青儿说：你先回家吧！这么晚了，家里一定等急了。

雷雷闻言，着急地说道：他们家她妈……

老雷严厉地瞪着他，断然喝道：父母再怎么样，出发点也是关心孩子！小叶，坐我的车，回家！

青儿无奈地看了雷雷一眼，站起身，往外走去。雷雷迟疑地正要跟上去，却听老雷沉声喝道：你不要去！说完，他沉着脸看了雷母一眼，雷母知趣地急忙走开。

雷雷转过身看着父亲，紧张中带着抗拒说：爸，您说什么也没用，反正您也不认我了，您还管我干吗？

老雷淡然一笑：只要你姓雷，你即使不想当我儿子，我还是你爹！我没工夫跟你啰唆，我就想问你一句。雷雷绷着脸，一脸紧张地看着父亲。老雷停顿了一下，继续说，你是个什么东西你自己心里很明白！你说你配得上叶青儿吗？你们俩在一起能幸福长久吗？你能对人家女孩子一辈子负责任吗？

雷雷不满地嘀咕道：您问了不止一句。

老雷厉声喝道：你回答！

雷雷看着父亲严肃的样子，坚定地答道：我能！老雷看着儿子，雷雷迎着父亲的目光，父子俩就这么对视着……

雷母跟着青儿下了楼，司机急忙打开车门，青儿转身看了一眼雷母，说道：阿姨，我走了。雷母站在一旁不说话，也不看她。青儿只好上了车，在轿车的后视镜里，她与雷母对视了很久。她试图对雷母笑笑，但看着雷母阴沉的脸，只好默默收起了笑容。

叶母听见轿车声，探头看向窗口，只见青儿一边从老雷的车上下来，一边和车内的司机打着再见的手势。她脸色越来越冷，不明就里的老叶在一旁着急地问：你说青儿到底在哪里？

叶母看着窗外，看着女儿走进楼道，声音冷冷地说：她在雷家！雷家人送她回来的！

老叶闻言愣住了。这时，传来钥匙开门的声音，老叶想出门看看，却被叶母冷冷地拦住：别理她！

老叶看着她呆住，就听青儿一进门叫道：爸，妈，我回来了！

老叶和妻子一动不动地待在自己的房间里，没有吱声。青儿径直走到自己的房间，在床上坐下，脸上一派宁静……

此时，还有一个为爱而伤心痛苦的女人在酒吧里买醉，她就是白莎莎。莎莎趴在桌上，独自喝着闷酒。她恍惚着伸手去拿酒杯，却见一只手抢先把酒递了过来。她回头一看，惊得酒醒了一半，立刻坐起，怒道：你他妈还敢在老娘眼前晃？找死啊！

只见张军西装革履地站在一旁，身上的那股子猥琐气少了几分，倒增加了些从前的阴沉狠毒。他来回晃荡着手里的酒杯，冷冷地说：我对你可是痴情一片啊！即使我死了，只要你能幸福，我立马就死去！可就算我死一千遍，你不还这德行？你喜欢的男人现在在谁床上呢？

莎莎气得拿起酒杯就要砸过去，却被张军轻松夺下，放在了一边。他叫来服务员，将倒满酒的酒杯放到莎莎面前，莎莎看着酒，忽然哭了起来。

张军喝着酒，用一双充满怨毒的眼睛盯着莎莎，冷冷地说：哭，管屁用！你要笑着，看你的敌人哭！

翌日一大早，大头给雷雷打来电话，让他去一趟市政府大楼，说有要事商量。雷雷告诉他，他要陪着青儿去医院检查，大头却说让他立马过去，半会儿也不能耽误。

雷雷挂断电话，正要走，电话铃却响起。他抓起电话，一听是青儿，立即喜形于色地告诉青儿，他妈给找了一家医院，回头他陪着青儿去检查。

青儿说什么都不愿意去，雷雷嬉皮笑脸地说，要不他给青儿检查。青儿不由得笑骂他流氓。雷雷嘿嘿乐着，青儿突然紧张地要挂断电话，两人约好了下午老地方见面。

青儿挂断电话，转身看见母亲冷着脸，进了卧室。接着便传来一阵叮当作响声。一会儿，叶母走了出来，目不斜视地径直朝门外走去。青儿试着喊了一声“妈”。叶母却毫不理会地走了，青儿不知所措地愣在了那里。

青儿跟家里的关系闹得太僵了，偏巧雷雷在市政府也遇到点事儿。他有个严厉的老爹，除了不帮忙，还会坏事儿。

雷雷刚跟人谈成了一笔生意，需要盖一个章。老雷是那人的老上级。他盖完章跟雷雷在市政府聊天时，被老雷看见。老雷最痛恨别人打着他的旗号以权谋私，当即严肃地问雷雷：你来干什么？

那人紧张地想要解释，雷雷却抢先将他手中的文件递给父亲说：我和几个朋友合作，想进口一批轿车零件，来盖个章。

那人赶紧说道：这个文件手续齐备，还是省厅批准的。

老雷接过雷雷手里的文件，仔细审查着，然后公事公办地递给身边秘书：你看看，有什么问题没有？

老雷说话时，始终盯着儿子，雷雷也非常冷静地迎着父亲审视的目光。秘书翻看了一下，恭敬地把文件递到老雷面前，讨好地说：省厅批准的，应该没什么问题。

周围的人都沉默着，老雷没有接过文件，只是毫无表情地对雷雷说：文件我要再核对一下，你先回去吧！说完，他转身就走。老雷的下属们都沉默着从雷雷身边走过，雷雷猛地转过身，看着父亲的背影，一脸怒气地想说什么，但还是忍住了。给雷雷盖章的那人一个劲儿道歉：唉，都怪我，都怪我！怎么就偏巧撞上了雷副市长呢？他是有名的清官，你说这事儿闹的，唉！

雷雷无言地离去，那人却还一个劲儿唠叨：我怎么这么寸啊！

老雷面色冷峻地坐进轿车，秘书见状悄然将雷雷的那份文件放进公文包内，跟着坐进轿车。轿车发动时，老雷从后视镜里看见雷雷走出大楼，正瞪着自己。他面无表情地示意轿车开走，雷雷瞪着父亲的轿车离去，气恼地一拳砸在门框上：我操！

当老雷的轿车正要驶出大门时，门口突然闯出一个女人，只见她张开双臂，想要拦住轿车。司机见状，慌忙来了个紧急刹车，轿车往前颠了颠停下。门口一阵纷乱……

雷雷正气哼哼地往门口走，见了不禁愣住，拦车的女人是叶青儿的母亲。老雷大吃一惊，赶紧推门下车。保卫冲着老雷一个劲儿道歉：雷副市长，我，我不让她进来她偏要进来。我也没想到她会拦车。

秘书跳下车冲着叶母喝道：你要干什么？

叶母非常冷静，她冷冷地盯住老雷：我要见雷副市长。

秘书气恼地说，有什么事儿请先到传达室登记。叶母不甘示弱地说，事情紧急！秘书还想说什么，老雷伸手制止了他。老雷走上前，态度温和地冲叶母说，办公室谈吧！

秘书焦急地说：雷副市长，省长在等我们呢。

老雷抱歉地对叶母说：您看，您来之前应该先打个电话。要不，您等我两个小时，办完事儿我立刻赶回来。

老雷诚恳地看着叶母，叶母则成心要在大庭广众之下让老雷表态，于是她不管不顾，眼睛显出一种疯狂的固执。她站在轿车前，声音高亢而响亮地说：雷副市长，一个普通市民的性命和省长接见，究竟哪件事对您更重要？说完，她死盯着老雷。围观者越来越多，秘书要上前，老雷却摆手制止。老雷神情严肃地说道：人民永远是第一位的！如果事情真像您说的那样，人命关天，我会放下一切！

叶母咬牙切齿地说：也许别人孩子在你眼里算不上什么，可对我们就是生死攸关！

老雷不卑不亢地说：好，我们去我办公室吧！

秘书还要阻拦，老雷却说：你去给省长办打个电话，说我马上就到！

老雷转身要走，叶母却不动，老雷侧身说：走吧！

叶母依然不动，她盯住老雷问：您怕什么？

老雷闻言，不觉一怔。叶母不依不饶地接着说：一说我女儿的问题，您就回避，就要背着人。您为什么不敢当着您的下属，当着这么多普通市民，说清楚您到底什么态度？

老雷正要说话，不料雷雷突然冲到父亲面前，用身体挡住父亲，冲着叶母说：阿姨，这件事儿因我而起，和我父亲无关！请您别在这儿闹事儿，这么多人围观，影响多不好啊！何况对青儿也……谁知他话音未落，叶母抬手就给了他一记响亮的耳光。打得雷雷一下愣住。

老雷和所有在场的人都愣住了。就听叶母歇斯底里地骂道：你这个流氓，你玷污了我女儿一世清白，还有脸在我面前提我女儿名字？这还是不是共产党天下？怎么就能允许你这纨绔子弟、流氓恶霸为所欲为，为非作歹！你凭什么霸占我女儿！凭什么仗势欺人！我今天就是要当着这么多明白人的面，把你这张丑恶嘴脸暴露在光天化日之下！

雷雷在叶母歇斯底里的过程中极度愤怒，他紧握着拳头，可他惦记着父亲的尊严，没敢有任何风吹草动。他不敢看父亲，只是下意识地挡着父亲，一动不动。老雷则是冷静地看着叶母的疯狂举动，他的手始终按着儿子的肩膀。秘书和保卫要上前制止叶母，老雷却伸手示意他们别管。

叶母态度更加疯狂激烈：雷副市长，你现在必须给我一个明确回答！否则我就去省里、去北京，我不相信共产党的天下就没地儿讲理！秘书一见叶母那没完没了的架势，急匆匆地走到传达室让人通知老叶迅速赶来。

雷雷强压怒气地劝着：阿姨，您冷静一点，这里不是谈话的地方。

叶母怒骂道：滚！你没资格跟我说话！

老雷推开雷雷，走到叶母面前，态度平和，声音理性地说：您现在的态度这么不冷静，我的话您能听进去吗？

叶母恼怒地说：你说！

老雷面带威严，认真地说道：您刚才点名道姓说了我儿子很多，基本是在谩骂。那我现在告诉您，也告诉在场所有的人，您说的不是实情。

说着，他揽过儿子，声音坚定沉稳中透着隐隐的激动：这孩子从小就调皮捣蛋，也不爱学习，还经常打架，甚至小时候还好偷鸡摸狗。我们市委家属院的两条老黄狗都让他给药死了。这小子从小到大让他母亲伤透了心。可是，我儿子不是你说的那种纨绔子弟、流氓恶霸！他既没有强奸杀人，也没有干过违法乱纪的事儿！您从认识我儿子那天起，就骂他流氓无赖，我也经常骂他，骂得比您还重！所以，我儿子这些年名声很臭啊！又因为和您女儿的事儿，我还把他从家里赶了出去！可是现在，我当着我儿子面告诉他，爸爸委屈他了，其实爸爸一直就了解他！他虽然身上有很多小毛病，但绝对是个本性非常善良的好孩子！

雷雷完全没有想到，父亲会在关键时刻站出来保护自己。他呆呆地听完父亲的话，眼睛一下子湿了。叶母也没想到老雷会公开袒护自己的儿子，一时也有点犯傻。

老雷停顿了一下，继续说道：我跟您女儿认真谈过，我儿子和您女儿从一开始就是两情相悦。他们彼此真心相爱，而且是他们人生中最美好的初恋！作为家长，我不懂您为什么会这么极端地反对，您是对我有偏见吗？那也不能让我儿子代我受过！我现在想告诉您的就是，我对您女儿和我儿子的感情，能做的，只是衷心祝福！

叶母闻言，傻傻地呆住，众人议论着散开。她突然眼泪成串地落下，老雷和雷雷看着叶母，一时不知道怎么劝慰。这时，只见老叶匆匆赶来，他尴尬地上前揽过叶母就往外走。叶母无力地边走边拍打着丈夫，哭着喊：我要去省里、去中央告你们，你们仗势欺人，你们霸占我女儿！

老雷转身看着儿子，雷雷急忙把头低下，但很快他又抬起头，迎着父亲的目光，一句话不说。父子俩用目光达成了和解。

两人互相点点头，老雷淡然地说：你那个文件重新申请吧！不要用你的名义！

雷雷都忘记那回事儿了，闻言一愣，随即问道：为什么？

老雷笑着温和地说：因为你是我儿子！

雷雷发牢骚说：我是您儿子有过一丁点好处吗？

老雷淡然一笑：你活该，谁让你投错了胎，姓雷？

雷雷闻言傻站着，老雷走了几步，回头看着他说：赶紧带小叶去检查身体。女孩子遇到这种事，心理负担会很大，你要体贴一点！说完，他头也不抬地大步走进车里。雷雷看着父亲的车远去，眼泪不禁夺眶而出……

医院妇科门诊外，雷雷坐在椅子上呆呆地等着。他表情痴呆，对未知的结果，他内心深处还是紧张的。

门终于开了，青儿拿着化验单走了出来，从她脸上看不出任何喜怒哀乐。雷雷一见，立刻一脸笑意地站起迎上前。当然，这笑里含着一种勇敢。青儿没有表情地将诊断书以及化验单递到雷雷手上。他一派洒脱地接过诊断书，只见上面写着："荷尔蒙失调，雌激素水平紊乱"的字样……

他不解地看着，嘀咕道：什么失调紊乱的，啥意思啊？

青儿红着脸，慌忙说：小点声！你想让全世界都知道啊？

雷雷抬头看着青儿那含羞带怯的脸，突然坏笑地低声道：哎，你是不是老不跟我在一起，想我想得失调紊乱了？青儿闻言羞愤交加，顺手就给雷雷一巴掌，抢过诊断书，转身朝外跑去。雷雷笑着跑上前，抓住青儿的手，两人手拉手地往外跑去。他们一边跑一边笑，引得路人个个回头看疯子一样看着他们。

从医院出来，雷雷骑着摩托车一路疾驶，音箱里放着《甜蜜蜜》。青儿俯身在他的背上，一脸安宁。

两人来到老地方，像孩子似的手拉手走着，还时不时地侧脸看对方一眼，然后就笑。雷雷孩子一样赌咒发誓道：以后咱俩再也不分开了。不管是一天也好一步也罢！

青儿笑着说：那不成连体人了？哎，你不挺洒脱的吗？还整个四六句什么的。

雷雷不明就里地问：什么四六句？

青儿羞涩地说道：两情若是久长时，又岂在朝朝暮暮。不是你说的吗？

雷雷一听就急了：我靠，我怎么可能说这么酸的话啊，谁造谣呢！

青儿一听，生气了，她甩掉雷雷的手：不是你说的啊？我还挺感动呢！浪费感情！

雷雷赶紧上前抓住青儿的手，赔着笑脸：是我说的，当然是我说的。除了我这么痴情的人，谁能说这么肉麻的话啊！两人相视着乐了。雷雷乐着，趁势从兜里掏出叶母退给自己的那沓信。

青儿不解地问，这是什么呀？雷雷没直接回答，他把信塞到青儿怀里说，回去再看吧！说完，他竟然觉得有点不好意思，撒腿就跑。青儿急忙向他追去……

叶母守在窗前，老叶在她身后走来走去，一个劲儿地劝她：你这么对着干，孩子是不会听的。叶母不言语，她靠着窗户，看着窗外出神。

一辆摩托车驶来，叶母紧张地将身体直起。老叶见状，急忙过来，他们眼睁睁地看着青儿和雷雷从车上下来，摘掉头盔，拥抱着接吻。

叶母痛苦地用头撞着窗户，喃喃地骂着：这个流氓，这个流氓啊！老叶难过地拽住妻子，叶母转身看着丈夫，眼神恐惧，歇斯底里地说：我宁可她死了，也不想看着她这辈子就这么毁了！老叶看着妻子，难过得说不出话，这时，大门响了一下，夫妻俩沉默着。只听青儿欢快的声音响起：爸，妈，我回来啦！

老叶和妻子待着没动，也不回答。青儿知道父母还在生她的气，便轻轻进了自己的卧室，躺在被窝里读雷雷写的情书，一边看一边乐：

青虫，怎么不回信啊，字儿特难看吧！别跟我这书法天才比啊，写俩字就成。知道你没忘记我，也想我，就放心啦！……今天拿到第一笔钱，去了一家进出口音乐书店，全是原版唱片和磁带。我买了一套港版邓丽君唱片，还买了一台电唱机，回来放了一下，比录音机质量好多了。但我没舍得听《甜蜜蜜》，想着回去和你一起听……

青儿看着，乐着，眼睛渐渐湿润。门悄然推开了一道缝，叶母站在门外，毫无表情地探头看着女儿，青儿毫无知觉，依然全神贯注地看着雷雷的信。

第二天一大早，雷雷就给青儿打电话，询问昨晚她母亲为难她没有。青儿情绪低落地说，父母理都没理她，她想赶紧找到工作，搬到集体宿舍去。

雷雷心疼地问，他姑姑给青儿找的那家医院如何，青儿说她没去。她不想给雷家添麻烦，到时让父母更生气。雷雷问青儿是否能见面，青儿告诉他，华华分了房子，她得上华华家去。

青儿来到华华家小区附近，碰到了手里拎着菜的华华。她故意上下打量着华华，笑道：华姐，你晚婚真是中国男人的损失，你太适合结婚啦！

华华斜眼看着她，笑着说：你就笑话我吧！等你到我这岁数，就知道女人再怎么好强，也得结婚过日子。

青儿乐着说：我怎么是笑话你，我是向你学习，我要有个小屋，哪怕有张床我都不想在家住！两人正说笑着，就听见有人喊，华华！两人忙回头，只见韩阳向她们走来，他一见青儿，似乎有点犹豫的样子。

华华立刻热情招呼道：韩老师，咱班同学都来过我们家，就差你和叶青儿了！韩阳不自然地笑笑说：我这不出差刚回来吗！青儿冲韩阳笑了笑。

华华一见两人的尴尬样儿，忙把手中的菜递到青儿手里说：我们家房间号码你知道吧？我爱人在家，你和韩老师先去吧！我到食堂打点主食。说完，她扭头就走了。青儿和韩阳尴尬地站着……

还是青儿爽快，她冲韩阳一笑，落落大方地说：韩老师，咱这可是毕业后头回见面吧！我还说这两天去看看你呢。

韩阳笑了笑说：你爸跟我说了你调动工作的事儿。我帮你打听了，正好我们院急诊室需要人手。

青儿闻言，不好意思地说：我爸真是的，什么事儿都麻烦你。

韩阳见青儿如此客气，嗫嚅着说：你这话太见外了！其实，你本来就不该去林县。你爸每次见到我都特后悔分配那会儿没拦着你妈。

青儿见韩阳眼神沉稳，便定下心来，笑着说：也没那么苦，在小医院也挺锻炼人的。我都上四回手术台了，或许，我们班哪个同学都不如我。

韩阳看着青儿自豪的神情，笑了笑说：是吗？

青儿开心地笑着点了点头。两人往前走了几步，青儿一脸真诚，语气坦然地问道：韩阳，我和雷雷的事儿，你会祝福我们吗？

韩阳愣怔了一下，机械地说道：当然，当然！

青儿没有注意韩阳的神情，沮丧地说：我父母，特别是我妈，他们都坚决反对。有时候，我真的不知道该怎么办！

韩阳看着青儿忧郁的神情，心里说不出是什么滋味。他忙安慰道：这种事儿，别人是帮不上忙的。如果你们真心相爱，做家长的最后也会妥协。现在也不是中世纪，罗密欧与朱丽叶的悲剧不会重演的。

青儿看出了韩阳在敷衍她，低下头说：或许你说得对。

两人再无话，沉默着往华华家走去。韩阳心绪烦乱，他见华华打完饭回来，勉强笑着说：看你挺幸福的，我也就放心了。医院还有点事情，我先走了。说完，他头也不回地转身走了。

华华急忙挽留，可韩阳像没听见似的，急匆匆地只顾往前走。华华看了青儿一眼，感慨道：你对韩阳的打击太大了。听说好多人给他介绍对象，他都拒绝了。

青儿看着华华，没好气地说：你以后别在我面前老是韩阳、韩阳的，我只爱雷雷一个人。

华华被噎得说不出话来。

韩阳回到宿舍，心烦意乱地在台灯下看书，面前的那一页纸上一个字儿也没有。他满脸痛苦，突然抓起书砸向墙壁，书被摔得纸张掉了下来。他立刻心疼不已，抓起书，捡起掉在地上的纸张，哆嗦着手怎么也粘不上，不禁一头扎到桌上，痛苦万分……

在韩阳的鼎力帮助下，叶青儿调到韩阳所在的医院急诊科当医生。韩阳对她很是关心，见面就问：还适应吗？

青儿笑着说：别的都行，就这值夜班开始有点受不了。刚上班那几天，困得我都差点顶不住啦。

韩阳看着她，认真地说：女孩子干急诊是挺难的。你先忍耐一下吧，等科里有名额，再想办法。

青儿急忙说：不麻烦啦！现在就挺好的。急诊也有急诊的好处，什么病人都能接触，挺开眼界的。

韩阳笑了笑，让她多注意身体，告辞而去。

莎莎被嫉妒折磨得失去理智，她来到雷雷家撒泼耍横，雷雷要她交出屋门钥匙。莎莎置之不理，冷冷地问：你儿子怎么样了？

雷雷知道她是在挑衅，瞪着她说：又犯什么浑呢！

莎莎盯着雷雷说：你知道美国现在有一新技术叫 DNA 测试吗？就是用一滴血就可以检验出小孩跟自己是否有血缘关系！

雷雷听了她含沙射影的话，想要发怒，可转念一想，她来的目的就是要激怒自己，不能上当，便嘲讽说：你这人打小就脑炎，傻了吧唧的！我没工夫陪你看病，你赶紧自己去趟精神病院！说着，他转身就走。

莎莎却一动不动，一脸恨意地看着他。雷雷走了几步，回头对她说：你走时，得把钥匙留下！他话音刚落，只见莎莎猛地转身，抬手将沉甸甸的钥匙链砸向雷雷，那钥匙链擦着雷雷的耳边砸到墙上，当的一声落了地。

雷雷着实吓了一跳，他脸色煞白地看着一脸疯狂的莎莎。

雷雷厌恶地看着她，骂道：我操，你还没更年期吧！怎么也他妈歇斯底里、人事儿不懂啊！得，我打电话，我送你去神经病院！

谁知莎莎竟狂怒地拎起手中的包砸向雷雷，连喊带骂地说道：你才神经病！那姓叶的什么东西啊！破鞋、烂袜子扔大街上都没人要，也就你才把她当个宝！

雷雷闻言大怒，一个嘴巴扇过去，打得莎莎愣住了。他铁青着脸，冷冷地说：白莎莎我告诉你，叶青儿是我老婆，我这辈子唯一的女人！你骂我恶心我，没关系，我不会碰你！可你要再敢骂叶青儿一句，你他妈就是自个儿成心找抽！说完，他转身往外走。

莎莎不禁痛哭失声。雷雷走到门口，终究于心不忍，他转过身，不看莎莎，但语气变得温和起来：咱俩从小是哥们儿，就算我打了你，可从小到大你也没少打我，就甭计较啦！你心里想什么，我知道。可是莎莎，咱们没有男女关系那个缘分。咱们只是哥们儿、兄弟！

说完，他掉头要走，没料到莎莎突然扑过去，抱住了他，热泪长流地说：雷雷，我不要做你兄弟！我要做你的女人！我爱你，我这辈子就爱你一个男人，你要我吧！

雷雷急忙挣脱，厉声说道：你胡说什么！我跟你说我有女人了！

莎莎哭着缠住他说：那有什么关系，我无所谓！哪怕就一次还不成吗？完了以后，你爱跟谁跟谁，还不成吗？

雷雷终于无法忍受，他猛地甩开莎莎，盯着她泪流满面的脸，厉声喝道：你给我听清楚了，别胡思乱想！别再打我主意！咱俩没戏，一次也不行!! 说完，他冷着脸，摔门而去。

莎莎无力地坐在地上，痛哭失声。

雷雷终究不放心，一到修车铺，急忙给大头打了个电话，说了事情的经过，让他立即去他的住处劝劝莎莎。

雷雷穿着工作服正和几个店员忙着干活，张军西装革履、一脸阴冷地走了进来。雷雷蹲在地上修着轮胎，没有搭理他。张军居高临下，冷冷地盯着他。

雷雷修完轮胎，店员们将轮胎推到外面，他拿块棉纱擦着手，往办公桌那儿走。谁知张军却挡着去路，一脸阴冷地说：怎么？发财了就不认人了？

雷雷低头擦着手，声音很冷地问，有事儿吗？张军盯着雷雷，从包里拿出一份文件，冷冷道：这个批文在我们那儿搁一个星期了。是我主动接的手，我想我会好好处理的！

雷雷阴沉着脸，看着那份文件问：你想干什么？

张军不阴不阳地说：我们的工作就是为你们这些工商个体户服务，你说我想干什么？

雷雷忽然一笑：那就服务吧！好好服务！说着，他推开张军就走。

张军却如影随形地跟着他，声音里透着极度的仇视：拜你所赐，姓雷的。我现在只是个见习办事员！自打有你，我这日子就再也混不出个人样来！

雷雷闻言不怒反乐：你混好混坏和我有屁关系？你还真会找原因，你干脆叫我声爹算了！店员们听着，一阵哄笑。

张军用脚狠狠地踢着轮胎，冷笑道：我告诉你，有那么一天我要你管我叫爹！你信吗？雷雷阴沉着脸不说话。店里的几个员工一起围住张军，张军一脸无赖地瞪着雷雷。两人正僵持着，忽然传来女孩欢快的声音：干吗呢？两人不禁同时回头，只见青儿背着挎包，笑着走进店门。一见到张军，她脸上的笑容立即凝固。

谁知张军一见青儿，便换了一副甜腻的笑容，彬彬有礼地向她点点头。青儿表情冷漠不理会他。张军讨了个没趣，转过身，背对着青儿，冲着雷雷，表情阴沉，声音冷静地说道：你那个批文，我们要认真对待！你等我信儿吧！说完，他往外走去。

青儿看着张军摇摇晃晃地往外走，她担心地看着满脸不快的雷雷。

雷雷不愿让阴云笼罩在他们头顶，便拉着青儿到老地方遛弯。青儿还是不放心，她不安地说，张军突然来访，肯定没安好心。雷雷点点头，心里老觉着不大对劲儿。

两人分析了半天，也不知张军葫芦里究竟卖的什么药。最后，雷雷说笑着安慰青儿，车到山前必有路。两人把烦事儿放到一边，嬉闹起来。他俩谁也没想到，莎莎和张军正好开车经过，两人怨毒地看着他俩，心里想好了陷害他俩的诡计。

老叶身体不适地躺在床上，叶母把药递到他手里，唉声叹气地说起了青儿。老叶一边喝着药，一边劝解叶母让她想开点，尝试着去接纳雷雷。两人正说着话，忽闻门响，两人便侧耳细听起来。

青儿蹑手蹑脚往自己房间走，这时，叶母端着药碗走出。母女不觉碰面，都怔了一下。青儿局促地看着母亲打招呼：妈，给我爸熬药呢？叶母盯着她的衣着，看着女儿脸上和眼里的笑容，脸色越来越冷。青儿在母亲的逼视下，不说话了。

叶母看了她一会儿，抬脚就要走，青儿急忙嗫嚅着问：妈，您真的不认我啦？叶母闻言停下，她身体有些颤抖。青儿见状，难过地说：我不想您难过，可您为什么就不能……

叶母转过身，眼睛潮湿地看着女儿，打断她的话：你要是我女儿，就和那流氓断了关系！否则，我就没你这女儿！说完，她头也不回地走进了厨房。

青儿看着母亲的背影，呆呆地愣在那里。

担心什么，什么偏偏就找上门来。张军带着几个人来找事儿，他冷冷地说：有客户举报，你这儿汽油有问题。不达标，有严重掺假嫌疑，你居然在汽油里搞猫腻，那可是人命关天的大事儿！按规定，你必须得停业整顿！

张军的手下闻言，立即在门上张贴了工商所停业整顿的布告。

雷雷脸色铁青，没有言语，他的员工们不干了，情绪激动地骂道：这不是血口喷人吗！我们的汽油是经过国家安检的，有检验报告，你们可以查啊！有员工上去就要撕布告，双方撕扯起来。

雷雷强忍着没发火，张军看着他，得意扬扬地冷冷喝道：闹事儿是不是？小李，打电话，叫巡警队过来。进去几个，你们就踏实了！

员工们更加义愤填膺地嚷道：你报警啊！你报个试试！

雷雷突然沉声喝道：都别说话！让他们查！员工们不吱声，张军却冷笑着。

雷雷转过身冲张军冷冷地说：你可以查，但检查结果要登在报纸上！否则，我要找出那个举报者当面对质！说完，他死死地盯着张军的眼睛……

雷雷的修车店停业了，大头得到消息后立马赶来，他担心张军会做出对雷雷更阴险的事儿，劝雷雷去南方躲一躲，店内的事儿交给他处理。雷雷坚决不走，他告诉大头他绝不怕张军，他要以不变应万变的方法，来对付张军的刁难。

大头走后，雷雷独自在店里整理完账簿，然后收拾了一番。正准备走，门突然开了，他转过头愣住，只见张军阴笑着走了进来。

第十九章

张军在店内转了一圈，轻描淡写地说：我刚下班，路过你这儿，看灯亮着门开着，我很好奇，不是暂停营业了吗？

雷雷心情平静，他收拾着东西淡然说：你也不必费那么大劲儿专程路过，在附近找个人监视我不就完了？

张军阴阴地说：那不成，没劲！我就乐意路过，现在我添了一毛病，每天得见你一面。要不然，就吃不香，睡不踏实！

雷雷冷笑着说，随你便吧！说完，就往外走。张军却不动。雷雷回头冲他说，要关门了。张军却盯着办公桌问：你刚才在看账簿？

雷雷毫无顾忌地说，是。张军斜眼看着他问：我看看成吗？雷雷走过去，找出账簿扔在桌上让他看。

张军盯着雷雷，见他一脸坦然，知道账上查不出什么。他随手翻了几下，丢到桌上，然后在店里四下转着，阴阴地说：听白莎莎说，你还有本秘密账簿？搁在哪儿了，瞧瞧成吗？

雷雷闻言，不禁怒火中烧，但他忍着气说：白莎莎不了解情况，我全部账本就在这儿。

张军冷笑：是吗？那去你家瞅瞅？没准儿藏本变天账。

雷雷死盯着张军，越来越愤怒，他极力忍着不发作，他答应过青儿，不再动手打人。张军忽然回头一笑：特恨我吧？恨不得我死吧？

雷雷一脸平静地问：你说呢？

张军踢着那些汽油桶，轻描淡写地说：我说我特喜欢你，你信吗？

雷雷冷笑一下说，玩火者自焚这句话听说过吧？张军阴阴地说，听说过，没玩儿过，还真想试试！说着，他掏出一个打火机，在手里举起。雷雷身体不由得紧绷起来，他盯住张军，声音沉稳地说：你疯了！

张军晃动着手上的打火机，阴笑道：要疯一起疯！

雷雷突然冷笑，暴喝一声：你玩儿一个我看看！我就在这儿站着，我看着你玩儿！张军点燃打火机，盯着雷雷。雷雷一动不动，死盯住张军。

门“咣”的一声被推开，莎莎冲了进来，见状大惊，吼道：张军你干什么？

她话音刚落，就听咣当一声巨响，张军一脚踹倒一桶汽油，眼看他手中燃着的打火机就要扔下去。雷雷俯冲过去，一掌推开张军，那只打火机飞了起来……

莎莎哆嗦着要打电话报警，张军冲过去，猛地抢过电话，砸向雷雷。雷雷一偏头，电话机砸到墙上。莎莎慌忙冲出门去找电话报警。

汽油蔓延过来……张军冲过去够打火机，雷雷抢先一步，两人扭在一起，眼睛看着眼睛。张军冷笑着叫：打我啊，打我啊！说着，他对雷雷一阵拳打脚踢。雷雷使劲控制着他，任他怎么打都不还手。

老叶坐着单位的小车路过雷雷的修车店，他突然心思一动，对司机说：小黄，走新华西街吧！司机点点头，小车拐向雷雷修车店所在的那条街。

此时，修车铺里乱成一团，张军像一头疯狂的野兽，对着雷雷又打又咬，雷雷躲闪着，想把张军制伏，可是他抓到什么就拿什么砸雷雷，全无顾忌，一副拼命的架势。雷雷身上挨了好几下，只能被动地招架。

张军两眼充血，疯狂地喊道：我看你不还手！我非得整你个伤害人身罪，判你十年！让你那朱丽叶守活寡去吧！说着，他一脚踢翻工具箱，箱里有一把长刀，他伸手就去拿。雷雷见状慌忙地扑过来，但他还是慢了一步，刀被张军抢在了手里。张军目露凶光，用刀尖对着雷雷，直到把他逼到墙角。

这时，警笛声隐隐传来。莎莎猛地推门冲进来，狂喊道：警察来了！张军，你住手！张军疯狂地挥刀和雷雷对峙着。

莎莎跳着脚喊：张军你这个疯子！警察！警察！她一边喊着，一边冲向店外。

雷雷盯着张军，声音沉稳地说：把刀放下！

张军阴险地说：你放心，我不会杀你。我杀你，我进局子，我傻啊？我要你杀我！说着，他刀把倒转，直往雷雷手里递，雷雷惊得步步后退。

警笛声到了门前，只听警察喝道：里面人都出来！雷雷闻言，松了一口气，他转身就往外走。不料张军突然扑向雷雷，反手一刀向自己胸脯扎去，雷雷吃了一惊，来不及多想，闪电般回手死死按住刀锋，刀刃划破了他的双手，鲜血不住地淌下。张军见自己的手被控制，他疯狂地用脚踢雷雷，可雷雷死挺着不动。张军完全疯了，他用脑袋死命地撞雷雷，撞得他脑袋直往后仰……

雷雷借势往后一仰，带着刀倒下。张军见了，想要夺刀自残。几名警察冲进来，狂喝：都不许动！

张军举起沾满雷雷鲜血的刀，面无人色，手慢慢举起，刀"咣当"一声落下。雷雷倒在血泊里，脸上却带着一丝微笑。

老叶坐在车里，看着警察冲进小店，看着警察将戴着手铐的张军和雷雷带出，押上警车……

张军疯狂地大吼：姓雷的，老子报仇十年不晚！我进去，最多一年！出来就找你！我陪你玩儿！我跟你死磕！我要不毁了你，我不是人！

雷雷脸上、身上都是鲜血，显得面目狰狞，他咬着牙一句话也不说。莎莎一见雷雷的惨状，扑向他，疯狂地哭喊：雷雷，雷雷！

老叶看着这一切，不禁目瞪口呆。

警车呼啸远去，老叶呆呆地看着，身体忽然一歪，咣当一声脑袋砸到前座。司机吓得猛回头，惊叫：叶老……

雷雷在急救室包扎伤口，一名警察在一旁盯着。青儿惊慌失措地冲进来，见他满身是血差点昏过去。雷雷赶紧站起，说道：哎，我没事儿！

青儿眼里含泪，声音哆嗦着问：怎么回事儿？

雷雷冲警察说：大哥，这是我女朋友。您跟她说明真相，要不她非得跟我吹了！

青儿泪眼婆娑地看着他，怒道：还贫！

一旁的警察解释道：你这可不对啊，你男朋友一点过失没有！他是打不还手，骂不还口，责任完全在动手那方。

雷雷咧了咧嘴，青儿腿软了一下说：你吓死我了！伤重吗？说着，她小心地擦拭着雷雷的伤口。雷雷紧盯着青儿看，看着看着，他情不自禁地把脸凑了上去……

一旁的护士和警察看着他俩直乐，都把脸背了过去。

青儿心疼地看着雷雷的伤口说：怎么伤成这样啊！雷雷摆出一副赖兮兮的样子：你说的，不让我动手，我多听你话啊！

青儿看着他，笑着说：笨！

雷雷嬉皮笑脸问，哪儿笨？青儿没好气地说，哪儿都笨！说完，两人互相看着，轻声笑起来。

这时，韩阳匆匆推门进来，冲着青儿焦急地说：叶青儿，你父亲……

青儿闻言猛地转过身，脸色大变，她知道父亲病情一定恶化了。她顾不上跟雷雷打招呼，往旁边的急救室跑去。

急救室门口，护士扶住身体瘫软的叶母，但她仍挣扎着要往里闯。青儿疯狂跑来，扑向母亲，喊着：妈！

叶母转身一把推开女儿。流着眼泪骂道：你个不要脸的，你还管你爸死活啊！你滚，滚！你爸没你这么不要脸的女儿！叶母骂着，身体就瘫软下去。

青儿哭着和护士扶住母亲，叶母无力地推搡着她骂：你个不要脸、不孝顺的东西，你爸要被你活活气死啊！

青儿哭着，一句话也说不出。雷雷的手吊在胸前赶来，见到这种情形就要上前。韩阳赶紧推开他，压低声音说：这种时候你还添什么乱！他推着雷雷往一边走，雷雷不敢造次，一步一回头地看着已成冤家的母女俩……

雷雷茫然地坐在长椅上，一根烟在他手里揉搓着。韩阳走过来，雷雷抬头看着他问：她爸爸，怎么样了？

韩阳黯然道：肺癌晚期。

雷雷没说话，把烟叼到嘴里，看见禁烟标志又拿下。他猛地起身就要往急诊室走。韩阳拦住他，真诚地劝道：她压力已经够大了。你要真想替她分担，就暂时别见她。雷雷颓然坐下，说不出话来。

青儿流着泪问主治医生：我爸到底什么病？主治医生默默地将病历推到她面前，她含泪看着，字迹因泪水变得模糊：肺癌晚期……

青儿猛地抓起病历，看着主治医生问：主任，这是确诊吗？

主治医生点点头：这是专家会诊结果。青儿颓然松开手，病历落在地上，她浑身颤抖泪流满面。

青儿一脸忧伤地拿着缴费单正要进父亲病房，屋里传出的对话声让她止步。

老叶已经醒来，他眼睛潮湿地对守在身边的妻子说：我亲眼看到那小流氓跟人打架。他一身是血，戴着手铐被警察抓起来，身边还有个不三不四的女孩子。这种人真是本质恶劣，劣性不改啊！一想到青儿要和那种流氓过一辈子，我是死不瞑目啊！

叶母哭着说：现在说这些有什么用，你就当没这个女儿吧！你把身体养好，什么也不要想了，别想了。

老叶流着泪说：怎么能不想啊！都怪我，我太自私，只顾自己。从小没跟孩子在一起，害了孩子一辈子啊！说着，两人不禁抱头痛哭……

青儿闻言泪如雨下，泣不成声。叶母闻声回头见是女儿，骂道：你还有脸哭！你滚！青儿哭着扑到床前，冲着父亲喊道：爸，您没事儿，您会好起来的！爸！

老叶闭着眼睛，不理青儿，眼泪直往外涌。叶母推着女儿，哭喊着：你滚，你爸没你这个女儿！

青儿哭着抱住母亲安慰：妈，我爸会没事儿的，您别这么难过。

叶母越来越气，她甩开女儿，歇斯底里地大叫：从今往后，你和你那个流氓鬼混去吧！你爸和我都跟你没关系，没关系！

青儿绝望地哭着，老叶直起身体，青儿见状就要扶他。谁知老叶颤颤巍巍地推开她道：你别碰我，你和那种流氓在一起，你脏！你不是我女儿！你不是我女儿！你走，我和你妈不需要你，不需要！说着，他掉过头去，泪如雨下地直摆手。

叶母含泪往外推青儿。青儿哭喊道：爸，妈，我是你们的女儿，我爱你们！爸……

叶母一个劲儿往外推女儿，青儿死死拽着门框就是不松手，声嘶力竭道：爸，妈，我没干什么坏事儿！雷雷是好孩子，不是流氓！

叶母用尽全身力气推出女儿，“咣”的一声关上门。青儿哭得声音嘶哑，她绝望了，一下一下拍着门框，嘶声说道：爸，爸，您要好起来，您好起来！我听您话，我听您话，我不跟雷雷好了，我不见他了。爸，您要好起来啊！

门突然被打开了，叶母站在门口，老叶也直起身体，两位老人流泪看着女儿。老叶艰难地问：你说什么？

青儿无力地靠在门上，哭着说：爸，爸，我不跟雷雷好了。爸……

老叶闻言，不禁泪流满面。叶母上前抱住女儿，痛哭失声……

雷雷神情忧郁，一只胳膊吊在胸前，一只手拎着一袋水果和营养品走着。韩阳迎面走来，一见雷雷停下脚步。

雷雷呆呆地看着韩阳说：我去看看她爸爸。

韩阳看着他忧郁的神情，轻声说道：叶青儿父亲病情很重，已经报了病危。她情绪现在非常不稳定，你……

雷雷表情黯然地说：她需要支持，我是她男朋友，她需要我。说完，他径自往前走去。韩阳看着他落寞的背影，轻轻叹了口气。

雷雷手拎营养品离病房越近，走得越慢，表情越沉重。他深深知道自己是不受欢迎的人，但他必须去。

病房门推开，青儿走出来，抬头一见是雷雷，一下怔住。她的身体立刻发软，靠在墙上，眼泪哗地流下来，雷雷眼睛潮湿地慢慢上前，青儿压抑着哭声，摇头说：你走开，走！

雷雷停下脚步，看着她一阵阵心疼。他不顾一切地上前一步，谁知青儿抽泣声更大：你走啊！走！雷雷还要上前，叶母闻声出来，见状大怒。

雷雷迎着叶母愤怒的表情，恭敬地将手中的东西递过去：伯母，我来看伯父。

叶母接过那些东西，兜头砸向他，疯狂地哭吼着：你这个小流氓，你还嫌我们家不够惨啊！你要亲眼看着青儿她爸死在你眼前啊！你这个黑心烂肺的畜生。雷雷忍受着，一动不动地任由叶母打骂。

青儿扑过去，搀住母亲，冲雷雷哭喊：你赶紧走，走啊！说完，她搀走了狂怒的母亲。雷雷呆站着，看着母女俩远去，眼中全是绝望……

雷雷的心碎了，他默默地守在医院里，关注着青儿的一举一动。青儿跟着一个大夫拿着药品匆匆跑过，雷雷看着青儿的背影，一动不动。快拐弯时，青儿突然意识到什么，回过身看着雷雷，他形容枯槁，两眼茫然。

青儿心如刀绞，转身冲向雷雷。两人紧紧拥抱在一起。青儿把头埋在雷雷肩上，哭着说：过几天，等我爸好点了，我去找你。你等着我。

雷雷眼睛潮湿地说：我等你，等你！青儿松开手，含泪转身向病房方向跑去，再没回头。

雷雷的眼泪慢慢流下来。

雷雷伤口感染，发起高烧。他躺在床上，嘴上全是水泡。大头为他倒着水，看着他直叹气。雷雷喝完水，心里惦记着青儿和她的父亲。大头告诉他，听韩阳说，老叶的病情基本稳定下来，接着会做一个大手术。青儿成天和她母亲待在医院里，看护着她爸。

雷雷一心想见青儿，他不顾大头的劝阻，挣扎着起来要上医院看看。

此时的老叶躺在病床上，韩阳和青儿在一旁照顾着。青儿脸色憔悴地为父亲擦着脸，老叶醒来，青儿看着父亲，笑着问：爸，醒啦？说着，她起身去床头柜端水，父亲却抓着她的手不放。

青儿眼睛湿润地将水杯放下，握住父亲的手。父亲说不出话，只是看着她。青儿哽咽着说：爸，我不离开您，一步也不离开！您放心吧，来，喝水。老叶松开手，喝着水。

一旁的韩阳看着这一切，眼睛湿润。这时，叶母拎着饭盒进来，青儿忙站起身，接过饭盒。韩阳见屋里人多，便对老叶说：伯父，我去科里看看，下班后再来看您。说完，他冲叶母和青儿笑笑，走了出去。

叶母看着韩阳的背影，冲着女儿说：你也出去透透气吧！青儿犹豫着，老叶见状，用眼睛示意青儿出去，青儿只好离开。

青儿神情恍惚地和韩阳并肩走着。韩阳看着她的样子非常难受，可又不知道怎么劝，只得无言跟着。两人走到拐弯处，青儿却茫然地一直往前走着。韩阳无奈地只好说，他要去科里了。青儿这才惊醒过来。

韩阳看着青儿，告诉她叶老必须转院做手术，青儿仍是一副痴呆样地说，她会陪着父亲转院，照顾父亲。韩阳看着她痴呆的样子不知所措，他冷不丁看见眼神忧郁的雷雷拿着一束花走来。韩阳冲雷雷点点头，没有说话，匆匆离开。

雷雷伸手揽过青儿，青儿哭倒在雷雷怀里。

一个护士走过来，看见青儿喊她去给老叶翻身。青儿泪眼婆娑，恋恋不舍地离开雷雷向病房走去。走了几步，她又扑进雷雷怀里，哽咽着告诉他，明天下午他俩在老地方见。说完，她头也不回地踉跄着跑向病房。

雷雷看着青儿的背影，痛苦地流下了眼泪。

老叶病房里，几个专家研究着老叶的病情，他们一致赞成老叶转往北京的一家大医院手术治疗。

老叶要转院了，青儿在屋里默默地收拾着东西。叶母轻轻走进来，神情平静地跟女儿交心，她检讨说自己过去做事太偏激、太极端，尽管她有很多不是，可她和老叶坚决不会接纳雷雷，青儿必须在父母和雷雷之间作一个选择。

青儿绝望地泪流满面，她是无法作出选择的啊……

雷雷眼神忧郁地在家摆弄着电唱机，听着《甜蜜蜜》。门响了一下，莎莎低头走了进来，雷雷抬头看了她一眼，继续埋头听音乐。

莎莎站在门口，看着雷雷，声音很低地告诉他，她是来还钥匙的，以后她再也不会来打扰他。她嘱咐雷雷说，张军只判了两年，扬言出来后会找雷雷报仇，让他当心点。雷雷不屑一顾，莎莎扔下钥匙，哭着离去。

雷雷趴在桌上睡着了。电唱机仍一遍一遍重复唱着：甜蜜蜜，你笑得甜蜜蜜……

青儿、韩阳和叶母，还有医护人员安排着把老叶送上救护车，送进火车站。

到了火车站，救护车停下，一干人将老叶从担架上抬下来，放到轮椅上。青儿和韩阳推着轮椅往车站里走。

火车汽笛声传来，青儿下意识地抬起头，她聆听着火车鸣笛声。那笛声一声声回响在她心里……

远处传来火车的隆隆声。青儿呆站着，随着隆隆的车声，她和雷雷在一起的情景迅速闪回着……

火车缓缓进站，青儿失魂落魄地看着火车一节一节缓缓驶过自己眼前，和雷雷的种种过往一一划过，渐行渐远。

巨大轰隆声中，青儿突然歇斯底里地喊起来，她的声音完全被火车巨大的声响淹没，只能从口形中看出她在喊什么：雷雷，对不起，我不能见你，我见到你就没办法走了。我必须跟我爸走，我要照顾他，我是他唯一的女儿。我答应过一辈子和你在一起，一辈子爱你，我以为我能做到，可我做不到。雷雷，我没有能力，我什么也做不到。我们太苦了，你恨我吧，雷雷。

忘了我吧，雷雷你忘了我吧……

雷雷在与青儿约好的地方痴痴地等，先是满怀渴望，随着时间的推移，越来越绝望。天色暗了下来，下起了雨。雷雷毫无表情地在原地呆立不动。

雨纷纷飘落，车窗上倒映着青儿悲痛欲绝的眼睛。

雷雷绝望地瘫倒在地，他眼神空洞地望着天空，毫无知觉地任凭雨水拍打在身上……

雷雷不想再留在这个伤心欲绝的城市生活，他决定去深圳发展。母亲和大头到机场给他送行。雷雷瘦了很多，一副大病初愈的样子。雷母看着儿子心疼不已，叮嘱他要注意身体，到了那边，多跟家里联系。雷雷沉默着，一个劲儿点头。

大头不知道说些什么好，只是用手捶了雷雷一下，叫了声哥们儿，便沉默下来。这时，机场传来登机的通知，雷雷拎起行李，眼神空洞地朝登机口走去。

日月如梭，一晃数年过去。三十出头的叶青儿已是一个成熟的外科大夫，她干练而稳重，落落大方，然而从她美丽眼睛的深处，能看见淡淡的忧伤。

她刚做完一个大手术，累得精疲力竭。她摘下口罩，摘掉手套，洗着手。一旁上了年纪的护士长夸奖道：叶医生，手术做得不错，那刀口缝得多漂亮啊！

青儿谦虚地笑着说：您过奖啦！

护士长拍了拍青儿肩膀，走了出去。一个小护士进来，关上门鬼祟地说：叶医生，有个病人找你，见不见？

青儿没当回事儿，问道：我的病人吗？

护士摇头说：不是，可病人指名道姓要见你和韩医生。我说韩医生不在，可他非要见你。青儿一边换衣服，一边说：谁的病人让他找谁吧，告诉他这是医院规定。

护士犹豫着说：可他说认识你。

青儿回过头来“哦”了一声，意思是那就见见吧。她跟着护士来到医院走廊里，见一对五六十岁土里土气打扮的夫妻在那儿徘徊。那对夫妻一见青儿走来，满脸激动地扑上前，叫道：叶医生，我们可算见着你了。

青儿发怔，她根本就不认识这对夫妻。那女的殷切地说：你不认识我们啦？小叶，你在398农场那会儿，咱不挺熟的吗？我老伴儿许有贵，那会儿还当场领导干部来着！

青儿愣住，眼睛慢慢移向那男人。没错，眼前这个糟老头正是当年在398农场作恶多端、威震八方的许大马棒。

往事纷至沓来，青儿一阵神思恍惚。她无论如何都不能将眼前这对可怜兮兮的老两口与当年邪恶的中年夫妇联系在一起。救死扶伤、人道主义职业的本能，让她不能将自己等同于常人。她虽一脸淡然，却没有甩手就走的意思。

许妻将病历塞到青儿手上，许大马棒低眉顺眼，只会谄笑。许妻唠叨说：从老许这病确诊，咱就寻思着，这得上省城大医院啊，得找好大夫啊！咱就想，你和韩大夫那都是名牌大学毕业的高才生，又是大医院的主治医生，老许手术搁你俩手上，咱就放心啦！

青儿听着许妻的唠叨，翻开病历，只见上面写着：睾丸癌。她不禁抬头看着许大马棒，他正冲着她点头哈腰，谄笑不已。见青儿看他，便立刻抬头，显现出哈巴狗似的可怜状。

青儿合上病例，还给了许妻，问她手术时间。许妻告诉她是下周一。青儿安慰她说，手术并不复杂，为她丈夫主刀的孙大夫也是经验丰富的人，要他们放心。说完，她没看许大马棒，冲着空气微微点了一下头，双手插进口袋，就要离开。

谁知许妻却跟着她，哽咽着让她帮忙给医院打声招呼。由于他们收入较低，一时筹不出手术费，能否先做手术后交钱，并保证在一月内交齐费用。

她还一个劲儿地向青儿道歉，过去许大马棒做了很多对不起她的事儿，求她高抬贵手，帮他们一把。

青儿脸上毫无表情地听着，许妻可怜巴巴地看着青儿，一脸恓惶。正当许妻感觉无望时，韩阳走了过来。两人像见了救星一样，围着韩阳叨唠个没完。青儿一脸淡然看着，转身离去。

许妻回头见青儿要走，赶紧跟过来，热情地从长椅上抓过塑料袋往青儿手里塞，巴结说：没别的，这都是咱家种的。

青儿推辞着往外走着，许妻颠儿颠儿地一路跟着套近乎。她不知道说些啥好，一会儿问她跟韩阳的事儿咋样了？一会儿又说雷雷在深圳那边犯了点事儿，被判了两年。

青儿淡然地将塑料袋放到走廊长椅上，什么也没说，径直走了。许妻一脸委屈地看着青儿的背影，拎起塑料袋抱在怀里，可怜兮兮的。

青儿背着挎包，手习惯性地插在兜里，慢步走过医院大堂。路过交费处，她意外遇见了陪家人看病的大头。

青儿表情平静地向大头问起了雷雷的情况，大头告诉她，雷雷从深圳去了海南后，便再也没有了消息。两人正聊着，韩阳叫青儿同他去一趟市里，说是院长的意思。

大头和韩阳礼貌性地相互点了点头。大头看见韩阳一只手做着手势跟青儿说着什么，一只手像是非常习惯地从后边揽着青儿的腰。大头的表情越来越冷，转身离去。

青儿和韩阳并肩坐在出租车里，她看着车窗外，两眼茫然，无限惆怅地说起了许大马棒的事儿，韩阳怕触及青儿过去，没有说话。两人看着窗外纷纷后退的街景出神。

韩阳和叶青儿成了医院的骨干，院长动辄拉着他俩陪达官显贵吃饭。一群人走出电梯，向饭店大堂走，韩阳的 BP 机突然响起，他摘下 BP 机正要看，猛一抬头，不禁怔住。只见雷雷从大堂斜刺里走过。他穿着一身剪裁得体的名牌西服，举止稳重，但那种骨子里透出的慵懒和敏捷相混杂，使他显得很另类、很酷。

雷雷走向电梯，青儿没看见他，随着院长往餐厅里走。韩阳跟雷雷打了一个照面，雷雷像是不认识他，脸上毫无表情。电梯门缓缓关上。韩阳呆站着，餐厅门前有人喊着：韩医生，院长叫你呢！韩阳这才机械地转身，走了几步，他突然拔腿沿着楼梯就往下跑。

雷雷掏出钥匙打开车门，正要上车，韩阳匆匆赶来，他走近雷雷，不敢确认地问：雷雷，是你吗？

雷雷回头看着他，淡然说道：韩医生，你好，有事儿吗？

韩阳心情极为复杂，现在是他和青儿确定关系的最敏感时期，雷雷的突然出现，令他大乱阵脚。韩阳因为紧张而有点语无伦次，不知道该说什么。

雷雷一动不动地看着韩阳，静静地等着他说话。雷雷的冷漠让韩阳不知道说什么好。两人都不说话。雷雷重复着问，有事儿吗？韩阳尴尬地搔着头说，没有，就是很长时间不见了，想知道你的近况。

雷雷闻言一笑：我很好，谢了。说完，打开车门，坐进车里，关上车门，再也不看韩阳。

韩阳呆呆地看着雷雷倒车离去，一动不动。

雷雷神情淡定地开着车，听着车内收音机里播报股市行情。突然，他的大哥大响起，他拿起电话，语气沉稳、语言简洁地说完，挂了电话。这时，收音机里传出流行音乐，他伸出手调到了新闻频道。他毫无表情地听着新闻播报。

叶青儿和韩阳从饭店出来，在路边等出租车。韩阳显得非常不安，他犹豫着是否将雷雷出现的事儿告诉青儿。韩阳的反常并未引起青儿的注意，她只是沉浸在自己的内心世界里。

远处，一辆出租开了过来，青儿提起精神，准备招手。

韩阳突然叫道：小叶。青儿忘记招手，转身看着韩阳，韩阳看着她清澈平静的目光，一下子失去说出真话的勇气。他顾左右而言他地问：你着急回家吗？

青儿看着他问，有事儿吗？韩阳嗫嚅着说，他的房子分下来都好长时间了，一直想请她帮着参谋参谋怎么装修。要不赶着回家，一起去看看吧？

青儿冲他淡然一笑，摇头说，她不懂，还是不去了。说着，她招手叫了一辆出租车，回过头问韩阳：你去哪儿？

韩阳没有说话，青儿的漠然使他再次失去勇气。

老雷和妻子头发花白，已是老人了。两人坐在客厅无聊地看着电视，老雷唠叨说，儿子回来也不先打个电话，这么大人了还是没个稳当劲儿。雷母护犊子，替雷雷辩解说，他生意上忙，别老看着他不顺眼。

两人正说着话，门铃响起，雷母起身开门，见雷雷微笑着站在门口，雷母眼里含泪地笑着，伸手拍着儿子的肩膀。

老雷看着儿子，眼睛一阵晕眩。他极力想站起来，可身体却有点颤抖。雷雷见状赶紧放下手中的东西，过来扶住父亲，朗声道：爸，我回来了，身体好点了吗？

老雷内心激动不已，却极力掩饰着。他颤巍巍地坐下，没看儿子，可语气里却全是关心，还带着点急切：怎么不提前打个招呼，让你妈也好有个思想准备。

雷母推了推儿子，笑着责怪道：是啊，你爸刚做完心脏搭桥手术，一激动出个好歹怎么办？

雷雷在父母面前显得比从前乖了很多，他笑着说：我一处理完公司的事儿，就立刻往回飞，到飞机上才想起没给家里打电话。

老雷想跟儿子单独谈谈，他对雷母说：你去给儿子做饭去。

雷雷不想让母亲劳累，忙说自己已经吃过了。雷母看着儿子，心疼地问是不是不想吃自己做的饭了？

雷雷忙不迭地说，做梦都想母亲做的饭。雷母听了喜滋滋地进了厨房。

老雷和儿子谈起了改革开放、沿海那边经济发展的事儿，接着严肃地问：海南那事儿跟你一点关系没有？

雷雷说：多亏着董叔叔及时提醒，我少赚了几十万，没蹚那浑水。

老雷感叹说：现在搞市场经济，个人欲望泛滥，年轻人没有定力，很容易失足，其实还在个人自身修养啊，一个贪字一个色字。

雷雷听了微微一笑，没有吱声。

老雷问：小子，又嫌你老子说教了？

雷雷摇头说：爸，这俩字我都没兴趣，海南那种地方，我要有一点贪欲，早完了。

老雷很是欣慰，父子俩又谈起了雷雷的个人问题。雷雷看着父亲，声音艰涩地说：爸，您和我妈想让我给雷家传宗接代，可能很难了。我这辈子，不想这个了。

雷母偷偷听见，心里一阵难过。她端着饭菜出来，放在餐桌上，漫不经心地说，她打听过，青儿跟他分手，是迫不得已。

雷雷不愿意旧事重提，一家人默默地吃着饭，气氛显得很压抑。

青儿拗不过韩阳，跟着他参观单位分的两室一厅的新房。房间简单装修了一下，只是还没有摆放家具。

韩阳想让青儿给他的房间装修提个建议，青儿告诉他自己一窍不通，让他去华华家看看。青儿在前边走，韩阳在后边跟着。韩阳喝了几口酒，遭遇雷雷后受了刺激，心里火烧火燎的，只想找机会把他和青儿的事情说清楚。他长期压抑惯了，加上两人都很敏感内向，太长时间形成的格局难以打破，使一切话语表白起来显得异常艰难。

突然，青儿的BP机响起，她看了看说，是病房找她。她猛一回身，差点撞着身后紧跟着的韩阳。韩阳急忙一把扶住她，手直哆嗦，眼神火辣。青儿一门心思只顾急着找电话，并没有注意到韩阳的神情，问道：你这儿安电话了吗？

她没等韩阳说话，看见电话就奔了过去。韩阳心潮起伏地躲进厕所，猛地用冷水往脸上泼，迫使自己平静下来。

第二十章

雷雷打算开一家汽车专卖店。这天，他跟出租店面的刘老板正商量装修事宜，出乎意料，遇见了大头。许多年不见，大头有些不敢相认，他盯着雷雷足足看了几秒钟，雷雷当胸给了他一拳说，看什么看，越看越不认识了。

大头哈哈大笑，还了雷雷一拳：看着像你，又他妈的不敢认。啥时回来的，也不吱一声，不够意思啊。

雷雷淡淡地微笑着，对大头的热情并没有回应。旁边刘老板乐了，说老朋友重逢，他做东请二位吃饭。雷雷摇头说，他晚上有事儿，改天再约吧。刘老板接了一个电话，告辞离去。大头盯着雷雷问，还喝酒吗？雷雷没言语，只是冲他一笑。

两人找了一家酒吧，推杯换盏。大头酒喝得多，话也就多，雷雷不怎么喝酒，默默地抽着烟。大头问他，为啥去了海南后就断了联系，不信任自己兄弟了？雷雷淡然地说，去海南就是想干点事儿，跟谁的联系都断了，连父母都没给打电话。

大头好奇地问：海南那个案子电视报道了，我父母说还有你出镜呢，传说你被判了无期。

雷雷戏谑地说：还有人说我判了死缓呢。

大头问到底是咋回事儿，雷雷说细节就别打听了，总之他没有那么贪，也没有那么傻。大头喝得晕头转向，笑着说，他前天在医院遇见许大马棒两口子了，那老东西居然得了睾丸癌。雷雷听了瞪大眼睛，扑哧一声笑了，他倒不是幸灾乐祸，只是觉得意外，命运太会捉弄人了。雷雷问，那老家伙有六十了吧。大头喝了一杯酒说，有了，他已经退休了。许大马棒的事儿并没有引起雷雷持续的兴趣，他转动着酒杯问起黑皮的消息。

大头摇头叹气说，黑皮前几年跟人掺和走私，判了五年，他那种脑子简单、贪财好色没是非标准的人，进去也是早晚的事儿。

雷雷放下酒杯问是什么时候的事儿，他怎么不知道。大头没好气地说，他跟谁都不联系，有消息也没人告诉他。黑皮那小子赚了点钱，人模狗样的，吃喝嫖赌五毒俱全，谁也不爱搭理他。听说他们家托了不少关系，减刑一年，快出来啦。

大头摇着头叹气，闷头喝酒。雷雷皱着眉头，没有言语。

轮到韩阳值夜班，一群护士在一旁跟他瞎贫，追问他和叶青儿何时办事儿结婚，弄得他心情烦躁，摆着手轰她们走。

韩阳心烦，叶青儿也不舒坦。她一进家门，就被父亲叫来谈心。老叶支支吾吾说，她母亲想请韩阳的父母来家里做客。青儿一听就皱起眉头，问父母想干什么呀。老叶说不是他们想干什么，而是她想干什么。她明知道韩阳这么多年来一直在等她，如今房子都准备好了，可她就是不表态，真让人搞不明白。

青儿不高兴地问，谁说韩阳在等她，谁这么无聊，整天就会瞎琢磨。老叶一脸严肃地说，是韩阳自己说的。青儿吃了一惊，摇头说，这不可能。她对婚姻的态度韩阳一向都很清楚。要真是韩阳说的，她马上打电话问他。

老叶无奈地叹了口气，不再说话。青儿拿起电话又放下，看着父亲问：爸，韩阳到底是咋说的？老叶说，那天他路过韩阳的新房，顺便问他对婚姻家庭的看法儿，他说这辈子只有一个女人是他想娶的。

青儿愣住了，下意识地说，他从来没对她这样说过。老叶脱口问道，说了她会怎么样？青儿沉吟着说，那她会调到别的医院工作。

老叶沉默半晌，开口问，她对将来有何打算，难道就这样一个人过下去？青儿态度坚定地说，她这辈子都不会结婚，父母就别操心她的婚事儿了。她一个人过得很充实。她的话，被串门回来的叶母听见，她极力劝说女儿还是有个家庭好，等他们都走了，她怎么办，连个依靠都没有。她知道，这么些年来，她一直在心里恨着他们，想用这种办法来惩罚他们。

青儿苦笑着摇头说，她不恨，有什么好恨的呢。要是他们真为她想，就别打扰她，让她一个人过。她要休息了，明天一大早还有个手术。

青儿说完，转身进了自己的房间。老两口互相看着，垂下头，他们已经没有眼泪可流了，剩下的就是绝望和沮丧。

黑皮拎着个小包，浑身脏兮兮地走出监狱，他放眼四下踅摸，阳光刺得他直眨巴眼。既然没人来接，他只好臊眉耷眼地把包往肩上一扔，懒洋洋地拖着步子往前走。

这时，传来一阵汽车喇叭声，像是跟黑皮打招呼。他迟钝地转过身，望着轿车旁一身休闲装的雷雷，目光茫然，他已经认不出雷雷了。

雷雷稳健地走过去，嘲笑着问，哎，里面待着好玩儿吗？黑皮瞪圆了眼睛，盯着雷雷看了一会儿，哇的一声扔掉手里的包，扑过去抱住雷雷，哭得很夸张：我操，雷子是你啊，我的妈呀，我以为我活着见不到你了，你还来看我，你可真拿我当哥们儿啊……

雷雷厌恶地推开他说：行了，行了，甭演戏了！鼻涕眼泪的蹭了我一身！我这衣服是刚换的。

黑皮停止了夸张的表演，眼巴巴看着雷雷问：哥们儿，咋知道我进去了？

雷雷回身懒懒道：少废话，走！雷雷上车，黑皮愣了一会儿，跟着上车。

雷雷把黑皮带进汽车专卖店的经理室，黑皮东张西望，獐头鼠目地四下观瞧，问雷雷这是谁的店。雷雷没搭理他，问他为什么进去的？黑皮向背书一样说，他打小学习不好，放弃思想改造受坏人拉拢引诱……

他话还没说完，就被雷雷的冷笑给冻结住。黑皮挠着头皮自我解嘲，关了几年，他都不会说人话了。雷雷问他什么时候会说人话来着。

黑皮一愣，看着雷雷说：哥们儿叫我来不会是为了糟践人吧。

雷雷问他今后有啥打算，黑皮流着眼泪说，他哪里还有什么以后，工作没了，老爸气得半死，也没什么钱，媳妇跟人跑了，真不知道怎么活。

雷雷说：成了，甭洒猫尿了。我告诉你啊，你要在我这儿干，头一条得像个男人，甭哭哭啼啼的给我丢人现眼！

黑皮愣一下，抬起满是泪水的脸，傻乎乎地看着雷雷，不敢相信自己的耳朵。雷雷瞪着他问，有地方住吗？黑皮眼泪一下子涌出来，哽咽着叫：雷子……

雷雷冷着脸往外走，边走边说：去洗洗，照张相，办个工作证，明天起接受一个月职业培训，不合格就再培训，直到能上岗。待遇和普通员工一样，违反公司条例，照样炒鱿鱼。

雷雷说着走出门。黑皮愣着，慌忙跟了出去。

下班了，诊室内只剩下韩阳一人，他坐在书桌旁看书，不想回家。青儿推门进来，走到他身旁，韩阳抬起头见是青儿，玩笑似的说：你也值夜班啊？怎么这么巧。

青儿严肃地说，她想跟韩阳谈谈。韩阳愣了一下，猜到她要谈论什么话题。青儿说附近有个酒吧不错，咱们去那里谈。

黄昏的街道上，人来人往，结伴而行的人都有说有笑，他俩并肩走着，却想着各自的心事。

两人一前一后走进酒吧，在一个角落里找了个座位坐下。青儿点了杯咖啡，她问韩阳想喝点什么？韩阳说，咖啡吧。

两人都不说话，青儿用小勺子搅着杯里的咖啡，韩阳盯着咖啡杯升腾起的热气，神情淡然。青儿抬起头问：科里人都在传我和你要结婚，怎么回事儿？

韩阳神情不悦地反问：这话是什么意思？你怀疑这话是我散布的？

青儿看着韩阳说：没这意思，就是想知道是怎么回事儿。

韩阳低头看着咖啡杯问：伤害你了吗？

青儿有些不高兴：你呢，不觉得这是伤害吗？

韩阳镇静地说：你知道我什么态度。

青儿惊异地问：什么意思？这么说你喜欢这种流言蜚语了？

韩阳没有说话，默默地喝着咖啡。

青儿说韩阳这段时间像是变了一个人，韩阳冷冷地说，打破平衡让她不舒服了？青儿压住火气说，他们之间是有默契的，再说他们根本就不可能发展成别的关系。韩阳语气生硬地说，没有什么默契，那是他一厢情愿。

青儿闻言挺直腰杆，直视着韩阳。韩阳一反常态，也直起腰板儿瞪着青儿。主动权素来在青儿手里，她想缓和一下气氛，轻声说：我父母说你一直在等我，说是你跟他们说的。还说你父母要来我们家做客，韩阳，我不知道你在想什么。

韩阳把目光移开，声音僵硬地说：如果你愿意，我可以再等下去。

青儿急了：我什么时候有过这个意思？我什么时候要你等我？韩阳，你比谁都清楚，我们不可能，完全不可能。你这么做是不是……

韩阳打断道：一厢情愿，神经病，是不是想说这个？

青儿见韩阳情绪上来了，便不再说话。

韩阳不依不饶地问：默认了？没错，我是神经病，可你告诉我，为什么不可能？

青儿平静地问：还用说吗？

韩阳执拗地说：我没你聪明，你说。

两人是一个赛一个冷静，说不下去就都不说话，都有知识分子的涵养，没有因话不投机甩袖而去。他们只是静坐着，默默地喝着自己杯中的咖啡。

在这家酒吧的吧台前，雷雷和大头坐着高脚椅喝着酒聊天。大头知道雷雷收留了黑皮，很不以为然，他劝雷雷赶紧给黑皮一些钱，让他另谋高就。这家伙惹了不少麻烦事儿，又蹲过监狱，将来指不定给他惹什么大麻烦呢。

雷雷叹了口气说，他打光屁股时就跟黑皮在一起玩儿，这家伙虽讨厌，可是还不至于坏到根上。他这个时候伸手拉黑皮一把，黑皮就有希望改过自新，要是谁都嫌弃他，他一定会彻底绝望，自暴自弃。

大头笑着说，你还真变了，变成有为青年了。雷雷捅了大头一拳，深有感触地说，他从小就被人骂成痞子、流氓、无赖，知道被人踩在脚底下是什么滋味儿。他知道自己不是流氓，黑皮也不是，黑皮充其量就是个二百五。

大头看着雷雷，喝了口酒，笑着说，他那天刚看见雷雷时，瞧他那一脸阴沉样儿，心里直说这家伙没人情味儿了，除了赚钱啥都丢光了。如今一看，不是那么回事儿。说完，他举了举杯，雷雷也笑着举杯，两人酒杯碰在了一起。

黑皮从洗手间出来，鬼头鬼脑，直奔吧台。雷雷和大头将黑皮夹在中间，两人一左一右地教训着他。大头嘱咐黑皮跟着雷雷好好干，把以前那些乌七八糟的关系彻底断掉。雷雷问黑皮是否回过家，黑皮说没敢进门，只是给他妈打过一个电话。

雷雷看着黑皮说：你妈为捞你花了不少钱，你小子工资不能全拿，我替你存着，回头好给你妈养老。大头见黑皮不言语，伸手就要打他。黑皮急忙缩着脖子，又往洗手间跑去。

雷雷和大头笑着看他跑远，他拿起酒杯问大头：你和你老婆还好吧？

大头借着一点酒劲说，就那样吧！你呢，身边有女人吗？这几年怎么解决问题的？

雷雷闻言，脸阴沉下来，整个人变得像一块寒冰，手里的酒杯捏得死死的。大头见触及他的伤心事儿，忙检讨赔罪。

相对枯坐了半晌，青儿见这样什么问题也解决不了，就起身说，看来你也没有什么诚意，还谈什么。说完，就喊服务员埋单。韩阳按住青儿的手说，他埋单。

青儿激灵哆嗦了一下，忙抽出手。韩阳心里咯噔一下，很不是滋味，语气生硬地问，她是不是在等雷雷。青儿淡然地告诉他，她谁也不等，只想一个人过一辈子。韩阳明确地表示，只要有他在，青儿就别想一人过一辈子。两人互相瞪着对方，僵持不下。

黑皮无聊地从厕所出来，四下张望。一眼看见青儿的侧影，他一见是漂亮女人就走不动路，就想要调戏一下。他故意蹭到青儿身边，碰掉桌上的菜单。青儿闻声扭头看去，黑皮假装一个劲儿地点头哈腰，对不起，对不起。说着，他抬起头和青儿眼神相对，两人都愣住。他回身再看韩阳，更是惊诧，吓得屁滚尿流地往吧台跑去。青儿顺着黑皮看过去，只看到一片背影。

雷雷和大头沉默地喝着酒，黑皮气喘吁吁地跑过来，结巴着说，雷子，雷子……雷雷看着他问，怎么撞着鬼了？黑皮使劲摇头，又不敢说。雷雷警觉起来，问黑皮是不是他那帮混混又找他了？说着，他跳下吧台，转身看去，却见青儿和韩阳正朝门外走，韩阳非常体贴地将青儿的挎包递过去……雷雷整个身体都绷起来，身边的大头和黑皮都不敢动，也不敢说话。雷雷盯着青儿侧影，一动不动。

青儿和韩阳走到大门口，服务员拉开门，韩阳退后让青儿先出门，青儿正要出门，门玻璃晃了一下，雷雷的身影一闪而逝……

青儿不禁转过身来，她和雷雷互相盯着，没有任何表情。雷雷先冷静下来，他慢慢转身坐下，拿起酒杯又放下。一旁的大头和黑皮互相看了一眼，不敢说话。青儿看着雷雷的背影，转身朝外走去。

青儿站在马路边，一脸茫然，不知道身在何处。一旁的韩阳看着她，心里起急，但不敢说话。一辆出租车过来，韩阳招手，车停了下来。青儿却一动不动，任凭韩阳如何叫她，就是没有反应。韩阳尴尬地对司机道歉，司机满脸不高兴地开车离去。

青儿呆站着，看着身旁的车一辆接着一辆驶过，韩阳一脸茫然地站在一旁……

已是深夜，酒吧里客人都走光了。大头和黑皮也走了，只剩下雷雷一人，他两眼发直只是呆坐着。服务员走过来，无声地将账单摆在雷雷面前。他放下酒杯，掏出钱付完账，转身要走，却见青儿推门进来，抬头看着他。

雷雷身体不禁紧绷起来，他将钱包放进口袋，停了片刻，冲青儿客气地点了点头，朝门外走去。青儿站在门口，一动不动。雷雷目不斜视大步从她身边走过，形同路人。

雷雷走向汽车，一脸冷酷地打开车门。青儿缓缓走来，站在他的车前，目光平静地看着他。雷雷没有表情地盯着青儿，随后坐进了车里。他有条不紊地发动着汽车，但发动机居然怎么都打不着，气得他攥紧拳头就要击向方向盘，却又生生忍住。他抬起头再看时，青儿仍然站在汽车前，一动不动地看着他。

雷雷盯了青儿一会儿，推门下车。他客气地笑问青儿是否有事。仍是那个声音，却如此客气、冷漠，如同路人，这些虽都在青儿预料之中，可她仍然难过得无法回答。雷雷保持着客气的姿态，等着她的回答。青儿终于忍住伤感，回答雷雷说，没事儿。

青儿突然有点冷，她身体哆嗦着。雷雷看在眼里，却一动不动。他客气地对青儿说了再见，就坐进车里，迅速倒车，拐了个弯，疾驶而去。

青儿呆站着，韩阳默默地走过来，伸手招来一辆出租车，将身上衣服脱下，披到青儿身上。轻声说，回家吧！

青儿毫无表情地靠在出租车后座的窗前，目光散漫。韩阳坐在司机副座上，看着反光镜里的青儿，心急如焚，但不知道怎么办。

雷雷心烦意乱地开着车，他终于将车停在路边，整个人靠在椅背上，仰面朝天地发着呆……

雷雷的出现，彻底粉碎了青儿的伪装，糟糕的心绪已影响到她的工作，韩阳看在眼里，急在心头。原本安排了青儿一台手术，可韩阳担心她出事儿，就跟护士长说，叶青儿身体不太舒服，手术由他来做。正说这话，青儿脸色苍白、面容憔悴地穿着白大褂走进来。韩阳的好意她心领了，可她不愿意再欠他的，她坚持要自己做手术，神情严肃而倔强。

韩阳断然说道：今天你状态不行，需要休息。他用毋庸置疑的口气吩咐护士做手术前的准备，不再搭理青儿。青儿瞪着韩阳，久久没有说出话来。

青儿独自在医院花园里徘徊踱步，韩阳做完手术赶过来，关切地问她感觉好些没有。青儿不满地说：你以为我还会像以前那样，精神崩溃，手脚发抖，我告诉你我不会，我现在很冷静，什么手术都能做。

韩阳严肃地说：你这个样子谁放心让你做手术，我们不能拿病人身体冒险！

青儿淡然一笑说：那你真是太不了解我了。

韩阳看着她欲言又止。青儿看着他说，有话就直说吧，这样看着她，让她很不舒服。韩阳嗫嚅着告诉青儿，几天前他就见过雷雷。随后他又平静地说，如果青儿和雷雷还有可能，他会什么话也不说，毕竟青儿和雷雷都是他最好的朋友。青儿淡然地说，她和雷雷早就结束了。她虽然无数次重复过这句话，但每次说出口，心里依然那么痛苦，她一下子就说不下去了。

韩阳看着青儿痛苦的神情，将眼睛转到一旁。这痛苦与他无关，他的自尊已经不能再承受这些……他平静了一下自己的心情，转过身来，见青儿已经离去。他看着青儿的背影，心里万分难受。

雷雷也好不到哪儿去，他眼圈黑着，眼里满是血丝，可他一投入工作，就精力集中，信心十足。黑皮跑进跑出，非常殷勤，时不时看看雷雷脸色。黑皮的呼机突然响起，他过去回电话，刚喂了两声，脸色立刻大变，他慌忙压低声音说了几句，就把电话挂断了。他偷眼去看雷雷，雷雷正聚精会神地工作着。

雷雷收留刑满释放人员的事儿传开了，街道办的负责人找上门来，希望他能像帮助黑皮一样帮助其他的刑满释放人员，解决就业问题。雷雷笑着翻看那些人的档案，沉吟着说，这事儿他要考虑一下。

下班回家的路上，雷雷路过一家音像店，他停好车走了进去，问售货员这儿有没有汽车上用的音乐磁带或是 CD，他要成批进货。售货员热情地带他走到货架旁，正要介绍，雷雷客气地说，谢谢，他想自己选。

货架的另一头，青儿也在挑选 CD，邓丽君的 CD、VCD、MTV、演唱会，等等，摆满整个货架，封面上邓丽君不同时期不同表情甜甜地微笑着。他们都是面无表情地匆匆扫过，那段摧心断肠的往事谁都不敢回首。

一个中年顾客拿着邓丽君的CD试碟，《甜蜜蜜》的歌声在音像店里回荡着，雷雷和青儿愣住，情不自禁转回身，见到货架上摆着一盘新出的《甜蜜蜜》VCD专辑。青儿和雷雷伸出手，两只手几乎同时触到那张盘，青儿先抓住，雷雷的手悬在半空，两人同时下意识回头，不禁怔住。两人面对面如此近距离地看着彼此，眼中冷冰冰没有任何表情。

雷雷收回手，转身就往外走。青儿发着愣，拔脚就往外跑，用劲猛了一点，货架上的盘稀里哗啦滚落一地。《甜蜜蜜》的歌声戛然而止……雷雷听到身后唱片落地的声音，没有回头。

青儿不管不顾地向门口走去。她正要出门，报警器忽地响起，一名保安上前示意青儿手上的CD没有消磁付款，青儿随手将CD塞到保安手上，冲出门去……

地下停车场长长的通道里，雷雷脸上毫无表情，孤独地在黑暗中走着。青儿奔跑着追上来，脚步声很响，雷雷完全沉浸在自己的情绪中，没有回头。她追到雷雷身后时，停了下来。她看着他的背影，自嘲地笑了一下，然后转身踉踉跄跄地往回走去。

雷雷开车出来，经过青儿身边，没有减速。他从后视镜里看着青儿，看着她脚步踉跄，没有理会。在过一道坎时，青儿被绊了一下，她靠在墙上，好一会儿都没动，肩上挎包滑落下来……雷雷不禁停下车，走到青儿身旁。他俯下身拾起包，递到青儿手上。青儿接过包，站起身来。两人如此近距离，能看清彼此眼睛深处隐藏的东西，能嗅到彼此熟悉的气息……

所有往昔控制不住地扑面而来，青儿眼睛定定地看着雷雷，而雷雷的眼睛里却是金属般的冷漠，他直起腰，声音更冷：没事儿吧？青儿愣愣地点头，还没有从情绪中缓过劲儿来，雷雷已经转身走了。青儿看着他的车远去，浑身无力地靠在墙上。

天空下着小雨，青儿头发湿漉漉的在马路上失魂落魄地走着。

韩阳乘出租车路过，见状大惊，急忙叫司机停车。他冒着雨跑到青儿身旁，脱下外衣就要往青儿头上披，青儿挥手挡住叫道：别理我！韩阳着急地愣把衣服往她身上披，青儿一把扯掉，嘶声吼道：告诉你不要理我，我要自己待一会儿！韩阳抓着衣服，急得没辙，慌忙跑到街边，给青儿的父母打电话。

青儿在雨中孤独地走着，满脸是水，但她没有流泪。因为她已经很久没有落泪了。

雷雷神情恍惚地坐在沙发上看着电视里的汽车广告，往事不停地在屏幕上闪现着，仿佛广告一般……雷雷骑着摩托车，身后是张开双臂幸福尖叫的青儿。他恼怒地疯狂调着频道，但每个画面都是他和青儿，他猛地将遥控器砸向电视……

门被推开，大头和莎莎走了进来。雷雷立刻沉静下来，仍是那副冷漠的样子。

雷雷躺在沙发上看电视，莎莎端着简单的饭菜从厨房出来。他懒懒地问莎莎，大头呢？莎莎说大头家里有事，先走了。雷雷不再说话。莎莎把碗递到他手里，他头也不回地摆手拒绝了。

莎莎没有强求，她拿起遥控器调台，雷雷斜眼看着她说：哎，哎，这是我家！

谁知莎莎毫不示弱地说：你家怎么了？你父母拜托我照顾你，今晚我就待在你这儿！

雷雷侧身盯了莎莎片刻，然后慢慢起身，走进卫生间。莎莎跟了过来，雷雷刚要关门，莎莎却用手支住。他转身退出，漠然地说：好，你请，你请。说完，走向另一个卫生间。莎莎看着他的背影，呆呆地没动。

卫生间里，雷雷面无表情地用纸擦着手，他将纸攥成一团，扔向垃圾筐。

莎莎走进雷雷的卧室，帮他收拾房间。她抱着雷雷的被褥、衣裤，充满感情地轻轻放下。雷雷站着不动，声音温和地说：你回家吧！也老大不小的了，成家了吗？

莎莎看着雷雷，擦拭了一下眼睛说：管好你自己后，再关心别人吧！说着，就往外走。经过雷雷身旁时，她停住脚步，偏过脸看着雷雷冷漠的脸，看着他眼睛深处的忧伤，不由得说道：我想陪你！

雷雷脸转过去不看莎莎，声音平和地说：莎莎，长这么大，我不欠别人什么，可你老让我觉得挺内疚的。我这个人虽没什么好的，可我这辈子最不想伤的人就是你！这世上，如果还有什么是真的，那就是咱们哥们儿的情谊，别破坏了它！说着，他转过脸，眼神真挚地看着莎莎。莎莎定定地看着雷雷，仅仅只有一秒钟，她无言走出门去。

韩阳把浑身湿漉漉的青儿强行送回家，老叶跟老伴儿忧心如焚，又不敢多问。青儿自顾自地回房睡觉，韩阳陪着两位老人聊天。叶母纳闷地说，青儿这些日子情绪很不对，是在单位跟人闹矛盾了？韩阳摇头说没有。叶母急了，说有事儿千万可别瞒着他们。韩阳嗫嚅着说，雷雷回来了，他们见了面。

叶母惊异地问，听说他判了死缓，怎么出来了？韩阳说，具体情况他也不清楚，可青儿的情绪受到很大的影响，连正常的手术都没办法做了。老两口异口同声地叹气说，这个流氓要祸害人到什么时候啊。

韩阳出主意说，他最近要去南方出差，想带上青儿散散心。老两口连忙点头，说这样好。

院里通知青儿跟韩阳一起出差，青儿为难地对韩阳说，她已经预约了一个小儿股骨头坏死的手术，这次开会她能不能不去。韩阳说，那个手术别的医生也能做，而这次会议有很多业内权威的专家都会出席，机会实在太难得了。

青儿推三阻四，就是不想去。韩阳不禁动了肝火，问她为什么这么抗拒？是因为他也去吗？青儿态度生硬地说，你别把事情想那么复杂。

韩阳气呼呼说：这样吧，你去出差，我不去，这样可以吗？

青儿反感地说：你这是干什么？

韩阳缓和语气说：你现在情绪这么坏，我希望你离开几天，放松一下。

青儿低下头说：谢谢你，你也了解我，对我来说工作永远是第一位。

韩阳坦诚地说：我了解你，可你并不了解我，不是我要复杂，是你把我想歪了。从雷雷回来，你情绪就很反常，你是外科大夫，你现在这种状态上手术台，是很难让人放心的。

青儿咬牙说，请他放心，她会处理好的。韩阳叹气说，他怎么能放心呢。两人相互盯着，青儿低下头，转身离去。

韩阳终究不放心青儿，他追上青儿说，她不愿意去开会就算了，谁也不敢勉强她的。不过他有一个外国朋友也来参加会，他想买点礼物，请青儿帮帮忙。青儿笑了，冲他点点头。

莎莎独自在人行道走着，眼神忧伤。雷雷开车驶过，看到莎莎便按了按喇叭。莎莎回过头见是雷雷，冷漠地转身继续走。

雷雷在路边停车，追上莎莎说，不会这么小心眼儿吧。莎莎瞪着他问，就不怕她拉拢腐化他。雷雷大咧咧地问，拿什么拉拢？怎么腐化？莎莎扑哧一乐，当胸给了他一拳说，现在还有点爷们儿气。

莎莎上了雷雷的车，她偏着脑袋说，能不能问点私事儿。雷雷斩钉截铁摇头说，不能！雷雷反过来问莎莎，为啥一直不嫁人，听说有大款加上老外死追不舍。莎莎冷冷地说，这事儿跟他有啥关系。雷雷一听不再言语，专心致志地开车。

莎莎话一脱口就后悔了，自顾自地说，想嫁人太容易了。看不上眼的人，成天守着还不得郁闷死？她这辈子，宁可就这么着，至少，至少……她从反光镜里看着雷雷，说不下去了。

雷雷沉默了一会儿，闷闷地说：能不能不这么傻？

莎莎突然哽咽着说：这辈子也就你说我傻，什么傻呀，命不好呗。

莎莎说着两行眼泪流下来，雷雷看着难受，递过纸巾。莎莎接过纸巾，背过脸擦了几下，回身爽朗笑道：你这几天怎么了？老招我！

雷雷心里内疚，一阵黯然神伤。

莎莎和雷雷恢复了哥们儿关系，她拽着雷雷进商场，说要把他的冰箱塞满，哥们儿不关心他，他就狠着心糟践自己的身体。雷雷懒洋洋跟着莎莎走，迎面碰见买完东西出来的韩阳和叶青儿。四个人打了个照面，都愣住了。

青儿、雷雷、韩阳都本能地绷紧神情，一脸严肃，只有莎莎最放得开，她笑着说：韩大夫，真巧啊，我父亲上回手术很成功，一直想找机会谢你。哎，现在有没有时间，一起喝杯咖啡吧？

韩阳下意识地先看青儿，青儿立马看雷雷，雷雷完全一副与己无关的样子，扭头看一旁经过的顾客。莎莎自然而然地挽住雷雷的手臂，他神色木然，没有任何表示。青儿心里别扭，忙把目光移开。韩阳心里一痛，不想参与这样尴尬的小聚，喃喃地撒谎说，他们还有些事儿。谁知青儿突然开口说，好啊，很久没见面了，坐坐吧。雷雷闻声掉过脸，看青儿，青儿目光坚定，在这一瞬间，她确实想了断一切。雷雷淡然一笑，表示无所谓。

四人来到一家咖啡馆，面对面地坐着，彼此距离很近。雷雷和青儿都自觉地拉开了椅子。雷雷目光平视，不看任何人。别人不问他，他就不说话，一脸无所谓的样子。

青儿则装出一副镇静的样子。然而，从坐下的那一刻起，她就开始有点后悔，不该强出头这么主动，而韩阳和莎莎，却是一唱一和，成了主角儿。

两人从资历谈起，又询问起彼此的婚姻。莎莎的语气中掺杂着些许的调侃，韩阳自始至终平静淡泊，温文尔雅。他时不时也问问雷雷的近况和个人感情，雷雷却总是用手在椅背上轻敲着，心不在焉地含糊答着话。青儿下意识地看看语言简约的他，每当两人目光一对视，便不动声色地迅速错开。

就在莎莎问青儿医院有没有整容外科时，雷雷礼貌地起身接了个电话。谈起工作的他立刻像变了一个人，声音严厉、语言简短干脆。虽然听不清他说了什么，但他整个身体都活了起来。青儿用目光有意无意地扫视着他，那个熟悉、霸气和意气风发的雷雷令她窒息，她猛地掉过眼睛……

雷雷接电话的时候，三个人都不说话，各怀心事地喝着水。莎莎瞅着青儿看雷雷的神情非常生气。雷雷到座位前，礼貌地说他店内有点急事，他得先走一步。谁知莎莎一把将他拽下说，好不容易四个人才凑齐，其他的事情先放在一边。韩阳也附和着说，雷雷走了这么多年，能聚在一起，真是不容易。

于是，莎莎和韩阳又聊了起来。她假装不经意地问起青儿和韩阳婚礼的时间，韩阳看了青儿一眼，马上否认了，说纯属传言，根本没有那回事儿。

雷雷一直是那副懒散样子，他手敲着椅背，闻听此言神情更是平静与淡然，只是手指敲得更慢一点而已。青儿盯着他的手指，不说话。她也没办法说话，回答是与否，对她来说，都有点滑稽。

韩阳神情淡定地将话题转向雷雷，雷雷神情恍惚根本没听韩阳在说什么。雷雷的这种神态，让韩阳多少有些不悦，但他忍着，没有表现出来。

四人开始沉默着，都不作声。谁都想走，却没有一个人首先站起。

突然，一阵 BP 机声打破了沉默。除了雷雷，三人都不约而同地低头看着自己的 BP 机。青儿如释重负地抬起头说，她妈说她爸有点不舒服，她要赶回去看看。说着，她站起身，连声招呼也没打，转身就走了。韩阳赶紧抓起青儿的挎包，对着雷雷歉意地笑笑说，以后有机会再聚吧。说完，他便追了出去。

第二十一章

青儿疲惫万分地匆匆走着，韩阳拎着她落下的包追上去，将包递给她。青儿接过包，转身就走。韩阳实在无法再忍受自己的自尊被践踏的痛苦，他站住，看着青儿的背影说：你如果还是喜欢他，就去跟他说明白！你这么躲啊怕的，有什么用？

青儿猛地停下，转身瞪着韩阳说：我对雷雷什么态度，是我自己的私事儿，你不要过问，也不要管！她毅然转身头也不回地走了。韩阳看着青儿远去，满腔怒火却不知道冲谁发作。

这时，雷雷和莎莎走了出来，雷雷客气地冲韩阳点点头，朝自己车走去。韩阳看着他，气不打一处来地叫住了他说，他有事要和雷雷谈。雷雷漫不经心地点头，将手中的车钥匙扔给莎莎，让她去给汽车加点油。

韩阳告诉雷雷，青儿自打他走后，一直很消沉，青儿当初之所以与他分手，是因为她父亲的病情。谁知雷雷却漫不经心地说，希望韩阳转告青儿，他祝福他俩幸福。说完，他转身向等候在车里的莎莎走去。

韩阳怒火万丈地冲着远去的车吼道：雷雷你是个混账、王八蛋！你在伤害她，你在折磨她，你让她痛苦。你知道吗？

雷雷在后视镜里看着韩阳大吼大叫，脸上毫无表情。莎莎在一旁黯然地说道：原来他和我一样傻。

雷雷三十好几了，也不找女朋友，雷雷妈心急如焚，私下里张罗着替儿子相亲。她拿着一张女孩的照片给老雷看，老雷推开照片说，儿子都多大岁数了，怎么还搞拉郎配？雷母拿着照片自己欣赏着说，年纪大，也懂事儿了，看他那埋头工作、心如死灰的样子，咱们再不管，他可能真得打一辈子光棍了。唉，这事儿交给你了，下个礼拜儿子必须跟这姑娘见个面。老雷叹息着看了老伴儿一眼。

这时门被推开，雷雷走了进来。雷母高兴地迎上前：儿子，正说你，你就回来啦。

雷雷坐下说：妈，能不能别唠叨我呀，我自从回来，就一天到晚地眼皮跳。

雷母忙问他，是左眼还是右眼。雷雷笑着说：俩眼换着跳，就知道您在惦记我！您说您可真是操不完的心。从前我不懂事，您成天骂我小混混，现在我成熟了，您又看不惯了，给您当儿子什么岁数才能落好啊？

雷母喜形于色地一边往厨房走，一边唠叨着说：我们能陪你多长时间？你自己好就成呗！可有一条，你得给我整个儿媳妇来，你不要老婆，我还要脸呢。

雷雷冲母亲瞪眼，然后和父亲对视，苦笑了一下。

老雷拿着女孩照片刚要说话，就被雷雷阻止。雷母在厨房忙着，突然探出头来，说起了黑皮。她嘱咐儿子，黑皮可是有前科的人，叫他一定要小心。老雷不耐烦地叫雷母不要管儿子工作上的事儿。

雷雷冲父亲笑着说自己为何收留黑皮和街道办事处主任要他安排刑满释放人员的事儿。老雷很赞成儿子的做法，同时又嘱咐儿子，像他这样的小企业，安排这样的人，很担风险，要想明白才能作决定。雷雷认真地点了点头。

青儿对韩阳越来越不耐烦，她生出调动工作的想法。她就此事向父亲征求意见，老叶敏感地意识到女儿这是在躲避韩阳。青儿对韩阳根本就没有那种男女之情，不可能在一起。老叶叹了一口气说，当年的事儿，谁对谁错现在再说什么也没意义了，如今雷雷回来了，如果青儿还是喜欢他，他和青儿妈不会再阻拦。

青儿听了这话情绪有些激动地说，一切都过去了，她都忘了。她希望父母都忘了那些事儿。叶父感慨地告诉青儿，这么多年他一直恨自己，从小到大，他没帮过女儿什么，带来的都是痛苦。可他希望女儿得到幸福！

青儿看着内疚的父亲，笑了笑说：早点休息吧，我明天上午有手术，我睡了。说完，转身向自己房间走去。叶父看着女儿走进自己房间，一脸沮丧。

黑皮在汽车专卖店门口迎来送往地张罗着。这时，进来一个衣冠楚楚、生意人模样的男人，黑皮热情地上前迎接。还没等他开口，那男子居然拍了他一下，黑皮定睛一看，不觉愣住，是雷雷的死对头张军。

张军一脸冷漠地盯着黑皮，黑皮禁不住打了一个激灵，立刻四下张望。恰好雷雷从办公室出来往外走。张军阴森的目光死死盯着他的背影……

雷雷正要打开车门，感觉到身后有人，他转过身，见张军靠着灯柱正冷冷盯着他。雷雷没搭理他，打开车门上车要走。不料张军冷笑着走到车前，拦住了他的去路。

雷雷坐在车内，盯着张军冷静地说：让开！

张军不动，他脸上的冷笑逐渐收敛，盯住雷雷阴森森地说：从你离开那天起，我就等着你回来，我这辈子从来没这么朝思暮想过一个人，即使是女人！

雷雷冷冷一笑地去踩油门。

张军收敛起仇恨，换上一脸淫邪：你说咱俩有什么不共戴天的深仇大恨？不就为个女人吗？你为那骚娘们儿命都差点不要了，结果怎么样？她跟别人睡了！你还是不如我，老子从开头就知道她是个什么货色！哎，你要还喜欢那个类型的，哥们儿帮你物色啊！现在的女大学生可比那娘们儿水灵多了！

雷雷果断地拿起大哥大拨通电话说：胡老板，你们公司有个叫张军的吧……张军闻言脸色大惊，慌忙上前，一把掐断雷雷的大哥大。然后慢慢松开手，一脸谄笑地说：你看你这是对老朋友的态度吗？雷雷冷冷盯着他，一踩油门，车便驶了出去。

张军盯着雷雷的车远去，脸上毫无表情。一见雷雷车走远，黑皮探头探脑跑出来，紧张地说：你跑这儿来干什么？雷子会怀疑的！

张军冷笑着说：你紧张个屁！让你干什么干就得了，出了事儿，我兜着！

黑皮哀求道：能不能别打雷子主意啊？

张军看着他冷笑着说：这又不损害他什么，不过借他一条道而已。老实说，我正琢磨正式跟他一起合作呢。

黑皮不屑地劝道：哎，你别做这梦啊，雷子什么人啊！

雷雷在试车场正手把手地耐心调教刑满释放人员试车，黑皮殷勤地过来搭讪。雷雷问他是否和张军有来往。黑皮说张军来买车时联系过，他没搭理那家伙。倘若雷雷要怀疑他，他就立刻走人。说着，他转身要走。

雷雷沉声叫住了他，他告诉黑皮，他与张军不一样。张军是臭狗屎，而他却是雷雷的兄弟！黑皮闻言，不禁眼睛潮湿起来。一阵叮叮当当的响声传来，黑皮率先跑过去，咋呼道：笨啊！怎么教都教不会啊！

雷雷过去训斥黑皮：不会你就教嘛！要你干吗的！黑皮赶紧让开，雷雷用手做了一下示范，吩咐那人：你来试试！

那人因为紧张手脚更笨了，黑皮在一旁急得直瞪眼。雷雷瞪黑皮一眼，手把手教。不料，那人一个寸劲儿弄伤了雷雷的手，流血不止。吓得他差点跪地上，一个劲儿求饶：雷总，我不是有意的，真不是有意的！

雷雷一见他的样子，哭笑不得。他对黑皮说：拿救护包来。

黑皮拿来药包，担心地说：这脏油都进伤口了，还是去医院打一针吧？

雷雷点点头，开车去了医院。

护士为雷雷包扎完伤口，他正往外走，在诊室门口碰上了经过的韩阳。两人互相礼貌性地打了声招呼，雷雷继续往外走。韩阳看着雷雷，突然叫住了他。韩阳向他说起了青儿，希望雷雷不要再折磨青儿，给她平静的生活。雷雷淡然地看着韩阳，平静地对他说，他现在只希望青儿幸福。说完，转身就走了出去。

韩阳看着雷雷的背影，心里五味杂陈。

雷雷茫然地用带伤的手开着车，血渗出纱布，他全然不觉。开着的收音机里，正广播着关于明年央视春节联欢晚会，有可能邀请台湾著名歌星邓丽君登台演唱的新闻……他疲惫地关上收音机，脸上一片木然。

路上，雷雷接了一个电话，是母亲打来的，说家里有点急事儿，让他立刻赶回来。雷雷神色紧张，车开得飞快。一进家门，他就问母亲这么急着叫他回来，是不是父亲的身体出了什么问题。雷母说没事儿。一看他手上缠着纱布，急忙问雷雷怎么回事儿。

雷雷闻言松了口气，他告诉母亲，只是不小心擦破点皮。雷母借题发挥向雷雷说起了他的个人问题，让雷雷同她去见一个女孩。

雷雷抱怨说：不认识还愣往一块儿堆凑，这不是祸害人嘛！

雷母说：甭废话，我告诉你啊，你现在也甭谈什么恋爱了，看对眼儿，立马结婚！我和你爸明年就抱孙子。

雷雷瞪大了眼睛说：妈，您没发烧吧，怎么说胡话呢。

雷母嗔怪道：臭小子，我老早就看不惯你们谈恋爱的方式，昏天黑地恋了七八年，最后怎么着？分手拉倒，谁也不认识谁，就不如我们那会儿先结婚后恋爱，还真能白头到老！

雷雷听了人叫：爸！您听听，您是真正的老革命，批评教育一下我妈这个修正主义分子，这不是搞封建倒退嘛！

老雷闻声出来，瞪着儿子训道：别瞎扣帽子！没大没小的。

老雷拿了瓶酒，让儿子到他书房坐坐，爷儿俩边喝边说说心里话。老雷严肃地问，身边有女人吗？雷雷摇摇头说没有。老雷又问，有没有可能和叶青儿复合？雷雷说，他妈不是都说了嘛，人家快结婚了。老雷皱着眉头说，你是不是还惦记着她，给老子一五一十说清楚。

雷雷低下头说：以前觉得挺窝囊的，不愿意想这事儿。时间一长，真就给忘了。

老雷摇头说：你们这代人思维方式我是不太理解。你就简单说一句吧，如果她没有对象，没有结婚，如果她还想和你在一起，你还愿意吗？还能接受吗？

雷雷放下酒杯，看着父亲慢慢摇头。

老雷问，为什么？雷雷说，他也说不清楚，可能没缘分吧。他觉得像叶青儿这样的知识女性还是找韩阳那样的男人比较合适。

老雷皱着眉头不言语。雷雷认真地说：爸，别为我担心，我现在真的很好，生活规律，无不良嗜好，身心健康，您不是一直希望我做这样的健康好青年吗？

老雷给了儿子一拳，感慨万千地说：老子有时候真他娘的想时光倒流，看你小子偷鸡摸狗时那副臭德行。

雷雷一本正经问：您和我一起偷吗？

老雷又给了儿子一拳，父子俩哈哈大笑。

青儿这几日总觉着心里惴惴不安，她对韩阳太残忍了，接二连三地伤害这个曾呵护关心她的人，使得韩阳精神萎靡，意志消沉。她找到韩阳，想跟他好好谈谈。

夕阳西下，两人默默地走在大街上。看着韩阳痛苦的神情，青儿突然改变了初衷，她不能给他爱情的希望，得让他死了这条心，于是她狠下心来说：你别这样好不好。我爸说是我成心耗着你，耗光了你的热情和耐心。要是你也这样想，那真是我的罪过了。

韩阳看着夕阳，像没听见她说话一样，神情怔怔的。韩阳，青儿轻声呼唤他的名字。韩阳嚅动着嘴唇，艰涩地说：你一直很讨厌我是吗？

青儿想接着说狠话，见他神色凄楚沉痛，忙摇头否定。韩阳叹气说，不愿意说实话就算了，当他没说。他表情沮丧，蹒跚着脚步离去，像一具行尸走肉。

青儿委屈地大声说：你这是干什么啊？大家相处十几年了，谁还不了解谁呀。

韩阳回身看着青儿，凄凉一笑：就算你爸说得对，你希望我这么死心眼儿，你想这么耗着我，死守着你，我也愿意。

青儿发怔着说：你这叫什么话！

韩阳自嘲地说：我傻，白痴，死皮赖脸，是吗？

青儿难过地说：你怎么啦，为啥说这些？

韩阳悲凉地说：你用不着内疚，用不着拿那种眼神看我，你什么也不欠我，我对你的感情是我自己的事儿。他的声音颤抖着，弄得青儿不知所措。

韩阳痛苦地问：从来没拿我当男人，对吗？我知道你喜欢他什么。

青儿被触及隐私，脸上浮起怒气。韩阳心里生出一丝莫名的快意，他不给青儿发作的机会，语速很快地说，那点雄性荷尔蒙，动物都有，是个男人都能做到。

青儿生气地说，别说得那么恶心。韩阳心里憋闷得要爆炸，他必须发泄出来，不然他会发疯的：你以为我就是个太监、阉人？没有感情？没有生理冲动？看着自己心爱的女人和别人……我不是不能，我是尊重你！

青儿大怒，想制止韩阳说下去。韩阳眼神疯狂，不管不顾地说：没错，我是太尊敬你。我以为你与众不同，我以为你更在意心灵沟通、精神享受，这些是我能给你的。我是太拿你当回事儿！我要知道你喜欢那种动物本能，我早就……

青儿气得浑身颤抖，她没想到韩阳会变成这样。她叫道：我们关系一直很正常，你凭什么想这么多！

韩阳眼神恍惚，沉浸在痛苦中不能自拔，他与其说是诉苦，不如说是倾泻：正常？我心里想什么你从来不知道，这么多年我顺着你，我看你眼色，我配合你情绪，这叫正常？

青儿恼怒地说：你简直不可理喻。

韩阳自语道：是啊，不可理喻。我不管你怎么想，你嘲笑我也好，说我神经病也罢，我要告诉你，我爱你，我见你第一面就爱你，这么多年，从没停止过。

青儿呆住，韩阳头一回这么大胆赤裸地表达爱情，任她是铁石心肠，看一个大男人为自己难过痛苦，也会感动和震撼。

韩阳自嘲着说：我以为我这辈子永远不会有勇气说这句话，可我说了……我怎么能不爱你呢，你那么美、那么无辜、那么单纯，在398农场那会儿看着那些人羞辱你，我真是杀他们的心都有。

韩阳的痛苦感染了青儿，她不由得心生怜悯，语气也变得温和：你对我的好，我从来都没有忘记过，我的人生是你帮我改变的。

韩阳根本不听青儿的话，他自说自话：帮你我心甘情愿，我从来也没想过要你谢我，我就是想帮你，一辈子帮你，看到你的命运因为我改变，我幸福，我真的幸福。

韩阳转过脸，看着青儿，看着青儿忧伤美丽的脸，痛苦不堪。他眼神恍惚，眼神散漫迷惘，像对着空气，对着想象中的青儿说话：有那么多机会，我可以得到你，可我一直犹豫，一直不敢，我不是怕你不接受我，我是怕我配不上你。我老是在想，我要更优秀一点，至少要像你父亲一样成为行业顶尖专家，至少要那样才配得上你。你冰清玉洁，这个世界上哪个臭男人配得上你？

韩阳惨痛的语调令青儿不能不动容，她眼里含泪，不知道说什么好。

韩阳喃喃地说：我一直以为我是一个以事业为重的男人，我要做到这一行里最好。我现在已经做得很好了，我应该很骄傲、很幸福，但没有，我一点也不幸福，因为你不跟我在一起，你不跟我享受我所有的一切。

青儿被韩阳赤诚的表白所感动，也为他深深的痛苦而内疚自责。

韩阳像是一个溺水的人，抓住最后一根稻草，拼命喘着气：那些人问我，这么多年，你一个人怎么过的？我没办法跟他们说，说了也没人理解，我要告诉你，你能理解。我不是一个人，你一直跟我在一起，每时每刻。

青儿感觉这份情意实在太沉重了，压得她喘不过气来。韩阳慢慢低下头，自嘲地问：我一直想问你，如果没有雷雷，你会接受我吗？

青儿正视着韩阳摇头说，她不知道。韩阳凄凉地点点头说，她真坦率，至少她可以安慰他。青儿沉重地说：韩阳，你帮过我那么多，在我成长过程中，连我父亲都没有付出那么多，我要对你没有一点感恩之心，我还是人吗？我也想过，没有雷雷，我们是不是顺理成章应该在一起？可后来我觉得，我们不可能，我们不合适，你太敏感、太细腻、太追求完美，我也一样，我根本不能想象我们在一起怎么相处，我们还是做朋友、做同事更好。

韩阳沉默不语，他十几年的等待像是一场梦，醒来除了无边的黑暗，就是寒冷和孤独。他眼神茫然，摇晃着往前走。他腿脚僵硬，身子却发软，没走几步就踉跄着要摔倒。

青儿忙走过去要搀扶，韩阳一头狠狠地撞在树上，他脑袋抵住树干，眼睛发直。青儿不知所措地问：韩阳，你没事儿吧？

韩阳一动不动，虚弱地低声说：我没事儿，你走吧。

青儿过去搀扶他，韩阳突然发作，厉声道：请你走开，好吗？

韩阳像一尊冰冷的石像，目光呆滞。青儿不敢再刺激他，步履沉重地离去。

吃过晚饭，雷雷跟父母告辞，开车回自己家。他打开收音机，悲壮的贝多芬钢琴曲扑面而来……他不甘心就这样不明不白，他要找叶青儿说清楚。

雷雷面无表情地走在医院走廊里，径自走进了青儿值夜班的诊室。

青儿推门进来，疲惫地将手中登记本放下，懒懒地一回身，不禁愣住。只见雷雷一脸平静地看着她说：就说几句话，成吗？青儿努力克制着自己的感情，点了点头。

两人默默走到院里，雷雷靠着车，手里拿根烟，揉来揉去。他语调平和地向青儿说出了自己这些年的感受，以及对青儿衷心的祝福。说完，他转身走进车里。青儿不能接受雷雷如此轻易地就忘了过去。她哀怨地对雷雷说，她永远也忘不了过去，也永远无法忘记。

话一出口，青儿就后悔了，她不该说这些，有什么用？她冷着脸，转身就走。雷雷打开车门出来，沉声说，过去他也没忘记。青儿闻声站住，她没有回头。

雷雷冷漠地说：这么多年我不回来就是因为我害怕，害怕面对你。下飞机那一刻起，我还在担心自己受不了……

青儿慢慢转过身，雷雷盯着她一字一顿地接着说：但是，从看到你那一瞬间，我告诉自己，我要忘记，我真忘记了。

青儿酸楚地说：如果恨我能让你过得好一点，我宁可你一辈子恨我。你折磨我没关系，我对不起你，你报复我，我受着，我活该！

雷雷迅速地答道：我不恨你，也不想报复你。

青儿不理会他的话：可你过得并不好，你心里充满仇恨，你完全变了一个人。

雷雷冷冷地说：我再告诉你一遍，我不恨你，我有什么理由恨你？你是我什么人？你在我生活中没那么重要，别自作多情！

雷雷说着转过身拉开门，啪地关上门，就要走。青儿呆站着，已经没有知觉。雷雷在后视镜里看着青儿麻木绝望的样子，猛地拉开车门，跳下车冲着青儿嚷：你想要我对你什么态度？像从前一样？像哥们儿，像老朋友，见面嘻嘻哈哈，耍贫嘴，逗你笑，陪你高兴，像什么事儿也没有过？那样你才舒服是吗？好，我可以做到。我请你吃饭，请你泡吧，卡拉OK，蹦迪，你想要这个是吗？我们现在就可以去！

青儿痴呆呆地说：可能吗？可能像老朋友那样吗？如果能那样，我愿意，我什么都不要，我也愿意跟你做朋友。

雷雷后退两步，咬着牙说：你就是这么自私。都这样了，还想我哄你高兴！还嫌伤我不够啊，还要我怎么样啊！没错，你说得一点没错，我们不可能做朋友了，不可能！

青儿喃喃地流泪说：我不是有意要伤你的。

雷雷声音凄凉地说：我没有你想的那么愚蠢，我知道你当初也是迫不得已，我也想过站在你的立场上，理解你，大家还是好朋友。可是，可是……

我做不到。

停顿了好一会儿，雷雷继续说：韩阳问我，如果你没有婚姻对象，还是单身，我会不会跟你重新和好，我告诉他，不会了……

青儿看着雷雷，不再流泪，心一点一点变凉。

雷雷声音满是沧桑：就算我自私吧，我的感情就是那么多，它像血一样，流尽了，没有了。从你离开我那天起，我就告诉我自己，这辈子我不能再这样，不能再这么痛苦，不能再这样把心撕成一片一片，不想再这么疼。这辈子，我不会再为女人流一滴泪。

青儿神情麻木地听着，一句话都说不出。

雷雷转过脸看着青儿说：我不能若无其事地见你，我不能再扮小丑哄你高兴，我不能，不能……

青儿艰涩地问：你后悔以前，是吗？

雷雷沉默片刻说：是，我后悔我曾经那么幼稚，可笑，可怜！

青儿声音哆嗦着说：我们……没什么可说的了。

雷雷慢慢转过身，打开车门上车。青儿呆站着，看着小车疾驰而去，眼睛里一片凄寒，她已彻底心凉。

雷雷把车开得东倒西歪，引起路旁交警的注意，他骑着摩托追上来，鸣笛示意雷雷靠边。雷雷停下车，茫然地看着交警。

交警见他没有喝酒，也没有身体不适，将驾照还给他，叮嘱教训他一番，骑车走了。雷雷走进车里，把车开得很慢很慢。后视镜里，他突然看到青儿醉汉般茫然地在马路上走着，根本不管车来车往。

雷雷担心地看着她，停车走了下来。他来到青儿身边，一把拽过她，冷静地说：我送你回家！

青儿猛地回身瞪着雷雷：走开！你是我什么人！说着，直往马路当间走。雷雷上前拽住她不放手，青儿猛地推打雷雷，她早已精疲力竭，越打越无力，越无力越打。随后她倒在雷雷怀里，不停地抽泣着。往事渐渐重现……

雷雷眼里露出柔和与忧伤，把青儿紧紧搂在怀里……

青儿由于劳累和强烈的精神刺激，病倒在床上。雷雷守在床边，紧紧握住她的手。他蹲下身子，看着青儿熟睡中那张憔悴忧伤的脸和脸上未干的泪痕，心里一疼，不由得用手触摸着她的脸……

天亮了，青儿睁开眼睛，看到雷雷埋在床边的脑袋，眼泪涌出。她弯下腰去，困难地凑近雷雷。这时，雷雷醒来，抬头看着满脸泪水的青儿，看着她眼中深深的痛苦和依恋，不禁落下眼泪。两人深情对望着，很自然地靠近，尽情拥抱亲吻起来……

走廊上挤满护士，她们偷偷地趴在病房门前探头往里看。韩阳经过，无意中看见这一幕，无比痛苦。他眼神绝望地向外走去。

叶母听说女儿生病了，焦虑地来医院探视。青儿说她身子有些虚，不碍事的，输点液就好了。叶母长叹一声说，青儿和雷雷的事儿，她没精力去管了，父母再不对，也是希望子女幸福。她和雷雷在一起，他们不放心啊！

叶母说着眼睛湿润了，青儿知道母亲的心思已悄然发生转变。

躺了半天，青儿觉得身体恢复了，她按捺不住思念，起来去汽车专卖店找雷雷。黑皮一见青儿，慌忙殷勤地把她引进雷雷的经理办公室，替雷雷说着好话。

雷雷兴冲冲手持一大束鲜花来到医院，推开病房的门进来，见青儿的病床空着，一个护士低头正在收拾床铺。他不禁愣住，问护士叶青儿呢，说是回家了。

雷雷有些沮丧地走出电梯，他拎着那把花儿，低头一边掏钥匙一边往家走，刚到家门口时，猛一抬头，一下愣住。只见青儿站在门前，正微笑着看他。他又惊又窘，急忙把那束花儿往身后藏，结巴着说：啊，你……你怎么找这儿来啦？

青儿一本正经地说道：怎么，不敢让我来？有什么猫腻吗？

雷雷傻傻地笑了。他打开门，青儿刚一进来，他就顺手将门关上，尴尬地将花举到青儿面前说：哎，喜欢吧？我这辈子还是头一回给女人送花儿呢！

青儿娇羞地上前接过，故意说：谁信啊。

雷雷嘿嘿笑着说：哎，怎么找到我这儿的？

青儿看着他说：我去你们店里了。

雷雷故意夸张地说：啊，你不会是工商税务的卧底吧！这么偷偷摸摸的？

青儿说：你又没干亏心事儿，干吗怕工商税务啊。

两人嘻嘻哈哈开起玩笑，不觉天色已晚。青儿突然有些不自在地起身说：我该回家了。雷雷下意识地说：回家晚了，你妈该急了吧？

青儿嗔怪地看了他一眼说：你笑话我啊，我都多大了！我妈现在可不管我了，自己成天忙着练健身操呢。

雷雷嘿嘿一笑：和我妈一样！

两人淡淡地笑着走到门口，雷雷开门，对门人家传出若有若无的邓丽君的歌声。青儿不觉一怔，继续往外走。雷雷拽着门把手，突然低声说：青虫，真的一点也不想我吗？

青儿眼神迷离地站住，缓缓转过身来，雷雷“咣”一脚关上房门……

翌日清晨，雷雷醒来，见青儿睡得很沉，他俯下身轻吻青儿额头，轻手轻脚地起床，穿衣走出卧室。客厅茶几上他的手机突然响起，他伸手拿过手机，压低声音：喂。

只听电话里传出急促的声音：雷总，警察到我们店内调查，你赶紧来一趟吧！

雷雷有些紧张地挂断电话，迅速穿好外套，然后回身到卧室。青儿仍然睡得很踏实，她的嘴角挂着甜甜的笑……雷雷看着青儿睡梦中的笑容，眼睛渐渐湿润。

雷雷火急火燎刚一走进店里，两名便衣警察迎上前，出示警徽，严肃地说：最近警方截获几辆进口走私车，发现与你们公司有很大关系。

雷雷接过警察递过的资料，越看越紧张，神色凝重地说：如果有什么关系也一定是个人行为，和公司无关。

雷雷说着抬眼从窗户看出去，只见手下那些刑满释放人员在店内排成一排，呆站着，个个脸上露出恓惶和紧张。

警察抬眼扫一眼外面那些人说：我们调查过你们公司成员的背景，很复杂。

雷雷肯定地说：这些人绝大多数是好的，他们都是洗心革面、努力工作、重新做人的人，请你们放心，我会查出是谁干的！

警察问道：员工到齐了吗？我们需要和每个人分别谈一谈。

雷雷说差不多都在这儿，扭头发现黑皮不在，忙问黑皮呢？一个员工说，黑皮没来，也没请假。警察拿出一张照片问，是他吗？雷雷一看照片，大吃一惊，黑皮居然跟张军混在一起。

警察说：我们跟踪老七张军这伙人已经很长时间了，最近这个叫黑皮的人和张军他们来往密切。

雷雷狠捶着桌子骂：这个笨蛋，被人利用了。我带你们去找他！

雷雷和警察来到黑皮的住处，堵住了正想逃跑的黑皮。雷雷上前就是一大嘴巴，狠狠地骂道：你自己一条道走到黑就算了，却使店内的那些弟兄也不黑不白！我真是瞎了眼，认你做了兄弟！

黑皮哭着讨饶：我没办法，雷子。我短处被人拿着，我对不起你，回头我当牛做马报答你！

警察制止了雷雷的暴怒，问黑皮：你今天要见张军吧？时间，地点！

黑皮刚要犹豫，雷雷瞪着他厉声道：想活命就说！黑皮只好交代了时间和地点。

青儿醒来，看见雷雷留在枕头旁的纸条，拿起来读：

青虫，睡得好不好？想我了吧？好好上班，下班我去接你。咱们俩一起去我们家，见我父母，还有你父母。我可是传统男人，我们要名正言顺哦！

青儿看着看着，眼睛湿润起来……

莎莎把车停在雷雷家楼下，正要往雷雷家走，突然愣住。只见青儿一脸安然地从雷雷家出来。莎莎赶紧躲进车内，看着青儿离开，眼泪慢慢流下来，她这辈子彻底没戏了。

青儿没回家，直接去了医院，她刚走进走廊，远远就听见一片哭骂声。她循声望去，只见手术室外一堆病人家属堵着韩阳打骂着：你这个庸医，是你害了我儿子，你要坐牢！你赔我儿子一条腿！天啊，我的儿啊……

韩阳一脸麻木，任凭病人家属打着骂着，一动不动。青儿赶紧上前，想去劝阻，一旁护士长推开她说：你就别火上浇油了。

青儿问护士长是怎么回事儿？护士长看着青儿，抱怨说，韩大夫见她身体不好，就替她给患者做了手术。可没想到手术却失败了……说着，她叹着气走了。

这时，保安过来，劝走了病人家属。青儿呆呆地走上前，泪眼汪汪地看着韩阳，却不知道怎么宽慰他。

韩阳看着青儿说：你以为手术失败是因为我精神受刺激？失误？你太小看我了。病人是骨癌，而且已经扩散，截肢是唯一的选择。

青儿激动地说：你这么说我更不好受，你是代我受过，我去院里说明情况。

韩阳淡然一笑：你现在去只会添乱，别那么紧张，这种事儿是常有的。

青儿担心地说：病人家属这么一闹，肯定会影响你的工作。以前陈大夫不就是这样，手术无效正常死亡，可家属一个劲儿打官司，陈大夫被迫停职，只好调走。

韩阳说，手术前他已经交了请调报告。他决定去支边，衷心地祝愿她和雷雷白头偕老，幸福一生！说完，他猛地转身离去。

青儿看着韩阳离去的背影，眼睛湿润……

雷雷给青儿打电话，始终占线。他放下电话，正要穿过马路，忽然听到一阵警笛声。只见一辆车疯狂蹿了过来，后面警车紧紧追赶着。在那辆车内，竟然是神情惊慌的张军和一脸恐惧的黑皮。

雷雷转身看见一辆没上锁的摩托车停在路旁，他跳上摩托车紧追而去。

张军疯狂开车逃窜，雷雷把车拐进胡同，插到张军前边，堵住了他的去路。张军被迫把车停下，目光阴沉地盯着雷雷。两人相互死盯着。往事迅速闪现，张军眼里的怨毒越积越深……

警笛声一阵阵传来……

张军眼神越来越疯狂，他猛地一踩油门，汽车往前冲了几步，戛然停下。狂怒的张军跳下车，手拿自制手枪，张牙舞爪地拽着黑皮就跑，雷雷骑着摩托车紧追不舍。

黑皮趁张军不备，撒丫子就跑。张军举起自制手枪要打黑皮，雷雷急忙将摩托车减速，不料黑皮竟向他的摩托车冲来，雷雷分心照顾黑皮，从摩托车上摔了下来。张军顺势抢过摩托车逃窜。

这时，警察已经封锁了所有道路，穷凶极恶的张军骑着车狂吼着撞向雷雷：老子这辈子就毁在你手里了，老子做鬼也要你陪着！

雷雷为保护黑皮，躲闪不及，他和张军同时飞起来……

雷雷的大哥大被摔出老远，铃声一直响着……

青儿拿着话筒给雷雷打电话，他的手机无人接听。她又打到他店内，接电话的店员告诉她：雷雷被警方叫走了，是黑皮惹出来的事儿。

青儿闻言大惊，她猛地挂断电话，边脱白大褂边往外跑。她跑到路边招手拦车，却见一辆救护车呼啸着驶进来停下。青儿缓慢回头看去，车门打开，黑皮跳了下来。他看见青儿，满脸是泪。担架上，雷雷浑身是血，缠满纱布。

青儿神情恍惚，她泪流满面地冲上前去，还没接近担架，眼前一黑，身体晃动着倒下。

雷雷父母在抢救室外等候着手术的结果。两位老人精神明显垮了，他们脆弱无助地蜷缩着坐在椅子上。青儿流着眼泪，强打精神地安慰着两位老人说：没事儿的，雷雷那么坚强，他以前出过多少事儿啊！肯定没事儿的，肯定没事儿的……

抢救室的门被打开，三人不约而同地一下子站起，焦灼地看着主刀医生。主刀医生一脸凝重地摇着头说：我们已经尽力了。病人很可能终身都没办法苏醒过来……雷母闻言一下子瘫倒在老雷怀里。

青儿忽然歇斯底里地大叫：不可能，绝对不可能，不会的！惊得在一旁互相安慰的两位老人目瞪口呆，他们忍着悲痛看着青儿，一起上前搂住了她……

一晃几年过去了，雷雷始终昏迷不醒。

雷母、老雷从病房出来，青儿一身白大褂迎了上来打招呼：伯父伯母，雷雷今天好多了吧？雷母看着青儿，一脸忧伤地点头，却说不出话。

青儿冲他们笑了笑，要进病房。雷母看着青儿，叫住了她，哽咽着说：孩子，我们知道你对雷雷的心，我们也非常感动。可是，雷雷他现在这个样子，可能就是一辈子……孩子，我们不想拖累你，我们已经跟医院商量过……雷母抽泣着，再也说不下去。

老雷扶着老伴儿的肩，声音颤抖地说：孩子，就让雷雷走吧，你自己开始新生活。

青儿闻言呆住，眼泪不禁夺眶而出。她稍稍平静了一下，冷静地说：伯父伯母，我不会和雷雷分开，我要和他在一起，一辈子！说完，转身进了病房。

老雷和老伴儿痛苦地靠在一起，老泪纵横。

特护病房里，只有雷雷一人静静地躺在床上。青儿推门进来，打开电视。她坐到雷雷床边，看着他安静的面容，开始为他按摩。她一边按摩一边轻声说：又长胡子了，昨天刚刮，今天又长了啊！你还真是老爷们儿了。今天好不好啊？来，笑一笑……

她用双手往两边抻着雷雷的脸，做出一个笑模样，她出神地看着，不由自主地笑了起来：瞧你这傻样儿！然后她缩回手，雷雷又恢复了平静的面容。

接着，她一边给雷雷按摩着手和腿，一边说：街道接管了你的汽车店，员工全都是刑满释放人员，连主管都是。这事儿连中央台都报道了。雷雷，你现在是本市大名人了，你干了件大好事儿。我就知道，我第一次见你就知道你是个善良的孩子，你比谁的心眼儿都好……说着，说着，她的眼泪顺着脸颊缓缓流下。

雷雷沉睡着。这时，电视里播报着一则新闻：据报道，台湾著名歌星邓丽君于1995年5月8日下午五时半，因哮喘病发作，在泰国清迈去世，享年四十二岁……

青儿闻听转过身，看着电视画面，机械地拿起遥控器将音量调大。邓丽君甜甜地笑着，深情地唱着：甜蜜蜜，你笑得甜蜜蜜……青儿搂过雷雷，随着邓丽君轻声哼唱，她将头靠在雷雷胸前，仿佛在倾听着雷雷的心声，和他的心一起唱着《甜蜜蜜》。随着青儿和邓丽君的歌声，雷雷的心起伏震颤着……

所有往事纷至沓来，青儿眼前全是她与雷雷少年时的情景……